Andrea Maria Schenkel

Als die Liebe
endlich war

Das Buch

Im April 1938 besteigt die Familie Schwarz in Genua die »Conte Biancamano« mit dem Ziel Shanghai – ein Zufluchtsort für europäische Juden. Der elfjährige Carl wird seinen Vater, der sich entscheidet zu bleiben, und seine deutsche Heimat nie wiedersehen.

Als junger Mann sucht Carl 1950 in den USA einen weiteren Neuanfang und findet in Emmi, die wie er aus Bayern stammt und Deutschland nach dem Krieg verlassen hat, endlich ein Zuhause. Emmi zeigt ihm, dass es ihre Liebe ist, die zählt. Für sie gibt es kein Gestern.

Sechzig Jahre später stößt Carl auf Dokumente einer Holocoust-Überlebenden und findet darin Hinweise auf Emmis Vergangenheit. Er muss sich fragen, wer die Frau an seiner Seite wirklich ist.

Die Autorin

Andrea Maria Schenkel, geboren 1962, lebt mit ihrer Familie in Regensburg und zieht sich mehrmals im Jahr zum Schreiben nach Larchmont, USA zurück. Ihr Debüt *Tannöd* wurde u. a. mit dem »Deutschen Krimi Preis« und dem »Martin Beck Award« für den besten internationalen Kriminalroman ausgezeichnet. Das Buch verkaufte sich über eine Million Mal, wurde in zwanzig Sprachen übersetzt und fürs Kino verfilmt. Es folgten weitere erfolgreiche Kriminalromane. *Als die Liebe endlich war* ist ihr erster Epochenroman.

Andrea Maria Schenkel

Als die Liebe endlich war

Roman

DIANA

Verlagsgruppe Random House FSC® N001967

Taschenbucherstausgabe 07/2017
Copyright © 2016 by Hoffmann und Campe Verlag, Hamburg,
und dieser Ausgabe © 2017 by Diana Verlag, München,
in der Verlagsgruppe Random House GmbH,
Neumarkter Straße 28, 81673 München
Umschlaggestaltung: t.mutzenbach design, München
Umschlagmotiv: © Getty Images; Tamara Kulikova,
DanielW, Stefano Cavoretto/Shutterstock
Satz: Leingärtner, Nabburg
Druck und Bindung: GGP Media GmbH, Pößneck
Printed in Germany
Alle Rechte vorbehalten
ISBN 978-3-453-35953-6

www.diana-verlag.de
Besuchen Sie uns auch auf www.herzenszeilen.de

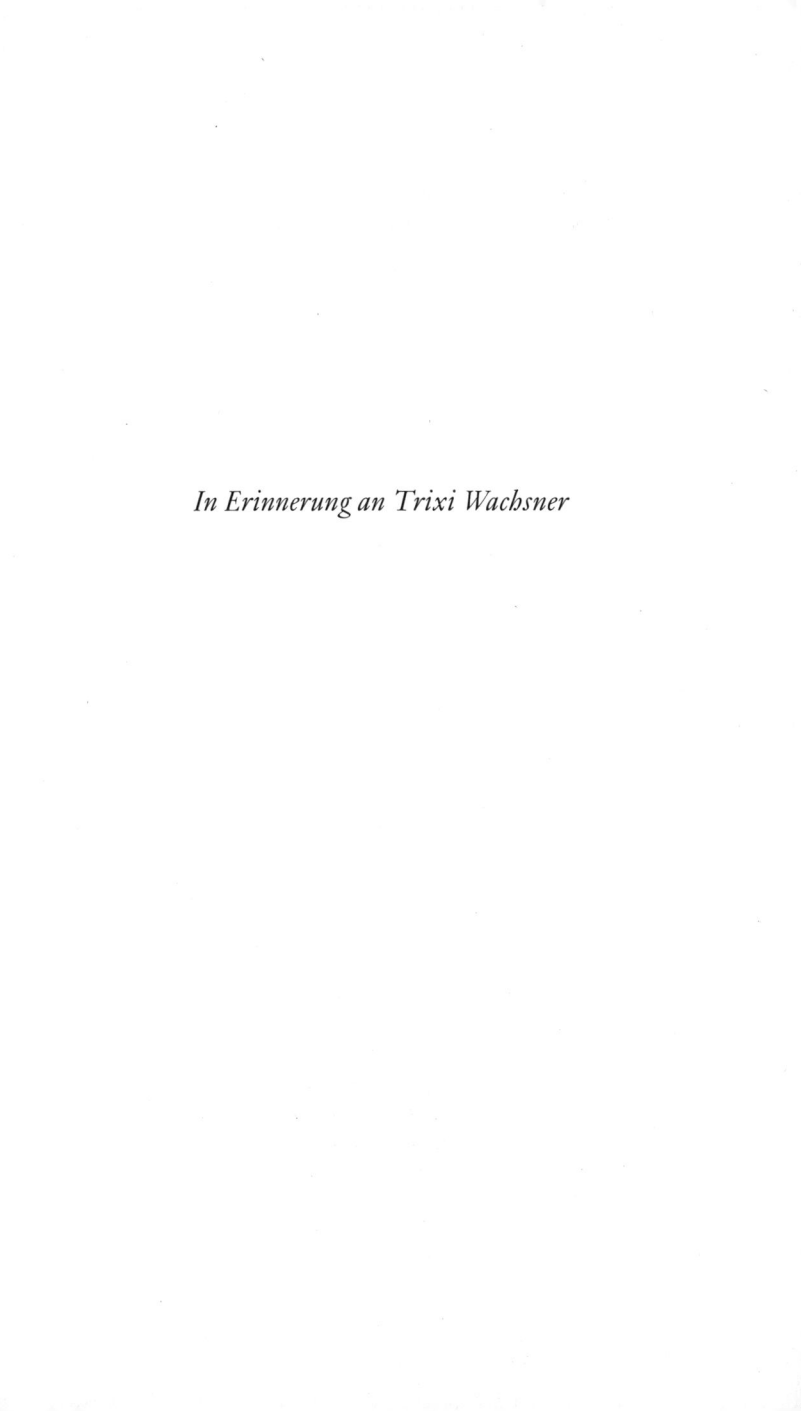

In Erinnerung an Trixi Wachsner

Weihnachten 1943 stand die junge Frau vor der Tür.

Wie das Kätzchen, das Jahre vorher nicht von der Schwelle gewichen war. Zuerst hatte er es nicht beachtet, hatte geglaubt, es würde wieder verschwinden. Doch es blieb, selbst der Schnee konnte es nicht vertreiben, der zuerst in wenigen Flocken, dann immer dichter aus dem milchweißen Winterhimmel fiel. Das Kätzchen zwängte sich in die Nische des Türstocks, bis schließlich fast nichts mehr von ihm zu sehen war; als kleine weiße Kugel lag es zusammengekauert im Eck.

Es hatte ihn gereut, er brachte es nicht übers Herz, es fortzujagen. Er öffnete die Tür, ließ es herein, gab ihm zu fressen und zu trinken, einen Platz zum Bleiben.

Anders als das Kätzchen hatte er die junge Frau schon von Weitem kommen sehen, er wollte gerade den Hund ins Haus holen. Zunächst glaubte er, sie wäre eine jener Hamsterer aus der Stadt, die es im fünften Winter des Krieges von der Not getrieben aufs Land zog.

Im Gegensatz zu ihr waren diese Menschen schwer beladen, hatten alle Habseligkeiten, auf die sie nur irgendwie verzichten konnten, im Rucksack verstaut. Goldene Uhren der Großväter, Broschen der Großmütter, Gemälde aus Familienbesitz im Tausch für drei kleine Eier, eine Ecke Butter, ein Stück Schinken oder ein wenig Milch. So mancher seiner Nachbarn tauschte in jenen Tagen gern. Ihm jedoch tat es in der Seele weh, wenn er sie sah. Manchmal legte er dann noch ein Ei oder einen Apfel dazu. Er hatte genug, der Krieg war noch nicht zu ihm gekommen in jenen Tagen, und in seinem Alter brauchte es nicht mehr so viel, um satt zu werden.

Die junge Frau hatte nur ein Bündel auf dem Rücken und einen kleinen Koffer in der Hand.

Sie war gerade am Haus angelangt, als er hinüberging in den Schuppen. Sie fragte ihn, ob sie sich auf der Bank vor dem Haus ein wenig ausruhen könne. Ihm war es recht. Wenig später, es begann dunkel zu werden, holte er noch ein paar Scheite Holz ins Haus, und da saß sie immer noch da. Er konnte sehen, dass sie fror.

»Kalt ist's. Willst mit rein?«

»Wenn ich darf?«

Er nickte.

Er stellte ihr den Stuhl ganz nah an den Küchenofen, so konnte sie sich wärmen. Sie stellte ihr Bündel und den Koffer neben sich, kauerte sich auf den Stuhl und rieb sich die klammen Hände. Er beachtete sie nicht weiter, bereitete wortlos die Abendsuppe zu, stellte den Topf auf den Tisch und gab ihr mit einem Wink zu verstehen, dass sie herüberrücken solle. Er schob ihr einen Löffel und einen Kanten Brot hin.

»Iss.«

Gemeinsam aßen sie aus dem Topf in der Mitte des Tisches. Sie schlang hastig die Suppe hinunter.

»Was willst hier heraußen?«

»Eine Stellung suche ich.«

»Wennst willst, kannst bleiben, bist was gefunden hast. Zahlen kann ich nicht viel, aber Essen und eine warme Stube kann ich dir geben.«

Sie blieb. Er gab ihr die leere Kammer des alten Knechts.

In den ersten Tagen knurrte der Hund und verkroch sich unter dem Tisch, wenn sie an ihm vorbeiging. Mit der Zeit gewöhnte er sich an sie, wie er sich an die Katze gewöhnt hatte. Ihre Papiere waren in Ordnung, das Arbeitsbuch, alles war da. Nicht dass es ihn interessiert hätte. Den neugierigen Nachbarn erzählte er, sie sei eine Verwandte seiner verstorbenen Frau, und sie wäre ausgebombt worden. In München. Darum sei sie hier. Er hatte einen guten Leumund, alle glaubten ihm, und langsam gewöhnten auch sie sich an sie, wie der Hund sich an sie gewöhnt hatte. Sie blieb, bis der Krieg zu Ende war und darüber hinaus.

Im Sommer 1946 packte sie ihr Hab und Gut zusammen.

»Gehst?«, fragte er sie.

»Ja.«

Als sie schon ein ganzes Stück vom Haus entfernt war, blickte sie sich noch einmal um, winkte ihm kurz zu und rief ein »Vergelt's Gott für alles«. Es war das Letzte, was er von ihr sah.

Sie ging, wie sie in sein Leben gekommen war. Und so wie der letzte Sommer schon vergessen ist, wenn sich die ersten Blätter an den Bäumen verfärben und die Spinnen sich an langen Fäden durch die Lüfte tragen lassen, hatte auch er sie schon vergessen, als die ersten Stürme die Blätter der Bäume durch die Luft tanzen ließen.

Regensburg – Shanghai

(März bis Mai 1938)

1

Der Mann im Fluss

Im Schutz der Dunkelheit war der Mann in den Fluss gewatet. Seine Kleider sogen sich voll, zogen ihn nach unten, ohne Gegenwehr ließ er es geschehen, und der Tod kam lautlos und schnell. Die Donau war gnädig mit ihm, umarmte ihn zärtlich und trug ihn mit sich fort, auf die Stadt zu. Wenig später, zu beiden Seiten von Kaimauern eingefasst, nahmen die Wasser Fahrt auf. Schoben und drängten auf die Pfeiler der Brücke zu. Diese zerschnitten den Strom, zwängten die Wassermassen und den Toten mit ihnen unter der Brücke hindurch. Immer schneller von der Strömung getragen, ging es weiter, bis der Körper sich verfing und die Reise ein jähes Ende nahm.

Als Erna Gradl am nächsten Morgen das Schlafzimmerfenster öffnete, bemerkte sie zunächst nichts. Von ihrer Wohnung aus konnte sie über den Fluss hin zur Altstadt sehen. Die Türme des Doms und der mittelalterlichen Patrizierhäuser erstrahlten im Licht der aufgehenden Sonne. Erst als sie das Oberbett zum Lüften über den Fenstersims hängte, sah sie den Arm, der aus dem Wasser ragte und von der Strömung hin und her geschwenkt wurde, als wollte der Tote ihr und den Menschen am Ufer ein letztes Lebewohl zuwinken. Erna Gradl schlüpfte in Jacke und Schuhe und rannte die Treppen hinunter aus dem Haus, hinüber zur Donau. Als sie dort ankam, hatte sich bereits eine Menschentraube gebildet. Schaulustige wie sie standen auf der Brücke und blickten hinunter in den Fluss.

Auch Carl und Ida waren zur Brücke gelaufen, und fast wäre es ihnen gelungen, sich durch die Reihen der Erwachsenen hindurchzuquetschen und einen Blick auf den Toten im Strom zu erhaschen, aber Grete Schwarz erwischte ihre Kinder gerade noch und zog beide unsanft zurück.

Carl dachte den ganzen weiteren Tag an den Toten. Er stellte sich vor, wie es wohl war zu ertrinken, und noch mehr, wie es unten am Grund aussah. Dort im schlammig-sandigen Segment der Donau, in dem Welse hausten mit Mäulern so groß, dass ein Hund oder ein Ferkel leicht darin Platz fänden. Zweihundert Jahre, hatte er gehört, sollten Waller alt werden können. Einer der Fischer am oberen Ende der Wöhrdstraße hatte das gesagt, im letzten Herbst, als Carl dabei zusah, wie der Mann ein solches Ungetüm aus einer Zille heraus an Land schaffte. Fast hätte der den Fang nicht allein tragen können, ein weiterer Fischer eilte herbei, um ihm zu helfen, so groß war der Wels gewesen. Als der schließlich auf der Kaimauer lag, schaute Carl sich den Fisch genauer an. Der Körper war unförmig blauschwarz, der Kopf riesig. Mit wulstigen breiten Lippen, fleischigen Barteln zu beiden Seiten des Mauls, schnappte der Wels gierig nach Luft.

»Glaubst du, der ist ins Wasser gegangen oder hineingefallen?«

»Wer?« Carl wusste nicht, worüber seine Schwester sprach, zu jäh hatte Ida ihn aus seinen Tagträumen gerissen.

»Na, der Tote. Die Wasserleiche, der, der sich unten am Pfeiler der Brücke verfangen hat.«

»Keine Ahnung.« Es war besser, wenig Interesse zu zeigen. Sonst würde Ida zu plappern anfangen und ewig nicht aufhören, und er wollte lieber in Ruhe seinen eigenen Gedanken nachhängen.

Beide saßen sie mit baumelnden Beinen auf der Befestigungsmauer, unter ihnen die schlammig braunen Wasser der schnell dahinfließenden Donau. Sie sollten hier vor dem Haus *An der Hundsumkehr* auf ihre Mutter warten. Carl blickte über den Fluss hinweg zum anderen Ufer. Wenn er die Augen zu kleinen Schlitzen zusammenkniff, kam es ihm vor, als würde die Donau in zwei Richtungen zur gleichen Zeit fließen. Ein Stück weiter flussabwärts zwängten sich die Fluten durch die Pfeiler der Steinernen Brücke hindurch. Er fragte sich, ob dem Mann die Kräfte ausgegangen waren, weil er sich zu sehr gegen den Sog des Strudels gestemmt hatte. Wenn man auf der Steinernen Brücke stand und hinuntersah, konnte man die Wirbel des Wassers und die darauf tanzende weißliche Gischt sehen. Carl glaubte, das Wasser wollte ihn und einen jeden, der darauf hinuntersah, anlocken. Er stellte sich vor, von der Brücke zu springen und unterzutauchen. Er glaubte, den Sog zu spüren, der ihn hinunterziehen würde. Sein Vater hatte ihm erklärt, wenn er in einen Strudel gerate, müsse er sich still verhalten, dürfe nicht dagegen ankämpfen. »Du musst dich bis auf den Grund ziehen lassen. Nur dann hast du eine Chance, aus dem Strudel wieder aufzutauchen. Wer sich dagegen wehrt, ist verloren. Das Wasser ist stärker, es nimmt dir die Kraft«, hatte der Vater gesagt.

»Erika behauptet, Wasserleichen schauen gruselig aus.

Aufgedunsen, mit runzeliger Haut, wie wenn man zu lange in der Badewanne gesessen hat.« Carl hatte es gewusst: Ida würde nicht aufhören zu plappern.

»Die muss es wissen. Die wohnt ja praktisch auf dem Friedhof.« Erika war Idas Freundin. Ihr Vater hatte eine Sargschreinerei in Reinhausen, gleich neben dem Haus der Großeltern. Wann immer die Kinder dort zu Besuch waren, waren die beiden Mädchen unzertrennlich.

Carl konnte Erika nicht ausstehen, seit sie ihm im letzten Sommer ihren Ziegenbock, der in einem kleinen Verschlag im Garten untergebracht war, auf den Hals gehetzt hatte.

»Hast du gewusst, dass den Toten im Leichenschauhaus eine Schnur um die Zehen gebunden wird? Wenn einer wieder aufwacht, dann läutet im Haus des Friedhofvorstehers eine Glocke.«

»Ist er nur scheintot und wacht auf, reicht die kleinste Bewegung mit den Zehen.« Sie wackelte mit den Fingerspitzen leicht hin und her. »Es muss schrecklich sein, lebendig in einem Sarg zu liegen und keiner hört dich«, sinnierte Ida. »Erika hat gesagt, früher hat man sich deshalb auch gegen Aufpreis einen Herzstich machen lassen können, damit man auch wirklich tot ist.«

»Das ist doch alles ein Blödsinn.« Carl hob einen kleinen Stein auf und warf ihn ins Wasser.

»Ist es nicht«, sagte Ida energisch. »Ich habe mit Erika ausgemacht, dass wir, wenn ich das nächste Mal bei den Großeltern bin, im Dunkeln über den Friedhof gehen. Am besten um Mitternacht, da sollen die Geister der Scheintoten wie Irrlichter zwischen den Gräbern herumlaufen. Kommst mit?«

Carl malte mit einem kleinen Holzstöckchen Kreise in den Sand, der sich auf dem Kai abgelagert hatte.

»Du traust dich nicht, stimmt's?«

Ida beugte sich nach vorn, die Beine baumelten weiter in der Luft, und die wollenen Strümpfe schoben sich über ihren Knöcheln zusammen.

»So ein Blödsinn. Pass du lieber auf, dass du nicht das Gleichgewicht verlierst und von der Mauer fällst, wenn du dich so weit vorbeugst.«

»Ich falle nicht.« Ida drehte ihren Kopf zur Seite und blickte von unten zu Carl hoch. »Du traust dich nicht, weil du Angst hast. Vor den Geistern der Toten.«

Carl nahm einen weiteren Stein und sah auf die vorbeifließende Donau. »Die Erika, die sagt viel, wenn der Tag lang ist.« Er versuchte, möglichst gleichgültig zu klingen; er wusste, je mehr Missmut er zeigte, desto weniger würde seine Schwester mit dem Sticheln aufhören. Er hielt den Kiesel in seiner Hand. »Deine Freundin ist eine ganz Gschnappige, sie weiß immer alles ganz genau.« Carl holte aus und warf den Stein so weit er konnte ins Wasser. »Als ob die schon jemals in der Nacht auf dem Friedhof war.«

»War sie eben doch, sie hat es mir erzählt.«

»Du glaubst auch alles, was man dir sagt, Ida. Die redet doch bloß saublöd daher.«

»Macht sie nicht, sie hat gesagt, wenn ich will, kann sie mir die Geister auf dem Friedhof zeigen.«

Carl sah sich nach einem größeren Stein um. Als er keinen fand, stand er auf und lief ein kleines Stück die Kaimauer entlang. Der Boden war hier noch von der schlammigen Schicht des letzten Hochwassers bedeckt. Seine Schwester hörte nicht auf zu reden, über ihre Freundin und über Untote, die angeblich auf dem Friedhof ihr Unwesen trieben. Carl versuchte, ihr nicht zuzuhören und konzentrierte sich ganz auf seine Suche. »Erika hat gesagt, wenn ich mich in der Nacht aus dem Haus schleichen könnte, würde sie mit mir auf den Friedhof gehen. Wenn du willst, kannst mitkommen.«

Im Schmutz zwischen Sand und Kiesel glaubte er, eine Münze gefunden zu haben.

»Als wenn Oma es nicht merken würde, dass du dich in der Nacht aus dem Haus schleichst.«

Carl bückte sich und hob die Münze auf.

»Was hast da?«

Schnell ließ er das Geldstück in die Jackentasche gleiten. »Nix.«

»Du lügst doch, du hast was aufgehoben und in deine Tasche gesteckt.« Ida sprang auf und lief zu Carl hinüber.

»Komm, zeig mir, was du gefunden hast. Bitte.«

Zögernd holte Carl die Münze aus der Tasche.

»Ein Geldstück, das musst du sauber machen, es ist ja ganz voller Dreck. Warte.« Sie zog ihr Taschentuch aus der Jackentasche. »Gib her.« Carl hielt ihr die Münze hin. Ida nahm sie, spuckte sie an und rieb sie mit dem Tuch trocken. »Ein Zehnerl! Wenn wir davon Bonbons kaufen, gebe ich es dir wieder zurück.« Ida versteckte die Münze in der Faust hinter ihrem Rücken.

»Gib's wieder her.« Carl packte ihr Handgelenk mit der einen Hand und versuchte mit der anderen, seiner Schwester das Geldstück aus der Faust zu winden.

»Aua, das tut weh! Wenn wir teilen, bekommst du es wieder, sonst sage ich es der Mutter.« Carl ließ los, seine Schwester streckte ihm die flache Hand entgegen. Er nahm das Zehnpfennigstück und steckte es schnell ein, ehe Ida es sich anders überlegen konnte.

»Aber du musst mit mir teilen! Denn was dir nicht gehört, bleibt dir nicht.«

Wenig später kam die Mutter aus dem Haus und holte die Kinder ab. Sie sah müde und erschöpft aus. »Es ist Zeit, kommt, wir gehen heim.«

Den ganzen Weg spielte Carl mit der Münze in seiner Jackentasche. Er rieb sie zwischen seinen Fingern. Es fühlte sich gut an. Er hatte die Münze gefunden. Zehn Pfennig. Ein Schatz, ein Vermögen! Eine ganze Tüte Süßigkeiten. Warum sollte er mit seiner Schwester teilen? Kurz vor der Hengstenbergbrücke holte er die Münze schließlich aus der Tasche heraus. Er warf sie leicht in die Höhe, Ida sollte es sehen. Aber nicht zu hoch, er wollte sicher sein, sie immer wieder vor Ida zu fangen. Seine Schwester lief neben ihm her und beobachtete ihn misstrauisch. Ihre Mutter ging ein ganzes Stück vor ihnen, drehte sich nur hin und wieder zu den Kindern um. Warf ihnen dabei einen mahnenden Blick zu, um sie so zur Eile anzutreiben. Carl nahm das Zehnerl zwischen Zeigefinger und Daumen. Er hielt es locker, dass es leicht zwischen seinen Fingern über das Geländer rollte, und doch fest genug, um nicht davonzuspringen. Die Münze drehte sich, er ging schneller. Das Geldstück rollte weiter und weiter, über die Unebenheiten des Geländers hinweg und sicher geführt von Zeigefinger und Daumen. Das Zehnerl tanzte zwischen seinen Fingern. Er blickte triumphierend zu Ida. Er wurde immer übermütiger, ging schneller und schneller, lief beinahe, und das Zehnerl mit ihm. Dann geriet er ins Stolpern, das Geldstück rutschte aus seiner Hand, rollte weiter über das Geländer; ganz langsam, wie in Zeitlupe, sah er der schlingernden Münze noch eine Weile zu, bis sie gegen einen auf der Brücke befestigten Beleuchtungsmast stieß. Sie prallte ab, sprang über das Geländer hinaus und hinab in den Fluss. Carl versuchte, sie noch zu packen, griff aber zweimal nur ins Leere und fiel schließlich selbst der Länge nach hin.

»Ich habe dir gesagt, was dir nicht gehört, bleibt dir nicht.« Ida stand da und grinste ihn an. »Jetzt hat es der Tote, als Fährgeld in die Ewigkeit.«

»Du mit deinem Blödsinn.« Carl stand auf und wischte sich ärgerlich den Staub von der Hose. Eigentlich wollte er Ida einen Schubs geben, ließ es jedoch bleiben, da sich die Mutter in diesem Moment zu ihnen umwandte und sie mit strengem Blick ermahnte, schneller zu laufen.

Zu Hause erwartete Frau Gradl, die Nachbarin, sie schon im Treppenhaus. »Frau Schwarz, gut, dass ich Sie sehe. Haben Sie einen Augenblick Zeit? Kommen S' doch rein.« Geschäftig winkte sie die drei zu sich in die Wohnung. »Ich habe was für die Kinder.« Auf dem Tisch in der Wohnküche stand ein kleines Osterlamm, dick und weiß von Zucker.

»Für den Carl und die Ida. Ich habe es extra gebacken«, sagte die Nachbarin nicht ohne Stolz. »Bitte nehmen S' doch Platz.« Ohne auf eine Antwort zu warten, rückte sie die Stühle zurecht und holte das Geschirr von der Anrichte. »Einen Kaffee trinken S' schon mit? Das Wasser ist schon aufgesetzt.«

»Mama, schau, das Lamm hat richtige Locken und eine Fahne mit einem goldenen Kreuz auf grünem Grund.« Ida deutete mit dem Finger auf den Kuchen.

»Ich hab es mit Eischwerteig gebacken. Der ist so leicht, er zergeht fast auf der Zunge.« Während die alte Frau sprach, schnitt sie das Lamm in Stücke. »Nehmen S' doch Platz, Frau Schwarz.«

Zögerlich und unsicher setzte sich Grete. »Das ist aber nett von Ihnen, Frau Gradl, und es wäre gar nicht nötig gewesen.«

»Ist schon gut«, winkte die Angesprochene ab und legte ein Stück auf einen Teller, den sie Ida reichte. »Da, greif zu.« Ida hob das Kuchenstück auf und biss hinein. Brösel verteilten sich über Teller, Tisch und Jacke.

»Aufpassen, Ida. Iss schön über dem Teller.« Grete schob den Kuchenteller etwas näher an ihre Tochter heran.

»Ach, das macht doch nichts, das kann man später alles wegwischen. Warten S', ich gieß nur schnell den Kaffee auf, trinken S' schon einen mit? Ich bin gleich wieder da.« Frau Gradl eilte hinüber zum Herd.

»Haben Sie es schon gehört? Der Tote, das ist der Friesinger«, rief die Nachbarin vom Herd herüber, während sie das Kaffeemehl mit dem heißen Wasser aus der Schöpfkelle überbrühte. »Der von der Eisenwarenhandlung. Er ist ins Wasser gegangen. Schrecklich, nicht?«

Mit gedämpfter Stimme fuhr sie fort. »Die Leute erzählen, dass er sich umgebracht hat, weil er sein Geschäft hat aufgeben müssen. Der neue Inhaber hätte ihn ja weiter arbeiten lassen, aber das wollte er nicht. War halt scheinbar zu stolz dafür, kann man ja verstehen, dass es nicht einfach ist, aber da muss man einmal über seinen Schatten springen und den Stolz hinunterschlucken, sag ich immer. Das ist halt so mit den neuen Gesetzen und der Verdeutschung.«

Grete Schwarz kniff die Lippen zusammen und stand abrupt vom Stuhl auf. »Ich glaube, es ist schon Zeit. Danke für den Kuchen, Frau Gradl, aber wir müssen gehen. Kommt, Kinder.«

»Wollen Sie nicht doch eine Tasse Kaffee? Der wäre jetzt gleich fertig!«

»Nein, es ist wirklich sehr nett, aber ich muss heim. Komm, Ida, komm.« Grete nahm die Kinder bei der Hand und zog sie aus der Wohnung. Die alte Frau folgte ihnen und redete unentwegt weiter. »Haben Sie wirklich keine Zeit mehr? Na, dann vielleicht ein andermal, aber warten S', das Osterlamm, das gebe ich den Kindern schon mit, es hat ihnen ja so geschmeckt.«

Ehe Grete ablehnen konnte, war Frau Gradl schon wieder in ihrer Wohnung verschwunden. Ida und Carl blieben vor der offenen Tür stehen, während Grete die Schlüssel zur eigenen Wohnung in der Tasche suchte. Mit dem Teller in der Hand kam Erna Gradl zurück.

»Schau, Ida, kannst den Teller halten? Oder noch besser, dein Bruder hält ihn, dann kannst du in Ruhe weiteressen. Schau, die Fahne, das ist das Zeichen zur Auferstehung unseres Herrn Jesus Christus, den haben die Juden damals ans Kreuz genagelt.« Frau Gradl sah Grete an. »Oder hätte ich das jetzt nicht sagen sollen? Ihr Mann ist ja auch ein Jude«, sagte die alte Frau.

Grete schob Carl zur Seite und nahm ihm den Teller weg. »Ich weiß, wer Jesus Christus war, denn ich stamme aus einer katholischen Familie, Frau Gradl. Und mein Mann ist katholisch getauft.« Sie drückte der Nachbarin den Teller in die Hand. »Ich weiß, dass Sie es gut gemeint haben. Danke.«

Dann sperrte sie die Tür auf und schob die Kinder in die Wohnung. »Kommt, Kinder.«

Die alte Frau stand verdutzt im Treppenhaus. »Dann ist Ihr Mann aber trotzdem nur ein Judenchrist, und auch die haben unseren Herrn ans Kreuz genagelt, sagt der Herr Pfarrer.«

Das Licht der Nachttischlampe war schon längst gelöscht, doch Ida lag immer noch wach im Bett. Durch das Fenster fiel das Mondlicht herein. »Carl, schläfst du schon?«

»Nein, aber fast.«

Sie setzte sich im Bett auf und sah zu ihm hinüber. »Schade, dass du das Osterlamm nicht probiert hast. Es war richtig gut. Die Eischneelocken sind im Mund geschmolzen. Ich hätte jetzt gerne noch ein Stück.«

»Ich mag die Gradl nicht. Sie ist eine alte Hexe. Die steht immer hinter dem Vorhang und schaut den ganzen Tag, was die Leute machen«, antwortete Carl leise.

»Ich mag sie auch nicht, aber backen kann sie.« Nach einer kurzen Pause flüsterte Ida: »Kann ich zu dir rüberkommen? Ich kann nicht einschlafen.«

»Ja, komm, aber wenn du mir die Decke wegziehst, musst du wieder in dein Bett.«

»Darf die Berta auch mit?«

»Ja.«

Ida nahm ihre Puppe unter den Arm und zwängte sich zu ihrem Bruder ins Bett. »Kannst noch ein bisschen rutschen?«

Carl schnaufte, rückte aber dennoch ein kleines Stück.

»Gute Nacht, Ida.« Dann drehte er sich mit dem Gesicht zur Wand. Es dauerte nicht lange, und beide waren eingeschlafen.

Georg Schlattner hatte den Wagen außerhalb des Lichtkegels der Straßenbeleuchtung geparkt, man konnte nur an der hin und wieder aufglimmenden Zigarette erkennen, dass jemand im Auto saß. Er wartete lange, ehe er ausstieg. Den Kragen hochgestellt und den Hut tief ins Gesicht gezogen, querte er die Straße und ging auf das Haus zu. Die

Haustür war unverschlossen. Er blickte sich noch einmal zu beiden Seiten um. Im Dunkeln stieg er die Treppen hinauf zum ersten Stock. Vor der Wohnung blieb er stehen, wartete kurz, zögerte, dann erst drehte er den Klingelknopf an der Tür.

Grete Schwarz öffnete. »Schorsch, was machst du hier? So spät? Ist was passiert?«

Schlattner grüßte kurz und schlüpfte dann an der überraschten Grete vorbei in die Wohnung. »Mach schnell zu, braucht keiner sehen, dass ich hier bin. Ich muss mit euch reden.«

»Wir wollten gerade ins Bett gehen, ich gebe dem Erwin Bescheid, dass er sich noch schnell was Richtiges anziehen kann.«

»Das braucht er nicht, Gretel, ich bleib nicht lang.«

Grete klopfte an der Schlafzimmertür »Erwin, komm schnell raus, der Schorsch ist da.«

Erwin Schwarz sah erstaunt aus, als er Georg Schlattner neben seiner Frau im Flur stehen sah.

»Grüß dich, Erwin. Ich hab was mit euch zu bereden, aber nicht hier auf dem Gang.«

Erwin nickte »Komm, gehen wir in die Küche.« Er wies dem Besucher mit der Hand den Weg. »Was bringt dich jetzt so spät noch zu uns her?«

Die Männer kannten sich seit ihrer Kindheit. Sie waren in die Volksschule und später auch gemeinsam auf das Neue Gymnasium gegangen. Während Erwin in Erlangen Medizin studiert hatte, ging Georg Schlattner nach ein paar Semestern Jura zur Polizei. Und auch da hatten sich ihre Wege wieder gekreuzt, Schlattner hatte bis zur Pensionierung des alten Haubner, Gretes Vater, als dessen Assistent gearbeitet.

Fünf Jahre war es jetzt her, dass Kriminaloberkommissar Gustav Haubner, mit allerlei Auszeichnungen und Belobigungen dekoriert, höflich aber sehr eindringlich aufgefordert worden war, seine Pension einzugeben. Nach der Machtübernahme durch die Nationalsozialisten waren Leute wie er nicht mehr gefragt. Genau wie Otto Hipp, der ehemalige Bürgermeister, hatte er sich mehrfach öffentlich gegen die NSDAP ausgesprochen. Und als Hipp sein Amt hatte aufgeben müssen und durch den überzeugten Parteigänger Dr. Otto Schottenheim ersetzt wurde, blieb auch Haubner nichts übrig, als um seine Pensionierung zu bitten. Sein Assistent blieb, passte sich wie so viele der neuen Zeit an.

»Magst dich nicht setzen, Schorsch?« Grete rückte den Stuhl ein wenig zurecht, »oder wollen wir vielleicht doch lieber rüber ins Wohnzimmer gehen?«

»Nein, nein, hier, das passt schon.« Georg Schlattner nahm den Hut vom Kopf, und ohne den Mantel auszuziehen, setzte er sich. »Ich … bleib nicht … lang.«

Schlattner sprach langsam und stockend, als wäge er jedes Wort genau ab. »Wir haben heute den Friesinger aus der Donau geholt … In der Wohnung haben wir Frau und Tochter gefunden. Selbstmord. Sie sind in den Betten gelegen, als ob sie schlafen würden.«

»Um Gottes willen!« Grete setzte sich erschrocken neben ihren Mann an den Tisch.

»Ich dürfte euch das gar nicht sagen.« Die ganze Zeit blickte Schlattner auf den Hut, den er langsam in seinen Händen drehte. »Ein Abschiedsbrief, und das hier hat auf dem Tisch gelegen.« Er griff in die Innentasche seines Mantels und legte einen Briefumschlag auf den Küchentisch.

»Der Friesinger ist arisiert worden. Firma und Grundstück sind jetzt in deutscher Hand. Der Hermann Hans, dein alter Parteifreund von der Bayerischen Volkspartei, ist dafür zuständig, als rechte Hand von unserem Bürgermeister. Der Hermann war schon immer ein zäher Hund, das weiß ich noch vom Studium. Jetzt ist er ein abgebrühter Grundstückshändler.« Georg Schlattner lächelte bitter. »Selbstmord von ein paar Juden interessiert keinen. Erwin, ich weiß nicht, wie ich es sagen soll ... ich habe lange überlegt ... ich will, dass ihr den Umschlag nehmt und geht.«

»Ich versteh dich nicht, was ist da drin? Wo sollen wir hingehen?«

Schlattner blickte Erwin zum ersten Mal direkt an, seit er am Tisch saß. »Schiffspassagen nach Shanghai. Der Friesinger braucht sie nicht mehr, aber ihr braucht sie.«

»Ich versteh dich nicht, Schorsch.«

»Erwin, ich kenne dich schon lang, ich weiß, wie du fühlst, aber für die meisten Leute bleibst ein Jud, und mit diesen Schmarotzern will keiner was zu tun haben. Niemand kann aus seiner Haut. Allein schon, dass ich hier bei euch sitz, kann mich meine Karriere kosten.«

»Ich glaub, dann solltest du gehen.« Erwin wollte von seinem Stuhl aufstehen, doch seine Frau legte eine Hand auf seinen Arm. »Lass den Schorsch ausreden.«

Erwin schüttelte den Kopf, »Ich will es gar nicht hören. Meine Familie lebt seit fast vierhundert Jahren hier. Immer hier.« Um seine Worte zu unterstreichen, schlug er zweimal mit der flachen Hand auf den Tisch »Es hat immer wieder schlechte Zeiten gegeben. Wir sind nicht gegangen, Gretel, manchmal ist es schlimmer, manchmal besser.«

»Und jetzt kommt es ganz schlimm, du wirst noch an

mich denken, aber dann ist es zu spät«, fiel Schlattner ihm ins Wort. »Schau dich doch an, Erwin, du darfst nur noch als Krankenbehandler für andere Juden arbeiten, und dein ehemaliger Kommilitone und Burschenschaftskamerad, der Herr Dr. med. Otto Schottenheim, wo ist der? Hilft dir der? Ich sehe nichts!« Georg Schlattner war von seinem Stuhl aufgestanden und beugte sich weit über den Tisch, beide Hände auf der Tischplatte aufgestützt »Den großen Menschenfreund gibt er, aber nur für rassisch einwandfreie Bürger. Draußen am Harthof lässt er eine Siedlung bauen. Sogar nach ihm benannt worden ist's. Da lässt sich einer schon bei Lebzeiten ein gewaltiges Denkmal setzen. In der Stadt stolziert er rum mit seiner SS-Uniform, wie der Gockel auf dem Mist, und wer nur verkehrt schnauft, wird von seinen Schergen in Schutzhaft genommen. Erwin, wach auf, wie soll das weitergehen?« Schlattner setzte sich wieder und rückte mit dem Stuhl näher an den Tisch heran.

»Es ist immer weitergegangen«, erwiderte Erwin trotzig. »Und so wird es auch diesmal sein. Selbst wenn wir gehen wollten, wo sollten wir hin? Ohne Visa und ohne Bürgen? Es ist nicht so, ich mach mir auch meine Gedanken, das kannst mir glauben.«

»Hör auf mich, sei kein Tor.« Schlattner schob den Umschlag über den Tisch. »Dahin braucht ihr keine Visa.«

Erwin Schwarz schüttelte den Kopf »Ich geh nicht zu den Chinesen. Was will ich bei den Schlitzaugen? Ich gehöre hierhin und nirgends sonst. Ich bin getauft. Ich bin genauso katholisch wie ihr zwei. Das Judentum ist mir fremd. Mein Vater hat sich nur wegen seiner und der Familie meiner Mutter nicht taufen lassen. Ich bin den Schritt gegangen und habe jede Verbindung dazu aufgegeben. Ich bin katholisch und so deutsch wie ihr beide auch. Shanghai – weißt du, wie weit das von hier weg ist? Das Klima, das Essen, die Menschen – alles ist anders.«

»Erwin, bitte sei leiser.« Grete versuchte, ihren Mann zu beruhigen.

»Ich bin nicht leiser, Gretel. In der Zeitung kannst lesen, dass Shanghai ein Sumpf ist. Es hat die höchste Verbrecherrate auf der ganzen Welt, und da soll ich mit unseren Kindern hin? So schlimm kann es hier nicht werden, wie es da unten jetzt schon ist. Drogen, Prostitution – willst du, dass die Kinder so aufwachsen? Unter einem Haufen Räuber, Banditen und Schmarotzer? Willst du das? Gretel, sag! Und von was willst du leben?«

»Ich will, dass unsere Kinder ein vernünftiges Leben haben, Erwin. Was glaubst, wie oft ich in der Stadt schon angespuckt worden bin? Die Kinder werden größer, die kriegen immer mehr mit. Ich will nicht, dass sie aufwachsen und von den anderen gemieden werden, weil sie Mischlinge sind, Bastarde! Im Augenblick mag es noch nicht so schlimm sein, aber es ist schlimm genug, und es wird noch schlimmer werden. Ärzte braucht man überall auf der Welt. Erwin, ich bitte dich, der Schorsch hat recht.«

»Und ob ich recht habe. Denen, die jetzt das Sagen haben, ist es egal, ob du dich als Deutscher fühlst und in der Burschenschaft warst. Oder haben sich die Kameraden von der Bubenruthia noch einmal bei dir gemeldet? Genauso wenig wie unser Herr Bürgermeister. Und die Bayerische Volkspartei, wo sind's die Herren? Der Hipp hat gehen müssen, und der Hermann ist jetzt in der NSDAP. Aus ist es mit dem konservativen politischen Katholizismus. Ein jeder schaut, wie er durchkommt; für die Leute bist du ein Jude, da kannst dich zehnmal taufen lassen, und die Gretel ist deine Schickse.«

»Was der Schorsch sagt, stimmt, Erwin. Keiner hat uns bisher geholfen, weder deine alten Parteifreunde wie der Hermann noch der Otto. Weg schauen alle, wenn ich sie auf der Straße sehe, als ob ich Luft wäre.«

»Hör auf deine Frau. Die Zeiten haben sich geändert. Was glaubst du, heutzutage genügt es schon fast nimmer, nur in der Partei zu sein, damit du vorwärtskommst. In der SS sollte man sein, auch das macht uns unser Herr Bürgermeister ja schön vor.

Die Burschen von NSKK kann man schon fast nicht mehr zurückhalten. Die warten jeden Tag drauf, dass sie einen erwischen, den sie aufmischen können. Und bei uns im Präsidium? Ein jeder ist sich selbst der Nächste. Keiner schaut mehr so genau hin, dann ist der eine oder andere halt so lange gegen die Tür gerannt, bis er liegen geblieben ist, und anschließend geht er, damit die Gesellschaft vor einem solchen Element geschützt ist, nach Dachau.«

»Schorsch, ich kann nicht – an den Fahrkarten, da klebt das Blut vom Friesinger. Wie soll ich da gehen?« Erwin Schwarz schob den Umschlag weiter von sich fort.

»Skrupel kannst du dir nicht mehr leisten, Erwin. Die Herren von der Arisierung hatten auch keine gehabt, wie sie den Friesinger um Hab und Gut gebracht haben. Euch läuft die Zeit davon – wenn ihr noch weiter wartet, dann kann ich nichts mehr für euch tun. Ich muss auch schauen, wo ich bleib; wenn ich deinem Schwiegervater nicht so viel zu verdanken hätte, glaubst du, ich würde dann hierherkommen?«

Georg Schlattner stand von seinem Stuhl auf. »Ich sag es dir noch einmal: Ihr müsst gehen! Der Friesinger war am

Ende, mit fast siebzig und einer kranken Tochter. Der hatte keine Wahl mehr. Aber du hast eine, ergreif sie!«

Erwin schüttelte wortlos den Kopf.

»Was bist du nur für ein Tor?« Georg Schlattner wandte sich um und ging. Grete lief hinter ihm her. An der Haustür drehte er sich zu ihr um. »Gretel, du weißt, ich mag dich gern, und wenn du damals den Erwin nicht genommen hättest … ich hätte dich gleich genommen. Gescheiter wäre es gewesen. Aber es ist, wie es ist. Rede mit ihm. Ihr müsst weg. Der Friesinger und die Seinen, die brauchen die Passagen nicht mehr. Der hat sich nicht nur wegen der Arisierung umgebracht: Sein Sohn … der kommt nicht mehr, den haben die in Dachau in der Schutzhaft erschlagen, weil er ein Jude war. Keiner traut sich, das zu sagen, und ich halte auch meinen Mund. Du musst zum Lloyd, alles umschreiben lassen, und dann noch auf die Stadt. Das kostet natürlich was, umsonst ist der Tod, aber du darfst nicht warten, das Schiff wartet auch nicht.«

»Ich weiß nicht, Schorsch … der Erwin ist doch beim Paulusbund, glaubst du nicht, dass die uns helfen können?«

»Sag mal, Gretel, verstehst du mich auch nicht? Hat dich dein Mann auch schon ganz närrisch gemacht? Den Bund gibt es nicht mehr! Und wenn sie morgen einen neuen aufmachen unter anderem Namen, dann gibt es den auch bald nicht mehr! Egal, ob katholisch oder protestantisch getauft, alle Assimilierten können noch so oft beteuern, mit dem Judentum nichts am Hut zu haben. Helfen tut es am Ende nichts. Ich bitte dich, Gretel, nimm die Kinder und geh!«

Mit diesen Worten setzte er seinen Hut auf, zog ihn tief ins Gesicht und ging hinaus in die Nacht.

Als Grete in die Küche zurückkam, saß ihr Mann immer noch am Tisch und starrte ins Leere. Sie setzte sich ihm gegenüber, nahm seine Hände in ihre und hielt sie fest.

»Erwin, ich weiß, du willst es nicht hören, aber wir müssen gehen. Schau dich doch um – die ganze Stadt erstickt fast in Hakenkreuzfahnen. Seit der Otto Bürgermeister ist, schikaniert er die jüdischen Familien der Stadt. Vor jedem jüdischen Geschäft haben seine Schergen und Spitzel Stellung bezogen. Ganz gleich, wie groß und alteingesessen sie sein mögen. Vorm Schocken auf dem Neupfarrplatz stehen sie genauso wie in der Maxstraße oder vorm Manes in der Goliathstraße. Selbst wenn keiner von der Bande zu sehen ist, traut sich die Kundschaft nicht mehr hinein – es könnte an der Ecke einer lauern und es bei erster Gelegenheit weitererzählen. Es ist ein abgekartetes Spiel, und wir haben keine Chance. Du hast es doch gehört, der Hermann zieht den Geschäftsleuten, die es trotz aller Widerstände bis jetzt geschafft haben, den Boden unter den Füßen weg, indem er ihnen ihr Hab und Gut für Pfennigbeträge abluchst.«

»Gretel, ich habe mit dem Judentum nichts zu tun, ich bin getauft. Und mehr noch, ich will damit nichts zu tun haben, weder als Konfession noch als Volkstum oder ich weiß nicht, was. Ich bin Deutscher. Ich bin für mein Land in den Krieg gezogen und habe für mein Land gekämpft. Ich gehöre hierher, nirgendwohin sonst.«

»Mir musst du es nicht erzählen, aber glaubst du wirklich, dass sich noch einer darum kümmert, dass du das Eiserne Kreuz für deine Tapferkeit und Verdienste im Krieg bekommen hast? Diesen Leuten ist das einerlei. Der Schorsch hat recht, für die bin ich eine Hure, die sich eingelassen hat mit einem Juden. Für diese deutschen Volksgenossen lebe ich in Rassenschande, und unsere Kinder sind minderwertige Mischlinge.«

Erwin zog seine Hände zurück. »Unser Land ist mehr als diese Leute. Wo gehobelt wird, fallen Späne. Es geht nicht um uns, es geht um die Juden aus Polen und weiß Gott woher sonst noch. Orthodoxe und Sektierer, diese Leute haben nichts mit uns gemein. Sie überfluten unser Land und wollen sich nicht anpassen. Oder jene, die kein Gewissen haben und nur ans Geld denken. Spekulanten, die wie Leichenfledderer über uns herfallen, uns ausbluten lassen wollen. Es geht nicht um uns national Gesinnte, wir haben uns angepasst. Wir müssen einfach aushalten, und alles wird wieder gut.«

»Was redest du da? Erwin! Es geht um Menschen wie du und ich.« Grete sah ihren Mann an. »Wieder gut? Was soll wieder gut werden? Im Augenblick wird nur alles schlechter. Der arme Herr Friesinger und die Seinen sind der Beweis! Anständige Leute. Auf was willst warten? Darauf, dass wir am Ende auch in den Strudel springen, weil uns nichts anderes übrig bleibt?«

»Gretel, du versündigst dich!«

»Ich gehe morgen zum Lloyd und anschließend auf die Stadt. Ich lasse die Passagen umschreiben, und es ist mir egal, was ich dafür zahlen muss. Ich bekomme das Geld schon zusammen, lieber gehe ich zu Fuß bis ans Ende der Welt. Ich bleibe nicht mehr.«

»Gretel …«

»Ich war heute bei meiner alten Klavierlehrerin, und im Treppenhaus bin ich dem Hofstetter begegnet, ihrem Nachbarn. Er ist wieder zurück. Er ist kein Jude, aber er hat den Mund aufgemacht, hat sich aufgeregt darüber, wie sie mit den jüdischen Bürgern dieser Stadt verfahren und mit den demokratischen, den sozialistischen, kurz jedem, von dem die braune Brut glaubt, dass er anders ist. Keine zehn Wochen ist es her, da haben sie ihn fortgebracht, in Schutzhaft, nach Dachau. Hast du jemals in die Augen von einem gesehen, der zurückkam? Ich habe es. Heute. Die Augen waren leer. Ich will nicht in solche Augen blicken.«

»Du bringst da Dinge durcheinander. Der Hofstetter war schon immer ein Querulant.«

»Es ist mir ganz einerlei, ich will meine Kinder nicht in so einem Land aufwachsen sehen. In einem Staat, für den sie minderwertig sind. Und du solltest das auch nicht wollen.«

Mit diesen Worten stand sie auf und ging hinüber ins Schlafzimmer.

Für Carl waren die nächsten Tage angefüllt mit endlosem Warten. Geduldig sitzen in langen weißgetünchten Fluren, auf hölzernen Bänken vor verschlossenen Türen, die sich nie zu öffnen schienen. Hoffen, dass die Mutter endlich eingelassen wurde, um dann wiederum ihre Rückkehr zu ersehnen. Unterbrochen von stetigem Treppauf und Treppab von einem der Stockwerke ins andere. Nur um dort angelangt von Neuem stoisch auszuharren, bis sie an der Reihe waren. An manchen Tagen durften die Kinder nach der Schule zu Hause bleiben, mussten die Mutter nicht begleiten, aber auch diese Tage waren angefüllt mit zähem, unendlichem Warten auf ihre Rückkehr.

Zu Hause war nichts wie vorher. Die Eltern gingen sich aus dem Weg, sprachen nur das Nötigste. Selbst Ida mit ihrem immerwährenden Geplapper war seltsam einsilbig, als läge ein grauer Schleier über allem. Carl konnte sich nicht erklären, was geschehen war, und keiner antwortete auf seine Fragen, wenn er es wagte, sie zu stellen.

Zu allem Übel wurde auch noch Großvater ins Krankenhaus eingewiesen. Obwohl seine Mutter ihm versicherte, dass es ihm gut ging und sie ihn bald besuchen würden, wusste Carl nicht recht, ob er ihr glauben konnte.

Als Grete Schwarz am Sonntag hinaus ins Neue Krankenhaus ging und die Kinder mitnahm, war Carl erleichtert.

Ida quengelte den ganzen Weg, ihr täten die Beine weh. Dann wieder wollte sie sich ausruhen oder jammerte, die Schuhe würden drücken. Unzählige Male hatten sie stehen bleiben müssen. Carl konnte sie noch so sehr zur Eile antreiben, sie ließ sich Zeit beim Schnürsenkel-neu-Binden und auch beim Hochziehen der wollenen Strümpfe. Weitaus schlimmer jedoch fand er, dass sie sich fast den ganzen Weg von ihm ziehen ließ.

Grete Schwarz ging zügig voran, änderte ihr Tempo kaum. Von Zeit zu Zeit, wenn der Abstand zwischen ihr und den Kindern gar zu groß zu werden schien, blieb sie kurz stehen, drehte sich um und rief ihnen zu, sie sollten sich beeilen. Carl und Ida rannten dann ein Stück, bis sie wieder bei ihr waren. Ida beschwerte sich mehr als einmal wortreich darüber, warum sie nicht die Straßenbahn nehmen könnten, die regelmäßig an ihnen vorbeifuhr. Die Antworten ihrer Mutter waren so vielfältig wie die Klagen der Tochter: »Die Straßenbahn ist zu teuer«, »Das Wetter ist schön«, »Bewegung schadet nichts, wir können laufen«, oder der Satz, der Ida am meisten missfiel: »Sei froh, dass du gesunde Beine hast.« Ida fragte nach, warum sie darüber froh sein sollte. Sie würde sich daran sowieso nicht mehr lange erfreuen können, durch einen Marsch wie diesen wäre es mit der Gesundheit ihrer Beine bald vorüber.

Als all das Jammern nichts nützte, verfiel Ida darauf, sich theatralisch mit den Armen auf den Knien abzustützen, begleitet von Klagen über Seitenstechen. Ihre Mutter durchschaute das Spiel, ging weiter, und Carl zog aufs Neue seine maulende Schwester hinter sich her.

Mehr als eine halbe Ewigkeit schien vergangen zu sein, als sie endlich am Krankenhaus ankamen.

Mit Gustav Haubner lagen noch andere Patienten im Zimmer. Sein Bett stand im hinteren Teil des Raumes. Carl, der sich auf den Besuch gefreut hatte, ging eingeschüchtert durch den Raum, vorbei an all den anderen Kranken in ihren Betten und deren Besuchern. Ihn beklemmte das Zimmer, wie ihn das Warten der letzten Tage bedrückt hatte. Es roch nach Krankheit und Tod, zumindest stellte Carl sich vor, beides würde so riechen. Gustav Haubner hatte die Arme über der Bettdecke verschränkt. Müde und blass sah er aus. Carl fühlte sich unwohl, mit jedem weiteren Schritt ins Zimmer hinein verstärkte sich dieses Gefühl.

Ganz anders Ida. Sie, die den ganzen Weg hierher nur geklagt und gejammert hatte, lief auf das Bett zu, und noch ehe die Mutter sie davon abhalten konnte, setzte sie sich darauf.

»Ida, da ist kein Platz, das darf man nicht.«

»Lass sie, Grete.« Großvaters Stimme klang schwächer, als Carl sie in Erinnerung hatte.

»Na gut, aber dann rück wenigstens hinunter zum Fußende, sonst hat Opa keinen Platz.« Ida rutschte ein wenig.

Carl stand da, der Anblick des Großvaters, die Luft im Zimmer, er merkte, wie ihm schwindelig wurde.

»Grete, schau den Buben an. Ist dir nicht gut, Bub?« Carl wollte antworten, konnte aber nicht, er versuchte zu nicken, im gleichen Moment gaben seine Beine nach.

Als er wieder zu sich kam, lag er auf einer Bank im Flur vor den Krankenzimmern. Seine Mutter saß neben ihm und hielt seine Hand.

»Geht es dir wieder besser?«

»Ja.«

»Du hast uns einen Schrecken eingejagt.« Grete Schwarz lächelte ihren Sohn an. »Kann ich noch einmal zu Opa ins Zimmer? Ida bleibt hier bei dir, und ich bin gleich wieder da.« Carl nickte.

Er blieb auf der Bank liegen, seine Schwester saß daneben. Und wieder warteten sie. Ida schaukelte mit ihren Beinen hin und her, beugte sich nach vorn und zurück. Carl blickte hinauf zur Decke und hoffte, der Besuch im Krankenhaus möge bald beendet sein. Besucher liefen an ihnen vorbei, Klosterschwestern in langen weißen Trachten huschten den Flur entlang. Misstrauisch beäugten sie die beiden Kinder. Während Carl auf der Bank lag, begann Ida im Korridor auf und ab zu gehen. Sie versuchte, nur auf die schwarzen Kacheln des Bodens zu treten. Hatte sie eine Reihe abgeschritten, hüpfte sie weiter zur nächsten, bis sie alle schwarzen Fliesen einmal betreten hatte. Dann ging sie hinüber zum Fenster und sah durch die Scheiben hindurch hinaus. »Carl, schau mal, von hier aus kann man in den Garten sehen.«

»Ich habe keine Lust, Ida. Mama hat gesagt, wir sollen hier auf sie warten.«

»Du bist der langweiligste Bruder, den es gibt.« Ida drehte ihm den Rücken zu und drückte sich noch eine Weile die Nase an der Scheibe platt, bis sie auch daran jedes Interesse verlor und sich wieder zu ihm auf die Bank setzte. Gegen Ende der Besuchszeit kam Grete zurück. Mit ihr der Großvater.

Er hatte sich seinen gestreiften Morgenmantel angezogen und begleitete sie ein Stück. »Ein wenig Bewegung tut mir gut, ich gehe mit euch noch bis zum Stiegenhaus. Die Besuchszeit ist gleich zu Ende.«

Ida hüpfte und hopste den Flur entlang, während Carl sich noch immer schwach auf den Beinen fühlte. An der Treppe angelangt, drückte Gustav Haubner seine Enkel fest an sich. »Gib gut auf deine Schwester acht. Versprichst du das?« Carl wusste nicht, warum, aber es kam ihm vor wie ein Abschied für immer. Als Letztes umarmte der Großvater seine Tochter, leise, kaum hörbar sagte er: »Geh, Grete, geh, solange es noch Zeit ist. Schon wegen der Kinder. Mutter und ich sind alt, wir kommen alleine zurecht. Um uns musst dir keine Sorgen machen, mir geht es bald wieder besser.«

Grete wollte etwas sagen, doch ihr Vater schüttelte den Kopf. »Glaub mir, Kind, diese Menschen haben keine Ahnung von Demut und Nächstenliebe. Wer demütig ist, ist schwach, glauben sie. Und auf den Schwachen treten sie herum. Mit Religion und Volkstum hat das nichts zu tun, die machen sich ihren Glauben selber. Deren Herrgott ist der Herrenmensch. Aber auch diese tausend Jahre werden schnell vergehen.«

Als sie die Treppe hinunterstiegen, drehte sich Grete noch einmal um und blickte hoch zu ihrem Vater, der sich nicht von der Stelle gerührt hatte. Er winkte ihnen zu und lächelte.

Nach dem Abendessen legte Grete einen Stapel Bücher auf den Küchentisch. Sie erzählte den Kindern, sie alle würden schon sehr bald auf eine lange Reise gehen. Dann fing sie an, die Bücher und Atlanten vor ihren Augen auszubreiten.

»Zuerst geht die Reise nach München und von dort mit dem Nachtzug quer durch die Alpen nach Verona. Weiter über Mailand nach Genua.« Im Hafen von Genua würde ein Schiff auf sie warten, die *Conte Biancamano,* und das würde sie um die halbe Welt mitnehmen an einen Ort, der Shanghai hieß und im fernen China lag. Grete fuhr mit dem Zeigefinger hin und her über den Atlas, querte die Alpen, das Mittelmeer, zog vorbei am Suezkanal und hinaus in den Persischen Golf, durchzog das Chinesische Meer, bis ihr Finger in Shanghai landete. Während sie ihren Kindern alles auf der Karte zeigte, erzählte sie über die Länder, an denen sie vorüberfahren würden. Konnte sie eine Frage nicht beantworten, durfte Carl aus dem Lexikon vorlesen, was es noch zu wissen gab. Erwin saß eine Weile still daneben, dann stand er wortlos auf und ging zu Bett.

Am Morgen wurden Carl und Ida nicht wie gewöhnlich von der Mutter geweckt. Großmutter war zu Besuch gekommen, und ihre Mutter sagte, sie dürften heute von der Schule zu Hause bleiben, da es wegen der langen Reise noch so viele Dinge zu erledigen gab. Maria Haubner blieb den ganzen Tag, sie half ihrer Tochter, die wenigen Sachen, die mitgenommen werden konnten, einzupacken, und spielte mit ihren Enkeln. Auch am Abend ging sie nicht wie sonst nach Hause, sie brachte Carl und Ida zu Bett und erzählte ihnen wunderschöne lange Geschichten vom Kaiser von China, von mechanischen Nachtigallen und von vielen anderen wunderlichen Dingen, die es dort zu sehen gäbe.

Als Carl in der Nacht wach wurde, glaubte er, die Stimmen seiner Eltern zu hören. Obwohl sie laut miteinander sprachen, konnte er nichts verstehen, sosehr er sich auch bemühte. Mehr noch, das angestrengte Lauschen machte ihn dösig, und seine Gedanken begannen, sich erneut um die lange Reise zu drehen, sie trugen ihn fort zu all den wunderbaren Seltsamkeiten, von denen Großmutter erzählt hatte.

Ohne es zu merken, schlief er ein. Viel später als sonst ließen die gedämpft aus dem Nebenzimmer zu hörenden Geräusche ihn langsam munter werden. Großmutter und Eltern waren dabei, die letzten Dinge zu packen und dafür Sorge zu tragen, was mit den Gegenständen, die sie zurücklassen mussten, geschehen sollte. Ida und er standen dabei meist im Weg. Es wurde Nachmittag, bis sie endlich im Zug saßen.

Ida lamentierte, sie hätte sich von Erika und all den Freundinnen gar nicht und selbst von Großmutter nicht richtig verabschieden können. Carl beachtete sie kaum, in sich versunken lauschte er dem Stampfen der Räder und blickte hinaus auf die vorüberziehende Landschaft. Häuser mit beleuchteten Fenstern reihten sich wie Perlen einer Kette aneinander. Er träumte vor sich hin, stellte sich vor, was in all den Zimmern vor sich ging, nahm in Gedanken an fremden Tischen Platz und hörte imaginären Gesprächen zu, war Teil dieser fiktiven Leben. Je weiter sie von zu Hause wegfuhren, desto dunkler wurde es: Kamen sie anfangs noch an vielen erleuchteten Häusern vorüber, waren es im Laufe der Nacht immer weniger geworden, und schließlich war draußen alles nur noch tiefschwarz.

Manchmal blickte Carl hinüber zu seinem Vater, der stumm und steif dasaß und aus dem Fenster starrte. Zu Beginn der Reise hatte Erwin Carls Blick noch gelegentlich erwidert, ab und an sogar gelächelt, aber mit jeder Stunde, die sie weiter von zu Hause forttrug, nahm er immer weniger von den Dingen um ihn herum wahr. Die Finsternis kroch in ihn hinein, und die Kälte, die sie mit sich brachte, ließ ihn frieren. Die Fahrt ging schrecklich langsam vonstatten. Der Zug hielt in jedem noch so kleinen Bahnhof an der Strecke. Zu Beginn der Reise klangen die Namen der Stationen noch vertraut. Köfering, Hagelstadt, Pfakofen. Erwin dachte an glückliche Tage, Radausflüge mit Grete, damals, als sie jung und noch ohne Kinder waren. Helle unbeschwerte Bilder, voller Lachen und im festen Glauben, das Leben würde immer so weitergehen und für sie nur Glück bereithalten. Die Erinnerungen spendeten ihm keinen Trost, sie schmerzten und zogen ihn nur tiefer hinab.

2

Brenner

Mitten in der Nacht blieb der Zug mit einem Ruck stehen. Überall gingen die Lichter an. Von einer Sekunde zur nächsten war Hektik und Lärm in den monotonen Gleichklang der Zugfahrt gekommen. Laute Stimmen waren zu hören, dazwischen auf- und zuschlagende Abteiltüren.

Carl schob neugierig den Vorhang ein wenig zur Seite und lugte hinaus. Auf dem taghell erleuchteten Bahnsteig patrouillierten Menschen in Uniformen.

»Carl, lass das!« Seine Mutter zog ihn vom Fenster fort und schloss den Vorhang. Wenig später wurde auch ihre Tür aufgerissen: »*Controllo dei passaporti!* Ihre Papiere bitte!« Drei Beamte des italienischen Zolls standen ungeduldig im Abteil. Grete suchte aufgeregt und umständlich in der Tasche nach den Papieren. »*Subito! Subito! Signora! Passaporti!* Reisepässe!« Der ältere Beamte, ein kleiner Mann mit akkurat gestutztem Bart und einer Vielzahl glänzender Knöpfe an der Uniform, schnauzte sie an. Schließlich hielt sie ihm mit zitternder Hand die Ausweise entgegen. Er ergriff die Papiere, prüfte sie mit strengem Blick. Dann wandte er sich um und raunte seinen Kollegen etwas zu. Die drei verließen das Abteil, blieben jedoch vor der Tür stehen. Grete sah Erwin fragend an. Der zuckte nur mit der Achsel. Stille. Einer der Beamten öffnete die Tür erneut und sagte zu Grete: »*Scusi, Signora!* Bitte gedulden Sie sich einen Augenblick.« Seine Stimme klang sanft und freundlich. Er schloss die Tür, blieb aber weiter vor dem Abteil stehen und unterhielt sich wieder mit seinen Kollegen. Der ältere ging schließlich mit den Papieren fort. Die anderen blieben und warteten. Wenig später kam der Beamte zurück, stieß die Tür zum Abteil wieder auf.

»Dottor Schwarz, ich muss Sie und Ihre Familie bitten, mit meinem Kollegen den Zug zu verlassen.«

»Warum? Ist etwas nicht in Ordnung?«, fragte Grete und zwang sich, so ruhig wie nur irgend möglich zu klingen. Der Mann wandte sich erneut an Erwin. Dieses Mal fordernder. »Dottore, wenn ich Sie bitten darf?«

»Aber …« Grete hatte vor Aufregung rote Flecken im Gesicht. Erwin sprach beruhigend auf sie ein, »Grete, lass uns tun, was der Herr von uns möchte.«

»Aber warum? Wir werden den Anschlusszug in Mailand verpassen!« Sie wühlte in ihrer Tasche und hielt dem Zöllner die Fahrscheine hin »Wir haben Passagen für ein Schiff nach Shanghai.« Ohne einen Blick darauf zu werfen, drehte sich der Beamte um und ging. Der Zöllner mit der sanften Stimme beugte sich zu Grete hinab. »Signora, es tut mir leid, aber wir können da nichts machen, uns sind auch die Hände gebunden. Kommen Sie bitte kurz mit ins Büro, es wird sich bestimmt alles klären lassen. Der Zug hat ohnehin einen längeren Aufenthalt durch die Passkontrolle!«

»Aber …«

»Grete, es bringt doch nichts.« Erwin stand auf und holte die Koffer aus dem Gepäcknetz. Der Zöllner trat einen Schritt zur Seite und wartete neben der offenen Tür.

»Bitte, wir werden den Zug in Mailand verpassen, bitte …«
Gretes Stimme klang verzweifelt.

Erwin legte eine Hand auf ihre Schulter. »Grete! Wir
müssen mit dem Herrn mitgehen.«

»Hören Sie auf Ihren Mann, Signora.« Der Beamte lächelte sie aufmunternd an.

Erwin nahm beide Koffer, »Carl, hilf deiner Mutter und
trag die Reisetasche und den Rucksack.« Die immer noch
schlaftrunkene Ida im Arm, stieg Grete widerwillig aus dem
Zug. Auf dem Bahnsteig hatten sich außer ihnen noch weitere Passagiere mit ihren Habseligkeiten versammelt. Beamte mit Hunden schritten die Reihe ab. Alles unter den
prüfenden Blicken einer etwas abseitsstehenden Gruppe mit
braunen Uniformen und Hakenkreuzbinden um den Arm.

Einer nach dem anderen wurde aufgefordert, zur eingehenden Kontrolle der Reisedokumente und des Gepäcks in
das Büro der Zollbehörde zu gehen.

Die Überprüfung ging nur schleppend voran. Taschen
und Koffer mussten geöffnet und der Inhalt zur Begutachtung auf einen Tisch gelegt werden. Scheinbar wahllos wurden Personen aus der Schlange gepickt, ausgesondert und
in den anderen Raum gebracht. Der Zug blieb unterdessen
weiter am Bahnsteig stehen. Grete sah sich immer wieder
ungeduldig um, vergewisserte sich, ob er auch wirklich noch
nicht von ihr unbemerkt weitergefahren war. Endlich kamen auch sie an die Reihe; ohne die beiden Kinder wurden
sie aufgefordert, in das Büro des Dienststellenleiters einzutreten.

»*Si accomodi!*« Mit einer flüchtigen Bewegung der Hand
zeigte der auf die beiden Stühle vor seinem Schreibtisch und
forderte sie auf, sich zu setzen. Hinter dem Schreibtisch an

der Wand hing ein kleineres Bild König Viktor Emanuels III. und ein um vieles größeres Porträt Mussolinis. Grete starrte zuerst auf die Bilder, dann auf den Offizier und die Reisedokumente, die vor ihm auf dem Tisch lagen.

»Dottor Schwarz, es tut mir leid, aber ich kann Sie leider nicht weiterreisen lassen.« Der Mann sprach fast akzentfrei, dennoch dauerte es eine Weile, ehe sie verstanden.

»Warum?« Grete blickte ihn ungläubig an »Unsere Papiere sind doch in Ordnung.«

»Signora, nicht die Dokumente sind das Problem. Ihr Mann ist es. Der Capo, Il Duce, ist in Milano, und der Zug endet dort.«

»Aber was hat das mit meinem Mann zu tun?«

»Es tut mir wirklich sehr leid, Signora, aber wir sind angewiesen, alle jüdischen Reisenden an der Grenze aufzufordern umzukehren.« Er faltete die Reisedokumente wieder zusammen.

»Aber mein Mann ist katholisch getauft.«

»Signora, das kann ich nicht beurteilen, und es steht auch nicht zur Debatte. Ich muss mich auf das verlassen, was ich sehe, und auf die Order, die ich bekomme. Ich habe hier den Pass, und laut dieses Dokuments ist Ihr Mann Jude.«

Grete ließ nicht locker: »Entschuldigen Sie bitte, Herr …«

»Maresciallo Panucci, Signora.« Der Offizier lächelte angestrengt.

»Maresciallo Panucci, wir versichern Ihnen, wir werden den Mailänder Bahnhof nicht verlassen. Wir wollen nur umsteigen in den Zug nach Genua.« Grete suchte in ihrer Tasche nach den Schiffspassagen und hielt sie ihm entgegen »Hier, sehen Sie, wir haben Fahrscheine ab Genua. Wir sind nur auf der Durchreise.«

»Es tut mir leid, Signora, ich werde nichts für Sie tun können. Ich kann Sie und Ihre Kinder nicht daran hindern, die Reise fortzusetzen, aber Ihr Mann ...« Dann wandte er sich an Erwin: »Dottor Schwarz, bitte missverstehen Sie mich nicht, ich persönlich habe nichts gegen Sie, aber Anweisung ist Anweisung, und ich muss Sie bitten umzukehren.«

»Gibt es keine andere Möglichkeit? Ich meine, wenn wir nicht über Mailand, sondern über einen anderen Ort fahren würden?« Erwins Stimme klang ruhig und gefasst.

»Dottore, mir sind die Hände gebunden.« Für den Offizier war das Gespräch beendet. Er rückte mit seinem Stuhl ein wenig vom Schreibtisch zurück.

»Aber was sollen wir tun? Wie soll ich ohne meinen Mann weiterfahren?«

»*Senta,* Signora Schwarz, es liegt nicht in meiner Macht. Ich habe Weisungen, und es ist schon entgegenkommend, Ihnen und den Kindern die Möglichkeit der Weiterreise anzubieten. Ich könnte auch anders ... Vor dieser Tür warten noch einige darauf, eingelassen zu werden, und auch diese Menschen möchten die Fahrt fortsetzen. Sie verstehen?«

Mit diesen Worten reichte er die Pässe seinem Adjutanten weiter. »Wenn Sie bitte dem Brigadiere folgen wollen?«

Langsam stand Grete auf. Der Zug stand noch immer am Bahnsteig, sie konnte ihn sehen, als sie hinaus zu den Kindern gebracht wurden.

Sie wandte sich an den Brigadiere. »Was sollen wir tun? Können Sie uns nicht weiterhelfen?«

Mit unbeweglicher Miene antwortete der: »*Non parlo il tedesco.*«

Der Adjutant reichte die Papiere einem Zöllner weiter. Es war der Beamte, dem sie schon zuvor im Zug begegnet waren und der versucht hatte, Grete ein wenig zu beruhigen.

»Signora, Sie müssen sich beeilen, der für Sie bestimmte Zug fährt gleich weiter. Ich bringe Sie und die Kinder nach draußen.« Wieder sprach er mit sanfter Stimme auf sie ein und lächelte sie dabei höflich an.

»Aber …?«

Er schüttelte ganz leicht den Kopf und schloss dabei für einen kurzen Augenblick die Augen, als wollte er ihr zu verstehen geben, dass es jetzt besser wäre zu schweigen. Grete verstummte. »Bitte, Signora, nehmen Sie Ihre Kinder und Ihr Gepäck und kommen Sie mit mir. Ich bringe Sie zum Zug, der für Sie bestimmt ist. Es ist Eile geboten, er fährt gleich ab.« Und an Erwin gewandt: »Auch Sie, Dottore. Vertrauen Sie mir!« Seine Stimme war immer noch freundlich und ruhig, doch sehr bestimmt.

Mit den Kindern und den Koffern in der Hand folgten sie ihm nach draußen. Er führte sie den Bahnsteig entlang auf eine kleine Unterführung zu, von dort ging er weiter bis an den Anfang des Zuges. Gleich hinter der Lokomotive, an einer Stelle, die durch den Dampf und die Überdachung der Unterführung schlecht einsehbar war, blieb er stehen.

»Hier sind die Pässe.« Grete streckte zögernd die Hand aus. »Hören Sie mir jetzt gut zu, Signora.« Jedes einzelne Wort betonend, sagte er: »Es sind alle Pässe, auch der Ihres Mannes. Verstehen Sie mich, Signora?« Dabei blickte er Grete fest in die Augen, dann ließ er die Papiere los. »Aber der Offizier … mein Mann …?«

»Haben Sie die Pässe oder nicht?«

Grete nickte folgsam.

»Dann steigen Sie schnell ein, der Zug fährt gleich ab, er wartet nicht.«

»Warum tun Sie das? Warum helfen Sie uns?«

»Spielt das eine Rolle? Vielleicht erinnern Sie mich an meine Mutter? Vielleicht habe ich aber auch einen Befehl missverstanden? Ich bin nur ein dummer Bauernjunge aus dem armen Süden.«

Grete wollte noch etwas sagen, aber er schnitt ihr das Wort ab. »Worauf warten Sie? Presto! Presto!«, und der sanfte warme Ton seiner Stimme war mit einem Mal verschwunden. Ohne ein weiteres Wort stiegen sie ein. Noch ehe die Tür geschlossen war, fuhr der Zug bereits ab. Sie liefen bepackt mit Taschen und Koffern, die Kinder hinter sich herschleifend, von Abteil zu Abteil, bis sie eingeklemmt zwischen anderen Reisenden gerade noch genügend freie Plätze fanden. Mit jedem weiteren Halt füllte sich der Waggon immer mehr. Überall saßen oder lagen Menschen, selbst auf dem Boden zwischen den Sitzreihen und im Flur vor dem Abteil. Aber Grete störte sich nicht daran, sie war glücklich wie schon lange nicht mehr.

In Mailand mussten sie Stunden auf die Abfahrt ihres Zuges nach Genua warten. Durch den Besuch des Duce und die ganze Aufregung, die damit verbunden war, kam der Zugverkehr fast zum Erliegen. Große Teile des Bahnhofs waren abgesperrt, und von Weitem konnten sie den Sonderzug Mussolinis stehen sehen, aufmerksam bewacht von Polizei und Schwarzhemden.

Als sie endlich weiterfahren konnten, war es bereits Nachmittag und der Zug ebenso hoffnungslos überfüllt wie der, mit dem sie gekommen waren. Auch diese Fahrt zog sich schier endlos hin, und als sie endlich in Genua ausstiegen, fing es bereits wieder an, Abend zu werden.

Grete und Erwin irrten mit den Kindern durch die Gassen und Straßen der Stadt. Nichts war vertraut, alles war fremd. Geräusche, Gerüche, selbst die Farbe des Lichts der Straßenlaternen schien eine andere zu sein. Als sie fast schon die Hoffnung aufgegeben hatten, fanden sie in einer kleinen Seitengasse unweit des Hafens Unterschlupf in einem schäbigen Hotel.

Während Grete sich mit den Kindern das Bett teilte, saß Erwin in einem abgeschabten Sessel neben dem Fenster. Und obwohl beide in den wenigen verbleibenden Stunden kaum Schlaf finden konnten, sprachen sie fast kein Wort miteinander.

3

Genua

Erwin saß im Sessel und starrte hinaus in die Nacht. In ihm war jedes Gefühl und jede Regung abgestorben, und er wusste nicht, wie er dieser Leere entrinnen konnte. Seit sie den Entschluss gefasst hatten, von zu Hause fortzugehen, fühlte er sich gefangen. Das Leben um ihn herum war weitergegangen, nur er stand still, unfähig, daran teilzunehmen. Er hatte Grete geholfen, die Sachen zu packen, hatte sich von seinen Schwiegereltern verabschiedet, später im Zug hatte er zugesehen, wie die Welt draußen vor dem Fenster an ihm vorüberglitt. Er war leer. Tot wie ein abgestorbener Baum.

An der Grenze, als sie schon glaubten, sie würden mit dem nächsten Zug zurückgeschickt werden und Grete die Verzweiflung und Angst darüber anzusehen war, keimte in ihm Hoffnung auf. Er war erleichtert, und gleichzeitig erschreckte ihn, dass ihn Gretes Furcht, umkehren zu müssen, so wenig berührte. Er schämte sich, und von da an konnte er ihr nicht mehr ins Gesicht blicken.

Er liebte sie, er liebte die Kinder, und er liebte seine Heimat. Sie hatte wahrscheinlich recht, er verstand ihre Ängste gut, und doch … Es war so schwer für ihn loszulassen.

Im Zimmer war es ganz ruhig. Er lauschte Carl und Idas Atem. Er war sicher, auch Grete lag wach wie er selbst, aber er konnte nicht mit ihr sprechen, konnte sie nicht trösten. Vielleicht später einmal, aber nicht heute. Erwin rückte den Sessel näher ans Fenster heran. Aus der Gasse herauf hörte er vereinzelt Schritte. Er vernahm das Klappern der Absätze auf dem Straßenpflaster. Sie kamen näher, wurden lauter und wieder leiser, wenn sie sich entfernten. Manchmal ging nur ein Einzelner die Gasse entlang, dann wieder mehrere Menschen. Ein Paar blieb stehen. Er hoffte und wünschte sich, dass es ein Liebespaar war. Er hörte die Stimme eines Mannes, die einer Frau. Beide flüsterten. Dann für kurze Zeit Stille. Ob sie sich küssten? Ein Lachen, und sie liefen schnell fort. Nach einigen Minuten näherte sich singend und grölend ein Betrunkener. Unweit des Hotels blieb er stehen und krakeelte weiter. In einem der Nachbarhäuser wurde ein Fenster geöffnet, und Erwin hörte eine wütend keifende Frauenstimme. Der Betrunkene polterte zurück. Ein Schwall Wasser klatschte laut auf die Straße, dann Fluchen, Lachen, das Fenster wurde zugeschlagen, danach Stille.

Irgendwann musste Erwin eingedöst sein.

Gegen drei Uhr nachts schreckte er aus dem Schlaf hoch. Für die Dauer eines Atemzugs glaubte er, ein lautes metallisches Klacken gehört zu haben, wie ein Schuss, bei dem der Schall abgeschwächt worden war. Er verwarf den Gedanken aber sofort wieder. Ein Schuss, selbst ein gedämpfter, hätte lauter sein müssen, hätte nicht nur ihn, sondern das ganze Hotel aufwecken müssen. Aber alles blieb ruhig. Er hatte sich geirrt.

Keine halbe Stunde später hörte er erneut einen Knall,

gefolgt von einem Poltern. Dieses Mal war er sicher, einen Schuss gehört zu haben.

»Erwin!« Er konnte Gretes Stimme hören, flüsternd, unsicher. »Was war das?«

»Ich weiß es nicht. Sind die Kinder aufgewacht?« Er richtete sich im Sessel auf.

»Nein. Sie sind todmüde, sie schlafen fest.«

Beide lauschten sie nun angespannt ins Dunkel.

Jemand hastete die Treppe herauf, lief den Flur entlang und klopfte an die Tür zum Nebenzimmer. Das Pochen wurde drängender, dazwischen hörten sie ein Rufen. Türenschlagen.

»*Scusate. Che cosa è successo?*«

»*Niente, niente … andate a letto! … andate in camera!*«

»*Per amor di Dio! … Polizia! … un incidente terribile … si è suicidato!*«

»*Non sono affari tuoi! Andate a letto! Andate … subito!*«

Die Stimmen wurden durch die geschlossene Tür gedämpft. Auch wenn sie nicht verstanden, was vor sich ging, konnten sie sie dennoch im Zimmer hören. Erwin stand auf und ging hinüber zur Tür.

»Erwin?«

»Bleib du bei den Kindern. Ich gehe nachsehen«, sagte er leise zu Grete.

»Sei bitte vorsichtig.«

Er nickte, öffnete einen Spalt. Der Flur war voller Menschen. Er schlüpfte hindurch nach draußen. In der Tür zum Nebenzimmer hatte sich der Portier aufgebaut.

Er forderte die Menschen auf, den Flur zu räumen, doch keiner schien sich darum zu kümmern. Dann sah er Erwin.

»Dottore, Sie sind doch ein *medico*? Kommen Sie.« Er winkte ihn zu sich hinüber, hinter vorgehaltener Hand rief er ihm zu: »Ein Landsmann von Ihnen. Es ist etwas Schreckliches passiert. Können Sie hier warten und niemanden hereinlassen? Ich muss die Polizei holen. Sie sehen mir nicht so aus, als würden Sie aus dem Zimmer etwas mitnehmen, wie so manch anderer hier im Flur.«

Erwin nickte. Der Portier grinste ihn an. »Sie werden sehen, wie schnell die meisten verschwunden sind, wenn erst die Polizei hier ist.« Dann ließ er ihn ins Zimmer.

Ein Mann lag im Bett, der Oberkörper an das Kopfteil des Bettes gelehnt, der heruntergefallene Arm hatte die Nachttischlampe umgestoßen, auf dem Boden lag eine Pistole. Die Wand dahinter war voller Blut.

Ein einziger flüchtiger Blick reichte aus, selbst jemand, der noch nie einen Toten gesehen hatte, hätte gewusst, dass diesem Mann nicht mehr zu helfen war. Erwin ging trotzdem hinüber. Die Augen waren halb geöffnet und noch ganz klar. Das Blut, noch nicht geronnen, sickerte zu Boden. Auf dem Bett neben dem Toten lag ein handgeschriebener Zettel. Erwin hob ihn auf, las, dann legte er ihn wieder zurück.

Der Mann musste bereits vorher einen Schuss abgegeben haben, denn auf der anderen Seite des Bettes am Boden lag ein zerschossenes Kissen, Federn überall, und es roch nach verbranntem Horn. Als hätte er sich versichern wollen, dass die Pistole auch wirklich funktionierte.

Minuten später trafen die Carabinieri im Hotel ein. Der Portier hatte recht, noch ehe sie hoch ins Zimmer gegangen waren, hatte sich der Flur bereits geleert. Erwin ging zurück zu Grete und den Kindern. Seine Frau wollte von ihm wissen, was draußen passiert war, doch er schüttelte nur den Kopf und sagte, er hätte nichts sehen können. Sie gab sich damit zufrieden.

Gemeinsam weckten sie am frühen Morgen die Kinder. Stumm packten sie ihre Habseligkeiten zusammen und gingen den Weg, den man ihnen beschrieben hatte, hinunter zum Hafen. Aus allen Richtungen strömten Menschen herbei, drängten zum Anleger. Frauen mit Pelzmänteln und schicken Hüten stolperten auf Stöckelschuhen über holprig gepflasterte Wege. Familien, quengelnde Kleinkinder hinter sich herziehend und schreiende Babys im Arm, schlossen sich dem Zug an. Dazwischen Menschen, die aussahen, als hätten sie seit Tagen in ihren Kleidern geschlafen. Überall ein Rufen, Hupen und Lärmen. Auf Karren wurden Koffer, Kisten und allerlei sonstiges Gepäck zum Liegeplatz geschoben. Hin und wieder fuhren Automobile vorüber, um ihre Passagiere direkt hinunter zum Anleger und zum Büro des Lloyd Triestino zu bringen.

Und dann lag die *Conte Biancamano* von der Morgensonne beschienen vor ihnen. Groß, der Rumpf schwarz gestrichen, die Aufbauten hoch und weiß, strahlte sie eine unglaubliche Anmut und Eleganz aus.

Endlich angekommen, reihten sich Grete und Erwin mit den Kindern in die Schlange der Wartenden ein.

Bis in den Nachmittag hinein wurden Papiere überprüft und Gepäck an Bord gebracht. Dann endlich durfte ein Reisender nach dem anderen die steile Gangway zum Schiff hochsteigen. Durch die Laufplanken hindurch konnte Grete hinunter in das ölig schimmernde Wasser des Hafenbeckens blicken. Sie zögerte, hatte Angst vor der Höhe, davor, eines der Kinder könnte stolpern und seitlich durch die viel zu großen Lücken der Seile hinunter ins Wasser fallen. Krampfhaft hielt sie sich am Handlauf fest, ermahnte Ida und Carl, sich festzuhalten, auf jeden Schritt zu achten und nur ja keine Dummheiten zu machen.

Endlich an Bord angekommen, wurden sie von weiß gekleideten Stewards in Empfang genommen und zu den Kabinen der zweiten Klasse begleitet.

Carl und Ida bettelten, nach oben auf das Promenadendeck gehen zu dürfen. Carl versprach, auf seine Schwester aufzupassen und sie nicht aus den Augen zu lassen. Doch erst als der Steward versicherte, ihnen den Weg zu zeigen, damit sie auf dem Schiff auch wirklich nicht verloren gingen – »*Certo, Signora! Senz'altro! È assolutamente certo!*« –, willigte Grete zögernd ein.

Allein mit Erwin in der Kabine zurückgeblieben, begann sie, die wenigen Dinge, die sie mitgebracht hatten, zu ordnen, um sie in den Spind einzuräumen. In ihrem Eifer achtete sie zunächst nicht auf ihren Mann, der stocksteif neben der Kabinentür stehen geblieben war.

»Grete, lass uns gehen.« Er sprach leise, sie konnte ihn kaum verstehen.

»Ich muss erst die Sachen einräumen. Aber wenn du willst, dann geh du und schau, dass die beiden keinen Unsinn machen.«

»Nein, du verstehst mich nicht. Ich will, dass wir die Kinder nehmen und wieder zurückgehen. Noch ist Zeit, das Schiff legt erst in einer knappen Stunde ab.«

Grete wandte sich zu Erwin um und sah ihn fragend an. Verloren stand er da in Mantel und Jackett, den Hut in einer Hand. »Die ganze Zeit während der Fahrt und hier, als wir darauf gewartet haben, an Bord gehen zu können, habe ich gewusst, wir gehören nicht hierher. Es ist Wahnsinn, in ein Land zu gehen, von dem wir nichts wissen, außer dass es am anderen Ende der Welt liegt und von dem man hört, dass ein Leben dort keinen Pfifferling wert ist.«

Grete sah ihn ungläubig an. »Wir haben alles aufgegeben, wohin sollen wir zurück?«

»Es wird sich alles finden, Grete. Es wird sich alles finden. Das Schiff hat noch nicht abgelegt.« Und als müsste er sich selbst Mut machen, fügte er trotzig hinzu: »Noch ist Zeit, wir können zurück.«

»Nein, Erwin, das ist Wahnsinn!«

Erwin hielt Grete an den Schultern fest. »Aber fortzugehen wäre Verrat. Wir gehören nach Hause. Ich will nicht, dass meine Kinder fern der Heimat aufwachsen. Was tun wir hier unter diesen fremden Menschen?«

»Erwin, hast du den Verstand verloren?« Grete riss sich los.

»Es hat keinen Sinn, mich umzustimmen, Grete. Ich kann nicht anders. Ich habe für Deutschland gekämpft, ich bin knietief in nach Exkrementen und Verwesung stinkenden Gräben gestanden. Ich habe gesehen, wie meine Kameraden wie die Fliegen gestorben sind … Und nach dem Krieg mussten wir bluten. Alle haben uns ausgesaugt, haben getan, als wären wir Deutsche an allem schuld. Sie sind über uns hergefallen wie die Heuschrecken … die Engländer, die Franzosen, das jüdische Großkapital. Sie haben uns mit Füßen getreten, unser Land aushungern lassen, und jetzt … auch wenn ich die Nationalsozialisten nicht mag, aber es geht wieder aufwärts mit Deutschland.«

»Erwin! Aber zu welchem Preis? So viele Menschen werden zu Außenseitern, zu Aussätzigen. Keiner will uns mehr haben. Dich, die Kinder, mich!«

Sie wollte mit der Hand über seinen Kopf streichen, doch er wich ihr aus. »Lass das, Grete.«

»Deutschland will dich nicht haben, für die bist du ein Jude, es will unsere Kinder nicht haben, denn für diese Leute sind sie Bastarde! Ich kann nicht glauben, dass du es nicht verstehst!« Grete sprach langsam, als könnte Erwin den Sinn ihrer Worte so besser begreifen.

»Ich kann nicht davonlaufen. Ich habe gekämpft. Ein Kamerad lässt keinen anderen fallen, es war immer so und wird auch jetzt nicht anders sein.«

Sie lachte bitter. »Der Krieg ist längst vorbei, Erwin, es zählt nicht mehr. Hast du vergessen, was in den letzten Jahren passiert ist, wie sich alles verändert hat?«

»Ich habe noch nie in meinem Leben vor etwas gekniffen und werde es auch jetzt nicht tun. Je weiter wir von zu Hause weggefahren sind, desto stärker fühlte ich, dass ich verloren wäre. Grete, ich bitte dich! Komm mit mir, lass uns die Kinder holen und gehen!« Erwin kam ganz nah an Grete heran. »Gestern im Hotel hat sich im Zimmer neben uns einer erschossen!«

»Mein Gott!« Grete schlug die Hände vor das Gesicht.

»Ich habe den Abschiedsbrief gesehen, er hat sich umgebracht, weil er nicht auf dieses Schiff wollte, weil er lieber tot sein wollte, als sein Vaterland zu verlassen. Wie der alte Friesinger, der lieber in die Donau gegangen ist, und genauso geht es mir, Grete. Ich will lieber tot sein als gehen.«

Grete hielt sich mit beiden Händen die Ohren zu. »Hör auf! Ich will das nicht hören! Dieses Land will und braucht dich nicht! Es hat dich ausgespuckt, es behandelt dich wie Dreck.«

»Sie sind gezwungen, so zu handeln. Es richtet sich nicht gegen uns, Grete. Es geht um die Bolschewisten und die Feinde Deutschlands.«

»Wenn du gehen willst, Erwin, geh zurück, die Kinder und ich, wir bleiben!«

»Ich warte am Pier auf euch.«

»Wir werden nicht kommen, Erwin.«

»Wenn das dein letztes Wort ist, Grete, dann lebe wohl!«

Sie stand wie in Trance in der Kabine; sie wusste später nicht, ob sie zum Abschied noch etwas gesagt hatte, nur an das Klacken der ins Schloss fallenden Kabinentür konnte sie sich erinnern.

Carl und Ida standen an der Reling. Sie blickten vom Deck hinunter. »Weißt du, wie man die Netze nennt, die bei hohem Seegang und Sturm vor die Reling gespannt werden? Leichenfänger.«

»Was du nicht alles weißt«, antwortete Carl schnippisch.

»Habe ich gelesen. Schau, wie viele dort unten stehen. Von hier heroben sieht man alles viel besser.«

Dicht gedrängt standen die Menschen am Anleger. Sie lagen einander in den Armen, küssten sich zum Abschied. Es fiel ihnen schwer, sich loszureißen, sie lachten, weinten, riefen einander über die Köpfe der anderen hinweg Abschiedsworte in allen möglichen Sprachen zu.

Ein Signal ertönte, die letzten Passagiere trennten sich von ihren Lieben und kamen an Bord. Andere, die zum Abschied mit auf das Schiff gegangen waren, rannten eilig hinunter. Laute Rufe, und das Fallreep wurde eingeholt. Erneutes Tuten der Sirene. Die Maschinen wurden in Gang gesetzt. Das Schiff begann, unter ihren Füßen zu beben und zu vibrieren.

Wie ein großer Wal, der plötzlich zum Leben erwacht und uns auf seinem Rücken über die Meere transportieren wird, dachte Carl.

Konfetti fiel wie bunter Regen auf sie nieder.

»Schau, Carl, ist das nicht toll?« Ida jubelte und jauchzte. Sprang auf und ab und winkte wie all die anderen, die eng aneinandergepresst an der Reling standen, hinunter zu den Zurückbleibenden. Tücher wurden zum Abschied geschwenkt. Luftschlangen flogen vom Schiff zum Pier und umgekehrt. Ein allerletztes Lebewohl. Und dazwischen ertönte immer wieder die Sirene. Die *Conte* legte langsam ab, als würde es ihr schwerfallen, sich aus dieser Umarmung zu lösen. Nachdem sie weit genug vom Pier fort war, glitt sie gleichmäßig und leicht dem offenen Meer zu. Noch lange standen die Passagiere an Deck und sahen zurück zum Hafen von Genua, der nach und nach aus ihrem Blickfeld verschwand.

Überwältigt von dem eben Erlebten stiegen Carl und Ida hinunter in ihre Kabine. Dort fanden sie ihre Mutter auf einem der Betten sitzend. Ihre Augen waren rot und verquollen. Sie zitterte und bebte am ganzen Körper, versuchte mehrmals vergeblich, einen Anfang zu finden, bis es ihr schließlich gelang und sie den Kindern mit stockender Stimme erklärte, dass es Schwierigkeiten mit dem Zoll gegeben habe und ihr Vater deshalb wieder von Bord musste. »Er kommt aber ganz bestimmt mit dem nächsten Schiff nach. Ganz sicher.« Carl und Ida glaubten ihr, wie sie ihr auch glaubten, dass sie sich wegen des ungewohnten Seegangs nicht wohl fühlte und deshalb fast die ganze erste Woche in der Kabine bleiben musste. Sie waren traurig, doch sie glaubten fest daran, es würde bald ein Wiedersehen mit dem Vater geben.

Erwin stand noch lange am Pier und sah dem Schiff nach. Die Leere, die ihn die ganze Zeit gequält hatte, war fort. Hatte sich aufgelöst. Es war die richtige Entscheidung gewesen.

Grete und die Kinder würden zurückkommen. Er wusste es, sie würden wiederkommen. Er hatte die Augen nicht verschlossen, er war nicht der dumme Tor, für den Grete ihn zu halten schien. Er wusste, was um ihn herum vorging. Doch er konnte nicht gehen. Warum verstand sie das nicht? Er konnte an keinem anderen Platz der Erde leben, ganz egal, was die Zukunft für ihn bereithielt, und es würde nicht so schlimm kommen. Die Zeiten würden sich bald beruhigen, alles würde werden wie vorher. Alles. Er war sich dessen sicher.

4

Conte Biancamano

»Ich finde, er sieht wunderschön aus.«

Ida stand vor dem goldgerahmten Gemälde in der Eingangshalle und bewunderte das Bildnis, das Humbert I. von Savoyen darstellte, den Conte Biancamano, der dem Schiff seinen Namen gegeben hatte.

Der Mann auf dem Bild war gekleidet wie ein Edelmann der Renaissance. An den Füßen spitze Schuhe, die Beine steckten in weißen Strümpfen, dazu trug er kurze bunte Pumphosen und einen aufwendig bestickten, von einer überdimensionalen Halskrause gekrönten Wams.

»Du bist ja auch ein Mädchen.« Carl verzog missbilligend das Gesicht.

Das seiner Meinung nach einzig Männliche an Humbert war das Schwert, auf das sich seine weißbehandschuhte Hand elegant stützte. Carl hielt den ganzen Aufzug für einen ausgewachsenen Mann, noch dazu einen Ritter, für völlig inakzeptabel, um nicht zu sagen unwürdig.

»Das sieht doch total lächerlich aus, so kann doch keiner rumlaufen. Wenn der sich so seinen Feinden stellt oder den anderen Rittern im Turnier, dann werfen die sich alle vor Lachen auf den Boden.«

Carl äffte die Körperhaltung des Conte nach. Er wusste genau, was er tun musste, um seine kleine Schwester zu ärgern.

»Außerdem ist das nie und nimmer der richtige Conte Biancamano«, merkte er noch besserwisserisch an.

»Ist er schon.« Idas Augen funkelten böse.

»Ist er nicht«, giftete Carl zurück.

»Und warum nicht?«

»Er kann es gar nicht sein, da muss man nur dieses Schild lesen, und selbst so ein Kleinkind wie du könnte das kapieren!« Triumphierend zeigte Carl auf ein kleines Metallschildchen am unteren Ende des Bilderrahmens, das der Aufmerksamkeit seiner Schwester scheinbar entgangen war.

»Wenn du lesen kannst, hier steht: Conte Biancamano, Humbert I. von Savoyen, ein Kreuz und 1048. Das heißt, er ist bereits im Mittelalter gestorben, und da sind die Leute nicht so angezogen herumgelaufen.«

»Was du nicht sagst, du musst immer alles besser wissen.« Ida versuchte, Carl gegen das Schienbein zu treten. Er hatte sein Ziel erreicht, seine Schwester ärgerte sich.

»Tja, so ist es halt, ich muss nicht nur immer alles besser wissen, ich weiß alles besser.«

Ida, die ihrem Bruder nichts mehr entgegenhalten konnte, warf den Kopf in den Nacken und murmelte trotzig: »Ist mir doch egal, er sieht trotzdem schön aus.« Damit drehte sie sich um und lief den Gang zur Kabine hinunter.

Auch wenn Carl das Bildnis des Conte »blöd« fand, das Schiff selbst übertraf alles, was er bisher gesehen hatte. Die Kabinen der zweiten Klasse waren mit allem nur erdenklichen Luxus ausgestattet. Vor ein paar Jahren, als seine Großeltern in Franzensbad zur Kur waren, hatte er dort einmal mit seiner Mutter in einem Hotel übernachtet. Ihre Kabine auf dem Schiff war nicht weniger geräumig als das Zimmer und viel luxuriöser. Er hatte geglaubt, die Betten auf Schiffen wären einfache Hängematten, die bei jedem Wellengang hin und her schaukelten, aber hier waren sie weich und groß, und wenn man sich hineinfallen ließ, federten sie noch lange nach. Jeden Tag nachdem die Betten frisch gemacht und die Kabinen aufgeräumt worden waren, stand eine Schale mit frischem Obst bereit. Dazu ein gläserner Siphon mit Mineralwasser und schwere Kristallgläser. Damals im Hotel gab es im Zimmer nur einen Waschtisch, hier hatten sie sogar ein eigenes kleines Badezimmer. In den Seifenschalen lagen Seifen, die nach Zitronen dufteten und auch so aussahen.

Auf den beiden Promenadendecks standen Liegestühle in großer Zahl bereit. Weißgekleidete, immer lächelnde Stewards waren stets um das leibliche Wohl der Passagiere besorgt. Kaum hatten er oder einer der anderen Reisenden es sich in einem der Stühle bequem gemacht, eilte schon jemand herbei und reichte Getränke und kleine, mit Fähnchen verzierte Häppchen. Selbst Radieschen oder Gürkchen sahen hier nicht aus, wie er es vom Abendbrottisch zu Hause kannte, die Köche hatten sie zu Röschen zurechtgeschnitten oder zu mit Garnelen gefüllten Körbchen. Alles so klein und zierlich, dass es mit einem einzigen Bissen im Mund verschwand.

Carl aß die ersten Tage eigentlich pausenlos, bis ihm schlecht wurde.

Auch Ida fühlte sich auf der *Conte Biancamano* wohl. Verwöhnt durch die ständige Aufmerksamkeit des Personals, kam sie sich vor wie eine kleine Prinzessin und begann, sehr zum Missfallen ihres Bruders, sich auch so zu benehmen. Zu Hause hatte sie mit ihm und den Nachbarskindern

»Cowboy und Indianer« gespielt, war in seinen alten ausrangierten Hosen mit auf das Dach des Gartenhäuschens geklettert, um von dort oben, mit Zwistel und faulem Obst bewaffnet, die angreifenden Indianer abzuwehren. Auch wenn sie nur ein Mädchen war, schlug sie sich dabei nicht schlecht, wie er anerkennend zugeben musste. Selbst als sie einmal vom Hauser Steff und seiner Bande überwältigt wurden und am Marterpfahl endeten, bestand Ida diese Schmach mit Bravur. Jedes andere Mädchen wäre in Tränen ausgebrochen und hätte heulend nach der Mutter gerufen.

Doch diese Zeiten schienen nun der Vergangenheit anzugehören, Ida wollte, seit sie an Bord waren, nur noch Kleider anziehen. Herausgeputzt und mit Schleifchen im Haar, fand Carl ihren Aufzug nur noch albern.

»Du siehst aus wie die Sofapuppe bei der alten Gradl. Fehlt nur noch, dass du dir Stopsellocken drehen lässt.« Ida warf stolz den Kopf in den Nacken und sagte: »Du hast ja keine Ahnung.«

Dass er, der um drei Jahre älter war, von etwas »keine Ahnung« haben sollte, schmerzte mehr als alle Hiebe und Tritte, die er früher von ihr bekommen hatte.

Und so sagte er das Schlimmste, was ihm einfiel, und er hätte wetten können, dass sie ihn dafür boxen würde. »Du schaust aus wie die Zigeuner-Frieda.«

Doch Ida warf ihm nur einen verächtlichen Blick zu. »Zigeuner-Frieda«, zischte Carl, und ehe sie zu den anderen Mädchen hinüberlaufen konnte, zwickte er sie in die Seite. Doch Ida schlug nicht zurück, sie verzog nicht einmal das Gesicht.

Carl verstand nicht, warum seine Schwester nicht mehr das kleine freche Mädchen sein wollte und es schöner fand, wie die anderen verzogenen und hochnäsigen Gören auf dem Schiff herausgeputzt und mit Schleifchen im Haar über das Promenadendeck zu schlendern. Eifersucht nagte an ihm, wenn sie sich mit ihren neuen Freundinnen, eine jede mit Puppe im Arm, am Nachmittag zum Tee im Palmengarten traf und er allein herumsaß. Zu Hause, das wusste er, hätte sie über diese Mädchen gelacht.

Keine der mitreisenden Familien schien einen gleichaltrigen Jungen zu haben. Und wenn Ida jetzt auch noch abtrünnig wurde, sahen die Zeiten schlecht für ihn aus. Auch wenn ihm ihr Geplapper manchmal auf die Nerven ging, war es immer noch besser, sie um sich zu haben, als alleine zu sein.

Carl ließ sich seufzend in einen der Sessel in der Lounge fallen und beobachtete das Treiben um sich herum. Die Menschen an Bord kamen aus allen möglichen Ländern. Carl hatte noch nie so viele verschiedene Sprachen an einem einzigen Ort gehört. Da waren Deutsch, Englisch, Italienisch oder ihm vollkommen unbekannte Sprachen, und er versuchte, an der Kleidung oder der Hautfarbe die Herkunft der Reisenden zu erraten. Es gab die Gruppe der Emigranten aus Deutschland und Österreich, unter ihnen vereinzelt orthodoxe Juden mit Schläfenlocken und schwarzem Hut. Engländer mit steifem, aufrechtem Gang und Gehstöcken mit Silberknauf. Asiaten, von denen er annahm, es müsse sich um Chinesen handeln, woher sonst sollten sie stammen? Dunkelhäutige Menschen in bunten Trachten. Von denen Carl glaubte, sie kämen aus Afrika oder Indien.

Ohne gleichaltrigen Spielkameraden stromerte er die ersten Tage gelangweilt umher. Dies änderte sich jedoch bald, und innerhalb kurzer Zeit kannte er sich auf dem Schiff aus, als wäre er nie anderswo zu Hause gewesen. Wenn er nicht gerade die *Conte* erkundete oder die Menschen an Bord beobachtete, lag er lesend in einem der Liegestühle auf dem Promenadendeck. Zunächst aus Langeweile und um die Zeit zwischen den Mahlzeiten totzuschlagen, konnte er sich bald keinen schöneren Zeitvertreib vorstellen. Nach dem Mittagessen, wenn die meisten Passagiere ihre Kabinen aufsuchten und Ida mit ihren neuen Freundinnen, Babypuppen unter dem Arm, kichernd und schwatzend die umliegenden Liegestühle in Beschlag nahm, zog es Carl in die Bibliothek. Meist war er der einzige Besucher, und es war angenehm ruhig. Die Beine über die Lehne des großen ledernen Clubsessels gelegt, versank er darin mit seinem Buch. Für die wenigen Reisenden, die es hierher verschlug, blieb er bis auf ein hin und wieder wippendes Bein und einen ab und zu auftauchenden Haarschopf unsichtbar. Carl versank in der Welt seiner Fantasie.

Er segelte mit dem Piraten Blackbeard auf allen Meeren dieser Welt. Dann verschlang er alle Bücher von Jules Verne. Carl begleitete Axel und seine Gefährten, Professor Lidenbrock und Hans Bjelke, zum Mittelpunkt der Erde. Von der Insel Stromboli aus tauchte er mit dem zwielichtigen Kapitän Nemo hinab in die Tiefen des Meeres. Er erlebte in seinem Ledersessel hautnah mit, wie die Gebrüder Kip des Mordes an Kapitän Gibson angeklagt wurden und nur deshalb freikamen, weil sich das Abbild der Mörder in die Netzhaut des Getöteten eingebrannt hatte. Doch noch mehr als Jules Verne begeisterte ihn Edgar Alan Poe. Carl verspürte keinen Hunger, keinen Durst, wurde nicht müde, um ihn herum gab es nichts mehr, wenn er eins seiner Bücher las. Es existierten nur noch die Helden und die Abenteuer, die sie in einer Welt der Fantasie erlebten. Eine Welt, die größer war als die um ihn herum und doch klein genug, um in einen ledernen Clubsessel zu passen.

In den kühleren Stunden am Morgen noch vor dem Frühstück stand er am liebsten am Bug des Schiffes, und wenn ihm der Wind die salzige Gischt ins Gesicht blies, glaubte er, die unendliche Weite der Meere und des Universums spüren zu können. Dann blickte Carl hinunter in das blaugrüne Wasser, sah, wie das Schiff die Wellen und die auf ihnen tanzenden weißen Kronen aus Schaum zerschnitt, und wünschte sich, hinabspringen zu können, um bis zum Grund des Meeres hinunterzutauchen. Wer weiß, vielleicht würde dort unten wirklich Kapitän Nemo in seinem Unterseeboot auf ihn warten. Sicher geborgen im Bauch der *Nautilus*, würde Nemo ihn mitnehmen zu einem riesigen Tiefseevulkan, der von einem Oktopus mit tellergroßen Saugnäpfen an den Tentakeln bewacht wurde. Nachdem sie den Kraken tapfer überwunden hätten, würden sie durch den Schlot des Vulkans hinabtauchen, durch ein Meer aus rot lodernder flüssiger Lava zum eisernen Kern der Erde. Carl wollte neue Welten entdecken wie die Helden der Bücher, in denen er Tag für Tag versank.

5

Ligurisches Meer

Grete verließ in den ersten Tagen nur selten die Kabine. Sie sagte, sie fühle sich nicht wohl, das leichte Schwanken des Schiffes bereite ihr Übelkeit. Matt und bleich, mit rot geränderten Augen lag sie im Bett. Der Schiffsarzt gab ihr Tabletten und verordnete absolute Ruhe bei Tee und Zwieback.

»Sie müssen sich zwingen zu essen, Signora Schwarz. Wenigstens ein paar kleine Bissen und trinken. Viel trinken.« Dabei sah er sie besorgt über den Rand seiner Brille an. »Machen Sie sich keine Sorgen wegen der Kinder, die sind hier an Bord gut aufgehoben. Glauben Sie mir. Sie sind es, um die ich mir Sorgen mache«, sagte er ernst. Sollte sich ihr Zustand in ein paar Tagen nicht ändern, sähe er sich gezwungen, sie auf die Krankenstation einzuweisen.

Da Grete krank war, nahmen die Kinder die Mahlzeiten im Speisesaal ohne sie ein. Carl hätte sich am liebsten geweigert. Wäre es nach ihm gegangen, hätten sie alle zusammen auf den Betten in der Kabine gesessen und sich von belegten Broten aus der Schiffskantine ernährt, aber seine Mutter bestand darauf. Und wäre es nicht schon peinlich genug gewesen, mit seiner kleinen Schwester dort zu erscheinen, musste er sich zum Abendessen auch noch umziehen.

So trottete er in seinem einzigen Anzug missgelaunt hinter Ida her. Als die Türen zum Speisesaal der zweiten Klasse geöffnet und sie vom Steward zum Tisch begleitet wurden, glaubte er zu spüren, wie alle Augen auf sie beide gerichtet waren. Er wollte sich gar nicht vorstellen, wie lächerlich es wohl aussehen musste, an der Seite seiner wie ein Honigkuchenpferd grinsenden Schwester mit Hemd, Krawatte und zu kurzen Hosenbeinen zum Platz geleitet zu werden. Carl merkte, wie ihm ganz warm wurde und die Hitze langsam von der Mitte seines Körpers hoch in seinen Kopf stieg. Mit Schweißperlen auf der Stirn und in der Gewissheit, sich bis auf die Knochen blamiert zu haben, setzte er sich schließlich. Ida hingegen schien den Auftritt genossen zu haben. Ihre zu kleinen Affenschaukeln geflochtenen und hochgebundenen Zöpfe hüpften bei jeder Bewegung hin und her. Sie wartete artig, dass ihr der Steward den Stuhl zurechtrückte, und strich sich über das Kleid, ehe sie sich setzte. Carl wünschte sich, der Boden möge sich auftun und ihn verschlingen. Wenn die Mutter dabei wäre, wäre alles erträglicher.

Der Saal war erstaunlich groß, holzgetäfelt und mit funkelnden Kristalllüstern, die schwer von der Decke hingen. Die Tische waren mit schweren Kristallgläsern, Silberbesteck und mit zu Blüten geformten Stoffservietten eingedeckt, und die Kerzen der in der Mitte des Tisches stehenden Girandole verliehen der gedeckten Tafel zusätzlichen Glanz.

An dem Tisch, zu dem sie der Steward führte, saß bereits ein älteres Ehepaar. Die Frau lächelte Carl und Ida freundlich an und stellte sich und ihren Gatten als Eleonore und Otto Knoll aus Berlin vor.

»Und da ihr jetzt wisst, wer wir sind, bin ich neugierig und möchte natürlich auch wissen, wer ihr seid.«

»Ich bin Ida, und das ist mein Bruder Carl.« Ida hatte diesen geschäftigen Ton an sich, den sie Erwachsenen gegenüber gern an den Tag legte. Carl fand es vorlaut, »gschnappig«, wie ihre Oma manchmal sagte. Sie selbst dachte vermutlich, es klinge erwachsen. Ohne Punkt und Komma plapperte sie weiter. »Meine Mutter kann heute leider nicht hier sein, da sie sich nicht wohlfühlt. Sie leidet unter Seekrankheit, wie der Arzt zu ihr sagte. Sie ist ganz bleich und matt und kann nichts bei sich behalten. Das ist wirklich schlimm, aber der Steward bringt ihr Tee und Zwieback.«

»Ach, das tut mir aber leid«, sagte Eleonore, und ihre Anteilnahme schien durch und durch ehrlich gemeint zu sein.

»Ida! Das interessiert doch keinen.« Carl warf seiner Schwester einen strengen Blick zu.

Eleonore Knoll fuhr an Ida gewandt fort: »Und dann seid ihr zwei alleine in den Speisesaal gekommen? Das finde ich ganz schön erwachsen, oder kommt euer Vater noch?«

Ida schüttelte den Kopf, dass die Affenschaukeln nur so hin und her flogen. »Nein, der musste leider in Genua bleiben.«

»Dann reist ihr nur mit eurer Mutter?«

Ida nickte. »Aber meine Mama sagt, Papa kommt mit dem nächsten Schiff bestimmt nach.« Sie neigte den Kopf ein wenig zur Seite. »Ich glaube, es ist nicht nur die Seekrankheit, ihr geht es bestimmt auch nicht gut, weil Papa nicht mitfahren kann. Ich glaube, sie macht sich große Sorgen. Aber sie sagt es uns nicht, weil sie uns nicht beunruhigen will.«

Carl trat seiner Schwester unter dem Tisch gegen das Schienbein, doch sie steckte es überraschend gut, ohne eine Miene zu verziehen, weg.

»Na dann, ich freue mich, eure Bekanntschaft gemacht zu haben. Zum Wohl, kleine kluge Ida.« Eleonore Knoll hob ihr Glas und prostete den Kindern zu. Ida strahlte. Carl hielt das Geplapper seiner Schwester für unerträglich, und hatte er sich gerade vorhin noch gewünscht, durch ein Loch im Boden verschwinden zu können, so wünschte er sich nun ein Seeungeheuer, dass das ganze Schiff verschlang, damit später niemand über Idas Kleinmädchen-Gequatsche berichten konnte, aber Eleonore fand er nett.

Sie war klein, und alles an ihr war rund. Wenn sie lachte, hatte sie zwei kleine Grübchen. Sie lachte gern und redete viel, es sprudelte nur so aus ihr heraus. Sie erzählte von ihren Enkelkindern, die mit dem Sohn und der Schwiegertochter vor zwei Jahren nach Amerika ausgewandert waren, »die beiden sind etwa in eurem Alter«, und man konnte ihr ansehen, wie sehr sie sie vermisste. Ihr Mann Otto saß stumm neben ihr, trank hin und wieder einen Schluck Champagner und warf seiner Frau, wenn er glaubte, sie redete zu viel, einen tadelnden Blick zu.

Eleonore verstummte dann kurz, zwinkerte den Kindern zu und erzählte weiter. Otto Knoll war in allem das Gegenteil seiner Frau – spindeldürr, ellenlang und zumindest die ersten Abende wortkarg. Carl mochte Otto, er fand ihn ganz in Ordnung.

Der erste Gang war bereits aufgetragen worden, als noch ein alleinreisender Herr zu ihnen an den Tisch geführt wurde. Kaum hatte er Platz genommen, entschuldigte er sich für sein Zuspätkommen. Er hatte sich in seiner Kabine etwas hingelegt und war dann wohl eingeschlafen. »Es ist mir wirklich sehr unangenehm. Darf ich mich vorstellen? Mein Name ist Egon Riegler. Ich komme aus Wien.«

Ida und Eleonore musterten den Neuzugang von oben bis unten. Carl fand, Egon Riegler sah ein wenig aus wie Willy Fritsch, der Lieblingsfilmschauspieler seiner Mutter. Genau wie der hatte er das dunkelblonde Haar streng mit Frisiercreme nach hinten gekämmt. Auch legte er besonderen Wert auf seine Kleidung, von den polierten Schuhen bis zum modischen Einstecktuch passte alles zusammen. Dennoch schien Egon Riegler ein etwas mürrischer Zeitgenosse zu sein. Er bemängelte dieses und jenes – der Wein hatte nicht ganz die richtige Temperatur, das Gemüse zum Hauptgang war zu wenig gekocht, und es standen keine koscheren Speisen zur Wahl. »Nicht dass ich koscher esse, aber wenn man ein vegetarisches Gericht für Hindus anbietet, muss auch für gläubige Juden koscher gekocht werden.« Am meisten jedoch missfiel ihm, dass die jüdischen Passagiere alle an Katzentischen in den Ecken Platz nehmen mussten, dabei hatten sie doch genauso viel wie alle anderen bezahlt.

Als Eleonore einwarf, sie fühle sich hier ganz wohl, sagte er: »Gnädige Frau, glauben Sie nicht, dass genau das unser Problem ist? Wir geben uns mit dem zufrieden, was man uns zuteilt. Unser Anstand und unsere Erziehung haben es uns verboten, schon viel früher aufzuschreien und Nein zu sagen. Wir haben uns wie das Gras im Wind gebogen, wollten uns angleichen, aufgehen in der Gesellschaft. Hätten wir eher widersprochen, dann wären wir nicht in der Lage, in der wir jetzt sind.«

»Mein junger Freund, das kann ich so nicht gelten lassen.« Zum ersten Mal, seit Egon an den Tisch gekommen war, meldete sich Otto Knoll zu Wort. »Mag sein, Sie haben recht damit, dass wir uns zu häufig im Wind gebogen haben, aber wer sich nicht biegt, bricht. Es ist immer einfacher, eine

Situation im Nachhinein zu beurteilen, und ich vermag es nicht zu sagen, wie wir besser gefahren wären. Manchmal denke ich auch, es ist falsch zu gehen, aber was bleibt uns anderes übrig? Wovon soll ich leben? Es ist, wie es ist, und wir müssen das Beste daraus machen.« Dann hob er sein Glas. »Darüber hinaus bin ich mit diesem Tisch und unserer reizenden kleinen Runde sehr zufrieden. Ich möchte nicht tauschen.«

Als die Geschwister nach dem Essen zu ihrer Mutter in die Kabine zurückkamen, hatte Ida Egon Riegler den Spitznamen »der schöne Egon« verpasst.

6

Levantinisches Meer

Carl hatte gehofft, ihr Schiff würde die Straße von Messina durchqueren. Von der *Conte* aus wollte er einen Blick auf jene Felsen werfen, von denen der Legende nach die Sirenen mit ihrem Gesang den vorüberfahrenden Odysseus anlocken wollten. Zu seiner großen Enttäuschung umschiffte sie Sizilien im weiten Bogen und nahm dann Kurs Richtung Kreta auf. Wenige Nächte später, sie hatten die Insel bereits passiert, wälzte sich Carl schlaflos in seinem Bett.

Mitten in der Nacht war er aus einem Traum aufgeschreckt. Er war plötzlich hellwach, und sosehr er auch versuchte, wieder zurück in den Schlaf zu finden, war es doch vergeblich. Er spürte nicht die geringste Müdigkeit. Nach dem Abendessen, als sie alle noch ein wenig zusammengesessen hatten, hatte Eleonore den Kindern ein Kapitel aus der Schatzinsel vorgelesen. Jim Hawkins, der Schiffsjunge und Erzähler der Geschichte, hatte wie er nicht schlafen können. Hawkins war an Deck gegangen, um einen Apfel zu essen. Da die Tonne fast leer war, hatte er hineinklettern müssen und hinauf zum Sternenhimmel gesehen. Der Gedanke, oben an Deck das funkelnde Fimament sehen zu können, hatte etwas Verlockendes. Carl beschloss, sich wie der

Held der Geschichte auf Deck zu schleichen und wenn schon nicht in einer Apfeltonne, so zumindest in einem der Liegestühle zu liegen und in die Sterne zu blicken. Er bemühte sich, so leise wie möglich aufzustehen. Ida hatte sich zu Grete ins Bett gelegt. Eng an die Mutter gekuschelt, lag sie da, den Daumen im Mund und die Puppe im Arm. Carl schlich sich leise auf Zehenspitzen zur Tür. Er drehte den Türknauf herum.

»Carl.«

Die Stimme seiner Mutter hörte sich schlaftrunken an. Er rührte sich nicht, wartete einen Moment, bis er glaubte, sie sei wieder eingeschlafen. Dann erst öffnete er die Tür und schlich sich hinaus.

Die Nacht war klar, das Meer glatt und ruhig. Die *Conte Biancamano* glitt gleichmäßig dahin. Mitglieder der Besatzung waren dabei, die Liegen beiseitezuräumen. Hin und wieder sah Carl einen der Passagiere, die wie er nicht schlafen konnten. Er ging zum Heck, dort suchte er sich einen Platz, von dem er glaubte, den Himmel besonders gut sehen zu können, ohne selbst gesehen zu werden.

Er blieb nicht lange alleine. Eine Gruppe Matrosen tauchte auf, die wohl wie er beschlossen hatten, noch ein wenig draußen zu sitzen. Zuerst glaubte er, sie hätten ihn nicht gesehen, bis er plötzlich die Hand auf seiner Schulter spürte.

»*Che fai qui?*« Neben ihm standen zwei Männer. Carl starrte sie an. Er musste an Jim Hawkins denken und an den Piraten Long John Silver. Er wünschte, er wäre in seiner Kabine geblieben und hätte sich nicht hierhergeschlichen. Wenn sie ihn jetzt über Bord werfen würden, würde es niemand bemerken. Ein kaum hörbarer Plumps, und weg war er.

Der Matrose grinste ihn an. »*Vuoi fumare? Smoking?*« Dabei hielt er sich die Finger vor den Mund, als würde er an einer Zigarette ziehen. »*Sigaretta buona ... gut ... gut per cambiare al Porto. Pagare. Money. Lira. Du capire?*« Der andere fiel ihm ins Wort. »*Puoi fumare anche quando hai fame!*«

»Sie meinen, ist wie Geld. Du kannst damit kaufen. Sigaretta ist in armen Land wie Lira. Und wenn rauchen, kein Hunger mehr.« Ein Schiffsjunge, der ungefähr so alt wie er selbst war, tauchte hinter den beiden Männern auf. Carl hatte ihn schon hin und wieder auf dem Schiff gesehen. Der Junge hatte ihm immer freundlich zugelächelt.

»*Mi chiamo Daniele. E tu?*« Er steckte ihm die Hand entgegen. Carl blickte ihn an und wusste nicht, was er sagen sollte.

»Deine Name?«, hakte Daniele nach.

»Carl.«

»Carl nimm! Geschenk.«

Zögerlich griff Carl nach der Zigarette und bedankte sich höflich mit einem kleinen Diener.

»Du rauchen?« Carl schüttelte den Kopf. Daniele setzte sich neben ihn. Er zündete sich eine Zigarette an und sog den Rauch genüsslich ein, um ihn ein wenig später in kleinen Ringen zum Himmel aufsteigen zu lassen.

»Warum nicht schlafen wie andere?«

Carl versuchte, Daniele zu erklären, er hätte den Sternenhimmel sehen wollen und dachte, dies wäre ein guter Platz.

»Das ist er. Bester Platz auf Schiff.« Er grinste Carl an, dann versuchte er, ihm zu erzählen, dass sie nach der Schicht oft hierherkamen.

»Erst putzen, wenn fertig mit Arbeit hierher. Guter Platz zu rauchen und sprechen.«

»Woher kannst du so gut deutsch?«

»Ich höre. Ich lerne. Ich lerne jedes Tag.«

Als Carl sich später in die Kabine zurückschlich, hatte er mit einem Mal Panik, seine Mutter wäre aufgewacht und hätte bemerkt, dass er nicht in seinem Bett war, aber Grete schlief tief und fest.

Von da an saßen Daniele und Carl manchmal am Heck des Schiffes zusammen. Sie redeten über alles Mögliche, und wenn ihr Wortschatz nicht mehr ausreichte, beschrieben sie die Dinge mit den Händen oder in Zeichensprache. Manchmal saßen sie einfach nur da und blickten hinauf zu den Sternen. Hin und wieder rauchten sie dabei eine der Zigaretten, die einer der Matrosen ihnen zuvor zugesteckt hatte. Durch Daniele erfuhr Carl alles über das Schiff: dass über dreitausend Passagiere darauf Platz fanden und über vierhundert Mann Besatzung auf der *Conte* arbeiteten. Dass die Maschinen, deren Beben und Vibrieren sie Tag und Nacht begleitete, von zwei Parsons-Turbinen angetrieben wurden. »Wie 20 000 Pferde stark. 20 000!« Daniele blies den Rauch der Zigarette in den Himmel. »So viele Pferde.« Und schüttelte dabei den Kopf.

In den Nächten, in denen sie auf der *Conte Biancamano* zusammensaßen, konnte er sich nicht vorstellen, dass es etwas Schöneres gab, als um die Welt zu reisen.

7

Port Said

Das Leben auf dem Schiff folgte seinem eigenen Rhythmus, und Carl passte sich dem trägen Fluss der Dinge an. Besonders langsam vergingen die Stunden zwischen Frühstück und Mittagessen. Er lungerte dann am liebsten in einem der Sessel in der Halle herum, und wäre das ständige leise Brummen der Maschinen sowie hin und wieder das sanfte Schwanken des Raumes nicht gewesen, hätte Carl vergessen können, dass er sich mitten auf dem Meer, weit weg vom Festland befand. Und noch etwas erinnerte ihn daran, dass es sich bei der *Conte* nicht um ein normales Hotel handelte. In der Halle unweit des Sessels, den Carl als seinen Lieblingsplatz auserkoren hatte, befand sich eine große Tafel, gespickt mit kleinen Zetteln und Anschlägen zu allen wichtigen Ereignissen an Bord. Bridgerunden, Tanztees und Gymnastikstunden, alle Veranstaltungen, die der Erbauung der Reisenden dienten, wurden dort angekündigt. Doch den größten Platz nahm die in der Mitte platzierte Seekarte ein. Jeden Morgen zur selben Zeit kam einer der Offiziere in seemännischem Weiß gekleidet, gefolgt von einem Matrosen, herein. Dem gemessenen Schritt des Offiziers war abzulesen, dass er die Halle im Bewusstsein der Wichtigkeit seiner nun zu erfüllenden Aufgabe durchquerte, und der Matrose folgte ihm mit ernster Miene. Auf einem Tablett hielt er Zirkel, Stift und Fähnchen bereit. Der Offizier trug mit weit ausholenden Bewegungen den Tageskurs ein, zeichnete, vom gestrigen Standort ausgehend, unter Zuhilfenahme der ihm von seiner Begleitung bereitgehaltenen Utensilien den neuen Standort ein und machte diesen dann mit einem kleinen Fähnchen sichtbar. Carl beobachtete die Szene Tag für Tag von seinem Platz aus.

»Unsere stolze *Conte* ist ein kleines Fähnchen, umgeben von sehr viel Wasser.«

Ohne von Carl bemerkt zu werden, hatte Otto Knoll im Sessel neben ihm Platz genommen. »Erinnert dich das Fähnchen nicht auch an die kleinen Holzspießchen in den Häppchen, die nachmittags immer auf dem Deck serviert werden?« Otto zwinkerte Carl zu. »Wenn ich lange genug auf die Karte blicke, bekomme ich schon wieder Hunger, obwohl ich doch gerade erst vom Frühstückstisch aufgestanden bin. Was meinst du, Carl? Seeluft macht hungrig.«

Aber nicht nur Carl und Otto verfolgten den Kurs der *Conte*, je näher der erste Stopp der Reise rückte, umso mehr Passagiere fanden sich vor der Karte ein. Am Abend vor der Ankunft gab es unter den Flüchtlingen nur noch ein Thema: Port Said.

»Ich hoffe, das Schiff liegt lange genug vor Anker, um es für einen ganzen Tag oder zumindest ein paar Stunden verlassen zu können.« Eleonore hatte vor lauter Aufregung ein rotes Gesicht und wurde nicht müde, allen am Tisch zu sagen, wie sehr sie sich darauf freute und wie nervös sie bereits war. »Ich glaube, ich kann heute Nacht kein Auge zutun. Findest du nicht auch, dass es spannend ist?« Sie beugte sich ein wenig zu Ida hinüber. Die nickte artig.

Im weiteren Verlauf des Abendessens erzählte Eleonore Knoll Grete und den Kindern sowie der restlichen Tischgemeinschaft alle möglichen Geschichten über ägyptische Pharaonen und mysteriöse Flüche, die von ihren Gräbern ausgingen. Ida und auch Carl vergaßen fast zu essen und mussten mehr als einmal von Grete ermahnt werden, sich ihren Tellern zu widmen.

»Wenn wir Glück haben und der Aufenthalt lange genug ist, könnten wir versuchen, von hier aus zu den Pyramiden in Gizeh zu gelangen. Ich habe mich schon erkundigt, der Steward hat gesagt, manchmal kann es ein paar Tage dauern, bis das Schiff die Genehmigung zur Passage des Suezkanals erhält. Es hängt davon ab, wie viele Schiffe sich gerade in der Fahrrinne befinden.« Eleonore lächelte Ida verschwörerisch an. »Würdest du mit mir mitfahren wollen, kleines Fräulein? Natürlich nur wenn deine Mutter das auch erlaubt, und deinen Bruder nehmen wir selbstverständlich mit.«

»Ja, Mama! Bitte! Das wäre toll«, bettelte Ida.

Grete erwiderte ausweichend: »Wir werden sehen. Nur wenn es nicht zu gefährlich und zu heiß ist.«

»Toll! Danke!« Ida wertete dies bereits als ein Ja und überhörte geflissentlich, dass ihre Mutter noch sagte, dass dies keine feste Zusage war und sie es sich noch überlegen müsste.

»Was willst du denn dort?« Otto sah seine Frau skeptisch an. »Ein Haufen alter Steine und sonst nichts. Und das bei dieser Hitze.«

»Es sind nicht nur alte Steine, Otto. Dort befindet sich auch das Grab Tutanchamuns. Ich habe erst kürzlich einen Bericht über die Entdeckung des Grabes gelesen. Es war so berührend. Die Geschichte einer wahren Liebe! Als der goldene und mit Edelsteinen besetzte Deckel des Sarkophags hochgehoben wurde, fanden die Forscher einen kleinen Kranz, geflochten aus einfachen Feldblumen und in seiner Schlichtheit so viel schöner als alle Schätze, die sonst noch im Grab gefunden wurden. Im Bericht stand, die junge Witwe des Königs hatte ihn ihrem Gemahl als letzten Gruß und Zeichen ihrer Liebe ins Grab gelegt.« Ida hing an Eleonores Lippen.

Carl, der neben ihr saß, stieß sie mit dem Ellbogen an. »So was gefällt unserer kleinen Prinzessin, nicht wahr?«

»Aua!«

»Carl!« Grete schüttelte mahnend den Kopf. »Lass deine kleine Schwester.«

Otto Knoll zwinkerte Carl zu: »Frauen und Liebe!«

»Ich finde das romantisch«, sagte Eleonore. »Und für ein bisschen Romantik muss man sich nicht schämen.«

»Und darum willst du morgen da hinfahren?«

Ihr Mann verdrehte kopfschüttelnd die Augen.

»Ich werde es versuchen. Warum nicht? Wann kommt man schon nach Ägypten?«

»Morgen«, sagte Otto trocken und schob seinen Nachtisch zu Carl hinüber, der ihn angrinste.

»Ihre Frau sollte sich die Pyramiden wirklich ansehen, wann hat man sonst schon die Gelegenheit dazu?«, warf Egon Riegler ein, der den ganzen Abend noch kein Wort gesagt hatte. »Und du, kleines Fräulein, lass dich nicht von deinem Bruder abhalten.«

»Wollen Sie auch mit zu den Pyramiden?«, fragte Ida über ihren Nachspeiseneller hinweg.

»Das nicht, ich werde der *Conte Biancamano* morgen Lebewohl sagen. Mein Entschluss steht fest. Gemeinsam mit einigen anderen werde ich bei den britischen Behörden um Asyl ersuchen. Einen einzelnen weisen sie vielleicht ab, aber eine ganze Gruppe nicht. Das werden die Briten kaum machen.«

»Wenn Sie sich da nicht irren, Jüngelchen«, brummte Otto halblaut vor sich hin.

»Warum sollten sie? Weder ich noch die anderen wollen in Port Said bleiben. Ich werde versuchen, von hier aus nach Australien zu reisen. Haben die Briten einmal die Genehmigung zum Bleiben erteilt, können sie schlecht die Weiterreise innerhalb des Commonwealth verbieten.«

»Und wenn sie sie Ihnen nicht erteilen?«, hakte Otto nach.

»Auch daran habe ich gedacht.« Egon schien sich seiner Sache ziemlich sicher zu sein. »Dann tauche ich vorübergehend in Port Said unter und werde versuchen, mit einem der vielen Schiffe, die täglich den Suezkanal passieren, weiterzureisen.«

»Seien Sie mir nicht böse, Herr Riegler, aber die Sache erscheint mir doch etwas abenteuerlich, und Sie sehen nicht aus wie ein zweiter Lawrence von Arabien. Die Briten werden den Teufel tun und Ihnen gnädig Asyl gewähren. Und auf ein anderes Schiff zu gelangen, wie wollen Sie das anstellen ohne die nötigen Papiere?«

»Da wird mir dann schon noch was einfallen, das Wichtigste ist, morgen nach der Ankunft in Port Said das Schiff zu verlassen und bei den Behörden ein Bleiberecht zu erwirken. Was kann schon passieren? Wenn alle Stricke reißen, sitze ich am Abend wieder hier bei Ihnen am Tisch. Wenn nicht, werden Sie den Rest der Reise einen neuen Tischgefährten haben.« Egon erhob sein Glas. »Auf ihr Wohl und besonders auf deines, kleine Ida. Ich wünsche dir viel Spaß in Gizeh. Ich habe gehört, man kann auf Kamelen um die Pyramiden reiten.«

»Mama, hast du das gehört?« Ida sprang vor Aufregung vom Stuhl.

»Warte erst einmal ab.« Grete legte den Arm um sie und hielt sie fest.

»Ich hoffe nur für Sie, Sie haben recht und die Briten zwingen Sie nicht, nach Deutschland zurückzukehren, auch das wäre eine Möglichkeit, glauben Sie nicht?«, fragte Otto Knoll und wandte sich dann an Eleonore. »Und auch der Besuch der Pyramiden wird nicht so einfach werden, wie du dir das vorgestellt hast, meine Liebe. Ich weiß zwar aus langer Erfahrung, denn schließlich sind wir nicht erst seit gestern verheiratet, dass du fast alles durchsetzen kannst. Aber diesmal …« Otto nahm die Hand seiner Frau. »Und auch wenn ich keine romantische Ader habe, liebe ich dich doch von ganzem Herzen und verspreche dir, mich über einen Strauß Kornblumen auf meinem Grab zu freuen.«

»Otto, warum kannst du mich nicht einmal ernst nehmen?«

»Ich nehme alles, was du sagst, sehr ernst.« Otto Knoll lächelte seine Frau schelmisch an.

Ida konnte die halbe Nacht vor Aufregung kein Auge zutun. Mitten in der Nacht war sie zu ihrer Mutter ins Bett gekrochen. »Mama, glaubst du, wir können morgen zu den Pyramiden fahren?«

»Das weiß ich nicht, Ida.«

»Aber Eleonore hat gesagt, wir können«, sagte Ida trotzig und verschränkte die Arme über der Decke.

»Wir müssen erst einmal in Port Said ankommen, dann sehen wir weiter.«

»Versprochen?«

»Versprochen!« Grete gab ihrer Tochter einen Kuss. »Jetzt schlaf schön, mein Mädchen.«

In die Stille des Raumes hinein fragte Ida: »Glaubst du, in den Pyramiden ist wirklich alles aus Gold?«

»Ich kann es dir nicht sagen.«

»Aber du weißt doch sonst immer alles, du bist doch meine Mama, und du bist erwachsen.«

Grete lachte. »Es wäre schön, wenn ich alles wüsste. Ich muss dich enttäuschen, auch Erwachsene haben von vielen Dingen keine Ahnung.«

»Schade.«

Grete nahm Ida in den Arm, beide lauschten in die Dunkelheit. Das Brummen der Maschinen machte müde, und obwohl Ida sich vorgenommen hatte, bis Port Said wach zu bleiben, schlief sie ein.

Am Morgen trafen sie am Frühstückstisch auf eine völlig aufgebrachte Eleonore. Otto hatte recht behalten, die Briten ließen die Passagiere aus Deutschland erst gar nicht von Bord.

»Grete, haben Sie die Nachricht am Schwarzen Brett gelesen? Uns ist es verboten, auch nur einen Fuß nach Port Said zu setzen! Eine Frechheit ist das!«

»Eleonore, mein Schatz, reg dich nicht so auf, mich überrascht das nicht. Das hättest du dir doch denken können.« Otto Knoll köpfte in aller Ruhe sein Frühstücksei.

»Ich verstehe nicht, wie du so ruhig bleiben kannst. Sind wir denn Menschen zweiter Klasse, dass man uns hier einsperrt wie die Tiere?«

Ihr Mann verdrehte ein wenig die Augen. »Eleonore, du übertreibst. Es war doch klar, wir haben kein Visum, und somit lassen sie uns nicht von Bord. Glaubst du, die Briten wollen mit den Deutschen Ärger wegen ein paar dahergelaufener Flüchtlinge? Die werden einen Teufel tun und sich mit dem Führer anlegen.«

»Können wir jetzt nicht zu den Pyramiden?« In Idas Stimme schwang Enttäuschung mit.

»Nein, meine Süße. Die Pyramiden werden wir wohl ausfallen lassen müssen.« Grete strich ihrer Tochter über den Kopf. »Dafür machen wir uns einen schönen Tag auf dem Schiff, was meinst du?«

»Ich hatte mich so darauf gefreut.«

»Ich weiß, meine Kleine.«

»Am meisten regt mich auf, dass sie gleich Wachen aufstellen müssen, die jeden kontrollieren, der das Schiff verlässt!« Eleonore schob wütend den Teller zur Seite.

»Auch das ist logisch. Ich an ihrer Stelle würde genauso handeln.« Otto frühstückte weiter, als wäre nichts geschehen.

»Ich verstehe dich nicht, Otto, dass dich das so kaltlässt.«

»Es lässt mich nicht kalt, ich kann nur nichts daran ändern. Die *Conte Biancamano* ist der goldene Käfig, in dem wir sitzen. Und damit werden wir uns abfinden müssen.« Er trank seinen Kaffee aus und legte die Stoffserviette neben seinen Teller.

Nach dem Frühstück fanden sich einige Reisende, denen es nicht gestattet worden war, von Bord zu gehen, auf dem Deck ein, unter ihnen auch Eleonore und Grete mit den Kindern. Otto hatte es vorgezogen, sich mit den Worten »Ich muss mir das Schauspiel nicht auch noch ansehen« in die Bibliothek zurückzuziehen.

Wie Eleonore gesagt hatte, hatten vor dem Schiff Soldaten Stellung bezogen. Jeder ohne gültige Papiere wurde zurückgewiesen. Alle Güter, die von Bord geholt oder auf das Schiff gebracht wurden, wurden peinlichst genau inspiziert. Kein noch so kleiner Vorgang entging den Bewachern. Ida und Carl lehnten an der Reling und beobachteten das Treiben im Hafen.

»Carl, sieh mal, da ist der schöne Egon!« Ida stupste ihren Bruder an.

Egon und zwei weitere Passagiere schlenderten die Gangway hinunter. Unten angekommen, redete er auf die Wachen ein, zeigte auf seine Füße und holte langsam und lässig eine Schachtel Zigaretten aus der Jackentasche, so als wollte er nur kurz rauchen und sich dabei die Beine vertreten. Es gelang ihm tatsächlich, auf das Pier zu gelangen. Als er und die beiden anderen jedoch versuchten, sich weiter von der Gangway zu entfernen, wurden sie festgenommen und umgehend zurückgebracht. Während sich seine Begleiter ihrem Schicksal ergaben und niedergeschlagen die Gangway hinaufgingen, protestierte Egon lautstark. Er fuchtelte wild mit den Armen, und auch wenn die einzelnen Worte nicht zu verstehen waren, konnte man seine wütende Stimme bis hinauf auf das Deck hören. Nun liefen auch die letzten Passagiere, die dem Vorfall bisher keine Beachtung geschenkt hatten, neugierig hinüber zur Reling, um zu sehen, was vor sich ging. Ehe Egon wusste, was mit ihm geschah, wurde er von den Wachen überwältigt. Schimpfend und fluchend schleiften sie ihn die Gangway hinauf. Immer wieder versuchte er, sich dem Griff zu entziehen, drehte und wendete sich. Auf dem Schiff wurde er dem ersten Offizier und einem Vertreter der Reederei übergeben.

»Jetzt geht es rund.« Carl grinste über das ganze Gesicht.

»Pscht!«, zischte ihm Ida zu.

Egon protestierte, redete sich in Rage. Der Offizier schien jedoch nicht im Geringsten beeindruckt. Mit völlig ausdrucksloser Miene gab er vor, den schönen Egon nicht verstehen zu können. Als Egon aber immer weiter schimpfte und damit drohte, handgreiflich zu werden, platzte dem Offizier der Kragen. In nahezu einwandfreiem Deutsch erklärte er: »Signor Riegler, ich bitte Sie, sich zu mäßigen. Ich höre sehr gut, Sie müssen mich also nicht so anbrüllen. Ich bin der falsche Ansprechpartner und wasche meine Hände in Unschuld, beschweren Sie sich bei den Briten. Die Behörden hier vor Ort haben ausdrücklich den Aufenthalt in Port Said für Reisende aus Deutschland untersagt, um jede diplomatische Verwicklung zu vermeiden. Dies gilt nicht nur für Sie, es gilt für alle, die über kein gültiges Visum verfügen. Wenn Ihnen das nicht gefällt, empfehle ich Ihnen, sich mit einer Protestnote an die britische Verwaltung zu wenden. Dazu müssten Sie aber das Schiff verlassen, was, wie Sie gerade eben gesehen haben, nicht einfach ist. Ansonsten herrscht hier auf dem Schiff Seerecht, und ich kann Sie auch in Gewahrsam nehmen, solange wir hier vor Anker liegen, wenn Sie das möchten.«

Egon starrte den Offizier mit hochrotem Gesicht an. »Das werden Sie nicht wagen«, presste er hervor.

»Ich würde Ihnen nicht empfehlen, es herauszufordern.« Der Offizier lächelte mild. Egon ballte seine Hände zu Fäusten.

»Jetzt versetzt er ihm gleich einen Haken«, zischte Carl seiner Schwester zu. Wie gebannt starrten beide auf die Szene, die sich nur wenige Meter von ihnen entfernt abspielte.

Für Sekunden blieb Egon regungslos stehen, dann drehte er sich um und ging in Richtung Kabinen.

»Schade. Ich hätte ihm eine gedonnert«, sagte Carl enttäuscht.

»Angeber, hättest du auch nicht«, hielt ihm Ida entgegen.

An den nächsten beiden Tagen, die das Schiff weiter im Hafen von Port Said vor Anker liegen musste, war vom schönen Egon wenig zu sehen.

Die Zeit zog sich träge dahin, und das Einzige, das Ida und die anderen von der Stadt zu sehen bekamen, war der Blick von der *Conte Biancamano* auf das imposante weiße Gebäude der Verwaltung des Suezkanals mit ihrem orientalischen Kuppeldach. Als am Morgen des dritten Tages die Maschinen wieder angeworfen wurden, waren alle froh, endlich den Kanal zu durchqueren.

8

Rotes Meer

Langsam glitt die *Conte* Richtung Süden. Mit jedem weiteren Tag wurde die Hitze unerträglicher. Das Leben an Bord verschob sich mehr und mehr in die von leichten Brisen durchzogenen erträglicheren Stunden der Nacht. Grete und die anderen Reisenden blieben länger auf, saßen in Gruppen zusammen und redeten über das, was sie wohl in Shanghai erwarten würde.

Von Zeit zu Zeit begleiteten Delphine und die kleineren Tümmler das Schiff. Die silbrig glänzenden Körper schnellten aus dem Wasser heraus, um sich nach einer eleganten Drehung in der Luft wieder zurück in die See fallen zu lassen. Von ihrem Platz an Deck konnte Grete sie sehen.

»Ist die Welt nicht meschugge?« Otto Knoll saß in einem der Liegestühle und blies dicke Rauchringe in die Luft, denen er gedankenverloren nachblickte.

»Was ist meschugge, Otto?«

»Alles, meine Liebe, alles. Wir alten Leutchen sitzen hier im Nirgendwo weit weg von zu Hause, haben uns auf den Weg gemacht in eine Stadt, in der, wie man hört, Verbrecher frei herumlaufen und ohne Angst vor Strafe Menschen ermorden können. Wenn das nicht meschugge ist … Und als

ob das nicht verrückt genug wäre, blase ich nach einem vor-
züglichen Essen Rauchringe in die Luft, während die Welt
um uns herum auf den Untergang zusteuert. Wir sitzen auf
der *Titanic* und halten sehenden Auges auf den Eisberg zu,
und keiner reißt das Steuer herum. Damit meine ich nicht
dieses Schiff, ich meine Deutschland und den Rest der Welt.
Versinken werden wir alle, die ganze Menschheit.« Otto
Knoll lehnte sich zurück, blickte hinauf zu den Sternen und
zog erneut an seiner Zigarre.

»Otto, du jagst unserer Freundin Angst ein.« Eleonore
legte behutsam die Hand auf Gretes Arm. »Hören Sie nicht
auf ihn, liebe Grete, so ist er nun einmal. Die meiste Zeit
sitzt er schweigend am Tisch, und dann fängt er auf einmal an
zu reden, und anstatt uns mit etwas Erfreulichem zu unterhalten, redet er von Agonie und Tod.«

»Nein, es ist schon in Ordnung. Ihr Mann hat recht.«

»Siehst du, meine Liebe, Frau Schwarz stimmt mir zu.«
Und an Grete gewandt, fuhr er fort: »Ich habe keine Angst
vor einer Stadt ohne Recht und Gesetz, wir kommen aus
einem Land, in dem das Recht unrecht ist und die Gesetze
von einem ehrlosen Pack gemacht werden, was soll ich mich
da vor Shanghai fürchten?«

»Otto!«

»Meine liebe Eleonore, es stimmt doch, darum gehen wir
fort, solange noch Zeit ist.«

Grete sagte leise. »Etwas Besseres als den Tod findest du
überall.«

»Was haben Sie gesagt?« Otto rückte etwas näher an
Grete heran.

»Ich habe gesagt, etwas Besseres als den Tod findest du
überall.« Grete blickte gedankenverloren auf das Meer. »Ich

habe Ida heute ein Märchen vorgelesen, und der Satz geht mir nicht aus dem Sinn.«

»Die Bremer Stadtmusikanten. Das habe ich meinem Sohn auch vorgelesen, als er klein war. Grete, ich verstehe nicht, warum Ihr Mann Sie und die Kinder alleine hat reisen lassen.« Eleonore schüttelte den Kopf. »Hängt er denn nicht an Ihnen und den Kindern?«

»Eleonore, das kannst du doch so nicht fragen.«

»Lassen Sie ruhig, es ist schon in Ordnung. Ich glaube, er kann sich nicht vorstellen, dass die Dinge wirklich noch schlimmer werden können. Deutschland ist seine Heimat, und er liebt sie, wie er mich und die Kinder liebt, sagt er.«

»So ist das im Leben, manche Menschen lieben die Hand, die sie schlägt, mehr als die, die ihnen Gutes tut.« Ottos Stimme hatte einen bitteren Unterton.

»Meine liebe Grete, es war richtig fortzugehen, und es wird alles gut werden. Wenn wir erst einmal in Shanghai sind, wird sich eine Möglichkeit ergeben weiterzureisen. Wir werden nicht an diesem gefährlichen Ort bleiben, davon bin ich fest überzeugt. Ich werde meinem Sohn schreiben, es müsste doch mit dem Teufel zugehen, wenn wir keinen Bürgen finden und Sie nicht mit uns weiter nach Amerika reisen könnten.« Eleonore hielt Gretes Hand fest in der ihren und lächelte sie aufmunternd an.

»Wenn du da mal nicht zu optimistisch bist, Eleonore. Bisher haben wir trotz Bürgen kein Visum erhalten. Die Zeit lief uns davon, deshalb sind wir hier auf diesem Schiff. Aber lassen wir das, das Wichtigste ist, dass wir erst einmal nach Shanghai kommen, und dann sehen wir weiter.«

»Darf ich mich zu Ihnen setzen? Oder störe ich?« Egon Riegler stand plötzlich neben ihnen.

»Aber gern. Kommen Sie nur, kommen Sie nur! Nicht wahr, Otto? Es ist noch genügend Platz in unserer kleinen Runde.«

Mit einer leichten Verbeugung setzte Egon sich auf einen der freien Liegestühle.

Egon kramte umständlich einen Handzettel aus seiner Jackentasche. »Haben Sie auch so einen in ihrer Kabine vorgefunden? Verhaltensregeln für Shanghai! Ich habe ihn mir genau durchgelesen, und da fragt man sich natürlich schon, wo unser Weg uns hinführt.« Egon faltete den Zettel auseinander und streifte ihn ein wenig glatt. »Hier steht wörtlich: Größtmögliche Sauberkeit sei empfohlen. Ungekochtes Wasser darf unter keinen Umständen getrunken werden, wer Obst isst, ohne es zu schälen oder zumindest mit kochendem Wasser abzuspülen, wird krank. Gekochtes Wasser kann vom Straßenhändler gekauft werden. Fertige Speisen jedoch sollen unter keinen Umständen von Händlern erworben werden, sonst geht man innerhalb kürzester Zeit daran zugrunde.«

»Ich habe gehört, Chinesen essen alles, was auf dem Boden herumkriecht oder im Dreck vegetiert«, warf ein Passagier aus einem der anderen Liegestühle ein. »Entschuldigen Sie, wenn ich mich in Ihre Unterhaltung einmische.«

Der Fremde rückte seinen Liegestuhl etwas näher heran. »Es sollen die schlimmsten Krankheiten grassieren wie Typhus, Pest und Cholera.«

Egon Riegler tippte auf den Zettel in seiner Hand. »Ja, darum sind Desinfektionsmittel immer bereitzuhalten. Und hier steht weiter: Wer sich nicht an diese Vorgaben hält, kann bald die Radieschen von der Wurzel her essen.«

»Was soll das heißen?«, warf Eleonore ein.

»Eleonore, da sieht man, dass du nicht im Krieg warst! *Allez manger des pissenlits par la racine*, haben die Franzosen gesagt, was nichts anderes heißt, als dass du dir die Gänseblümchen von unten bekieken kannst«, sagte Otto und paffte weiter seine Zigarre.

»Das habe ich mir schon zusammenreimen können. Trotzdem eine seltsame Formulierung für einen Handzettel, finden Sie nicht auch?«, fragte Eleonore in die Runde.

»Ich denke mir, der Zettel wird von irgendeinem Italiener an Bord verfasst worden sein.« Die Stimme des Mannes im Liegestuhl hatte einen verächtlichen Unterton.

»Ich denke eher, es war ein Franzose, es sei denn, die Italiener haben eine ähnliche Redewendung.«

»Wer kann das schon sagen. Hier auf dem Schiff sprechen zwar viele von der Mannschaft deutsch, aber nur wenn es ihnen in den Kram passt, wie wir alle schon feststellen konnten.« Der schöne Egon faltete den Zettel zusammen und steckte ihn in die Tasche.

»Ich sage nur, schöne Aussichten sind das! Einer der Matrosen hat mir gesagt: Trau keinem Chinesen, denn es sind alles Diebe. Glaubt man dem Flugblatt, haben wir nur begrenzte Überlebenschancen; falls die Chinesen einen nicht umbringen, geht man an einer dieser Krankheiten zugrunde«, meldete sich der Reisende wieder zu Wort.

»Dass wir Diebe sind und man uns nicht trauen kann? Sagt man das nicht auch in dem Land, das einmal unsere Heimat war und aus dem wir gerade fliehen, von uns Juden?« Otto Knoll lächelte spitzbübisch. »Wir sind schon ein seltsames Völkchen, kaum hören wir etwas, glauben wir, Sachkenner zu sein und plappern Vorurteile weiter. Lassen Sie uns erst einmal ankommen, und dann werden wir sehen.«

Egon fühlte sich von Otto angegriffen. »Wenn Sie mir schon nicht glauben, was ich gerade eben vorgelesen habe, vielleicht glauben Sie dann wenigstens den Matrosen, die schon häufiger in Shanghai und China waren. Die erzählen so einiges von dem Leben dort.«

»Von Opiumhöhlen, in denen die Chinesen liegen und in denen sie ihr letztes Geld lassen. Abgründe, Orte des Verbrechens. Davon habe ich auch schon gehört«, pflichtete ihm der Mann im Liegestuhl bei.

Otto Knoll zog weiter genüsslich am Stummel seiner Zigarre. »Auch mir ist es zu Ohren gekommen, und nicht nur das, ich habe es mit eigenen Augen gesehen. Opiumhöhlen sind keine Erfindung Shanghais, es gibt sie überall auf der Welt. Sie entstehen immer dort, wo arme Menschen ausgebeutet werden. In Shanghai genauso wie in Hamburg.« Er legte die Zigarre beiseite. »Noch keine zehn Jahre ist es her, da habe ich die armen Teufel eben dort liegen sehen. Entseelt, mit verglasten Augen. Für die Dauer des Rausches weit weg in einer anderen, wie ich für sie hoffe, erträglicheren Welt, die ihnen das Gift vorgaukelt und die sie das elende Jetzt vergessen lässt. Sie liegen auf Kissen und Matratzen, inhalieren den gelben Rauch in langen Pfeifen. Süchtige, mein lieber Freund, sind bedauerliche, geschundene Kreaturen. Manche gieren nach Rauschgiften wie Opium, andere nach fehlgeleiteten Ideologien. Eines ist allen gemeinsam, sie dürsten nach mehr und hören nicht auf, ehe sie sich und andere ruiniert haben. Das Leben hat mich gelehrt, das einzige Mittel, das dagegen hilft, ist die Augen offen und sich von Vorurteilen fernzuhalten.«

Egon Riegler wollte gerade zur Antwort ansetzen, doch alles ging im Heulen der Sirene unter.

»Um Gottes willen! Was ist jetzt los?« Grete, die die ganze Zeit stumm danebengesessen und zugehört hatte, schreckte hoch. Auch Eleonore und die anderen schienen nicht zu wissen, was das Signal zu bedeuten hatte. Alle blickten sich unschlüssig an. »Ist das laut!« Ida hielt sich mit beiden Händen die Ohren zu und drückte sich fest an Grete. »Mama, ich habe Angst.« Die legte den Arm um sie. »Ich bin bei dir, meine Kleine, ich bin bei dir.«

»Was soll das? Was geht hier vor?« Egon stand von seinem Stuhl auf.

»Wären wir auf der *Titanic*, würde ich sagen, wir haben den Eisberg gerammt.«

»Otto, das ist jetzt nicht die Zeit für deine Späße!«

»Eleonore, ich meine es ernst. Die Maschinen laufen, wir sind nirgends gegengefahren. Was soll also sein? Panik bringt uns jetzt nicht weiter.«

Otto Knoll blieb die Ruhe selbst. Er wies die kleine Gruppe an zusammenzubleiben und ihm zu folgen. Selbst Egon fügte sich ohne Widerspruch. Sicher führte er sie hinüber zu den Rettungsbooten, während um sie herum das ganze Schiff in Aufregung zu verfallen schien. Von überall her stürzten Menschen mit und ohne Schwimmwesten herbei. Reisende, die sich bereits für die Nacht fertiggemacht hatten, hetzten in ihren Pyjamas an Deck, manche hatten noch Zeit genug gehabt, sich hastig einen Mantel oder ein Jackett überzuwerfen. Nicht wenige liefen völlig kopflos und in Panik umher. Alle riefen und brüllten durcheinander. Grete hielt die ganze Zeit nach Carl Ausschau, doch in dem Durcheinander konnte sie ihn nirgends sehen. In dem Lärm um sie herum hielt sie es für vergebens, nach ihm zu rufen. Selbst wenn er nur wenige Meter von ihr entfernt gestanden hätte, er hätte sie nicht hören können. Auch um Ida nicht noch mehr zu ängstigen, versuchte sie, so ruhig als irgend möglich zu bleiben und sich die eigene Sorge nicht anmerken zu lassen. Bei den Rettungsbooten angelangt, reihte sich Grete mit der verschreckten Ida an der Hand in die Schlange ein. Schließlich war es Eleonore, die Carl entdeckte. »Er steht weiter hinten. Carl steht am Ende der Schlange, ich habe ihn gesehen«, brüllte sie Grete ins Ohr.

Grete drehte sich um. »Wo steht er?«

»Gleich dahinten.« Eleonore winkte mit beiden Armen, und auch Grete sah ihn am Ende der Schlange.

Immer mehr Menschen reihten sich ein, versuchten, sich nach vorne zu drängen.

Ein Schubsen und Stoßen begann, und nur mit Mühe konnten sich die weiter vorn Stehenden auf den Beinen halten. Grete fiel hin, und Ida fing vor lauter Angst zu schreien und weinen an.

Egon sprang herbei und half ihr auf. Er und Otto stellten sich schützend vor sie, während Eleonore Ida tröstete.

»Silenzio! Don't panic! Ruhe, bitte!«

Noch ehe die Situation eskalieren konnte, griff die Besatzung ein und wies die Drängler zurecht. Carl schaffte es, vom Ende der Schlange nach vorne zu Grete und den anderen zu gelangen. Noch immer kannte keiner den Grund des Alarms. Nachfragen wurden überhört oder nicht beantwortet. Nach einer gefühlten Ewigkeit des Wartens wurden die Boote fertig gemacht und die ersten Passagiere ausgewählt, die einsteigen durften. Nach und nach lichteten sich die Reihen, und ein Boot nach dem anderen wurde besetzt. Am Ende blieb nur noch eine Gruppe übrig. Unter ihnen Grete, die Carl und Ida fest umklammert hielt, Eleonore, Otto,

Egon und alle anderen, die in Port Said an Bord hatten bleiben müssen.

»Ich hatte immer gedacht Frauen und Kinder zuerst. Aber das gilt anscheinend nicht für italienische Schiffe«, rief einer der Wartenden über Gretes Schulter hinweg. »Das gilt nur, solange du kein Jude bist«, gab ihm ein anderer zur Antwort.

»Ich dachte, das hätten wir jetzt hinter uns gelassen, schließlich haben wir ganz normal für die Passagen bezahlt.«

»Ja, wann kommen wir dran?« Die Wartenden wurden immer unruhiger. Die Besatzung versuchte, sie so gut es ging zu beschwichtigen. Alle würden an die Reihe kommen, riefen sie den Menschen zu, und sie sollten sich nur ein wenig gedulden. »Gedulden? Bis ich Fischfutter bin, oder was?«

Die Diskussion wurde immer hitziger. Von hinten drängte ein Mann Grete und die Kinder zur Seite und stürzte nach vorn auf den Matrosen zu, der das Rettungsboot zu bewachen hatte, während es fertig gemacht wurde. Egon stoppte ihn, zwängte sich dazwischen und redete auf den Mann ein.

Mit einem Mal verstummte die Sirene, an Bord wurde es ganz still, nur die Stimme des ersten Offiziers war knarrend über Lautsprecher zu hören. Das Ganze sei nur eine Übung, und diese sei jetzt beendet. »Ich bedanke mich für die Kooperation und hoffe, Sie alle entschuldigen die Unannehmlichkeiten, doch solche Übungen sind auf See Vorschrift.«

Nachdem sich die Aufregung gelegt hatte, ging ein jeder erschöpft und müde zu Bett.

Auf dem Weg nach unten in die Kabine hörte Grete Otto laut sagen: »Schau, schau, uns Juden hätten sie als Letzte in die Boote gehen lassen. Eleonore, mein Schatz, im Notfall würden sie uns absaufen lassen.«

9

Arabisches Meer

Noch am nächsten Morgen beim Frühstück sorgte das Verhalten der Offiziere und des Kapitäns für Gesprächsstoff. Alle, selbst Otto Knoll und Egon Riegler, waren sich einig. Keinen der für das Schiff Verantwortlichen würde es im Ernstfall kümmern, was mit den jüdischen Passagieren geschah.

»Hoffentlich wird aus der Übung nie ein Ernstfall, sonst sehe ich schwarz für uns«, sagte Otto, und der schöne Egon nickte zustimmend.

»Für die Reederei war es nur wichtig, eine Passage mit Rückfahrt zu verkaufen, dabei wussten sie, dass es für uns nur ein Hin und so schnell kein Zurück mehr geben wird.«

Mit dieser bitteren Einsicht setzten sie die Reise fort. Die *Conte* durchkreuzte das arabische Meer und fuhr weiter hinüber nach Bombay, ihrer nächsten Station.

Dort verließ ein Großteil der englischen Passagiere das Schiff, und neue Reisende kamen an Bord. Wie in Port Said war es den jüdischen Passagieren nicht erlaubt, an Land zu gehen. Die meisten zogen es darum vor, in den Kabinen zu bleiben. Ida und Carl beobachteten vom Deck aus das Ent- und Beladen des Schiffes. Wie Ameisen balancierten Träger auf Köpfen und Schultern Unmengen an Gepäck über die Gangway. Die Besitztümer der Passagiere, für die die Reise hier zu Ende war, wurden von Bord geschafft, und neue Kisten und Überseekoffer wurden eingeladen. Unter deren Last und der brütenden Hitze schienen die ausgemergelten und dürren Arbeiter fast zusammenzubrechen. Ein Stück nach dem anderen schafften sie die schwankende und steile Rampe hinauf. Kaum hatte sich der Einzelne der Fracht entledigt, zwängte er sich an den noch beladenen Trägern vorbei die Gangway hinunter, um weitere Koffer oder Kisten nach oben zu schaffen. Die ganze Zeit über stand unten am Pier eine große schwarze Limousine. Davor ein grimmig dreinblickender Diener mit Turban und Krummsäbel. Nachdem das ganze Gepäck verladen worden war, kam Bewegung in die Menschen am Quai. Zur Gangway hin stellte sich nun eine Reihe von Bediensteten auf. Alle schienen nur darauf zu warten, dass die Türen der Limousine sich öffneten.

Selbst der Kapitän der *Conte Biancamano,* begleitet von seinen Offizieren und Vertretern der Reederei, eilte zu dem Fahrzeug hinunter. Endlich öffnete der Diener den Verschlag des Wagens.

»Carl, schau.« Ida deutete mit dem Finger nach unten zur Anlegestelle. Ein Mann mit weißem Bart und einem seidenen Turban auf dem Kopf stieg aus dem Automobil. An seinen Händen funkelten schwere Ringe, und um den Hals hingen ihm unzählige dicke Perlenschnüre. »Schau dir das an.« Ida starrte wie gebannt nach unten.

»Ich finde, es sieht ein wenig seltsam aus, so viel Schmuck. Unmännlich.« Carl versuchte, so wenig beeindruckt wie irgend möglich zu klingen, dabei hätte er wer weiß was darum gegeben, um sich den neuen Gast von Nahem ansehen zu können.

»Ach, du hast ja keine Ahnung. Das ist bestimmt ein Maharadscha, und der ist unendlich reich. Eleonore hat gesagt, die Leute in Indien wiegen ihre Fürsten mit Gold auf.«

»Mit Gold und Edelsteinen aufwiegen, so was gefällt meiner kleinen Schwester natürlich«, stichelte Carl. »Prinzessin Ida würde sich auch gerne aufwiegen lassen.«

»Rede keinen Blödsinn und sieh lieber zu.«

Dem Mann folgte eine Frau im prachtvollen türkisgrünen Sari. Auch sie war über und über behängt mit Schmuck. Der Kapitän und die gesamte Delegation begrüßten die neuen Gäste ehrfürchtig. Danach schritt das Paar, gefolgt vom Kapitän und einer Unzahl von Dienern, langsam die Gangway herauf.

Von den Gesichtern der Neuankömmlinge war nur wenig zu sehen, ein Diener, der hinter ihnen herlief, hielt einen seidenen Schirm zum Schutz vor der Sonne und vor neugierigen Blicken über sie. Kaum an Bord, zogen sie sich in die Kabinen der ersten Klasse zurück.

Nachdem das seltsame Paar verschwunden war, konnten auch die anderen neuen Passagiere endlich an Bord der *Conte Biancamano* kommen.

Während der weiteren Reise sah man hin und wieder einen der Diener, das indische Paar selbst hielt sich jedoch nur in seinem eigenen hermetisch abgeschotteten Bereich auf.

Ida und auch Eleonore ließen nicht locker, immer wieder versuchten sie, einen Blick auf die geheimnisvollen Reisenden zu werfen, was ihnen jedoch nie gelang. Da half weder Idas treuherziger Blick noch Eleonores Überredungskunst, sobald sie sich den Kabinen der indischen Gäste auch nur ein wenig näherten, wurden sie von einem der Stewards zurückgewiesen. Zumindest konnten sie in Erfahrung bringen, dass es sich bei den beiden um einen indischen Fürsten in Begleitung seiner jungen Frau handelte. Auch Eleonores hartnäckiges Nachfragen brachte keine weiteren Erkenntnisse. »Kaum zu glauben, aber da habt ihr euch wohl jetzt die Zähne ausgebissen, meine Lieben.« Otto spielte gerade mit Egon eine Partie Schach, als Ida und Eleonore wieder einmal mit dem Versuch scheiterten, bei einem der Stewards der ersten Klasse mehr über die Reisenden herauszufinden. »Wir kommen schon noch dahinter, Otto. Du kennst mich, ich gebe mich nicht so leicht geschlagen. Oder, Ida? Wir geben nicht auf.« Und Ida nickte.

Von Indien ging es weiter nach Ceylon, wo sie zwei Tage im Hafen von Colombo vor Anker lagen. Und schließlich, zum Ende der dortigen Regenzeit, erreichten sie Batavia. Nach einem kurzen Aufenthalt durchkreuzte die *Conte Biancamano* das südchinesische Meer und nahm Kurs auf Hongkong.

Das Leben an Bord folgte einer immer gleichbleibenden Routine. Wäre es für die Emigranten nicht der Aufbruch in eine neue unbekannte Welt gewesen, hätte man fast glauben können, sie befänden sich auf einer luxuriösen Kreuzfahrt um die Welt. Jeden Abend saßen sie nach dem Abendessen zusammen an Deck. Otto paffte eine seiner geliebten Zigarren und sah zum Sternenhimmel hoch. Hin und wieder beteiligte er sich auch an den Gesprächen. Manchmal setzte sich Egon oder einer der anderen Reisenden zu der kleinen Gruppe. Ida spielte mit ihren Freundinnen oder legte ihren Kopf in den Schoß ihrer Mutter und lauschte den Gesprächen. Dabei ließ sie sich wie ein kleines Kätzchen kraulen. Carl blieb der kleinen Gruppe meist fern.

Er traf sich am Abend lieber mit Daniele. Beide setzten sich zu den Matrosen und lauschten deren Geschichten. Über jeden Hafen, in dem sie vor Anker lagen, wussten sie Abenteuerliches zu erzählen. Carl und sein Freund hörten ihnen gebannt zu. Manchmal, wenn Carl überhaupt nichts verstand, half Daniele beim Übersetzen. Da aber die Mannschaft aus aller Herren Länder kam, unterhielten sich die Männer untereinander in einem Sprachmischmasch, und mit etwas Übung verstand man erstaunlich viel.

Sie erzählten von den heiligen Männern in Indien, die in tiefer Meditation Jahrhunderte ausharren können, ohne jemals Getränke und Speisen zu sich zu nehmen. Sie würden nur dasitzen, als wären sie zu Stein geworden, die Haut staubig und grau. So mancher Unwissende hielt sie womöglich für tot, doch wenn man ihre Haut berührte, fühlte die sich weich und warm an. Das war das Zeichen, an dem man erkennen konnte, dass sie noch am Leben waren. Auch wiesen sie keinerlei Anzeichen von Verwesung oder sonstigen Veränderungen auf. Als die *Conte Biancamano* Kurs auf Ceylon nahm, schwärmten die Männer davon, dass es dort die schönsten Frauen der Welt gäbe. Einer der Matrosen wollte dies so nicht gelten lassen, und ein Teil der anderen schlug sich auf seine Seite. Dies wiederum brachte einen weiteren so in Rage, dass es an diesem Abend fast zu einem Streit zwischen den beiden Parteien gekommen wäre, jenen, die die Schönheit der Ceylonesinnen schätzten, und denen, die den Frauen in Birma den Vorzug gaben. In Batavia erzählten sie von dem für Indonesien so typischen Marionettentheater. Die Menschen würden an den Abenden zusammensitzen und dem Schauspiel gebannt folgen, ganz so als ginge man zu Hause ins Kino. Da es den Flüchtlingen nicht erlaubt war, an den einzelnen Stationen das Schiff zu verlassen, saugte Carl alles wie ein Schwamm auf.

Hin und wieder unterhielten sie sich auch über Shanghai.

»Gevatter Tod begegnest du dort an jeder Ecke, mein Junge«, erzählte ihm der »dicke Hans«, ein Matrose, der eigentlich aus Hamburg stammte, aber schon seit Jahren auf allen möglichen Schiffen anheuerte und die ganze Welt gesehen hatte. »Es kann schon vorkommen, wenn man am Morgen das Haus verlässt, dass man gleich über einen Toten stolpert. Den haben dann meist arme Verwandte dort abgelegt, damit er abgeholt und beerdigt werden kann. Wenn dir so was passiert, dann solltest du gleich die Feuerwehr rufen, die holen den armen Kerl dann ab. Von der Polizei würde ich die Finger lassen, trauen kann man in Shanghai keinem. Also merk dir das gut und schreibe es dir hinter die Ohren, mein Junge.«

Dann führte er aus, wie gefährlich es sei, sich nachts in den kleinen Gässchen zwischen dem Bund und der Avenue King Eward VII herumzutreiben. »Der Bund ist das Herz der Stadt. An den Piers legen die Schiffe an, gleich vor den größten und prächtigsten Häusern der Stadt. Ein, zwei Straßen weiter reiht sich eine Bar an die andere. Tag und Nacht treiben sich davor bettelnde Chinesenkinder herum. Nur in Lumpen gekleidet. ›Master! Master! No Money! No Papa! No Mama! No Whiskey! No Sweetheart!‹«. Der »dicke Hans« ahmte die Stimmen der Rufer nach. Daniele und Carl bogen sich vor Lachen, auch weil Hans dabei sein Gesicht zu einer lustigen Grimasse verzog. »Ihr zwei lacht nur, es wird euch schon noch vergehen.« Er fuhr mit dunkler, geheimnisvoller

Stimme fort: »Dann, wenn ihr in das schlimmste und verrufenste aller Gässchen weltweit kommt, in das ›Blutgässchen‹. Die Spelunken dort flößen selbst mir Respekt ein, und ihr wisst, von mir kann man wirklich sagen, ich bin ein hartgesottener Seebär.«

»Ach Hans, du übertreibst«, winkte einer der jüngeren Matrosen ab.

Hans blinzelte ihn böse an. »Du glaubst, ich übertreibe? Wirst es schon sehen. So mancher Grünschnabel wie du hat dort nicht nur sein Geld, sondern auch sein Leben gelassen. Wen kümmert das schon in einer Stadt wie Shanghai?«

»Erzähl ihnen vom Schanghaien«, rief einer dazwischen. »Habt ihr schon mal was vom Schanghaien gehört?«

Carl und Daniele schüttelten den Kopf.

»Na gut, dann erzähle ich es euch. In den Bars wird betrunkenen Seeleuten der letzte Pfennig der Heuer aus den Taschen gezogen. Besonders vorsichtig muss man dann sein, wenn dich einer den halben Abend freihalten will. Er gaukelt dir vor, er sei dein Freund, und Runde um Runde Rum und Schnaps landen vor dir auf dem Tisch. Dazu die Mädchen, die um dich herumschwirren und dich ganz wirr machen im Kopf.«

»Da'ling, Da'ling, be my man.«

Unter dem Gelächter der anderen hatte sich einer ein Taschentuch als Kopftuch aufgesetzt und spielte eine schöne Chinesin, die sich auf Hans' Schoß setzen wollte. Doch der schubste ihn weg.

»Wenn du am nächsten Morgen oder manchmal auch erst am übernächsten aus deinem Vollrausch aufwachst und dich umblickst, bist du nicht in deiner Kabine, nein, du bist auf einem Seelenverkäufer, mit einem Kontrakt, der dich die nächsten zwei Jahre an das Schiff bindet. Den Schuldschein, den du in deinem Suff unterschrieben hast, den zeigen sie dir auch gleich.« Hans nahm seine Zigaretten aus der Hosentasche und zündete sich eine an. »So schanghait bleibt am Ende nichts für dich über, und du schuftest dich zwei Jahre lang fast zu Tode.«

»Woher weißt du das?«, fragte Daniele.

Hans zog an seiner Zigarette und blickte lange hinauf zum Mond, dann sagte er: »Mir selber schon passiert.«

10

Hongkong

In Hongkong durften zum ersten Mal alle Passagiere von Bord gehen. Die Stadt war umgeben von grünen Hängen mit üppiger Vegetation, und über allem hing eine Glocke aus Dunst, durch die hindurch die Sonne mehr zu erahnen als zu sehen war. Schon auf dem Meer hatten sie trotz des Fahrtwindes unter der Hitze gelitten. Hier in Hongkong war die Kleidung bereits von Schweiß durchnässt, ohne dass man sich bewegte.

»Eine Luft wie in einem Waschhaus«, schimpfte nicht nur Eleonore.

»Wie die Menschen das hier nur aushalten können? Hier muss man sich zweimal am Tag baden und fühlt sich doch ständig verschwitzt und schlecht.«

»Eleonore, meine Liebe, dein Jammern hilft dir jetzt auch nichts.« Otto lächelte ihr aufmunternd zu. »Aber wenn es doch wahr ist.«

»Dir kann man es aber auch nicht recht machen. Erst jammerst du, dass du endlich von Bord willst, und nun ist es dir zu schwül.«

»Otto, du verstehst das nicht. Ich habe mich eingesperrt gefühlt. Ich muss raus. Es ist etwas anderes, wenn man selbst entscheiden kann, wohin man geht, oder wenn es von oben entschieden wird. Dieses Schiff ist trotz allem Luxus ein Gefängnis.«

»Ich verstehe dich sehr gut.« Otto legte zärtlich den Arm um seine Frau.

»Und freut ihr euch auch schon, das Schiff verlassen zu dürfen?«, fragte Otto Carl und Ida.

Ida nickte. Sie stand mit Carl an der Reling, Dschunken mit leuchtend roten Segeln glitten an der *Conte Biancamano* vorüber durch den Hafen von Hongkong, hinauf zum Pearl River. Kaum hatte ihr Schiff Anker geworfen, waren chinesische Händler auf kleinen Booten zu ihnen herübergerudert. Sie boten laut rufend Obst, Gemüse und auch Fisch zum Kauf an. Carl konnte sich nicht sattsehen. Genauso und nicht anders hatte er es sich vorgestellt. Ihm kam es vor, als würden sich die Bücher, die er tagsüber las, die Geschichten der Matrosen und seine eigene Fantasie zu einem großen Ganzen vermengen. Alles war so fantastisch und einzigartig. Eine Welt der Wunder, in der Geschichten Wirklichkeit wurden. Alles war hier möglich, so schien es ihm. Alles.

Während Otto Knoll es vorzog, auf der *Conte Biancamano* zu bleiben, setzten Grete und »Oma Knöllchen«, wie Eleonore mittlerweile liebevoll von den Kindern genannt wurde, und Carl und Ida nach Hongkong über. Grete und Eleonore versuchten, mit ihren bescheidenen finanziellen Mitteln das eine oder andere zu kaufen, von dem sie glaubten, es könnte für ihren weiteren Aufenthalt in China von Nutzen sein. Für Carl sprangen ein leichtes Hemd und ein paar kurze Hosen aus Baumwolle heraus und für Ida eine Bluse zum Wechseln.

In der Stadt selbst gab es überall an den Plätzen und Straßen Garküchen, auf kleinen gusseisernen Öfchen wurde am Straßenrand gebraten, gekocht und frittiert. Die Menschen verzehrten das Gekaufte an Ort und Stelle. Teller und Besteck oder gar einen Tisch zum Essen schien keiner zu brauchen.

Die Stadt war bunt, laut, exotisch. Hätte Grete nicht so auf ihn aufgepasst, Carl wäre in diesem Getümmel verloren gegangen. Mehrmals musste sie ihn an der Schulter packen und zurückziehen, wenn er vor lauter Schauen wieder in die falsche Richtung gegangen war. Oder Eleonore packte ihn an der Hand und zog ihn wie ein Kleinkind hinter sich her, da er mit offenem Mund staunend stehen geblieben war.

»Und dabei ist das nur die kleine Schwester von Shanghai«, sagte Eleonore immer wieder kopfschüttelnd. Wenn Hongkong wirklich nur das »kleine« Shanghai war, was würde sie dann dort erwarten? Carl konnte kaum erwarten, es herauszufinden. Er wünschte sich schon jetzt, dort zu sein. Er hatte das Bild aus dem Märchenbuch vor Augen, aus dem ihnen Großmutter zu Hause vorgelesen hatte. Menschen mit langen seidenen Gewändern, Männer mit kleinen Kappen auf dem Kopf und langen schwarzen Zöpfen. Wunderliche Pagodendächer, verziert mit hölzernen Drachen.

Auf dem Weg zurück zum Schiff wurden die vier von einem gewaltigen Regenschauer überrascht, Wege und Straßen verwandelten sich innerhalb von Minuten in reißende Bäche. Grete, Eleonore und die Kinder versuchten, sich von einem Dachvorsprung zum nächsten zu retten. Triefend vor Nässe, erreichten sie schließlich die *Conte Biancamano*.

Nachdem sich die Gewitterwolken verzogen hatten und Eleonore die nassen Kleider in der Kabine ausgezogen und zum Trocknen aufgehängt hatte, machte sie sich auf die Suche nach Grete, die nicht in ihrer Kabine und auch sonst nirgends zu finden war. Eleonore lief über das ganze Schiff und fand sie schließlich versteckt nahe dem Heck im überdachten Außenbereich auf einem der Klapphocker. Auf dem Schoß ein Blatt Papier, den Blick abwesend in die Ferne gerichtet. Eleonore wollte schon wieder gehen, um sie nicht zu stören, aber irgendetwas an der jungen Frau ging ihr so zu Herzen, dass sie nicht anders konnte, als zu ihr zu gehen.

»Sie genießen auch den Blick auf den Hafen?«

Grete schreckte auf und griff rasch nach dem Blatt Papier auf ihrem Schoß.

»Meine liebe Grete, Sie weinen ja. Was ist? Kann ich Ihnen helfen?«

»Nein, nein, es ist nichts.« Grete wischte sich mit der Hand über die Augen. »Nur der Wind …«

»Der ist es nicht, und wir beide wissen das.« Eleonore klappte den Sitz aus der Schiffswand und setzte sich neben Grete.

»Ich bin nicht blind und habe schon mehr als genug in meinem Leben mitgemacht; ich kann sehen, dass Ihnen etwas auf dem Herzen liegt. Während unserer Reise habe ich schon häufiger beobachtet, wie bedrückt und in sich gekehrt Sie sind. Oft nehmen Sie sich nur wegen der Kinder zusammen, und jetzt gefallen Sie mir gar nicht. Wir sind alleine, ich höre Ihnen zu, und wenn Sie nicht sprechen wollen, dann schweigen wir gemeinsam, aber ich lasse Sie jetzt nicht alleine.«

Beide blickten hinaus in den Hafen, und langsam und zögerlich fing Grete zu erzählen an.

»Von zu Hause ist ein Brief gekommen. Meine Eltern schreiben, mein Mann hätte es irgendwie geschafft, nach Regensburg zurückzukehren. Er wohne sogar wieder im gleichen Haus, nur eine Etage höher, bei der Familie Baudis. Ein älteres jüdisches Ehepaar, dessen Tochter nach Palästina gegangen ist. Unsere Wohnung war bereits aufgelöst. Er arbeite und es gehe ihm den Umständen entsprechend. Sie schreiben, ich soll mir keine Sorgen machen, soll nur gut auf die Kinder achtgeben. Sie werden sich so gut es geht um ihn kümmern. Aber ich fühle mich schuldig, als hätte ich ihn verraten. Ich habe ihn gehen lassen. Ich hätte mit ihm zurückgehen müssen.«

Grete strich immer wieder über das Papier auf ihrem Schoß.

»Das ist Unsinn, Grete. Er ist ein erwachsener Mann. Er wird wissen, was er tut, und kann auf sich selbst aufpassen.«

Sie blickte Eleonore an. »Aber durch mich hatte er einen gewissen Schutz, und den hat er nun verloren.«

»Er hat nicht von Ihnen verlangt, mit ihm zu gehen. Glauben Sie mir, er sah Ihre Verpflichtung den Kindern gegenüber. Carl und Ida sind noch so jung, Ihr Leben hat noch nicht einmal richtig begonnen. Sie gilt es zu schützen.«

»Aber ich … ich bin nicht jüdisch, ich nehme einem den Platz weg, der ihn mehr braucht als ich. Mache ich mich nicht schuldig? Es geht mir nicht aus dem Kopf, ich bin schuld, wenn mein Mann jetzt in einer schwierigen Situation ist, und ich bin schuld, wenn ein anderer, dem es schlecht geht, nicht hier sein kann.«

Eleonore schüttelte den Kopf. »Schmonzes. Wir alle wissen nicht, wie es weitergeht. Sie sind um der Kinder willen gegangen. Nach irgendwelchen unsinnigen, von Menschen gemachten Gesetzen sind die beiden jetzt weniger wert als andere. Sie haben das gesehen und konnten nicht bleiben. Viele wollen es nicht sehen, glauben, alles wäre nur vorübergehend. Hoffen jeden Tag darauf, dass es wieder besser wird und sie es schon irgendwie schaffen werden. Aber glauben Sie mir, das ist leider ein Irrtum. Ihr Handeln ist weitsichtig und mutig. Als mein Sohn mit Frau und Kindern von uns fortging, habe ich geglaubt, mein Herz bricht entzwei. Wochenlang habe ich nur geweint, aber er hat das einzig Richtige getan und zu einem Zeitpunkt, als es noch möglich war. Wer, meine liebe Grete, sagt uns, dass wir nicht in der Not hin und wieder an unseren Entscheidungen zweifeln dürfen und dass, wenn wir uns einmal entschieden haben, der Weg immer leicht ist?«

Nach kurzem Schweigen sagte Grete: »Wir haben die Passage hier nur bekommen, weil ein anderer sich und den Seinen das Leben genommen hat. Ich fühle mich, als hätte ich ihm und seiner Familie das Leben gestohlen.«

»Auch diese Menschen hatten eine Wahl. Ihre war der Tod, und so unverständlich und bitter es für uns klingen mag, er muss ihnen in ihrer Verzweiflung als das leichtere Los erschienen sein. Grete, es steht uns nicht zu zu urteilen. Ein jeder muss für sich selbst wählen. Sie haben sich für das Fortgehen entschieden, ein anderer beschließt zu bleiben, und ein Dritter erwählt den Tod. Wir wissen nicht, wessen Entscheidung letztendlich die richtige sein wird. Auch wenn es Dinge gibt, die wir nicht verstehen, müssen wir sie respektieren und so annehmen, wie sie sind.«

Eleonore lehnte sich mit dem Rücken an die Schiffswand.

»Sehen Sie meinen Mann und mich an: Otto wird nächsten Oktober 68 Jahre alt, ich bin acht Jahre jünger. Religion hat in unserem Leben nie eine Rolle gespielt. Wir hatten uns so gut eingerichtet. Wir fühlten uns deutsch, wir hatten vergessen, Juden zu sein. Meine Großeltern waren religiös, nicht übermäßig, aber sie aßen koscher und hielten sich auch sonst an die Regeln und Gesetze unseres Glaubens. Mit meinen Eltern verlor sich das. Die Gesellschaft hatte sich gewandelt und wir uns mit ihr. Wir wollten Teil dieses Landes sein, weil es auch unser Land war. Wir waren stolz darauf; über Unannehmlichkeiten und Vorurteile sahen wir hinweg. Otto hat als Jurist im Staatsdienst gearbeitet. Wie andere auch konnte er noch eine Weile, wie es so schön hieß, das ›Frontkämpferprivileg‹ geltend machen.« Eleonores Stimme klang sarkastisch. »Unter dem Kaiser war er als Jude gut genug, um zu kämpfen und zu bluten. Und von einem Tag auf den anderen war er nicht mehr würdig, seinem Land weiter zu dienen? Junge Menschen sind viel wacher als wir alten, unser Sohn hat das sofort gesehen, Otto und ich, wir waren blind. Wir haben lange gezögert, ›alte Bäume verpflanzt man nicht‹, aber was erzähle ich. Wir sind hier.« Sie lächelte Grete an. »Und Sie sind auch zu Recht hier. Wenn ich Ihnen raten darf, genießen Sie das Leben an Bord, so gut es geht, wir wissen nicht, was uns in Shanghai erwartet. Ich bin nicht so blauäugig, alles, was hier so gemunkelt wird, als Seemannsgarn abzutun – wir werden unsere ganze Kraft noch brauchen. Schon alleine weil dort keiner auf uns wartet.«

»Und was sage ich den Kindern?«

»Erzählen Sie ihnen, dass ihr Papa wieder gut und wohlbehalten zu Hause angekommen ist. Und dass er sie liebt. Was könnten Sie ihnen sonst auch sagen?«

»Ja, da sind ja die beiden hübschesten Frauen hier auf der *Conte Biancamano*!«

Lächelnd und bestens gelaunt, kam Otto Knoll auf sie zu, Ida an seiner Hand. Carl schlenderte gelangweilt hinterdrein.

»Wir haben schon das ganze Schiff nach euch abgesucht. Für einen kleinen Augenblick hatten Ida und ich vermutet, Piraten hätten sich von einer der Dschunken an Bord geschlichen und euch beide entführt. Dann wäre mir auf meine alten Tage nichts übrig geblieben, als meine liebe Eleonore aus den Fängen dieser Ganoven zu befreien, aber zum Glück ist nichts geschehen.«

»Ach Otto, du redest manchmal aber auch einen Haufen Stuss.« Eleonore stand auf und umarmte lachend ihren Mann.

Der drückte ihr einen Kuss auf die Wange. »Was sitzt ihr auch so versteckt hier am Heck zusammen? Lasst uns lieber nach unten gehen, ich spüre schon die ersten Mückenstiche. Kaum liegen wir in einem Hafen vor Anker, schon fallen diese Biester über einen her. In meinem ganzen Leben hätte ich nie gedacht, dass es mir einmal lieber sein wird, auf dem Meer herumzuschippern, als auf dem Festland zu sein.«

Und zu Grete: »Haken Sie sich ein, Grete. Was bin ich auch für ein Glückspilz, links und rechts eine schöne Frau am Arm. Lachen Sie nicht, sondern glauben Sie mir, es bringt nichts, hier herumzusitzen und Trübsal zu blasen. Das Leben ist dazu viel zu kurz, und keiner von uns weiß, was der nächste Tag bringen wird.« Otto Knoll zwinkerte Grete aufmunternd zu. »Kommen Sie schon.«

11

Jangtsekiang

Sehr früh am nächsten Morgen verließ die *Conte Biancamano* Hongkong. Kurz vor der Abfahrt kam es noch zu einem kleinen Zwischenfall, der unter den Reisenden für Aufregung und Gesprächsstoff sorgte. Vier der Emigranten hatten sich geweigert, nach dem Ausflug auf das Schiff zurückzukehren. Sie hatten versucht, über Hongkong eine Weiterreise nach Australien zu erzwingen, wurden jedoch von den zuständigen Behörden abgewiesen und, als sie dagegen protestierten, kurz vor dem Ablegen mit polizeilicher Gewalt auf das Schiff zurückgebracht. Vor und während des Frühstücks war es das Thema des Tages. Mutmaßungen wurden angestellt, um wen es sich bei den Reisenden handeln könnte. Nicht wenige hatten den schönen Egon in Verdacht.

»Ich kann mir nicht vorstellen, dass er es noch einmal versucht hat, nach dieser Blamage in Port Said«, brummte Otto vor sich hin und köpfte sein Frühstücksei.

»Aber bisher ist er nicht erschienen«, versuchte Eleonore ihre Theorie zu untermauern. »Was glauben Sie, meine liebe Grete? War er mit dabei, ja oder nein?«

»Schwer zu sagen«, meinte Grete zögerlich. »Aber zuzutrauen ist ihm das bestimmt.«

»Siehst du, Otto! Auch Frau Schwarz glaubt, dass ich recht habe«, triumphierte Eleonore.

»Mag sein, aber auch diesmal hatte er wenig Erfolg. Wer es auch war, die Vögelchen sind wieder eingefangen und in unseren goldenen Käfig zurückgebracht worden. Und eigentlich interessiert es mich auch gar nicht. Ich mache mir mehr Gedanken darüber, was uns in Shanghai erwartet, als darüber, was unser manchmal recht eigenbrötlerischer Tischnachbar macht oder nicht macht.«

Seine Frau wollte noch etwas anfügen, doch er warf ihr einen missbilligenden Blick zu, sodass sie verstummte und Otto sein Frühstück in Ruhe fortsetzen konnte.

Wenig später ging ein Raunen durch den Saal, als einer der Passagiere, der mit Egon Riegler bereits in Port Said versucht hatte, von Bord zu kommen, mit einigen nicht zu übersehenden Blessuren im Gesicht auftauchte. Eleonore konnte sich ein »Na, den Ersten kennen wir jetzt schon« nicht verkneifen. Der schöne Egon hingegen blieb den ganzen Tag verschwunden, erst am darauffolgenden Abend erschien er wieder zum Abendessen. Er hatte eine Schramme an der Stirn, und das linke Auge war blutunterlaufen. Aber er tat ganz so, als sei nichts gewesen, und keiner der Anwesenden sprach ihn darauf an. Wer die beiden anderen gewesen waren, blieb ein Rätsel.

Am Tag der geplanten Ankunft stand Grete lange vor Sonnenaufgang auf. Die Kinder schliefen noch, als sie bereits anfing, die wenigen Habseligkeiten in die Koffer zu packen. Sie stellte alles zum Abholen bereit. Als sie fertig war, setzte sie sich an den Rand des Bettes und beobachtete Carl und Ida. Beide schliefen noch tief und fest. Ida hatte sich wie immer ihre Puppe Berta unter den Arm geklemmt. Carl lag auf dem Rücken und hatte die Decke im Schlaf bis hinunter ans Fußende geschoben. Was würde das Leben in Shanghai ihnen bringen? Hatte sie richtig gehandelt, als sie die Heimat verließ? Was, wenn die Stadt wirklich ein Ort der »Vaganten und Verbrecher« war, wie Erwin gesagt hatte? Sie hatte ihm nicht geglaubt. Und wenn sie und nicht er sich geirrt hatte? Wenn sich die Situation zu Hause beruhigen würde und sie alles viel zu negativ gesehen hatte? Ihre Hoffnung und Zuversicht geriet ins Wanken. Es fühlte sich an, als trüge sie eine Weste aus Blei, die schwer auf ihren Schultern lag. Jeder Atemzug strengte sie an. Sie vermisste ihren Mann, sie wünschte sich nichts mehr, als ihn hier bei sich zu haben. Sie wollte spüren, wie er sie in den Arm nahm und wie ein kleines Kind hin und her wiegte. Sie wünschte, die Welt wäre wieder so wie damals, als sie sich kennengelernt hatten. Vor ihr tauchten mit einem Mal die Bilder dieser glücklichen Zeit auf. Sie glaubte, seine Stimme und sein Lachen zu hören. Und plötzlich fühlte sie sich so schrecklich allein, dass sie meinte, ihr müsse das Herz brechen. Tränen liefen ihre Wangen hinab, und die Angst vor dem Morgen machte sich tief in ihrem Inneren breit.

»Sei keine dumme, sentimentale Kuh und reiß dich zusammen!«, sagte sie laut zu sich selbst und erschrak vor ihrer eigenen Stimme.

Grete atmete tief durch, dann wischte sie sich mit dem Taschentuch über das Gesicht, schnäuzte sich und weckte die Kinder. Nachdem sie sich gewaschen und angezogen hatten, gingen sie in den Speisesaal. Sie setzten sich ein letztes Mal zum Frühstücken an den gewohnten Platz. Die Kellner schwirrten um sie herum.

»Buongiorno, Signora Schwarz«, »Buongiorno, piccola Ida«. Sie bedienten sie freundlich und sehr zuvorkommend. Grete saß da und lächelte, versuchte stark zu bleiben und sich nichts anmerken zu lassen. Die Kinder sollten glauben, dass alles war wie immer.

Mit einem Ruck stoppten die Maschinen und das Beben unter ihren Füßen, das sie die ganzen letzten Wochen hindurch begleitet hatte, hörte auf. Die Gespräche der anderen Passagiere um sie herum verstummten, im Speisesaal wurde es schlagartig still. Alle blickte sich fragend um.

Nur Carl schien sich den Appetit nicht verderben zu lassen und stopfte weiter sein Frühstück in sich hinein. »Mama, was ist das? Warum bleibt das Schiff stehen? Fahren wir jetzt nicht mehr nach Shanghai?« Ida blickte ihre Mutter unsicher an. »Ich weiß es nicht, meine Süße.«

»Die haben nur die Turbinen abgeschaltet. 40 000 Pferde laufen nicht mehr! Du bist vielleicht ein Dummerchen, die können doch nicht mit Vollgas in den Hafen brettern. Außerdem geht es noch ein Stück den Fluss hoch«, sagte Carl mit vollgestopften Backen und grinste gleichzeitig über das ganze Gesicht, weil er mehr wusste als seine kleine Schwester.

»Ich bin kein Dummerchen. Du bist ein blöder Heini.«

»Kinder, jetzt ist es gut«, ermahnte Grete die beiden.

Ein Reisender nach dem anderen verließ den Speisesaal und ging hinauf auf das Deck, um zu sehen, was vorgefallen war. »Kommt, macht schon.« Carl wischte sich eilig mit der Serviette um den Mund und sprang auf. »Wir sollten auch hinaufgehen. Sonst verpassen wir am Ende noch was.« Schon halb im Gehen nahm er noch ein Kuchenstück und steckte sich einen Apfel in die Hosentasche. »Mama, schau nicht so streng, ist nur Verpflegung.« Dabei lachte er Grete an.

»Ich weiß nicht. Sollten wir nicht lieber hier warten?«
Gretes Stimme klang zögerlich.

»Mama, sei doch kein Angsthase, lass uns nachsehen«,
sagte er ungeduldig.

»Ja, bitte Mama!«, bettelte Ida.

»Ich glaube, Ihre Kinder haben recht, und wir sollten
auch nachsehen, was vorgefallen ist.« Eleonore lächelte Grete
an, und zu Otto sagte sie: »Wie ich dich kenne, mein Lieber,
möchtest du erst in Ruhe zu Ende frühstücken, oder möchtest du auch gleich mit nach oben?«

Otto schüttelte den Kopf. »Geht nur. Ich glaub nicht, dass
es Anwesenheitspflicht gibt, da kann ich auch in Ruhe fertig
frühstücken. Die kleine Ida kann mir ja dann sagen, ob ich
was verpasst habe.« Otto zwinkerte Ida zu. Die wartete nicht
mehr auf die Antwort ihrer Mutter, sondern sprang vom
Stuhl auf und rannte mit Carl aus dem Speisesaal.

»Kommen Sie, Grete.« Eleonore hakte sich bei Grete
unter, und gemeinsam folgten sie den Kindern hinauf aufs
Deck.

Vor ihnen lag die Mündung des Jangtsekiang. Von ihrem
Platz an Deck der *Conte Biancamano* konnte man weit den
Fluss hinaufblicken. Zu beiden Seiten von Land umgeben,
wälzte sich ihnen ein breiter, gelbschlammiger Strom entgegen. Die ganze Fahrt über war das Wasser des Meeres von
einem Tiefblau gewesen, und eine leichte Brise hatte die
Hitze halbwegs erträglich gemacht. Wenn sie jetzt hinunter-
blickten, war die leuchtende Klarheit einem schalen Braun
gewichen.

Einer der Passagiere fragte einen der Stewards an Deck,
warum die Maschinen gestoppt worden waren, und bekam
zur Antwort, dass sie auf den Lotsen warten würden, um dann

mit der Flut in den Hafen einzulaufen. Seine Erkenntnisse teilte er umgehend lautstark den anderen Passagieren mit.

Wenig später kam ein kleines Motorboot auf die *Conte Biancamano* zu. Über eine Strickleiter kletterte der Lotse an Bord, gleich darauf wurden die Turbinen wieder angeworfen, und die Fahrt ging langsam flussaufwärts weiter. Zu beiden Seiten des Flusses lagen wenige Dörfer in einer weiten ebenen Landschaft.

»Sieht aus wie zu Hause«, sagte einer laut.

»Nur ist es da nicht so schwül«, antwortete ein anderer vergnügt. Mittlerweile waren alle aus dem Speisesaal nach oben gekommen, selbst Otto Knoll hatte sich zu den anderen gesellt. Er stand, den Arm um seine Frau gelegt, an der Reling und blickte wie alle gebannt hinüber zum Ufer. Jede Kleinigkeit, die am Ufer zu entdecken war, wurde kommentiert. Hin und wieder zog jemand ein Tuch aus der Tasche und schwenkte es übermütig. Jubel und Aufregung waren groß, wenn dieser Gruß vom Ufer aus erwidert wurde. Es herrschte eine ausgelassene, heitere Stimmung an Deck, ganz so als würden sie sich alle auf einem Ausflug befinden.

Vom Jangtsekiang aus ging die Fahrt weiter in einen kleinen Seitenfluss, der sich auf die Stadt zu schlängelte. »Wo sind wir jetzt?«, fragte Eleonore. Ihr Mann zuckte mit den Schultern.

»Das ist der Huangpu Jiang. Der bringt uns direkt in das Herz von Shanghai«, rief ihnen der Passagier, ein kleiner Kerl mit mächtigem Bauch, der zuvor schon sein Wissen über den Lotsen mit ihnen geteilt hatte, nicht ohne Stolz über seine eigene Klugheit zu.

War die Landschaft anfangs noch weit, änderte sie sich nun schlagartig. Die Ufer des Huangpu Jiang waren mit

Kaianlagen und Lagerhäusern eng bebaut, die bis hinab ans Wasser reichten. Keine freie Fläche war dazwischen mehr zu sehen. Langsam verstummten die Menschen an Deck. Die Häuser direkt am Ufer waren intakt, doch dahinter bot sich ein Bild der Verwüstung. Trümmer und Schutt türmten sich auf, dazwischen ausgebrannte Ruinen und Häuserskelette, die mit leeren Fensterhöhlen auf die Reisenden glotzten. Grete stand mit den anderen da und blickte fassungslos hinüber zum Ufer. Das Bild, das sich ihnen bot, war niederschmetternd. Grete war unfähig, auch nur einen klaren Gedanken zu fassen. Die gelöste Stimmung war einem Albdruck gewichen, an Deck herrschte Totenstille. Ida klammerte sich fester an ihre Mutter.

Doch damit nicht genug, der Fluss unter ihnen war übersät mit Müll, eine stinkende, gemächlich dahinfließende Kloake. Über allem ein Mief nach fauligem, totem Fisch und ranzigem Fett. Die drückende Schwüle, die wie eine Glocke über ihnen lag, steigerte den Gestank ins kaum noch Erträgliche und nahm ihnen die Luft zum Atmen.

Einige Reisende fingen zu husten an, Egon Riegler, der schräg hinter Grete stand, seufzte halblaut: »Oh mein Gott!«

»Mama, was stinkt hier so?« Ihre Mutter wies Ida an, das Taschentuch, mit dem sie noch vor Kurzem den Menschen am Ufer zugewunken hatte, vor Mund und Nase zu halten, um die Ausdünstungen nicht einatmen zu müssen.

Grete selbst war betäubt vor Angst. Sie fürchtete, den Kindern könnte etwas geschehen, sie könnten ihr entrissen und vom Morast unter ihnen verschlungen werden. Dafür hatten sie die Heimat verlassen? Um sie gegen das hier einzutauschen? Zu Hause waren sie Repressalien ausgesetzt gewesen, aber sie lebten dennoch in Häusern und nicht in Löchern ohne Fenster. Aber hier? Wo sollte sie mit den Kindern leben können? Wie war sie nur auf den Gedanken gekommen, hierher zu gehen? Je mehr die Panik von ihr Besitz ergriff, umso mehr klammerte sie sich an die Kinder.

Carl wehrte sich gegen diese Umklammerung, doch seine Mutter hielt ihn fest. Er hatte keine Angst, konnte die bedrückte Stimmung nicht verstehen. Der »dicke Hans« hatte ihm erzählt, dass sie zuerst an Hongkew vorbeifahren würden, dem Stadtteil der Chinesen. Er hatte auch gesagt, dass dieser Teil der Stadt vor einem Jahr von den Japanern, die die Stadt besetzt hielten, bombardiert worden war und noch immer in Schutt und Asche lag. Carl wollte endlich Shanghai sehen. Beklemmend langsam schob sich das Schiff weiter vorbei an den Ruinen und folgte dem sich windenden Fluss hinauf zur Anlegestelle.

Langsam änderte sich das Bild, immer weniger Häuser waren zerstört. Die Gebäude, die sie jetzt zu sehen bekamen, waren schlicht und ganz anders, als Carl es sich vorgestellt hatte. Er hatte fest daran geglaubt, chinesische Häuser seien mit Drachen und kleinen Türmchen verziert, dazwischen verspielte Pagoden mit einer Unzahl kleiner Dächer und Dachvorsprüngen übereinander wie in Idas Märchenbuch. Keines der Häuser am Ufer glich dem auch nur annähernd. Alle waren sie ohne Verzierung und Aufbauten. Carl war enttäuscht, wären da nicht die vielen kleineren und größeren Boote auf dem Fluss zu sehen gewesen. Sampans, auch davon hatte der Matrose erzählt. Sie erinnerten ihn an Zillen, wie er sie von den Donaufischern zu Hause kannte. Mit einem langen Stechruder am Heck wurden sie über den Fluss navigiert. Die Boote waren überladen mit Baumaterialien,

Menschen und Tieren. Ganze Familien waren darauf untergebracht, kochten, aßen und schliefen auf ihnen. Mütter wuschen ihre Kinder im schmutzigen Wasser, während unweit andere Kinder von deren Müttern über das Wasser gehalten wurden, um ihre Notdurft zu verrichten. Dreckige, in Lumpen gekleidete Gestalten standen am Ufer, spuckten ins Wasser des Flusses und winkten dem vorbeifahrenden Schiff lachend zu.

Auch wenn die ausgelassene, fast übermütige Stimmung vom Beginn der Fahrt sich nicht wieder einstellte, begannen die Passagiere an Bord, den Gruß der Menschen zu erwidern. Ein jeder war froh, das jener zerstörte Teil Shanghais nur ein sehr kleiner und eng begrenzter Bereich zu sein schien. Die Stadt selbst, das war bereits vom Schiff aus zu sehen, war viel größer als die größten Städte ihrer Heimat wie Hamburg oder Berlin. Ein riesiger Moloch mit ganz unterschiedlichen Gesichtern. Carl musste an einen Drachen mit sieben Köpfen denken. Ja, genauso wie ein Drache, wie ein lebendiges Wesen, das schnaubte und stöhnte und atmete, kam ihm diese Stadt vor, die sich endlos zu beiden Seiten des Ufers dahinzuziehen schien.

Ihre Anlegestelle am Bund in Wang Po, dem Herzen der Stadt, war umgeben von Hotels und Banken. Große prachtvolle Gebäude. Auch Otto Knoll war beeindruckt. »Solche Gebäude findest du bei uns nirgends, nicht in Hamburg und nicht in Berlin. Nein, nicht einmal in Berlin«, wurde er nicht müde zu sagen. Eleonore und Grete nickten staunend. »Ach was, Berlin! So was gibt es nicht einmal in New York«, prahlte der dicke Passagier und fügte hinzu: »Nicht dass ich schon dort gewesen wäre, aber von den Bildern, die man immer wieder sieht.«

Und der schöne Egon rief begeistert: »Nein, so etwas wie das hier, das ist einzigartig!«

Keiner widersprach ihm.

Carl konnte sich nicht sattsehen. Wenn es nach ihm gegangen wäre, er hätte tagelang am Ufer des Flusses entlangfahren können. Er wollte alles Neue und Fremde in sich aufsaugen, jede Szene, jedes Bild. Er wollte es in seinem Kopf behalten und nie mehr vergessen. Tief in seinem Inneren hatte er das Gefühl, als würde er an der Schwelle zu einem großen, wunderbaren Abenteuer stehen. All das Neue, es sollte ruhig kommen, er konnte es nicht mehr erwarten.

Und wieder wurde ihnen bewusst, dass sie nur geduldete Reisende waren. Die Passagiere wurden in zwei Gruppen aufgeteilt. Während die Geschäftsleute, Reisende aus Italien, Frankreich, Indien oder wo immer sie herkamen, die *Conte Biancamano* an der Anlegestelle verließen, verblieben die Flüchtlinge an Bord. Sie wurden gebeten, sich noch einmal zu versammeln, um von einer Delegation der jüdischen Gemeinde in Shanghai begrüßt zu werden.

Alle hatten sich ein letztes Mal in einem der Säle einzufinden. Ida saß auf dem Schoß ihrer Mutter, und Carl hatte sich gelangweilt auf einen Stuhl neben sie gesetzt. Während die einzelnen Mitglieder des Komitees in, wie es ihm erschien, endlos langen und langatmigen Reden ihre Freude darüber zum Ausdruck brachten, die Emigranten wohlbehalten hier willkommen heißen zu dürfen, und ihnen Ratschläge darüber erteilten, wie sie sich zu verhalten hatten, schaukelte Carl sehr zum Missfallen seiner Mutter mit dem Stuhl hin und her. Er hielt es für besser, ihren mahnenden Blick zu ignorieren. Carl hatte nicht die geringste Lust hier zu sein, er wollte hinaus. Er wollte Shanghai sehen, er wollte durch die Straßen laufen und alles selbst erkunden.

Stattdessen musste er einem dürren kleinen Mann zuhören, der in eingerostetem Deutsch darüber sprach, wie sich die Neuankömmlinge in der Stadt zu verhalten hätten.

»Chinesen geben sich niemals die Hand, sie begrüßen sich mit einer Verbeugung, die Kotau genannt wird. Achten Sie bitte auf Wertgegenstände, Taschendiebstahl ist in Shanghai weitverbreitet und wird von organisierten Banden kontrolliert. Sollten Sie dennoch Opfer eines Diebstahls werden oder polizeiliche Hilfe benötigen, wenden Sie sich bitte nur an die Sikh-Polizei. Meiden Sie chinesische oder weißrussische Polizisten.«

Carl hörte die Stimme des Vortragenden, während er weiter gelangweilt auf dem Stuhl hin und her wippte.

»Ihnen werden hier einige Dinge vertraut vorkommen, besonders in den von Europäern bewohnten Gebieten der Stadt. Doch weit mehr wird sie die große Armut unter weiten Teilen der chinesischen Bevölkerung befremden. In der Stadt leben viele Chinesen ohne Obdach. Shanghai ist eine besetzte Stadt. Seit dem japanisch-chinesischen Krieg wird sie, außer in den internationalen Gebieten, von Japan verwaltet. Auch wenn die Japaner der deutschen Regierung verbunden sind, sind sie hier dennoch vor Repressalien weitgehend geschützt.«

Carl beugte sich zu Ida vor und flüsterte ihr ins Ohr: »Ich kann es nicht mehr hören, der redet jetzt schon seit einer Ewigkeit. Ich will in die Stadt. Pass auf, jetzt erzählt er bestimmt gleich noch, dass wir Wasser abkochen sollen und dass Obst und Gemüse vor dem Verzehr geschält werden müssen, als ob wir das nicht schon wüssten.«

Ida kicherte.

»Carl.« Seine Mutter wisperte ihm leise zu: »Setz dich anständig hin und hör zu.«

Missmutig lehnte er sich in seinem Stuhl zurück, und während eindringlich vor Typhus, Cholera und sogar der Pest gewarnt wurde, fing Carl an, die Glühbirnen an den Kristallleuchtern zu zählen, dabei lehnte er sich mit dem Stuhl so weit nach hinten, dass er krachend umfiel. Der Vortragende hörte auf zu sprechen, und alle blickten sich zu Carl um. Der saß mit hochrotem Kopf auf dem Boden. In den Augen seiner Mutter konnte er jenes gefährliche Funkeln sehen, dass ihm sagte, er solle sich jetzt ein für alle Mal ruhig hinsetzen, sonst würde ein Gewitter über ihn kommen. Er hielt es darum für angebracht, den Rest des Vortrags in stoischer Ruhe über sich ergehen zu lassen.

»Halten Sie sich, in Ihrem eigenen Interesse, von der chinesischen Altstadt fern, meiden Sie Vergnügungsviertel, die sich in der Nähe der King Edward VII befinden. Wie gesagt, vieles wird Ihnen fremd und gewöhnungsbedürftig vorkommen. Für die chinesische Bevölkerung sind sie Fremde – Nakonings. Taoismus, Buddhismus und auch Konfuzianismus kennen keine Diskriminierung anderer Religionen, niemand wird Sie hier aus religiösen Gründen verfolgen. Ihre Religion spielt für die Chinesen und auch die Japaner keine Rolle.« Der Vortrag war zu Ende.

Die Flüchtlinge wurden in verschiedene Gruppen eingeteilt und, nachdem sie die *Conte Biancamano* verlassen hatten, auf bereitstehende Lastwagen geladen.

»Gestern Abend haben wir noch auf der *Conte Biancamano* unter Kristallleuchtern gespeist, und jetzt klettern wir mit unseren Habseligkeiten auf die Ladefläche eines Lastwagens.

So schnell kann es im Leben gehen, mein Junge«, sagte Otto Knoll, als er sich neben Carl setzte.

»Na ja, wie es aussieht, sind wir im Paradies angekommen. Ein Land, das nichts gegen uns Juden hat, muss das Paradies sein. Ich hatte es mir immer anders vorgestellt«, sagte der schöne Egon nachdenklich.

»In einer Welt, in der die eine Hälfte uns verfolgt und die andere uns nicht haben will, ist ein Ort, der uns nur als Fremde sieht, wohl wirklich das Paradies«, gab ihm Otto Knoll zur Antwort.

Larchmont

(2010)

Carl öffnet die Augen. Für den Bruchteil einer Sekunde hat er nicht die geringste Ahnung, wo er sich befindet. Tief in sich ein Gefühl von Verlorenheit, als hätte sich eines dieser Schwarzen Löcher, über die er gestern im Fernsehen vor dem Zubettgehen einen Bericht gesehen hatte, in seinem Körper eingenistet.

Dann hört er Emmi atmen, ruhig und gleichmäßig. Es wäre besser, am Abend vor dem Schlafen zu lesen, wie sie es tat, statt sich die halbe Nacht vor den Fernseher zu setzen. Zudem schlugen ihm populärwissenschaftliche Sendungen auf das Gemüt. Sie ließen ihn schlechter einschlafen. Wenn er nach stundenlangem Hin- und Herwälzen schließlich doch zur Ruhe kam, war der Schlaf viel zu kurz, um erholsam zu sein. Am Morgen fühlte er sich wie gerädert, so als würde er aus einer Narkose erwachen, und war darüber hinaus den ganzen Tag schlecht gelaunt. Er kann sich nicht mehr daran erinnern, wann er das letzte Mal eine ganze Nacht durchgeschlafen hatte und am Morgen erholt aufgewacht war. Es muss das Alter sein. Doch auch das kann nicht stimmen, wie man an Emmi sieht.

Sie schläft tief und fest, Carl muss den Kopf nicht zur

Seite drehen, um sich davon zu überzeugen. Er kann es an ihrem Atem hören, an der Art, wie sie Luft holt. Seit sechzig Jahren liegen sie Seite an Seite, Nacht für Nacht. Da kennt man jeden Atemzug. Wie hieß es doch so schön? »In guten wie in schlechten Zeiten.« Aber was überwiegt am Ende eines Lebens? Das Schlechte? Das Gute? Er hat keine Antwort. Sein Leben lang hat er sich nicht um so etwas gekümmert und will auch jetzt im Alter nicht anfangen, darüber zu philosophieren. Obendrein bringt einen das nur dazu, sentimental zu werden und der viel zu schnell vergangenen Zeit nachzutrauern. Seiner Ansicht nach neigen die meisten Menschen im Alter zur Rührseligkeit. Er will kein weinerlicher Greis sein. Er war immer der Praktische, der Zupackende. Morgens aufstehen, mit dem Zug in die Stadt zur Arbeit und abends wieder nach Hause. Dann essen, fernsehen und zu Bett. Jahrein, jahraus. Hin und wieder ein Bier mit Nachbarn und Freunden und ein Baseballspiel im Stadion ansehen, nicht nur vor dem Fernseher. Gelegentliche kleine Ausflüge am Wochenende, das war's. Kein Hoch, kein Tief – ein ruhiges Dahingleiten. Er war damit zufrieden gewesen, warum auch nicht? Er brauchte keine Reisen, war am liebsten hier. »Just an ordinary guy«, sagt er leise zu sich selbst. Ein durchschnittlicher Kerl, ja, das ist er.

Carl liegt da, wartet, blickt hoch zur Decke. Die Ecken sind staubig, grau. Seit Wochen liegt Emmi ihm schon in den Ohren. Sie hat recht, sie würden die Zimmer streichen lassen müssen. Ihm fehlt die Kraft und die Energie dafür. Nachts wacht er oft auf, weil seine Arme und Hände sich taub und schwer anfühlen. Auch wenn ihn das Geld reut, er wird sich nach einem Maler erkundigen müssen.

Beim letzten Mal, es muss im Juli 2003 gewesen sein, hat er das Zimmer noch selbst gestrichen. Es war ein unglaublich heißer Sommer, selbst für New York. Die Luft in den Häusern war zum Schneiden. Emmi hatte am Morgen noch zu ihm gesagt, es wäre wegen der hohen Luftfeuchtigkeit kein guter Tag zum Streichen. »Es wird ewig dauern, bis die Farbe trocken ist«, aber er ignorierte ihren Einwand. Sie behielt recht.

Später, als es schon längst dunkel geworden war, saßen Emmi und er in der alten Holzschaukel auf der Veranda. Faith war zu ihnen herübergekommen und setzte sich in einen der Korbstühle. Sam, ihr Mann, war ein paar Monate zuvor gestorben. Um nicht alleine zu sein, arbeitete sie ehrenamtlich ein paar Stunden in der Stadt. Außerdem hatte Faith mit Yoga angefangen und interessierte sich für »irgendwelches esoterisches Zeugs«. Sie erzählte ihnen davon, Carl hörte nicht richtig zu. An jedem anderen Abend wäre er vermutlich aufgestanden und ins Haus gegangen. Vielleicht hätte er noch etwas zur Entschuldigung gemurmelt, um Emmi nicht zu verärgern – dass ihn die Mücken stören oder dass er müde sei und sich deshalb zurückziehen wollte. In dieser Sommernacht blieb er auf der Veranda, hing seinen Gedanken nach und blendete die unentwegt schnatternde Faith aus wie die surrenden Moskitos.

Emmi dreht sich im Schlaf zur Seite. Carl sieht zu ihr hinüber. Er atmet tief ein. Gestern, nachdem er endlich, viel zu spät, ins Bett gegangen war, hatte sie wie immer im Halbschlaf nach seiner Hand gesucht. So lange er sich erinnern kann, schliefen sie Hand in Hand ein. Noch lange, nachdem sich ihr Griff wieder gelöst hatte, konnte er die Wärme ihrer Hand in der seinen spüren.

Vielleicht sollte er Emmis Drängen nachgeben und zum Arzt gehen? Aber was wird der schon sagen? Dass der Mensch im Alter weniger Schlaf braucht? Das wusste er auch so, da musste er niemanden um Rat fragen.

Durch die nur halb zugezogenen Vorhänge fällt das Morgenlicht ins Zimmer. Er wird aufstehen müssen, um die Katze hereinzulassen. Er verspürt keine Lust, hinunter in die Küche zu gehen, eigentlich möchte er viel lieber bleiben, wo er ist.

Seine Gedanken beginnen wieder um Faith zu kreisen. Fast vierzig Jahre sind sie Nachbarn. Sams erste Frau Barb war gestorben. Gebärmutterhalskrebs, mit achtunddreißig. Carl kann sich noch gut an sie erinnern, Barb war ein bisschen der Ava-Gardner-Typ – schlank, dunkelhaarig, geheimnisvoll. Eine Frau, die auffiel und auch irgendwie nicht in dieses Vorstadtleben passte. Er hätte sie sich gut bei exklusiven Cocktailpartys, auf der Terrasse eines Penthouses mit Blick auf den Central Park, vorstellen können. Doch sie war verheiratet mit Sam Kruger, einem blassen Durchschnittstypen, der in einem Büro in Midtown als Buchhalter arbeitete.

Barb buk Kuchen für alle möglichen örtlichen Wohltätigkeitsveranstaltungen. Sie schien glücklich mit Sam und den Kindern. Bis zur Diagnose, dann verfiel sie innerhalb von vier Monaten zu einem Häuflein Elend, und Sam saß von einem Tag auf den anderen mit drei kleinen Kindern da. Der Älteste, Timmy, kam gerade in die zweite Klasse. In der ersten Zeit nach Barbs Tod hatte sich Emmi um die Kinder gekümmert. »Gute Nachbarn tun so was, das ist selbstverständlich«, hatte sie damals gesagt. Carl stimmte ihr zu. Dann stellte Sam ihnen Faith vor.

Sie hatten sich im Zug kennengelernt. Jeden Morgen fuhren sie mit dem gleichen Pendlerzug in die Stadt und am Abend wieder nach Hause. Irgendwann kamen sie ins Gespräch.

»Sie hat nicht die Klasse von Barb. Sie zieht sich an wie eines dieser Hippiemädchen«, sagte Carl, als er nach einem gemeinsamen Restaurantbesuch wieder allein mit Emmi im Auto saß.

»Ach, was ihr Männer immer wollt. Sie ist ein bisschen schrill. Sam braucht wieder eine Frau, schon wegen der Kinder. Sie kommt gut mit ihnen klar.« Emmi lag wahrscheinlich richtig, und es war auch nicht sein Problem, aber warm wurde er mit Faith nie. Über die Jahre haben sie hin und wieder etwas miteinander unternommen, haben gegrillt und sind ein paar Mal auch ausgegangen. Und eines muss er ihr lassen, sie hat sich um die Kinder gekümmert, als wären es ihre eigenen.

»Sie kann keine Kinder bekommen.« Carl sah Emmi erstaunt an.

»Woher weißt du das?«

»Sie hat es mir damals, bei dem Restaurantbesuch, in der Damentoilette erzählt.«

»Über was ihr Frauen euch unterhaltet, daraus werde ich nie schlau.«

»Warum? Ist doch interessanter als Baseball.« Als Emmi ihn damals anlächelte, konnte er die ersten leichten Fältchen in ihrem Gesicht sehen, und er wusste, dass er sie noch immer genauso liebte wie am ersten Tag.

Seit Sams Tod vor sieben Jahren ist der Kontakt zwischen Faith und Emmi enger geworden. Für Carl fast zu eng. Er findet, sie mischt sich ständig in Dinge ein, die sie nichts angehen. Manchmal empfindet er ihre Besuche als aufdringlich, und er kommt sich überflüssig vor, wenn die beiden Frauen zusammen sind – »wie das fünfte Rad am Wagen«.

»Eine unverschämte Person. Ohne Anstand und Erziehung. Sie merkt einfach nicht, dass es Grenzen gibt, die man nicht überschreiten darf. Sie ist übergriffig«, hat Carl erst gestern nach dem Abendessen wieder zu Emmi gesagt. Übergriffig. Woher hatte er das Wort nur? Gab es überhaupt ein Wort wie dieses?

»Ich weiß nicht, was du hast, Carl. Faith ist hilfsbereit, sie hat ein großes Herz, und man kann sich immer auf sie verlassen. Sie ist, wie sie ist. Keiner ist perfekt.«

Sie hielt ihm einen Teller zum Abtrocknen hin. Legte den Kopf ein wenig schief und blickte ihn nachdenklich an, dann sagte sie: »Du bist eifersüchtig.«

Sie lachte, wendete sich wieder von ihm ab und erledigte weiter den Abwasch. Carl stand da mit dem Geschirrtuch in der Hand, abgekanzelt wie ein kleiner Junge. Eifersüchtig! Auf Faith? Er ärgerte sich, die Sache überhaupt angesprochen zu haben. Selbst jetzt merkt er, wie langsam der Verdruss darüber in ihm hochsteigt.

Am Nachmittag war Faith zum Tee vorbeigekommen. Er hat ihr aus dem Mantel geholfen. Ein flüchtiges »Hallo«. Ein auf die Wange gehauchter Begrüßungskuss, und sie rauschte davon. Kein Wort sonst, sie erkundigte sich nicht, wie es ihm geht, nichts – als wäre er Luft. Er stapfte hinter ihr her ins Wohnzimmer.

Während des Tees zog sie aus den schier unendlichen Tiefen ihres Beutels, den sie als Tasche benützte, ein zusammengeschnürtes Bündel hervor. Legte es vor ihm auf den Tisch und fragte, ob er sich diese Unterlagen durchsehen könnte. Sie wäre dabei, Sams Nachlass zu ordnen, und auf diese Briefe und Notizen gestoßen.

Sam habe nie viel über sein Leben in Deutschland gesprochen, und da er und Emmi die Einzigen in ihrem Freundeskreis sind, die Deutsch sprechen, und er doch im Ruhestand nichts anderes zu tun hat, könnte er die Unterlagen für sie übersetzen.

»Ich habe die ganzen Sachen nach seinem Tod auf den Speicher geräumt. Jetzt, da ich nicht mehr arbeite, habe ich mir überlegt, ich könnte ein Buch über Sams Leben schreiben. Was meint ihr?«

Sie blickte sie stolz und ein wenig selbstgefällig an, wie Carl fand, und auch Emmi sah überrascht aus.

Jetzt, nachdem er eine Nacht darüber geschlafen hat und die Morgensonne den Raum mehr und mehr ausfüllt, ärgert er sich, nicht gleich reagiert zu haben. Er findet es nicht in Ordnung, dass sie so einfach über seine Zeit verfügt. Er hätte Faith sagen sollen, dass er davon überhaupt nichts hält. Aber er hielt seinen Mund. Und Faith wertete sein Schweigen als Einverständnis.

Der zerfledderte Haufen alten Papiers vor ihm auf dem Tisch verdarb ihm Kuchen und Tee, und Faith plapperte weiter, über die Enkelkinder und darüber, was es Neues und Aufregendes über die Seniorengruppe zu berichten gab. Emmi schien ganz interessiert an dem Getratsche, nur hin und wieder warf sie einen flüchtigen Blick auf den Stapel und ihn. Er saß still daneben, trank seine Tasse aus, sah hinüber zum Fenster. Er fühlte sich überflüssig.

Als in ihm schon die Hoffnung aufkeimte, Faith würde sich zum Gehen fertig machen, kam sie noch einmal auf das Bündel zu sprechen.

»Carl, ich möchte nicht drängen, aber es wäre schön, wenn du es bald für mich übersetzen könntest. Du hast ja nicht mehr viel zu tun. Mein Hausarzt sagt auch, geistige Arbeit ist im Alter immer gut. Nur nicht einrosten.« Sie lachte über ihren Scherz und bleckte dabei ihre viel zu weißen Zähne. Carl hätte ihr am liebsten erwidert, dass sie wohl die letzte Person auf dieser Welt wäre, die sich um seine geistige Fitness sorgen müsste, ließ es aber nicht zuletzt wegen Emmis funkelndem Blick. Es wäre eh zu spät gewesen, denn Faith hatte sich bereits wieder plappernd Emmi zugewandt. »In unserem Alter weiß man ja nie, was der nächste Tag bringt. Erst gestern wurde Fred, ihr kennt ihn bestimmt, er wohnt unten in dem gelben Haus an der Murray Street, ins Krankenhaus eingeliefert. Was soll ich sagen: zu hoher Blutdruck, Schwindel, fällt die Treppe hinunter, und aus die Maus.«

Carl hielt es nicht mehr aus, murmelte etwas von einer dringenden Erledigung und ließ Emmi, die ihn vorwurfsvoll anschaute, mit Faith im Esszimmer sitzen.

Als Faith nach weiteren endlosen zwanzig Minuten endlich doch noch aufgestanden war und sich verabschiedet hatte, lag der Stapel Papier in der Mitte des Tischs. Er hob ihn auf und legte ihn auf seinen Schreibtisch im Arbeitszimmer. Er nahm sich vor, ihn dort liegen zu lassen und zu vergessen.

Deutschland. Was für eine Verbindung hatte er zu diesem Land? Keine. Alles war viel zu lange her. Er war zwölf, als sie fortgingen. Das Datum würde er nie vergessen, es war der 29. April 1938 gewesen. Ein Freitag.

Carl erinnerte sich an Konfettiregen, an jubelnde Menschen und an Ida. Sie hatte ein Kleid mit weißen Tupfen an. *Polka dots*, wie sie hier sagen. Carl schmunzelte, im Alter erinnert man sich manchmal an seltsam nebensächliche, längst vergessen geglaubte Dinge wie eben jenes Tüpfchenkleid.

Ida stand neben ihm auf dem Deck. Das Schiff war die … es lag ihm auf der Zunge, es würde ihm gleich wieder einfallen … *Conte Biancamano*. Er wusste, er hatte es nicht vergessen. Ida hatte bestimmt ihre Puppe im Arm, auch wenn er sich dessen nicht mehr zu hundert Prozent sicher war. Aber seine Schwester ging zu dieser Zeit fast nirgends ohne die Puppe hin. Grete, seine Mutter, war mit dem Vater unten in der Kabine geblieben. Als er mit Ida nach dem Auslaufen wieder hinunterging, war der Vater fort.

Er konnte auch später nie verstehen, was seinen Vater dazu bewogen haben mochte. Den Verlust und die Wut darüber spürte er sein ganzes Leben. Bohrte sich ihm wie ein Dolch ins Herz. Er fühlte sich einsam und im Stich gelassen. Es hätte so viel gegeben, was er den Vater hätte fragen wollen oder was der ihm hätte zeigen können. So wuchs er auf, immer irgendwo dazwischen. Er gehörte nirgendwo dazu. Erst später sah er darin etwas Gutes. Er war der erste Schwarz, der wirklich frei war. Er war nicht gebunden an ein Land und auch nicht gebunden an eine Rasse oder einen Glauben. Er war Carl.

»Was soll's?«, sagt Carl halblaut zu sich selbst.

Er schiebt die Decke zur Seite und steht auf. Die kleine quirlige Faith war in ihrer Naivität in ein Fettnäpfchen getreten. Alte Wunden reißen wieder auf, und Erinnerungen, die er längst vergessen und verdrängt hatte, kommen wieder hoch. Sie hat ihm den Tag bereits verdorben, ehe er überhaupt begonnen hat. Wenn sie schon unbedingt ein Buch schreiben will, dann bitte ohne ihn zu behelligen. Carl nimmt den Morgenmantel, streift ihn sich über und geht aus dem Zimmer.

»Was machst du?« Emmis Stimme hört sich müde und verschlafen an.

»Ich lasse die Katze herein.« Carl zieht die Tür hinter sich zu und steigt die Treppen hinunter.

Die Katze tänzelt am Rand der Spüle hin und her und reibt ihren Kopf schnurrend an seinem Arm. Er beachtet sie nicht. Carl sieht durch das Küchenfenster hinaus in den Garten. Die Blätter fangen ganz leicht an, sich zu verfärben. Mit dem Memorial Day im Mai beginnt der Sommer, und mit Labor Day im September verabschiedet er sich. Das Ende des Sommers hat immer auch etwas Wehmütiges. Wieder ist ein Jahr fast vorüber, und in seinem Alter fängt man an, die noch bleibenden Jahre zu zählen. Langsam und unaufhaltsam rückt das eigene Ende näher. »Der Tod kommt auf Flügeln«, geht es ihm durch den Kopf.

Warum fällt ihm das gerade jetzt ein? In einer der ersten Nächte in Shanghai hatte er einen seltsamen Traum. Manche dieser nächtlichen Fantasiegebilde bleiben ein ganzes Leben lang im Gedächtnis haften, als wären sie kein Trugbild, sondern wirkliches Erleben, eindrücklich und klar. Seine Mutter, Ida und er waren nach ihrer Ankunft in einem kleinen Zimmer in einem der *Heime* Hongkews untergekommen. *Heime*, so nannte man die engen wanzenverseuchten Unterkünfte. Glücklich, wer sich als Familie ein Zimmer teilen konnte. Viele lagen in primitiv mit Decken und Wäsche abgeteilten Sälen. Räume ohne Privatsphäre. Gekocht wurde in Gemeinschaftsküchen auf kleinen provisorischen Öfen. Die Wanzen, die nachts zu Tausenden aus den Matratzen krochen, vergisst er nie, ebenso wenig den Mief in den überfüllten Räumen oder die Hitze, die sich im Sommer Tag und Nacht drückend und schwer über alles legte.

Und er erinnert sich an den Traum. So real, als wäre er Wirklichkeit. Wer weiß, vielleicht war es gar keine Schimäre seines kindlichen Ichs gewesen. Wahrheit, Traum, wer kann das nach so vielen Jahren schon noch mit Sicherheit sagen? Gaukelt uns unser Gedächtnis nicht ständig etwas vor, verändert und überschreibt Ereignisse mit jedem Mal, wenn wir uns erinnern? Er hatte geträumt, er wäre wach geworden. Aufgeschreckt durch ein Klopfen. Er hatte sich aufgerichtet und suchend im Raum umgeschaut. Dann sah er den Vogel am Fußende seines Bettes sitzen. Die Krallen fest um den metallenen Bettpfosten, blickte das Tier ihn reglos an. Vögel wenden meist den Kopf, wenn sie etwas betrachten, und neigen dabei ihr Haupt. Aber dieser blieb einfach nur stocksteif sitzen. Carl hat ihn unglaublich groß und dunkel in Erinnerung. Und wie damals im Traum musste er auch jetzt an das Gedicht von Edgar Allen Poe denken. Er hatte es in einem schmalen Band beim Stöbern in der Bibliothek der *Conte Biancamano* gefunden. Den Rest des Nachmittags war er sitzen geblieben und hatte gelesen. Besonders das Gedicht mit dem Raben, der immer zur gleichen Stunde ins Zimmer kommt, hatte ihn in seinen Bann gezogen. Unheimlich und faszinierend zugleich, der Vogel im Gedicht und der am Ende des Bettes waren die gleichen. Er konnte nicht verstehen, wie er ins Zimmer gelangt war. Carl wollte rufen, aber sosehr er sich auch bemühte, er brachte keinen Ton heraus. Der Vogel breitete seine Spannen aus und ließ sich hinab auf den Boden gleiten, dann kam er Schritt für Schritt näher.

Er sah hoch zu Carl, der ihn nicht aus den Augen ließ, öffnete die Flügel erneut und schwang sich über das Bett hinweg zur Lehne des Stuhl und von dort aus weiter auf den schmalen Sims der Fensterbank. Mit dem Schnabel klopfte er gegen die Scheibe des angelehnten Fensters. Carl stand auf, öffnete es ganz, und der Vogel flog hinaus in die Nacht. Er hörte das Schlagen einer Kirchturmglocke, zumindest bildete er sich ein, es wäre eine gewesen.

Den Traum behielt er für sich, bis er ihn irgendwann viele Jahre später in leicht abgewandelter Form mehr als Spaß erzählte. Er wusste nicht, warum er es getan hatte, und im Nachhinein ärgerte er sich darüber. Faith und Sam waren damals dabei gewesen. Und Faith musste sofort ihr ganzes pseudowissenschaftliches Geschwafel darüber zum Besten geben. Sie hätte gelesen, Vögel seien die Überbringer der Seele und besäßen magische und mystische Kräfte, darum sei so ein Traum von großer Bedeutung. Und ob er sich noch an die Anzahl der Glockenschläge erinnern würde? Denn manchmal würde in solchen Träumen die Stunde des eigenen Ablebens verkündet werden. »Der Tod kommt auf Flügeln«, hatte sie gesagt und dabei mit den Händen gefuchtelt, dass die bunten Armreifen an ihren Armen nur so klimperten. Sie hatte ihm seinen Traum mit diesem völligen Schwachsinn verdorben.

»Der Tod kommt auf Flügeln«, sagt Carl noch einmal zu sich selbst.

Er sieht sich in der Scheibe des Küchenfensters. Unrasiert in Pyjama und Morgenmantel hinter der Spüle. Zerbrechlich und klein, sein Rücken war rund geworden mit den Jahren, die Haare dünn. Der Morgenrock viel zu groß. Über seine Schulter hinweg sieht er in der sich spiegelnden Scheibe Emmi, wie sie im Nachthemd in die Küche kommt. Er blickt wieder durch das Fenster hindurch hinaus in den Garten. Emmi kommt zu ihm hinüber, mit der Hand berührt sie ganz sanft seine Schulter.

»Carl, was machst du? Was ist los mit dir? Warum murmelst du vor dich hin?«

Sie streicht ihm über das Haar, wie sie es schon mehr als ein halbes Leben lang tut, und küsst ihn leicht auf die Wange. Dann weicht sie einen Schritt zurück. »Ach sieh nur, Carl, du hältst die Tasse so schief in der Hand ... alles läuft auf den Boden. Du merkst es nicht einmal. Pass auf!« Carl schaut auf die Tasse. Sieht den milchig braunen Kaffeefleck auf dem Boden. Er blickt sich nach dem Spüllappen um.

»Nein, lass mich das machen.« Emmi drängt ihn zur Seite, nimmt den Lappen, bückt sich und wischt mit dem Tuch den verschütteten Kaffee vom Boden auf. Die Katze streckt sich, springt von der Spüle hinunter und streicht um Emmi, während die die Reste der Lache zusammenwischt. Sie sieht die Katze an und sagt: »Und dich, meine Süße, beachtet er auch nicht.«

Seit Carl in den Ruhestand gegangen ist, gehört ein langes Frühstück, begleitet von intensiven Gesprächen, zu ihrer täglichen Routine. Beide genießen sie dieses Ritual. Carl sitzt dann mit der *New York Times* in der Hand da, liest und gibt Emmi die soeben gelesenen Artikel in einer kurzen Zusammenfassung wieder. Ist der Abschnitt zu lange, reicht er ihr die betreffende Seite, deutet mit dem Finger drauf und sagte: »Hier, das musst du lesen.«

Während Carl mit der Zeitung beschäftigt ist, deckt Emmi den Tisch, bereitet den Kaffee zu, legt die frisch geröstete Scheibe Toastbrot auf seinen Teller und stellt ihre selbstgemachte Himbeermarmelade daneben. Das Zeugs aus dem Supermarkt mag er nicht, es schmeckt nicht nach Frucht, und die Zutatenliste auf dem Glas hörte sich an, als wäre die

Marmelade durch das Zusammenmischen eines Chemiebaukastens und nicht mit Beeren und Zucker entstanden. Wenn Emmi alles bereitgestellt hat, setzt sie sich zu Carl an den Tisch.

Heute ist es anders. Carl ist, nachdem er sich rasiert und angezogen hat, wieder nach unten in die Küche gegangen. Er ist schlecht gelaunt. Er kann selbst nicht sagen, woran es liegt. Es ist einfach so, auch wenn es heutzutage nicht hingenommen wird und man für jede kleine Stimmungsschwankung eine mehr oder weniger tiefenpsychologische Erklärung zurate zieht. Eine ständige Bauchnabelschau nach Ursachen und deren Wirkung auf das Wesen des Einzelnen. Trotzphase, Pubertät, Midlife-Crisis, alles lag schon längst hinter ihm. In welche Phase seines Lebens würden ihn die Klatschblätterpsychologen einordnen? Es wird bestimmt irgendeinen passenden Ausdruck in der Gerontopsychologie dafür geben, und wenn nicht, wird er bald erfunden werden.

Die Zeitung liegt unberührt neben seinem Platz. Die Brille im Etui ordentlich daneben. Carl schiebt den Teller mit dem Toastbrot von sich. Er hat keinen Appetit. Selbst die Tasse Kaffee schmeckt heute bitterer als sonst.

Emmi sieht ihn besorgt an, dann stellt sie den Teller mit dem Brot wieder zu ihm herüber. Sie kann unglaublich stur sein. Er weicht ihrem Blick aus und sieht aus dem Küchenfenster hinaus in die Ferne.

»Carl, bitte beiß wenigstens einmal von deinem Brot ab. Es ist doch schade darum.«

»Ich habe keinen Hunger«, gibt er ihr zur Antwort und weiß, sie wird es nicht gelten lassen.

»Es geht nicht um Hunger, es ist ganz einfach ungesund, den Tag ohne Frühstück zu beginnen.«

»Du behandelst mich wie ein kleines Kind.«

Sie will noch etwas sagen, da nimmt er das Brot in die Hand, beißt demonstrativ hinein und legt es zurück auf den Teller. »Zufrieden?«

Emmi schüttelt den Kopf. »Ich weiß nicht, was mit dir los ist. Du gefällst mir schon eine ganze Zeit lang nicht mehr. Du wirkst abwesend, du vergisst Dinge.«

»Was habe ich vergessen? Ich kann mich immer noch an alles genauso gut erinnern wie früher.«

»Nein, ich habe mich falsch ausgedrückt. Du vergisst nicht, aber du hörst nicht richtig zu. Du bist unkonzentriert und zerstreut.«

»Was mache ich wohl jetzt? Ich höre dir zu.«

»Du weißt, wie ich es meine, und ich mag diese Spitzfindigkeiten nicht.« Er will etwas sagen, doch Emmi schneidet ihm das Wort ab.

»Mal weißt du nicht, wo du den Schlüssel hingelegt hast, dann verschüttest du wie heute Morgen den Kaffee, ohne es überhaupt zu bemerken. Nachts schwitzt du und wälzt dich unruhig hin und her.«

»Wann schwitze ich?«

»Ich merke es doch, wenn die Bettwäsche am Morgen ganz klamm vom Schweiß ist. Genauso wie ich merke, wenn du wach neben mir liegst und dabei immer wieder seufzt, damit ich es auch ja höre. Du solltest zum Arzt und dich untersuchen lassen.«

»Was soll ich da, in unserem Alter ist das normal, und ich fühle mich gesund.«

»Du bist zickig. Zickig wie ein Teenager.«

Emmi steht abrupt vom Tisch auf und räumt ihr Gedeck in die Spüle. Carl sitzt weiter da und sieht aus dem Fenster.

Er hört das Klappern des Geschirrs. Emmi räumt den Geschirrspüler ein. Draußen auf dem Deck zum Garten läuft ein Eichhörnchen an der hölzernen Brüstung entlang. Grau und groß wie eine kleine Katze. Bleibt stehen, sieht zu ihm herüber, läuft weiter zum Apfelbaum. Diese Viecher sind wie Ratten, geht es Carl durch den Kopf, eine richtige Plage.

Emmi nimmt den Teller mit dem angebissenen Toastbrot vom Tisch. Sie öffnet den Abfalleimer und hält inne. Sie steht da, blickt auf das Brot und schließt den Abfalleimer wieder.

»Eine ganze Scheibe Brot wegwerfen ist nun wirklich eine Sünde.« Sie holt ein Stück Klarsichtfolie aus dem Küchenschrank und wickelt die Folie sorgfältig um den Teller. »Dich esse ich später zum Tee, wäre ja schade.«

Das Eichhörnchen balanciert mit einem Apfel in den Pfoten wieder über das Geländer. Bleibt erneut vor Carl stehen.

»Dieses Mistvieh klaut meinen Apfel«, knurrt Carl.

»Wer klaut deine Äpfel?«

»Dieses Eichhörnchen.« Carl deutet mit dem Finger auf das Geländer, doch der Nager ist verschwunden.

»Wo? Ich kann nichts sehen.« Emmi ist zu ihm herübergekommen und sieht nun auch hinaus.

»Wenn ich es dir sage, es klaut meine Äpfel. Diese Plagen klauen wie die Raben, und sie machen es, um mich zu ärgern.«

Emmi sieht Carl an und fängt zu lachen an. »Bestimmt. Sie haben es nur auf dein Obst abgesehen, um dich zu ärgern.« Carl fühlt sich durch die Art und Weise, wie sie es sagt, beleidigt. Er hat es mit eigenen Augen gesehen, und Emmi zieht es nun ins Lächerliche.

Die Katze liegt auf ihrem Kissen auf der Bank. Emmi streichelt ihr über den Kopf. Die Katze sieht sie schläfrig an.

»Hast wohl die ganze Nacht wieder gejagt?«, sagt Emmi. »Ich warne dich, Fräulein, hoffentlich liegen die Mäuseteile nicht wieder auf der Terrasse. Carl, du musst nachher nachsehen, ob wieder was draußen liegt. Ich kann das nicht, mir gruselt davor.«

»Da schau! Schon wieder!« Carl deutet mit dem Finger auf ein Eichhörnchen, das mit einem großen roten Apfel in den Vorderpfoten über das Geländer läuft. Für einen Moment bleibt es stehen, sieht zu Carl herüber, ganz so als wollte es ihm den Apfel zeigen. Dann läuft es weiter. »Und, habe ich nun recht?«, sagt Carl triumphierend. Emmi sieht ihn sprachlos an, er steht auf und geht aus der Küche.

Durch die geöffnete Tür zum Arbeitszimmer sieht Carl, dass das Fenster halb nach oben geschoben ist. Die Gardine bläht sich ein wenig auf, um gleich darauf wieder zusammenzufallen. Loses Papier, vom Luftzug auf den Boden geweht, liegt verstreut herum. Er geht ins Zimmer, beugt sich über den Schreibtisch und schließt das Fenster. Als er sich aufrichtet, wischt er dabei versehentlich noch mehr Blätter vom Tisch. »Herrgott!« Er bückt sich, hebt sie auf und legt sie zurück auf den Stapel. Daneben liegt Faiths Bündel scheinbar unberührt immer noch an dem Platz, an dem er es gestern hingelegt hatte.

Er fängt an zu blättern. Soweit er sehen kann, alles Briefe von Verwandten und Freunden. Der Empfänger wird meist mit Vornamen angesprochen, dazu der Zusatz »lieber Onkel«, »lieber Neffe«. Eines kann er schon nach diesen wenigen Sekunden sagen, Faith wird enttäuscht sein, denn keiner der Briefe war an Sam gerichtet. Zwischen der privaten Korrespondenz ein paar behördliche Schreiben. Manche mit, andere ohne Hakenkreuz. Die ohne sind noch vor 1933 datiert.

Ein Heft, es sieht aus wie ein Schulheft, mit Stock- und Schimmelflecken, die Seiten am unteren Ende verklebt. Der Name auf der Vorderseite unleserlich geworden. Irgendwann im Laufe der Jahrzehnte muss es einmal nass geworden sein. Carl schüttelt den Kopf, was Faith nur mit dem alten Krempel will? Einige der Briefe stecken noch in den Umschlägen. Carl nimmt ein paar der Umschläge, blickt flüchtig hinein. Bettelbriefe um Geld, um Bürgschaften. In einem Umschlag neben einem Brief ein Bild. Er nimmt es heraus. Darauf ein kleiner Junge, vielleicht zwei Jahre alt, die Hand zum »deutschen Gruß« erhoben. Daneben eine Frau mit einem weiteren noch kleineren Kind auf dem Arm. Sie könnte die Mutter sein, dahinter ein Mann. Alle lachen in die Kamera. Eine kleine Familie, Vater, Mutter und zwei Kinder. Alle fröhlich, vergnügt. Ein Idyll, wenn da nicht die Uniform gewesen wäre. Das Bild ist zwar nicht scharf genug, um jede Einzelheit darauf zu erkennen, aber das braucht Carl nicht. Es ist eine SS-Uniform.

In Shanghai hatte er sie oft genug gesehen. Auf engstem Raum ist er neben ihnen im Lift gestanden, er hatte sich ihre Witze über Chinesen und Juden anhören müssen. In ihrer Arroganz kamen sie nicht einmal auf den Gedanken, dass Carl jedes einzelne Wort verstehen könnte. Einer von ihnen blieb ihm besonders in Erinnerung. Er hatte einen Schmiss an der linken Wange, und ein kleines Stück am Ohr fehlte ihm. Als sich die Aufzugtüren geschlossen hatten, tat er sich besonders damit hervor, über die »schlitzäugigen Gelbgesichter« herzuziehen. Die seiner Meinung nach auf der gleichen Stufe mit Affen standen, die auf den Märkten in Shanghai zur Belustigung der Zuschauer Kunststückchen vorführten. Wenn es nach ihm gegangen wäre, würde dieser ganze Abschaum mit den Juden im Hafen von Shanghai versenkt werden. »Unwürdiges Leben, Würmer, Abschaum. Die Japaner sträuben sich noch, aber nach dem Endsieg werden wir uns auch dieses Problems annehmen, meine Herren.« Dabei lachte er schnorchelnd mit seinen Kameraden. Von seinen Freunden wusste Carl, dass der gleiche Kerl sich nachts schöne chinesische Knaben auf sein Zimmer bringen ließ und von ihnen mit der Reitgerte geschlagen werden wollte.

Carl legt das Bild zurück. Er blättert den Stapel weiter durch.

»Ach hier bist du?«

Carl dreht sich um, hinter ihm steht Emmi. Den Umschlag mit dem Brief steckt er gedankenverloren in die Tasche seiner Strickjacke.

»Wollen wir uns wieder vertragen?« Sie hält ihm beide Hände hin.

Er ergreift sie. »Wir haben uns nicht gestritten, nur ein wenig gezankt. In unserem Alter darf man das.« Er gibt ihr einen Kuss auf die Stirn.

Emmi sieht auf Faiths Bündel auf dem Tisch. »Wir haben noch uns zwei. Faith ist ganz alleine. Ich glaube, sie ist einsam, und deshalb taucht sie auch ständig bei uns auf. Ich weiß, Carl, dir wird das zu viel. Mir manchmal auch. Ich denke, für sie war es einfach nur ein Vorwand; wenn du die Sachen durchliest, kann sie uns besuchen, und dann ist sie nicht allein. Du musst es nicht lesen. Ich gebe es ihr zurück.«

»Lass nur, ich überlege es mir noch.«

»Nein, wirklich, Carl. Ich werde mir etwas einfallen lassen, um sie nicht vor den Kopf zu stoßen.«

München

(November 1938 bis Dezember 1943)

1

Schottenheim-Siedlung

Alfred Pfaffl bückte sich und sammelte kleine Kieselsteinchen vom Boden auf. Er zielte und warf sie gegen den Fensterladen im ersten Stock. Gerade fest genug, dass es leise klirrte. Dazwischen rief er immer wieder mit verhaltener Stimme: »Erna, mach auf!«, vorsichtig darauf bedacht, niemand anders im Haus aufzuwecken.

Endlich, nachdem er schon fast nicht mehr daran glaubte und gerade im Begriff war, sich enttäuscht auf den Nachhauseweg zu machen, hörte er, wie es hinter dem Laden rumpelte und der sich gleich darauf einen Spalt öffnete.

»Was ist los? Es ist mitten in der Nacht! Ich hab schon geschlafen.«

»Lass mich rein, Erna.«

»Jetzt um diese Zeit? Wie spät ist es?« Erna hatte den hölzernen Laden ein wenig weiter geöffnet und beugte sich verschlafen aus dem Fenster.

»Fast fünf dürfte es sein. Komm, lass mich rein.«

Erna blickte sich nach allen Seiten um.

»Ja, aber sei leise, damit die Eltern dich nicht hören.«

Sie öffnete die Läden ganz, und Alfred hangelte sich die Regenrinne hinauf.

»Was ist los? Warum kommst du jetzt, mitten in der Nacht?«

»Ich wollte dich halt sehen.« Alfred legte die Arme um Erna, doch die schob sie beiseite.

»Lass das! Das kann ich jetzt nicht brauchen. Der Vater steht in einer Dreiviertelstunde auf, und ich muss auch um Viertel nach sechs raus. Sei leise.«

»Schmusen kann man auch leise.« Alfred Pfaffl legte wieder die Arme um Erna, versuchte, sie an sich zu ziehen und zu küssen. Sie drehte den Kopf zur Seite und stieß ihn erneut von sich. »Du stinkst nach Schnaps und Bier. Und ich hab dir schon einmal gesagt, du sollst das lassen. Behalte deine Pratzen bei dir, sonst schreie ich.«

»Ist ja schon gut.« Alfred ließ sich aufs Bett plumpsen. »Ich war in der Stadt.«

Erna setzte sich daneben »Mach dich nicht so breit. Rutsch.« Sie versuchte, Alfred mit beiden Händen zur Seite zu schieben. »Du liegst auf meiner Decken.« Dann zog sie sich die Bettdecke so gut es ging über die Beine.

»Was bist denn gar so hantig? Soll ich dich nicht doch ein bisserl aufmuntern?«

»Ich sag es dir jetzt zum letzten Mal, nimm deine Finger weg, sonst kracht's.«

»Ja, ja – ist ja schon gut.«

»Warum warst du so lang in der Stadt? Bis jetzt? Musst du morgen nicht arbeiten?«

»Arbeiten, wer denkt schon an arbeiten, wenn in der Stadt die Hölle los ist. Ein Spektakel, den Juden haben's aufgemischt.«

»Was? Warum?«

»Na, aufgemischt halt.« Alfred fläzte sich neben Erna aufs Bett. »Ich war beim Augustiner. Karten spielen mit dem Wigg und noch zwei andern. Um zehn sind an die fünf, sechs Mann von der SA hereingekommen, alle rausgeputzt, schneidige Burschen. Eins zwei, eins zwei, Marschschritt los.« Dabei ließ er Zeige- und Mittelfinger im Stechschritt Ernas Arm entlanglaufen.

»Hörst jetzt nicht auf?«

»Ich hör ja schon auf. Der Franz, der mit deiner Freundin Anne geht und beim Konsum arbeitet, der war auch dabei. Zuerst haben sie sich an den Tisch neben unserm gesetzt. Und wie es halt so ist, mit Reden kommen die Leut zusammen, sind's dann zu uns herüber.«

»Mit dem Saufen auch.« Erna rückte ein klein wenig zur Seite.

»Ach geh, Erna, so kannst das jetzt auch nicht sagen. Erzählt haben's, sie kommen direkt aus der Jahnhalle. Ein mordsmäßiger Aufmarsch muss das gewesen sein zum Gedenken an die ›Alten Kämpfer‹, mit allem Brimborium und ›tout jour‹ alle in Lametta. Und weil es gar so schön war, wollten's noch nicht heim und sind zum Augustiner rein. Eine Runde Schnaps nach der anderen haben's geschmissen. Ich würde gern wissen, wo die das Geld herhaben, aber sei's drum ...«

Alfred Pfaffl schmiegte sich ein bisschen enger an Erna heran.

»Und was war dann?«

»Was meinst?«

»Du hast mit denen von der SA gesoffen, und dann ...?«

Alfred wälzte sich auf den Rücken und schnaufte. »Kurz vor halb eins sind wir aus dem Augustiner raus, eigentlich wollte ich heim. Vorm Wirtshaus hat uns einer erzählt, dass sich vor der Synagoge die vom NSKK und von der SS aufgestellt haben. Dem Franz ist beinahe das Gesicht runtergefallen. Ist schon blöd, wenn dir die von der SS und dem NSKK die ganze Schau stehlen, während man im Wirtshaus hockt und Karten spielt. Der Wigg und ich, wir sind in die Schäffnerstraße. Aus dem Judentempel sind oben schon die Funken aus dem Dachstuhl raus, das hast schon vom Weiten gesehen. Die Schutzpolizei ist aufmarschiert und hat uns nicht näher hinlassen. Wir sind dann von der anderen Seite durch die Weißbräuhausgasse gekommen, aber auch da haben's uns gestoppt. Aus dem Nebengebäude haben's gerade noch den Mesner und ein altes Weib rausgezogen, die vom NSKK haben immer wieder ›Lasst's es verrecken, lasst's es brennen‹ gegrölt. Die Alte haben's in einem Haus in der Schäffnerstraße untergebracht. Neben mir ist einer an der Absperrung gestanden, scheinbar ein Nachbar, denn der hat gemeint: ›Die wird sich freuen, ich wollte das Judenpack nicht in meinem Haus haben.‹«

»Und was war mit der Feuerwehr?«

»Die haben die Spritzen schön auf die anderen Häuser gehalten, dass die Funken nicht überspringen. Gleich hinter der Synagoge liegt doch das Möbelhaus vom Paulin, da ist Verpackungsmaterial und alles Mögliche drin. Wenn's da zum Brennen anfängt, dann kannst das ganze Viertel vergessen. Wumm!« Alfred streckte sich. »Danach sind wir weiter zum Minoritenweg, ich wollte über die Adolf-Hitler-Brücke heim. Vor der Polizei ist es zugegangen. Ein Haufen Leute sind da gestanden und haben geschaut, einen Juden nach dem anderen haben sie angekarrt. Den Oberhofer vom Velodrom und den Hönigsberger von der Essigfabrik. Das war ein Gejohle. Irgendwann hat es mir dann gereicht, der Wigg wollt auch heim, dann sind wir gegangen. Mensch, bin ich müde.«

»Sei still.« Erna hielt sich den Zeigefinger vor den Mund. »Ich hör meinen Vater draußen im Gang.«

»Ich mach doch gar keinen Mucks.« Alfred rückte an Erna heran und legte den Arm um sie. »Komm, willst nicht doch ein wenig lieb zu mir sein?«

Erna drehte sich zu ihm auf die Seite.

»Aber ganz still musst sein. Wenn dich meine Eltern erwischen, ist der Teufel los.« Erna ließ sich von Alfred küssen und schmiegte sich ganz nah an ihn. »Wenn du halt nicht so nach Schnaps stinken würdest.«

»Wie sagen die Amerikaner? *Nobody is perfect*«, grinste er.

»Pscht!« Erna hielt ihm den Mund zu. »Nicht so laut. Du kannst nachher noch deinen Rausch ausschlafen, meine Mutter geht um acht Uhr aus dem Haus. Steigst halt zum Fenster raus, bist ja so auch rein.«

Während Alfred langsam Ernas Nachthemd hochschob, fragte er: »Und kommt deine Mutter nicht in dein Zimmer?«

»Nein, da brauchst keine Sorge haben.«

Eineinhalb Stunden später schlurfte Erna verschlafen hinüber in die Küche. Ihre Mutter deckte gerade den Tisch und stand mit dem Rücken zu ihr vor dem Küchenbüfett.

»Guten Morgen. Hab verschlafen.« Erna ging hinüber zur Spüle, drehte den Wasserhahn auf und wusch sich Hände und Gesicht mit Kernseife. Die Augen fest zugekniffen, aus Angst vor Seifenresten, bat sie die Mutter, ihr das Handtuch zu reichen. Als sie blind danach griff und sich aufrichten wollte, traf sie die Ohrfeige. Ihre Wucht warf sie beinahe zu Boden, sie konnte sich gerade noch festhalten.

»Was bist du nur für eine Schlampe? Glaubst, der Vater und ich bekommen das nicht mit?«, keifte die Mutter sie an.

»Verschlafen! Du kannst gleich wieder in dein Zimmer gehen und dem Bürscherl sagen, dass er sein Zeug zusammenpacken und abhauen soll. Oder ist es dir lieber, wenn ich reingehe und ihn beim Krawattl pack? Das eine sage ich dir, der wird dann aber sein blaues Wunder erleben.«

Ihre Mutter stand wütend vor ihr, die Hände zu Fäusten geballt in die Taille gestemmt. »Bist du von allen guten Geistern verlassen? Wer glaubst du, dass wir sind, wenn bei Nacht die Mannsbilder durch die Fenster zu uns einsteigen? Hast du kein Schamgefühl im Leib? Und keinen Funken Anstand? Dann traust du dich in der Frühe noch, frech in die Küche zu marschieren. Dass du dich nicht schämst!«

»Ich habe nichts Unrechtes gemacht.« Erna rieb sich die Wange.

»Auch noch lügen! Haben wir es schon so weit gebracht, mein Fräulein. Ich habe es mitbekommen, ich habe keinen so festen Schlaf wie dein Vater.« Die Mutter setzte sich auf einen der Küchenstühle. »Du meinst wohl, wir sind hier bei den Asozialen und alle Leute in der Siedlung sollen mit dem Finger auf uns zeigen?«

»Ich weiß überhaupt nicht, was du hast.« Erna hatte sich wieder gefangen, zog es jedoch vor, nicht zu ihrer Mutter zum Tisch hinüberzugehen, sondern blieb bei der Spüle stehen. »Mit der Hedwig, da habt ihr auch nicht so ein Geschiss gemacht, wie die mit ihrem Reichsparteitagskind heimgekommen ist. Und ich bin nicht so blöd, dass ich mich schwängern lass.«

»Das will ich für dich auch hoffen. Die Sache mit deiner Schwester ist etwas ganz anderes.«

»Warum? Nur weil der ihr Tschampster bei der Partei ist, oder glaubst du, die pimpern anders?«

»Halt du deine vorlaute Gosche, mein Fräulein. Pass nur auf, dass du nicht noch eine Schelle fängst. Die Hedwig und der Ernst heiraten bald, sie warten nur noch auf die Genehmigung. Der kommt aus einer anständigen Familie, sein Vater arbeitet im Rathaus, und der Dr. Schottenheim hat versprochen, ihm eine gute Stelle zu vermitteln, wenn der Ernst erst richtig in die SS aufgenommen ist.«

»Glaubst du, der Herr Bürgermeister erinnert sich, was er einem seiner Hausmeister versprochen hat?«

»Ich habe es dir gerade gesagt, nimm dich in Acht, mein Fräulein!« Die Mutter hob erneut die Hand. »Der Ernst, der hat eine Zukunft, aber du mit deinem Hilfsmechaniker, glaubst du, der kann dich und einen Bankert durchbringen?«

Ohne auf Ernas Antwort zu warten, fuhr sie fort: »Ich mach da nicht mit, mit dem Vater habe ich es schon vor ein paar Tagen besprochen: Du gehst nach München in Stellung.«

»Aber ...«

»Es ist schon alles abgemacht. Da brauchst jetzt gar nicht so schauen.«

»Ich will aber nicht.«

»Und ich will kein Kind durchfuttern, zumindest keines von einem solchen Taugenichts wie dem besoffenen Kerl in deinem Bett. Außer Karten spielen und saufen nichts im Hirn.«

»Und wo soll ich hin in München?« Erna kam herüber zum Tisch der Mutter.

»Du gehst zur Tante Marga. Sie hat mir versprochen, sich um dich zu kümmern und dir eine gute Stellung zu suchen.«

»Zur Marga? Betschwester der Partei, Helferin der Kranken und Lahmen?«, spottete Erna. »Halleluja!«

»Sei du mal nicht so vorlaut. Sie hat geschrieben, wenn du dich einigermaßen anstellst, dann könnte sie dich gut gebrauchen. Und wenn nicht, kennt sie genügend Leute, da würde sich schon was finden. Anständige Leute, ja, Leute, die in der Partei sind. Zuerst einmal gehst nach München, und dann sehen wir weiter.«

»Und ab wann soll ich dahin?«

»Wenn es nach ihr geht, kannst gleich schon kommen. Und mir und dem Vater wäre das nur recht. Ich rede heute noch mit der Münzinger, die wird dich gehen lassen, und am Montag fährst runter nach München.«

»Du glaubst wirklich, dass das alles so schnell geht?«

»Die Münzinger wird nicht wild drauf sein, dich zu behalten, wenn du ständig zu spät kommst. Als Näherin zu arbeiten hat eh keinen Taug, die bekommen alle früher oder später die Schwindsucht, und das Herumtreiben mit diesen Burschen hat dann auch ein Ende. Nein, nein, da bist in München schon besser aufgehoben.«

Ernas Mutter schlug mit der Handfläche auf den Tisch. »So!« Dann stand sie auf. »Soll ich das besoffene Wagscheitel jetzt rauswerfen? Oder machst du es?«

»Das erledige ich schon selbst.« Erna stand auf und ließ die Küchentür laut hinter sich ins Schloss fallen.

2

Possartstraße

Tante Marga holte sie vom Hauptbahnhof ab. Erna hatte die verwitwete Schwester der Mutter bei ihrer Kommunion gesehen und dann noch einmal zur Beerdigung der Großmutter, keine sechs Monate später. Kaum gealtert, klein und drahtig stand sie da, der Gang ganz aufrecht, geradeso als hätte sie einen Stock verschluckt.

Sie musterte Erna von Kopf bis Fuß, als ginge es darum, einen Gaul auf dem Pferdemarkt zu kaufen. »Groß bist und ganz dein Vater, der hat auch so breite Schultern und einen riesigen Schädel.«

Mit einem kurzen Blick auf den Koffer des Mädchens fragte sie: »Ist das alles an Gepäck? Das kleine Köfferchen? Hat dir deine Mutter nicht mehr mitgegeben?«

Erna verneinte.

Marga deutete mit spitzem Finger auf den Koffer. »Pack deine Sachen und lass uns gehen.«

Vom Bahnhof aus nahmen sie die Straßenbahn. Tante Marga erklärte hin und wieder, woran sie gerade vorüberfuhren, und Erna versuchte, so gut dies in einer neuen und noch dazu so großen Stadt möglich war, den Überblick zu behalten. Erna fand, Marga hätte etwas von einer Spitzmaus, wie sie so neben ihr saß. Flinke Äuglein, eine spitze Nase und ein leicht vorstehendes Kinn.

»Bist das erste Mal in München?«

»Ja, schon. Warum?«

»Eines sag ich dir gleich, Mädel: Den schnippischen Unterton, den kannst dir abgewöhnen. Du wirst lernen müssen, dich an Regeln zu halten, und Regel Nummer eins ist: Frag nicht nach, wenn ich dir was sag. Also fangen wir noch einmal von vorn an. Bist das erste Mal in München?«

»Ja, ich bin das erste Mal hier«, antwortete Erna mit einem gespielten Lächeln.

»Siehst du, geht doch. Wir können gut auskommen, und du wirst auch deinen Spaß haben, wenn du dich an mich hältst.« Auch Tante Marga lächelte.

Nach einer Weile des Schweigens sagte sie: »Ich hätte dich heute gern ein wenig in der Stadt herumgeführt, aber du siehst, wie es hier noch ausschaut, auch wenn die Juden die meisten Scherben schon zusammengekehrt haben. Am Rindermarkt ist es ganz schlimm, da haben's das Kaufhaus vom Uhlfelder angezündet, auch so ein alter Mauschel. Unser schönes München.« Marga schüttelte den Kopf. »Aber Schuld sind's selber, Judenpack. Schon lange hätten wir sie rauswerfen sollen. Ich habe gehört, ein paar von den Itzig sind frech geworden, die haben's gleich nach Dachau raus. Da gehören sie auch hin.«

Tante Marga saß da und hielt ihre Handtasche auf dem Schoß mit beiden Händen fest.

»Schade, dass du nicht schon am Dienstag letzter Woche hier warst. Fahnen überall, so weit das Auge reicht, und alle sind's hier gewesen, die ganze Parteiprominenz: der Goebbels, der Himmler und unser Führer.«

Für einen kurzen Moment sah es aus, als würde Tante Marga wie ein junger Backfisch ins Schwärmen geraten. »Früher habe ich ihn hin und wieder hier in München auf der Straße gesehen. Privat. Seine Wohnung liegt ganz nah an der meinigen. Sogar an das Fräulein Raubal kann ich mich erinnern … meine Güte, war das ein Unglück.« Erna sah Tante Marga verwundert an.

»Was schaust denn jetzt so? Sag nur, du weißt nicht, wer das Fräulein Raubal war? Bringt dir denn deine Mutter gar nichts bei?« Erna schüttelte den Kopf.

»Na, ich kann's mir schon vorstellen«, sagte Tante Marga geringschätzig, »vor lauter rackern und werkeln kennt sich meine Schwester gar nicht mehr aus. Aber so war sie schon immer. Wenn ich es nicht besser wissen würde, könnte man fast meinen, sie stammt von einem Juden ab. Die sind auch hinter jedem Pfennig her.« Tante Marga blickte sich kurz um und winkte Erna zu sich heran. »Die Geli Raubal war die Nichte von unserem Führer. Sie hat mit ihm gleich gegenüber vom Prinzregententheater gewohnt. Da kommen wir nachher noch vorbei, dann zeige ich es dir.« Tante Marga sprach sehr leise und tat ganz geheimnisvoll. Erna hatte Schwierigkeiten, sie zu verstehen. »Na ja, und vor sieben Jahren, da hat sie sich erschossen. Mit dreiundzwanzig.« Zu ihrer eigenen Überraschung bemerkte Erna, dass sie sich von ihrer Tante hatte anstecken lassen und im gleichen leisen Flüsterton fragte: »Und warum hat sie das gemacht?« Marga zuckte mit den Achseln. »Aus Liebeskummer, habe ich gehört. Aber ob das stimmt … Geredet ist damals viel worden, schon weil sie beide doch zusammengelebt haben. Unser Führer ist ein sehr attraktiver Mann … vielleicht war es Eifersucht? Sie musste einsehen, er würde ihr nie allein gehören.

Seine Liebe, das wissen wir ja, gehört nur seinem Volk.« Den letzten Satz hatte sie wieder in normaler Lautstärke gesagt. Erna war nicht darauf gefasst und wich erschrocken zurück. Tante Marga streckte den Hals und blickte zum Fenster hinaus. »So, jetzt sind wir gleich da. An der nächsten Station steigen wir aus, und dann sind es nur noch ein paar Schritte.«

Sie zog an der Signalschnur und stand auf. »Vergiss dein Sach nicht!«

Die Wohnung lag in der Possartstraße, gleich an der Ecke zur Kopernikusstraße, im dritten Stock.

Erna war überrascht, sowohl von der Größe der Wohnung als auch von der Wohngegend. Alles machte auf sie einen sehr bürgerlichen Eindruck, irgendwie hatte sie geglaubt, diese kleine, zähe Person würde in einer schäbigen Souterrainwohnung leben, ganz wie es zu ihrer mäusischen Gestalt passte.

Im Flur wies Tante Marga sie an, den Mantel an die Garderobe zu hängen und ihr zu folgen.

»Das ist dein Zimmer.« Der Raum war viel größer und höher als ihre alte Kammer zu Hause, hell und mit großen Fenstern zum Innenhof.

»Hier ist dein Bett. Da der Waschtisch, kannst aber auch gern das Bad am anderen Ende des Flurs benutzen, gleich neben der Haustür. Der Abort ist, wenn du hereinkommst, an der rechten Seite. Ich leg sehr viel Wert auf Sauberkeit, damit du von Anfang an Bescheid weißt. Gefällt es dir?«

Erna nickte »Ja, schon«, und fügte nach einer kleinen Pause hinzu: »Sehr!«

»Das ist gut so. Habe ich mir schon gedacht. In eurem kleinen Häusel, da kann einer nicht mal richtig schnaufen, so eng ist es. Ich mach jetzt einen Kaffee. Trinkst schon einen

Bohnenkaffee, oder? Kannst in der Zwischenzeit deine Sachen einräumen.«

Tante Marga hatte die Tür hinter sich geschlossen, und Erna ließ sich aufs Bett fallen. Hier konnte man es aushalten, das war klar. Auf den ersten Blick wusste sie, dass sie sich, verglichen mit der winzigen Kammer zu Hause in dem dunklen Siedlungshäuschen, verbessert hatte. Da mochte die Tante auch ein wenig schrullig sein. »München lässt sich nicht so schlecht an«, sagte Erna zu sich selbst. Sie stand auf und räumte ihre Kleider in den Schrank. Keine Viertelstunde später hatte sie alles verstaut und ging etwas unsicher suchend den Flur entlang. Die Tür zur Küche stand halb offen.

»Magst auch einen Kirschlikör?« Tante Marga deckte den Tisch.

»Gern.«

»Ich habe mir gedacht, wir trinken hier Kaffee, nicht drüben im Speisezimmer. Die Arbeit will ich mir heute nicht machen. Du bist ja kein Gast, du wohnst jetzt hier.«

Schüchtern trat Erna ein.

»Setz dich, steh nicht herum.« Marga holte die Kaffeekanne vom Herd herüber. »Ich habe mit deiner Mutter gesprochen. Sie sagt, du treibst dich immer mit den falschen Burschen rum. Hast das wohl von ihr geerbt. Sie hätte auch was Besseres haben können als deinen Vater. Na ja, er mag ein guter Kerl sein, aber der wiefste ist er gewiss nicht. Lang mir mal deine Tasse her.« Erna wollte nach ihr greifen. »Mit der Untertasse.«

Marga schenkte Kaffee ein.

»Das sehe ich schon, du musst noch viel lernen, Madel, aber das wird, da habe ich keine Angst, das wird. Steh einmal auf. Dreh dich. Zeig deine Hände her.« Erna tat alles, wie die Tante es von ihr verlangte. »Kannst dich wieder setzen. Bist ein kräftiges Mädchen, mit den Armen und den Händen kannst gut hinlangen. Eine gute Rasse halt. Aus dir kann was werden.«

Marga schob den Kuchenteller ein klein wenig über den Tisch.

»Da, ein Stück Gesundheitskuchen kannst auch essen. Was hast du bisher gemacht? Die Mutter hat gesagt, du warst bei einer Näherin.«

Erna nickte.

»So was hat keinen Taug und keine Zukunft, die bekommen alle die Schwindsucht. Von mir kriegst fünfzehn Reichsmark im Monat. Kost und Logis frei. Das wird wohl reichen. Dafür gehst mir hier im Haushalt zur Hand. Putzen, einkaufen und was sonst anfällt. So, und jetzt iss fertig. Ich zeig dir nach dem Kaffee noch die ganze Wohnung. Lass deine Hände noch einmal sehen.«

Erna streckte die Arme aus. »Die Nägel müssen immer kurz geschnitten sein. Kein Lack und auch sonst kein Schnickschnack. Alles muss sauber sein, Haare korrekt nach hinten, kein Make-up und kein modischer Firlefanz. Zu mir kommen viele Leute. Damen vom Theater, vom Film. Ihre Männer sind einflussreich und in der Partei. Was sie von mir wollen … das wirst du dann schon sehen. Bedenke immer, ich habe einen guten Ruf hier in München. Ich will von dir, dass du dich entsprechend benimmst. Mit dem Herummenschern ist jetzt Schluss. Wenn das passt, dann kommen wir zwei gut aus.«

Tante Marga stand vom Tisch auf. »So, jetzt zeige ich dir die Wohnung.«

In den ersten Wochen in München war Erna überwiegend damit beschäftigt, die große Wohnung sauber zu halten. Sie wischte und bohnerte den Boden, putzte Fenster und staubte ab. Tante Marga zeigte ihr, wie sie das Silber zu putzen hatte und wie der große Tisch im Speisezimmer für unterschiedliche Anlässe zu decken war. Erna lernte, welches Besteck zu welcher Speise aufgelegt werden musste, dass sich nicht jedes Weinglas für jeden Wein eignete und der wiederum nicht zu jedem Gericht passte.

Tagsüber schwirrte ihr der Kopf von all den Dingen, die sie sich merken sollte, und abends fiel sie erschöpft ins Bett. Ehe ihr die Augen vor lauter Müdigkeit zufielen, fragte sie sich, wozu sie das alles wissen musste. Wein schmeckte ihr sowieso nicht besonders, und zu Hause hatten sie meist Leitungswasser oder Hagebuttentee getrunken. Zum Frühstück hatte es ein Haferl Kaffee gegeben, manchmal war der sogar aus richtigen Bohnen gewesen, und war das Geld knapp, war es eben einer aus Zichorien. Für den Vater hatte sie das Bier meist im Krug aus dem Straßenausschank der nächsten Wirtschaft geholt. Alles erschien ihr einfacher und so weit weg.

Hier in München kontrollierte Tante Marga jeden Tag alles. Nicht nur ob die Wohnung ordentlich geputzt und der Tisch richtig gedeckt war. Sie erklärte Erna, wie sie sich die Zähne zu putzen hatte, und sah nach, ob die Fingernägel auch wirklich sauber und kurz waren. Ihr entging nichts. Nicht der kleinste Fleck auf der Kleidung und nicht eine einzelne widerspenstig abstehende Haarsträhne. »Eine deutsche Frau raucht nicht, trägt keine Hosen und lackiert sich nicht die Nägel«, sagte sie und stand dabei aufrecht wie ein kleiner Zinnsoldat vor Erna, den Zeigefinger der rechten Hand belehrend gen Himmel gestreckt. Nach ein paar Wochen durfte Erna die Wohnungstür öffnen, Mäntel und Jacken entgegennehmen und die Besucher ins Esszimmer führen.

Erna staunte nicht schlecht, wem sie die Tür öffnete. Schauspielerinnen und Sängerinnen, die sie sonst nur aus Magazinen kannte, gingen ein und aus. Frauen von hochrangigen Parteimitgliedern und Politikern gaben sich die Klinke in die Hand. Erna reichte ihnen Tee oder Kaffee und dazu noch ein kleines Stück Gebäck. Tante Marga hatte nicht übertrieben.

Und langsam fand Erna auch heraus, was sich hinter dem Begriff »Lebensberatung« verbarg, mit dem Tante Marga ihren Beruf gern umschrieb. Marga las ihren Kunden die Zukunft aus den Karten und beriet in Herzensangelegenheiten. Bei den meisten Damen handelte es sich um Stammkunden, die in mehr oder weniger regelmäßigen Abständen zu Tante Marga kamen und sich beraten ließen.

Nachdem der letzte Besuch des Tages gegangen war, gönnte sich Tante Marga ein Gläschen Kirsch und legte eine Patience. »Das macht den Kopf frei«, sagte sie. An diesem Abend hatte Erna, wie es ihre Aufgabe war, für den letzten Gast den Mantel an der Tür bereitgehalten, anschließend das Speisezimmer aufgeräumt und das benutzte Geschirr zum Spülen in die Küche gebracht. Tante Marga saß am Küchentisch, legte ihre abendliche Patience und nippte hin und wieder am Likör.

»Wie machst du das, Tante Marga? Ich würde es auch gern lernen.«

»Patiencen legen?« Tante Marga sah Erna überrascht an.

»Nein. Die Zukunft aus Karten vorhersagen.«

»Da gibt es nicht viel zu lernen. Um die Zukunft vorher-zusagen, musst du in der Gegenwart die richtigen Fragen stellen. Du musst gut zuhören können, unauffällig und ver-schwiegen sein. Sie kommen nur zu mir, weil sie wissen, dass ich nichts weitertratsche, und weil ich aussehe wie eine kleine graue Maus. Einer gut aussehenden Frau würden sie nicht über den Weg trauen.« Tante Marga schob die Karten beiseite. »Eigentlich geben sie sich die Antworten immer selbst, ohne es zu wissen. Ich muss sie nur geschickt verpa-cken. Glaub mir, Wünsche und Hoffnungen sind sowieso immer dieselben. Sind sie jung, wollen sie ein Kind und ge-heiratet werden, sind sie alt, wollen sie, dass der Mann bleibt. Oder zumindest das Geld mit keiner anderen durchbringt. Kommen tun sie nur, wenn sie Sorge um das eine oder das andere haben.« Tante Marga nippte am Kirsch. »Du lernst es schnell, da habe ich keine Bange. Du bist ein schlaues Mädchen, bist nicht die Schönste mit deiner hellen Haut und den Sommersprossen, und verschwiegen bist du auch.«

Als Erna später im Bett lag, ärgerte sie sich ein wenig über die Bemerkung, die Tante Marga über ihr Äußeres gemacht hatte, aber sie hatte wohl leider recht. Man konnte alles Mögliche über sie sagen, aber sie gehörte wirklich nicht zu den makellosen Schönheiten.

3

Institut für Lebensberatung

Ein paar Tage später kam Tante Marga in die Küche, in der Erna gerade dabei war, den Frühstückstisch einzudecken.

»Heute haben wir einen langen Tag vor uns. Du musst mit der Tram rüberfahren in die Au, zur alten Meierl. Die Anschrift gebe ich dir nachher. Ich erklär dir, wie du dahin kommst.«

Erna nickte und fragte: »Was soll ich dort machen?«, während sie eine Schöpfkelle kochenden Wassers über das Kaffeemehl goss und zusah, wie es langsam versickerte. »Ich erkläre es dir gleich.« Tante Marga nahm am Tisch Platz und klopfte leicht mit der Hand auf die Lehne des Stuhls neben ihr. »Jetzt setz dich erst einmal zu mir.«

Die alte Meierl war, wie sich herausstellte, Köchin. Einmal im Monat lud Tante Marga einen handverlesenen Kreis zur Séance ein. Zuerst wurde im Speisezimmer diniert, wie Marga sich ausdrückte, und danach zogen sich die Gäste in den kleinen Raum, der direkt daneben lag, zur Seelenreise zurück. Erna fand den Ausdruck »dinieren« seltsam altmodisch und aus der Zeit gefallen, genau wie die »Seelenreisen«, hütete sich aber davor, es sich anmerken zu lassen. »Die Meierl kocht an den Abenden immer für uns, denn schließlich kann ich nicht alles machen, und meine Gäste haben einen Anspruch darauf, einen besonderen Abend zu erleben. Immerhin zahlen sie auch dafür.«

»Wie viele werden denn heute Abend kommen?«

»Warte.« Tante Marga runzelte die Stirn ein klein wenig und schien im Geist noch einmal kurz die Liste ihrer Gäste durchzugehen. »Heute sind wir nur zu sechst. Eine Dame mit Begleitung hat abgesagt.« Marga schien sich darüber etwas zu ärgern. Während des Frühstücks ging sie mit Erna die Liste der Erledigungen durch. Erna würde den halben Vormittag damit beschäftigt sein, der Köchin Bescheid zu geben und im Anschluss daran die vorbestellten Lebensmittel abzuholen. Sobald sie aus der Stadt zurück wäre, musste der große Esstisch im Speisezimmer eingedeckt werden. »Du weißt jetzt, was es zu essen gibt, und dementsprechend legst du das Besteck auf. Mach es so, wie ich es dir beigebracht habe.«

Erna nickte.

»Danach hilfst du mir, den Nebenraum herzurichten. Da müssen überall Kerzenleuchter aufgestellt und das große Fenster muss noch mit schwarzen Samtvorhängen verhängt werden. Seelenreisen brauchen eine bestimmte Atmosphäre.« Tante Marga trank ihren Kaffee aus. »Deine Aufgabe ist es zu servieren, und schau, dass die Gäste genügend Wein trinken. Aber nicht zu viel, es soll schließlich keiner betrunken vom Stuhl fallen. Ich trinke nur Wasser, mir brauchst du also nicht nachschenken. Die weiße Schürze habe ich extra stärken lassen, und drunter ziehst du das schwarze Kleid an. Dann haben wir alles besprochen.«

Tante Marga rückte den Stuhl nach hinten und stand auf. Am späten Nachmittag, als ein Großteil der Vorbereitungen abgeschlossen war, zog Marga sich zur Meditation in ihr Zimmer zurück. Zwanzig nach sieben war alles bereit. Erna hatte sich umgezogen, und Marga erschien schlicht und dennoch elegant gekleidet. Sie erinnerte Erna ein wenig an die Schauspielerin Adele Sandrock mit dem dunklen Kleid und der langen Perlenkette. Kurze Zeit später kamen die ersten Gäste. Die Damen waren in der Überzahl. Herausgeputzt, mit Hütchen und Pelzstolen. Alles funkelte und blinkte. Erna öffnete einer nach der anderen die Tür, nahm mit einem leichten Knicks die Jacken entgegen und servierte später im Speisezimmer. Alles klappte ganz wunderbar. Den ganzen Abend über glaubte sie unter den Besuchern eine nervöse, nahezu fiebrige Erwartung zu spüren. Die steigerte sich ins fast Greifbare, als sich Tante Marga erhob und bat, die Gäste mögen ihr in den Nebenraum folgen. Erna hatte wie besprochen den Raum vorbereitet und die Kerzen angezündet. Die Anwesenden versammelten sich um den Tisch. Marga forderte sie auf, sich an den Händen zu fassen. Erna schaltete das elektrische Licht aus, und das Licht der im Zimmer verteilten Kandelaber gab dem Raum etwas Sakrales. Die Spannung stieg, alle warteten darauf, was als Nächstes passieren würde. Erna stand mit dem Rücken zur Tür und beobachtete die Szene. Zuerst schien eine ganze Zeit nichts zu passieren. Tante Marga, am Kopf der Tafel sitzend, murmelte etwas. Eine der anwesenden Damen kicherte nervös. Die anderen sahen sie streng an. Sie verstummte. Und dann ging alles sehr schnell, ein Wasserglas in der Mitte des Tisches kippte um, ein Luftzug löschte gut die Hälfte der Kerzen. Und aus Tante Margas Inneren schien sich eine seltsam tiefe, brummende Stimme nach oben zu kämpfen. Sie zuckte und schüttelte sich, ihr Oberkörper schien hin und her gestoßen zu werden. Marga hatte die Augen nun weit aufgerissen, und im Dämmerlicht leuchtete das Weiß ihrer Augäpfel. Sie schien eindeutig in Trance zu sein und Kontakt mit der Geisterwelt im Jenseits aufgenommen zu haben. Die anwesenden Personen waren sichtlich beeindruckt. So schnell, wie der Spuk gekommen war, verzog er sich auch wieder. Auf ein Zeichen hin schaltete Erna die elektrische Beleuchtung wieder ein. Tante Marga saß immer noch erschöpft und etwas derangiert vom »Ins-Jenseits-Hören« auf ihrem Platz.

Nach einem kleinen stärkenden Trunk, nun wieder im Speisezimmer, verabschiedeten sich die Gäste nach und nach. Alle schienen beglückt zu sein, am heutigen Abend teilgenommen zu haben, und bedankten sich überschwänglich und begeistert bei Tante Marga. Danach ließen sie sich von Erna die Mäntel reichen und verschwanden hinaus in die Nacht.

Die Meierl hatte die Küche aufgeräumt und die Reste gut verpackt und saß im Mantel auf dem Hocker in der Küche. Die Tasche auf ihrem Schoß, wartete sie auf ihre Bezahlung. Als auch das erledigt war, blieben Erna und Tante Marga noch auf einen Kirsch in der Küche sitzen, ehe sie zu Bett gingen.

Ließ Tante Marga Erna am ersten Abend noch in dem Glauben, dass alles mit rechten Dingen zugegangen war, führte sie sie nach und nach in das Geschäft mit den Seelenreisen ein. Auf das meiste kam sie jedoch von allein. Durch die schlechte Beleuchtung sah man nur schemenhaft, und Tante Marga konnte so verborgen angebrachte Schalter bedienen. Sie schaltete Lichter an und aus. Zog an unsichtbaren Fäden hängende Gegenstände »wie von Geistern getragen« durch die Luft. Ließ Wassergläser oder ganze Karaffen umkippen, selbst vor schwebenden Tischen schreckte sie nicht zurück, um den Wunsch ihrer Klientel nach jenseitigem Kontakt zu befriedigen. Erna erwies sich als ausgesprochener Glücksfall. Die beiden konnten ihre Darbietungen erweitern und variieren. Erna sprach schon bald mit »Geisterstimme« aus dem Speisezimmer oder wechselte sich mit Marga als Medium ab. Fiel, vor der Tür stehend, in Trance, um am Höhepunkt der Inszenierung plötzlich in sich zusammenzusacken. Vor dem Zubettgehen beim Kirsch in der Küche sagte Tante Marga dann anerkennend: »Du wirst es noch einmal weit bringen. Ich war in deinem Alter nicht so talentiert.«

Tante Margas »Institut für Lebensberatung« war mit einem Füllhorn zu vergleichen, nach und nach purzelte ein Teil nach dem anderen heraus. Einigen Klienten las sie die Zukunft in den Karten. Dabei ging es den meisten nicht darum, ein großes Panorama zu entfalten, es ging vielmehr um Hilfestellung bei Entscheidungen des Alltags. Anderen versuchte sie Energie und Kraft zu geben, durch Handauflegen, Atemtechnik oder ganz einfach Telepathie. Sie brachte durch positive Energie und konzentriertes Denken Partner wieder zueinander. Verhalf unglücklich Verliebten zu neuem Glück. Sie brachte das Ungleichgewicht wieder in eine energetische Balance, wie sie sagte. Sie diente den Menschen und ihrem eigenen Geldbeutel.

Jedoch lag die Haupteinnahmequelle nicht im Legen von Karten, dem Abhalten von spiritistischen Sitzungen und der Arbeit mit positiver Energie. Sie hatte sich darüber hinaus einem weitaus größeren Tätigkeitsfeld verschrieben, und das mit sehr gutem Erfolg.

»Mein Kind«, sagte Tante Marga eines Abends nach drei, vier Gläschen Kirschlikör. So nannte sie Erna meist um die Uhrzeit. Die störte sich nicht daran, schon sehr bald hatte sie herausgefunden, dass sich hinter Tante Margas manchmal schroffer Art ein weicher Kern verbarg. Sie lebten gut zusammen, sie ergänzten sich. Das Leben bei ihrer Tante war im Großen und Ganzen angenehm. Arbeiten musste sie überall. Und hier brachte die Arbeit wenigstens jeden Tag neue Überraschungen.

»Mein Kind«, sagte eine leicht beschwipste Tante Marga noch einmal, und Erna war sich nicht sicher, ob Marga das Stadium von »leicht beschwipst« nicht längst hinter sich gebracht hatte. »Eine Frau kann unserem Führer während ihrer fruchtbaren Jahre fünfzehn Kinder schenken. Rein theoretisch.« Sie schenkte sich nach. »Aber nicht jede deutsche Frau, mag sie auch rassisch noch so einwandfrei sein …«, sie hielt kurz inne und kicherte, »rein und weiß wie eine zarte Apfelblüte«, um dann ernster fortzufahren, »wird schwanger, und nicht jede, die schwanger ist, möchte es auch bleiben.« Sie leerte das Glas in einem Zug, leckte sich kurz mit der Zunge über die Lippen und sagte: »Ich helfe allen.«

Und es stimmte wirklich, sie half jenen, die schwanger werden wollten und es nicht konnten mit ihren »Hilfsmittelchen«, Tränken und Tinkturen. Verabreichte Mönchspfeffer, Frauenmantel oder mischte Zimt mit Langem Pfeffer wie schon Hildegard von Bingen vor ihr, »um so den Blutfluss und den Zyklus anzuregen«. Sie ließ ihre Kundschaft Temperatur messen nach der Methode des Österreichers Knaus, also alles in allem Ratschläge, die in jedem Ratgeber nachzulesen und bei genauerem Hinsehen ähnlich simpel waren wie ihre hellseherischen und esoterischen Tricks, doch die Art und Weise, wie sie es ihrer Kundschaft nahebrachte, war die wahre Kunst.

Tante Marga wäre sicher eine gute Hebamme geworden, denn ihre Kenntnis auf diesem Gebiet war hervorragend. Und so wie sie wusste, welcher Mittel es bedurfte, um die Fruchtbarkeit zu steigern und somit eine Schwangerschaft herbeizuführen, wusste sie natürlich auch, wie eine ungewollte Schwangerschaft zu beenden war. Wieder hantierte sie mit Tränklein und Tinkturen. Nun mischte sie Kampfer und Menthol bei, gab Hilfesuchenden alle möglichen Anweisungen, wie es gefahrlos zu einem natürlichen Abgang kommen könnte. Führte Scheidenspülungen mit Laugen durch, und wenn selbst das nicht mehr half, wusste sie, wie mit Stricknadeln und präparierten Gurkengabeln umzugehen war.

In allem war sie sehr umsichtig und genau. Und sie war stets auf äußerste Hygiene bedacht, um nur ja keine Infektion zu riskieren.

Erna war noch keine zwei Monate in München, als sie Tante Marga bei einem Eingriff assistierte.

Ihre »Sprechstunden« dazu hielt Tante Marga gern in der Küche ab, und bevorzugte sie im Privaten ein Glas Kirsch, bot sie zu diesem Anlass, wenn überhaupt, lieber einen »blonden Engel« an.

Als Erna zum ersten Mal hinzugerufen wurde, saß neben Tante Marga eine hübsche junge Frau am Küchentisch. Zwei, vielleicht auch drei Jahre älter als sie selbst. Normalerweise öffnete Erna die Tür, hieß die Gäste freundlich willkommen und bat sie in die Wohnung. Erst nachdem Mäntel und Jacken an die Garderobe gehängt wurden, erschien Tante Marga. Huldvoll lächelnd kam sie den Flur entlang und begrüßte nun ihrerseits den Besucher. Es war wie eine kleine, wohlüberlegte Inszenierung. Tante Marga, die immer Beschäftigte, gewährte dem Besucher die Gunst, ihm ein wenig ihrer Zeit zu opfern.

Diese junge Frau hatte Marga am frühen Abend selbst hereingelassen. Die Augen ganz verweint, ihr Mantel mit dem Fuchskragen über dem Schoß liegend, saß sie in der Küche und schluchzte. Das Taschentuch in ihren Händen war zerknüllt und feucht. Erna hatte das Gefühl, die junge Frau würde Tante Marga gern ihr Herz ausschütten, doch die würgte das Gespräch in ihrer forschen und wenig einfühlsamen Art ab.

»Was wollen Sie mir erzählen, Fräulein? Das Sie Elevin am Staatstheater sind und das Kind all Ihren Hoffnungen und Träumen von einer großen Karriere im Weg steht? Auch die Geschichten, der Vater des Kindes ist ein angesehener Regisseur, Schauspieler oder Politiker, und aus Rücksicht auf die noch recht kleinen Kinder kann er sich nicht von seiner Frau trennen, oder die Frau ist seelisch so labil, dass sie sich was antun würde, kenne ich, und sie gehen mich nichts an. Ich erkläre Ihnen lieber, wie der Eingriff vor sich geht und was danach zu tun ist. Da haben Sie mehr davon, glauben Sie mir.«

Die junge Frau nickte eingeschüchtert. Die Augen hatte sie dabei immer auf ihre Hände und das Tuch darin gerichtet, mit dem sie angespannt herumspielte. Sie sagte kein Wort mehr, ein paar Mal konnte Erna noch ein leises Schniefen hören.

Mit sehr sachlicher, fast harter Stimme sagte Tante Marga: »Ihre Schwangerschaft ist schon fortgeschritten. Wäre einfacher gewesen, wenn Sie eher gekommen wären. Sie sind sich absolut sicher, dass Sie das Kind nicht haben wollen?« Die Frau wurde wieder von einem heftigen Weinkrampf geschüttelt, und ihr »Ja« ging darin fast unter. Tante Marga schien für einen ganz kurzen Moment Mitgefühl zu haben, denn ihr »Aber das bekommen wir schon hin« klang deutlich milder. Im nächsten Satz hatte ihre Stimme jedoch wieder die alte Geschäftsmäßigkeit. »Wenn ich den Katheter gelegt habe, müssen Sie sich viel bewegen. Sie werden Schmerzen bekommen wie bei einer normalen Regelblutung, und beim Abgang selbst sollten Sie auf einen Eimer gehen. Kein Klosett. Sonst kann man nicht erkennen, ob die Frucht auch wirklich komplett abgegangen ist. Den Eimer füllen Sie mit etwas Wasser, dann ist es leichter, ihn zu reinigen.« Die junge Frau weinte still in ihr Taschentuch.

»Mögen Sie den blonden Engel nicht?« Die Besucherin schüttelte den Kopf und schob das Getränk mit den Fingerspitzen ganz leicht von sich fort.

»Trinken Sie ruhig, Fräulein, ich hab was zur Beruhigung reingegeben. Nichts Schlimmes, alles pflanzlich. Ich hab's nicht so mit der Chemie.«

Die Frau nahm zögerlich das Glas und nippte vorsichtig daran.

»Haben Sie ein Telefon?« Sie nickte.

»Gut, dann werde ich Sie anrufen. Ich möchte immer wissen, wie es meinen Patienten geht. So ein Eingriff ist nicht immer ohne Komplikationen. Sehen Sie zu, dass jemand bei Ihnen ist. Ich werde Sie fragen, ob der »Himbeersirup« schon angekommen ist. Ist alles in Ordnung und Sie fühlen sich gut, sagen Sie Ja. Wenn es Ihnen nicht gut geht oder Sie Fieber bekommen, können Sie auch jederzeit selbst anrufen. Haben Sie das verstanden?« Wieder ein Nicken. »Dann wäre alles so weit geklärt.« Marga stand auf. »Wenn Sie so weit sind, legen Sie wie ausgemacht das Geld auf den Tisch und folgen mir. Mantel und Tasche geben Sie meiner Nichte, die hängt alles an die Garderobe.«

Wenig später in der Kammer richtete Erna alles nach Tante Margas Anweisung her. Das Fräulein hatte die Kleider bis auf den Unterrock abgelegt und saß wie ein Häuflein Elend auf einem Hocker in der Ecke. Erna legte verschiedene Spekula abgekocht und erwärmt bereit, ebenso wie alle anderen benötigten Utensilien. Hin und wieder blickte sie zu der jungen Frau hinüber. Tante Marga wusch sich inzwischen gründlich die Hände, dann bat sie Erna, ihr zu helfen, einen sauberen Kittel und Gummihandschuhe anzuziehen. »Kommen Sie und legen Sie sich hierher.« Die junge Frau folgte.

»Mit dem Kopf zur Tür. Beine spreizen!«, verkündete Marga im militärischen Befehlston. »Und du, du stellst dich so hin, dass du was siehst, mir aber nicht im Licht stehst«, sagte sie zu Erna. Nach dem Desinfizieren mit Alkohol führte sie das Spekulum ein. »Mit dem Entenschnabel kannst du alles spreizen, dann siehst du sehr schön auf den Muttermund. Kannst du was sehen?« Erna stand hinter ihr und blickte ihr über die Schulter. »Nicht so richtig.« – »Bück dich ein bisschen, dann siehst du es.« Marga führte einen der weichen Katheter ein. »Sie dürfen jetzt nicht so rumwackeln, mein Fräulein«, sagte sie zu der verkrampft vor ihr Liegenden. Die junge Frau hatte die Hände zu Fäusten geballt und starrte mit überstrecktem Kopf hoch zur Decke. Tante Marga nahm eine Stricknadel und verstärkte damit den Katheter. »Was jetzt kommt, ist wichtig. Den Katheter führst du vier Zentimeter ein, nicht weiter, das reicht. Die Stricknadel soll die Fruchtblase ritzen, aber nicht mehr.« Erna sah bei jedem Handgriff genau zu. »Zum Abbruch kommt es, weil das Fruchtwasser abgeht und die Frucht dann trocken liegt. Der Körper stößt sie ab und treibt sie aus. Hast du verstanden? Es ist ganz einfach und natürlich. Der Körper regelt alles von selbst.«

Zu ihrer Patientin sagte sie: »Ich nehme jetzt den Entenschnabel raus, und dann sind wir fertig. Legen Sie sich noch ein bisschen auf die Chaiselongue, damit der Kreislauf nicht schlappmacht, Sie sind ganz weiß im Gesicht. Danach können Sie sich wieder anziehen.«

Erna half der jungen Frau von der Liege hoch, während Tante Marga sich wieder die Hände wusch und ihre Schürze auszog. »Wenn Sie nachher runtergehen, an der Ecke ist ein Taxistand. Oder werden Sie abgeholt?« Die Angesprochene schüttelte den Kopf. »Vergessen Sie nicht: Viel bewegen und wenn was ist anrufen.«

Wenig später waren alle Utensilien gereinigt und gut versteckt. Kein noch so überraschender Besucher hätte auch nur den geringsten Verdacht schöpfen können. Zum Abschied drückte Marga ihrer Kundin noch »für alle Fälle« ein Schmerzmittel in die Hände.

Es war kurz vor Mitternacht, als Tante Marga wie fast immer mit einem Gläschen Kirsch über einer ihrer Patiencen saß. Eine ganze Weile schaute Erna ihr dabei zu, bis sie ihre Neugier nicht mehr zügeln konnte: »Tante Marga, wo hast du das gelernt?«

Ohne von den Karten aufzublicken, antwortete die: »Als junges Ding, gleich wie ich hierher nach München gekommen bin, sechzehn muss ich gewesen sein, bin ich auch schwanger geworden. Gleich beim ersten Mal. Doch wie es so ist, für den Burschen war ich nur interessant, solange nichts Ernstes draus wurde. Und mit einem Kind wird's ernst. Seine Eltern haben ihn weggeschickt. Nach Südamerika, er ist fort ohne Lebewohl, und mir haben sie Geld in die Hand gedrückt und eine Adresse. Ich wollte nicht das ganze Geld ausgeben, ohne Stellung, wie ich war, und bin zu einer Engelmacherin. Dass es Pfuscher gibt, die Entenfedern und was weiß ich noch alles nehmen und mehr falsch machen als richtig, davon hatte ich keine Ahnung. Wie ich überhaupt vom Leben keine Ahnung hatte. Ich habe nicht aufgehört zu bluten. Als ich nicht mehr gewusst habe, wohin in meiner Not, bin ich doch zu der Adresse. Ein Arzt und Morphinist. Er hat mir geholfen. Geld hatte ich nicht mehr viel, und so habe ich bei ihm gearbeitet. Alles, was ich bin und was ich kann, habe ich ihm zu verdanken. Ich blieb bei ihm bis zu seinem Tod. Da hat er mir die Wohnung vermacht.« Tante Marga zog eine Karte aus dem Talon. »Mehr gibt es dazu nicht zu sagen.«

Erna verstand und fragte nicht weiter nach.

4

Trudi und Irene

Die Besucher der Seelenreisen setzten sich aus einem mehr oder weniger festen Zirkel zusammen. Sie waren besonders hartnäckig in ihrer Verehrung für »Madame Margaux«, wie Tante Marga während der Sitzungen hieß. Die meisten unter ihnen hatten, wie ein nicht unerheblicher Teil ihrer Kundschaft, einen spleenigen Hang zur Reformbewegung und eine ausgeprägte Neigung zur Esoterik. »Der Freundeskreis der Naturfreunde und Spinner« nannte Erna die Gruppe, wenn sie mit Tante Marga allein war. Sie erntete dann immer Tante Margas tadelnden Blick, gefolgt von einem kleinen schelmischen Lächeln.

Irene Gusche und Trudi Pfeiffer kamen sehr häufig, zu den Sitzungen und auch so. Mit beiden verband Tante Marga eine lange Freundschaft.

Irene ging immer leicht nach vorne gebeugt, als hätte sie einen Buckel. Sie war schüchtern und etwas verhuscht und wirkte um vieles älter, als sie eigentlich war. Eine Gestalt aus verwaschenem Graubraun, die dünnen, strähnigen Haare zu einem kleinen Schopf zusammengebunden. Unter dem feinen Haar war an manchen Stellen die Kopfhaut und am Haaransatz schorfiger Grind sichtbar. Das einzig Schöne an ihr waren ihre Hände, makellos weiß, mit langen, schlanken Fingern.

Ihre Nennkusine Trudi hingegen war eine große, rundgesichtige blonde Frau mit mächtigen, bei jeder Bewegung bebenden Brüsten. Sie und Marga kannten sich noch aus einer Zeit, als beide gerade nach München gekommen waren. Trudi war Sängerin und häufiger im Radio zu hören.

Erna hatte zwar Wagners *Walküre* noch nie auf der Bühne gesehen und auch kein Verlangen danach, aber für sie gab es nicht den geringsten Zweifel, dass Trudi eine ideale Brünnhilde, Schwertleite oder Siegrune abgeben würde. Auch Trudi selbst war davon mehr als überzeugt und wurde nicht müde, es jedermann mitzuteilen.

»Die Musik ist ein Weib«, zitierte sie Wagner. »Ihr Organismus ist ein gebärender, kein zeugender«, erklärte sie lautstark mit gestikulierenden Händen und wogendem Busen. »Die zeugende Kraft liegt außer ihm, erst durch den Gedanken des Dichters wird sie befruchtet und lässt daraus wahre, lebendige Melodien entstehen.« Und wer könne dies besser verstehen als eben ein Weib, wie sie es war. Trudi hatte Wagners Figuren und Gedankenwelt so vollkommen wie nur der Führer selbst verstanden und verinnerlicht. Sie konnte stundenlang darüber referieren, ohne sich auch nur ein einziges Mal zu wiederholen, wenn man sie nur ließ, doch zum Glück für alle anderen Anwesenden wurde sie meist rechtzeitig gestoppt. Auch ihr Traum, die Brünnhilde singen zu können, würde sich nicht mehr erfüllen, da ihre Stimme, wie auch Trudi selbst, bereits ihren Zenit überschritten hatte und es mehr als fraglich war, ob die Stimme je das nötige Volumen gehabt hätte.

Nachdem ihr langsam, aber schmerzlich bewusst wurde, dass sie niemals die heiligen Hallen in Bayreuth betreten würde und ihre Karriere sich unaufhaltsam dem Ende näherte, mühte sie sich nun schon seit geraumer Zeit mit allerlei Tränken und Kuren ab, schwanger zu werden. War es nicht möglich, in das Wallhall Wagners aufzusteigen, wollte sie ihr eigenes schaffen und ihr Heil in der Mutterschaft suchen. Den passenden Mann dazu hatte sie vor wenigen Jahren gefunden. Er liebte sie, sie war seine »Brünnhilde« und er ihr geliebter »Siegfried«. Die Sache hatte nur einen Haken, bei genauerem Hinsehen allerdings sogar mehrere kleinere und größere Häkchen: Rudolf, so hieß der Angebetete, war Mitglied der SS. Als solches musste er um die Zustimmung zur Heirat bitten. Unter normalen Umständen, wenn die Braut gesund und jung war und den geforderten Rassenachweis erbringen konnte, war dies nicht schwierig. Trudi war rassisch einwandfrei. Ihre Familie war arisch bis ins Jahr 1796, auch wenn sich 1835 ein Franzose in die Reihe ihrer Ahnen geschmuggelt hatte. Aber ein Franzose war kein Jude. Sie war jedoch um einige Jahre älter als ihr Geliebter. Um wie viele genau, war ihr streng gehütetes Geheimnis, das außer ihr selbst nur Irene und Tante Marga kannten.

Doch Trudi hatte, wie sie glaubte, ein Ass im Ärmel. Aus den Tagen des gemeinsamen Kampfes kannte sie den Reichsführer SS. Sie hatte damals nach dem gescheiterten Putsch die Partei und ihre Mitglieder unterstützt, wo sie nur konnte. Gewährte dem Reichsführer Obdach und einen Platz zum Trost an ihrem Busen. An diesen konnte er sich klammern, bis seine Tränen ob der Niederlage versiegt waren und er gestärkt weiterzog. Sie sandte auch Pakete mit Schokolade und Pralinen an den in der Festung Landsberg einsitzenden und darbenden Führer, aber an den konnte sie sich schlecht wenden. Er würde sich angesichts der vielen Schokoladensendungen, die er damals bekam, nicht mehr an die ihre erinnern.

Sie war bereit, alles zu tun, um den Reichsführer davon zu überzeugen, der Eheschließung mit ihrem geliebten Rudi zuzustimmen. Doch der Reichsführer stellte sich stur. Als studierter Agrarökonom glaubte er zu wissen, dass eine alte Sau selten ferkelt.

So kämpfte Trudi einen heroischen, wenn auch aussichtslosen Kampf gegen den Schwund ihrer Stimme, den Verlust der Fruchtbarkeit und das Alter im Allgemeinen. Ein Kampf, den sie mit jedem Tag, der verging, mehr und mehr verlor.

Nach dem Ende der Sitzung, als alle anderen Gäste bereits zur Tür geleitet worden waren, fand sich Tante Marga mit Irene und Trudi im Salon wieder.

Trudi, die sonst gern das Wort führte, saß an diesem Abend auffallend ruhig da.

»Was sitzt du denn heute so rum und sagst nichts? Ist was vorgefallen, weil du gar so einsilbig bist?«, durchbrach Tante Marga das Schweigen. »Aussehen tust du auch wie die Henne unterm Schweif.«

»Ach, nichts ist«, gab Trudi mit einem tiefen Seufzer zur Antwort.

»Jetzt stell dich nicht so an«, mischte sich Irene ein. »Sag schon, was los ist. Sie hat wieder einen Brief an den Reichsführer geschrieben und …«

»Musst du das jetzt alles breittreten, Irene!«, fiel Trudi ihr ins Wort.

»Warum nicht, die Marga weiß doch eh, was los ist. Der hat zurückgeschrieben, und natürlich ist nichts mit der

Hochzeit. Er würde die Zustimmung nur erteilen, wenn ein Kind geboren worden wäre. Es reicht nicht einmal, schwanger zu sein – auf der Welt muss es sein, das Kind! Dann kann sie den Rudi heiraten. Der ist nicht so dumm, der geht auf Nummer sicher. Schwanger! Das ist in deinem Alter fast aussichtslos!«

»Was meinst du damit, ›in meinem Alter‹? Ich bin 38, da kann man noch leicht Kinder bekommen«, echauffierte sich Trudi.

»Du bist schon seit Jahren keine 38 mehr! Du bist 47 und schon längst im Wechsel! Hast du das vergessen?«, keifte Irene zurück. »Und singen will dich auch keiner mehr hören«, schob sie giftig nach.

Trudi sprang mit hochrotem Kopf vom Sessel auf.

»Jetzt setz dich wieder hin, Trudi. Was soll das Ganze? Wenn ihr euch wie die Waschweiber streiten wollt, dann tut das zu Hause, aber nicht hier«, ging Tante Marga dazwischen.

Trudi setzte sich wieder. »Was soll ich nur machen, Marga? Ich habe alles getan, aber es hilft nichts, ich werde einfach nicht schwanger. Der Rudolf, der liebt mich, aber wie lange noch? Jeden Tag, wenn ich in den Spiegel schau, sehe ich neue Falten, und irgendwann, irgendwann wird er vielleicht doch eine Jüngere haben wollen. Er ist doch so ein Familienmensch. Ich weiß, er wünscht sich nichts mehr als Kinder. Wenn ich wenigstens eines hätte.« Aus Trudis rechtem Auge quoll langsam eine Träne. Sie kramte in ihrer Tasche nach einem Taschentuch, wischte sich damit über die Wange und schniefte lautstark.

Tante Marga setzte sich in ihrem Sessel ein wenig zurecht. »In deinem Alter ist das nicht mehr so einfach, und wenn man bedenkt, wie oft du früher schon schwanger warst und es nicht haben wolltest … wie oft warst du hier?«

»Damals kannte ich den Rudolf noch nicht, und es waren andere Zeiten. Ich war ein aufstrebendes junges Talent. Ich habe meine Chancen genutzt, wenn sie sich mir geboten haben. Da kann mir niemand einen Strick draus drehen. Manche Rollen bekommt man halt nur, wenn man bereit ist, sich ganz und gar einzusetzen. An die großen Rollen wie die Brünnhilde kommt man nur, wenn man sich der Kunst hingibt. Mit Haut und Haaren.«

»Die hat dich auch so keiner singen lassen. Da hättest du nicht so oft über die Besetzungscouch rutschen müssen. Nur um am Ende dann die dritte Stimme von links im Chor zu sein«, meldete sich Irene zu Wort.

»Muss ich mir dass von der da bieten lassen, Marga?« Trudi deutete mit spitzem Finger und hochrotem Kopf auf ihre Kusine.

»Wenn es doch wahr ist!«, geiferte Irene zurück. »Wie oft warst du denn schwanger und hast es wegmachen lassen?«

»Was hätte ich auch mit einem Kind machen sollen? So jung, wie ich war. Wenn es ernst geworden ist, wollte keiner seine Frau verlassen. Da war immer ich die Dumme.« Trudi schien sich wieder beruhigt zu haben, dafür schwang jetzt eine Spur Selbstmitleid in der Stimme mit.

»Es ist jetzt auch völlig gleichgültig, ändern kann man es nicht mehr.« Tante Marga nippte am Kirsch.

»Mit meinem Rudolf ist das was anderes, der steht zu mir, und jetzt, wo ich endlich einen Mann habe, der mich von ganzem Herzen liebt und der Kinder mit mir haben will, da klappt es nicht mehr. Ich weiß gar nicht, was ich noch tun soll.«

»Red nicht lang, sag halt schon, was du von der Marga willst, oder soll ich es machen?«, keifte Irene von ihrem Platz aus der Ecke des Zimmers herüber, in die sie sich zurückgezogen hatte.

»Ich habe mir gedacht«, begann Marga stockend, »wenn ich eine finden würde, die ihr Kind nicht haben will oder nicht haben kann … na ja, wenn ich dann das Kind nehmen würde …«

»Damit du ein Kind adoptieren kannst, musst du verheiratet sein«, wandte Marga ein, »oder wie meinst du das jetzt?«

Erna beobachtete amüsiert die Szene. Sie konnte am Blitzen in Tante Margas Augen sehen, dass die zu ahnen schien, worauf Trudi hinauswollte. Dennoch stellte sie sich unwissend, als wollte sie es ihr nicht zu leicht machen.

»Nein, nicht adoptieren, das würde der Rudolf auch gar nicht wollen, ich meine, es als meines nehmen.«

»Du willst ein fremdes Kind als dein eigenes ausgeben? Verstehe ich dich da richtig?«

»Ja, das will sie«, mischte sich Irene wieder ein. »Ich habe ihr schon gesagt, dass das ein Schmarrn ist, aber sie lässt es sich nicht ausreden.«

»Und woher willst du das Kind haben? Kannst es schlecht einer Mutter aus dem Kinderwagen stehlen.«

»Da habe ich gehofft, du könntest mir helfen, Marga. Zu dir kommen doch junge Frauen, die ihr Kind nicht haben wollen.« Trudi nestelte an ihrem Taschentuch. »Bitte hilf mir, Marga! Ich bitte dich, wenn es sein muss, werfe ich mich vor dir auf die Knie.« Trudi machte Anstalten aufzustehen.

»Nein! Um Gottes willen, bleib sitzen! Ich schau schon, dass ich dir helfen kann.«

»Der guten alten Zeiten willen?«, fragte Trudi.

»Ja, von mir aus. Aber einfach wird das nicht, und versprechen tu ich noch überhaupt nichts. Lass mich nachdenken.«

Trudi lächelte erleichtert.

»Selbst wenn ich ein Mädchen finden würde, es geht nicht von heute auf morgen, eine Schwangerschaft dauert neun Monate, und wenn es glaubwürdig sein soll, dann musst du auch so lange schwanger sein. Kannst du das durchhalten, ohne dass es auffällt?«

Trudi nickte. »Das wird schon gehen, der Rudi, der wird so glücklich sein, der glaubt mir. Danke, Marga, und du sollst das nicht umsonst machen.«

»Das will ich auch hoffen.« Tante Marga erhob ihr Likörglas. »Auf die glückliche Schwangerschaft! Prost!« Und als sie es wieder auf dem Tisch abstellte, fügte sie hinzu: »Und wenn wir nichts Passendes finden, dann hast halt eine Fehlgeburt.«

»Und wenn sich kein Mädchen finden lässt? Was machst du dann?«, fragte Erna am anderen Tag ihre Tante.

Marga saß am Frühstückstisch und las die Tageszeitung, während Erna die frisch gewaschene Wäsche zusammenlegte.

»Ich wäre keine richtige Engelmacherin, wenn ich darauf nicht auch eine Antwort hätte, oder? Wie macht man etwas, das verboten ist, bekannt?«

Erna zuckte mit der Schulter und blickte die Tante fragend an.

»Es ist ganz einfach: durch Zeitungsannoncen. Nimm dir den Stuhl und setzt dich her. Was siehst du?«

»Anzeigen für Klavierstimmer, Speisezimmereinrichtungen, Maßschneidereien, Heiratsanzeigen, Bekanntschaftsanzeigen, Verloren und Gefunden. Das Übliche halt.«

»Dann schau einmal genau. Ich kann dir allein auf dieser Seite drei Anzeigen von Engelmacherinnen zeigen und noch ein paar von Hebammen, die ihre Dienste anbieten, wenn die Schwangerschaft zu weit fortgeschritten ist. Schau her, was glaubst du, was das hier heißt?«

Tante Marga zeigte mit dem Finger auf eine kleine Anzeige zwischen einer angebotenen Vitrine und einem Pfandschein, der zum Verkauf stand. »Lies!«

»Sichere und absolut unschädliche Mittel gegen Störungen.«

»Und das hier.« Sie glitt mit dem Finger in die nächste Spalte; zwischen einer Annonce für hautverträglichen Babypuder und einem Präparat zur Stärkung des Allgemeinbefindens stand: »Echt französische Mittel für Damen. Durchschlagender Erfolg garantiert.«

»Oder schau hier – ›nach wenigen Stunden haben auch Sie Erlösung‹.«

Tante Marga lehnte sich zurück. »Was glaubst du, was das heißt?«

»Aber das kann doch auch ein Mittel gegen Verstopfung sein.«

»Du bist naiv, mein Kind. In gewisser Weise hast du recht, es soll einem auch nicht in die Augen springen. Zwischen den Zeilen musst du lesen.«

»Die Polizei liest doch auch Zeitung, kommt da keiner und zeigt dich an?«

»Wo kein Kläger, da kein Richter, und wo Nachfrage ist, wird sie auch bedient werden. Das war schon immer so.

Nicht jeder lässt sich auf eine Friedelehe oder ein Kuckuckskind ein. Polizisten, Beamte, Parteimitglieder – auch die brauchen diese ›Hilfe‹, und solange alles diskret abläuft, wer soll sich da an Versprechen wie diesem hier …«, sie zeigte auf eine weitere Anzeige, »… ›Todsichere Hilfe‹ schon stören?« Tante Marga faltete die Zeitung zusammen. »Wir werden ein Kind finden, da bin ich mir ziemlich sicher. Es wird auch zu unserem Nutzen sein, wenn der gute Rudolf dank ›Kind‹ und Trudi vom Reichsführer ein wenig protegiert wird.«

5

Krieg

Während Trudi in ihrer »Schwangerschaft« voll und ganz aufging und Irene immer sauertöpfischer auf die ständig wechselnden Launen der zukünftigen Mutter reagierte, machten sich Tante Marga und Erna auf die Suche nach einem passenden Säugling. Der war jedoch wider Erwarten schwerer zu finden als ursprünglich gedacht. Die Frauen, die sich Hilfe suchend an Marga wandten, wollten ihr Problem meist sofort gelöst haben. Jene, die sich anfangs breitschlagen ließen, zogen die Einwilligung nach einigem »Überdenken« und »Überschlafen« wieder zurück oder meldeten sich nicht mehr.

Doch Tante Marga blieb trotz aller Rückschläge zuversichtlich und weitete ihre Suche über die Grenzen der Stadt hinaus aus.

Und es schien, als hielte der Führer selbst seine Hand schützend über sie, denn am 1. September 1939 erscholl seine Stimme aus dem Radio: »Polen hat nun heute Nacht zum ersten Mal auf unserem eigenen Territorium auch mit bereits regulären Soldaten geschossen. Seit 5 Uhr 45 wird jetzt zurückgeschossen!«

Tante Marga hätte um ein Haar ihre Kaffeetasse fallen gelassen. »Ich glaube, heute können wir uns zur Feier des

Tages jetzt schon einen Kirsch genehmigen.« Auf halbem Weg zur Anrichte hielt sie inne. »Nein, das ist ein Tag für Champagner!« Während Erna noch nicht wusste, was von dem eben Gehörten zu halten war, holte eine total aufgekratzte Marga Sekt und Gläser und ließ den Korken laut knallen. »Was schaust denn gar so, mein Kind? Glaub mir, es ist ein Tag zum Feiern.«

»Aber ... es ist doch jetzt Krieg ...«, stammelte Erna.

»Krieg. Ja und? Unser Problem ist gelöst, und am Krieg war schon immer was zu verdienen. Wenn man nur auf der richtigen Seite ist, und das sind wir. Komm, stoß an! Prost! Auf unseren Führer und unser Vaterland! Heil Hitler!«

Tante Marga nahm einen kräftigen Schluck. »In einem Monat ist der Polack besiegt, und es müsste schon mit dem Teufel zugehen, wenn wir da kein passendes Kind für die Trudi bekämen.«

»Aber glaubst du nicht, dass der Rudolf lieber ein reinrassiges Kind haben möchte?«

»Kind ist Kind. Wenn es kein arisches ist, dann ist es eben ein anderes. Glaubst du, der merkt das? Der würde es nicht einmal merken, wenn es das Kind eines Juden wäre.«

Tante Marga sollte recht behalten. Am 22. November reiste sie mit Trudi zur Kur nach Franzensbad und von dort weiter Richtung Polen. Im ehemaligen Grenzgebiet wurden sie fündig. Durch Vermittlung einer Nonne nahmen sie ein Waisenkind an. Das Kind wurde drei Tage später, nun wieder in dem kleinen Kurort, auf den Namen Jens Heinrich Pfeiffer standesamtlich eingetragen.

Überglücklich fuhr Trudi mit dem Säugling zurück nach München. Wo Rudolf Sauer seiner Geliebten versicherte, wie froh er war, dass sie auf seinen Rat gehört hatte und nicht allein gereist war. Mit Tante Marga, so der stolze Vater, hatte sie eine kundige Hebamme und gute Freundin an ihrer Seite. Wie schlimm hätte die überstürzte und frühe Geburt ohne deren sachkundige Hilfe ausgehen können, wurde er nicht müde, wieder und wieder zu bemerken.

»Aber ich sage es noch mal, an meiner geliebten Trudi kann man sehen, die deutsche Frau ist dazu ausersehen, Kinder zu gebären. Keine Woche ist vergangen, und meine Trudi sieht aus, als hätte sie nie geboren.« Rudolf gab ihr einen leichten Klaps auf den Hintern.

Die schmiegte sich an ihn. »Ach, geh, Rudi, du machst mich ganz verlegen mit deinen Komplimenten«, schnurrte sie und küsste ihn zärtlich auf die Wange.

»Aber wenn es doch wahr ist. Nur eine absolut deutschblütige Frau wie meine Trudi steckt so was weg wie nichts.«

Tante Marga saß mäusig lächelnd in ihrem Sessel und nippte an ihrem Kirsch.

Die von Trudi so sehnsüchtig herbeigewünschte Genehmigung zur Eheschließung ließ leider weiter auf sich warten. Wenn auch die Nachricht der glücklichen Niederkunft einen bescheidenen beruflichen Aufstieg mit sich brachte: SS-Obersturmführer Rudolf Sauer bekam eine Stelle bei der Forschungsgemeinschaft Ahnenerbe. Wie es der Zufall wollte, war in der Possartstraße eine Wohnung im Souterrain frei geworden. Der Mieter, ein alleinstehender Herr im mittleren Alter, hatte die zwei winzigen Zimmer räumen müssen.

»Es hätte schon gereicht, wenn er nur schwul gewesen wäre, aber ein 175er und ein Jud, das ist einfach zu viel«, sagte Tante Marga und blickte aus dem Fenster hinunter zur

Straße, wo gerade die letzten Möbelstücke aus dem Haus getragen wurden. Das von Dr. Sauer neu gegründete »Institut für Hämoblastose« zog wenige Tage später ein. Das Ahnenerbe finanzierte sogar noch eine Assistentenstelle für das Institut, was wiederum Irene und Erna zugutekam, die sich diese Stellen teilten.

Trudi konnte unmöglich ganz auf Irenes Hilfe im Haushalt verzichten, jetzt, wo das Kind da war. Schließlich brauchte sie nach wie vor Zeit, sich ihrem Gesang zu widmen, und so kam es, dass Erna an drei Tagen in der Woche die Labormäuse betreute, die überall in kleinen Käfigen in den Regalen standen. Ihre Aufgabe war es, die Pakete, die alle zwei Wochen von einem bakteriologischen Institut in Wien angeliefert wurden, entgegenzunehmen, die Käfige zu säubern, verendete Tiere dabei zu entsorgen und die restlichen zu füttern, ihnen Injektionen zu geben, über deren genaue Zusammensetzung sich Rudolf Sauer ausschwieg, und den Mäusen von Zeit zu Zeit Blut aus den winzig kleinen Venen abzunehmen. Die Proben wurden dann von Rudolf Sauer unter dem Mikroskop untersucht, der dabei hin und wieder bedeutungsschwer seufzte und sich mit krakeliger Schrift Notizen machte, sich aber ansonsten wenig mitteilsam über den Grund und die Bedeutung der Versuche zeigte. Erna hatte den Verdacht, dass er selbst nicht so recht wusste, was er da tat und wonach er suchte, aber diese Erkenntnis behielt sie für sich.

An den Tagen, an denen ihm Irene zur Hand ging, war Erna oben bei Tante Marga und half der, so gut es ging. Mit Ausbruch des Krieges gingen die Geschäfte etwas schlechter, auch wenn sich Tante Marga nach wie vor nicht zu beklagen hatte. Doch ein kleiner Rückgang, die Abtreibungen betreffend, war nicht zu übersehen. Es mochte auch daran liegen, dass die Behörden ein viel strengeres Augenmerk darauf richteten und die Strafen, die die Frauen zu erwarten hatten, schärfer wurden. Dennoch wandten sich immer noch genügend Hilfesuchende an sie.

Trudi stand mit dem Reichsführer SS im ständigen brieflichen Kontakt, wie sie immer mit Stolz betonte. Sie erstattete Bericht selbst über die kleinsten Fortschritte, die »Klein Heini« machte. Sie wurde nicht müde, Fotografien zu schicken oder über die großen wissenschaftlichen Erfolge, die in dem kleinen Labor im Keller tagtäglich produziert wurden, zu berichten. Schließlich erreichte sie sogar, dass ihrem Rudi der Ehrenring der SS ob seiner wissenschaftlichen Verdienste um das Vaterland verliehen wurde.

Mit dem vorgefertigten Standardschreiben zum Totenkopfring fand sie sich zu den wöchentlichen Kaffeerunden bei Tante Marga ein und verbreitete sich mit der für sie so typischen großen Geste darüber, welche Ehre mit dieser Auszeichnung verbunden sei. Und natürlich wie besonders so ein Ring wäre. »Der ist so einmalig, der wird nur ein paar tausend Mal pro Jahr verliehen«, zischte Irene giftig, während sie den greinenden kleinen Jens Heinrich auf den Knien schaukelte.

Trudi überging die Bemerkung. »Der Totenkopf ist die Mahnung, jederzeit bereit zu sein, das eigene Leben für das Leben der Gesamtheit in die Waagschale zu werfen«, rezitierte sie zwischen zwei Gabeln Rahmtorte. Sie tat dies so laut und deutlich, wie es eben mit vollem Mund ging, ohne dabei den Inhalt über den Tisch zu verteilen.

»Also, wenn ich der Reichsführer wäre, mir ginge die Trudi gehörig auf die Nerven«, sagte Erna am Abend zu

Tante Marga. Beide hatten sich nach dem Abendessen vor dem Volksempfänger, der neuerdings im Salon stand, eingefunden. Tante Marga saß im Schein der Stehlampe und strickte Socken für das Winterhilfswerk, auf dem kleinen Tischchen neben sich der unvermeidliche Kirsch. Erna war damit beschäftigt, einen alten Wollpullover aufzuribbeln und die Wolle zum Entkräuseln über ein kleines hölzernes Brett zu wickeln. »Meinst du nicht auch?«, sah sie Tante Marga fragend an.

Die legte das Strickzeug in den Schoß. »Manchmal muss man halt für seine Jugendsünden zahlen.«

»Wie meinst du das?«

»Er hatte vor langer Zeit ein Verhältnis mit ihr. Trudi war der aufstrebende junge Star am Opernfirmament. Sie hatte wirklich ein paar beachtliche Erfolge hier in München. Es ist die alte Geschichte. Sie kannte ein paar einflussreiche Menschen, er hatte sein Studium mehr schlecht als recht hinter sich gebracht und arbeitete als kleiner Laborant in einer Düngemittelfabrik. Ein junger Mann in mieser Stellung mit schlechter Bezahlung und hochtrabenden Wünschen und Idealen. Weit entfernt von der Realität, die ihn umgab. Es war keine feste Beziehung, aber durch sie lernte er Leute kennen. Nach dem Putsch ist er verängstigt zu ihr gelaufen. Nicht jeder, der so tut, als wäre er ein Held, ist auch einer.«

»Aber er hat doch im letzten Krieg an der Front gekämpft, ist ausgezeichnet worden; da läuft man doch nicht davon, das glaube ich nicht«, sagte Erna ungläubig.

»Mein Kind, du bist naiv. Der war nie an der Front, der hat den Krieg sicher zu Hause verschlafen, in den Gräben standen andere. Das wissen nur wenige, aber Trudi weiß es. Sie hat ihm damals geholfen. Sie hat mit den Grundstein für seinen Aufstieg gelegt. Jetzt hat sie ihre Karriere hinter sich, die einflussreichen Liebhaber von damals sind Geschichte. Er ist der Einzige, der übrig geblieben ist, und jetzt wird er sie nicht mehr los. Sie klebt an ihm wie eine Klette, und er macht gerade so viel für sie, wie er muss.«

Rudolf Sauer hatte dem Drängen seiner Trudi gerne nachgegeben und ein Dankesschreiben an den Reichsführer verfasst, indem er überschwänglich seine Freude über die vielen Geschenke zur glücklichen Geburt ihres Erstgeborenen zum Ausdruck brachte. Er prahlte, das Kind wäre erst der Anfang, und sie würden ihm noch mindestens ein halbes Dutzend »treuer Soldaten« nachfolgen lassen.

Der Reichsführer antwortete prompt. Dieses Mal sogar mit ein paar handgeschriebenen Zeilen.

»Lieber Sauer,
habe mich gefreut zu hören, Mutter und Kind sind wohlauf. Weiter
so! Führer und Volk brauchen kleine tapfere Soldaten. Beim nächsten
Sohn stehe ich gern als Pate zur Verfügung. Vernachlässigen Sie mir
Ihre Forschungen nicht und erstatten Sie mir weiter Bericht. Ich ver-
folge alles mit großem Interesse. Heil Hitler!«

6

Liebelei

Das beschauliche Leben in der Possartstraße ging seinen Gang. Trudi schrieb ihre wöchentlichen Bettelbriefe. Tante Marga hielt weiter Ausschau nach schwangeren Frauen, die bereit wären, ihr Neugeborenes in fremde Obhut zu geben.

Klein Heini plapperte, brabbelte oder schlief, an seinem Daumen nuckelnd, bei den regelmäßig in Tante Margas Wohnung stattfindenden Treffen.

»Ich habe jemanden kennengelernt.« Irenes Augen strahlten, als sie es Erna leise zuflüsterte. Schon den ganzen Nachmittag hatte Erna den Eindruck, Irene wollte ihr unbedingt etwas sagen und warte nur auf eine günstige Gelegenheit, die sie nun für gekommen hielt. Erna war dabei, das Silber im Esszimmer zu polieren, und Irene drängte darauf, ihr dabei zu helfen. Trudi ging voll und ganz in ihrer neuen Rolle als Mutter auf. Sie war voller Hingabe damit beschäftigt, dem kleinen Heinrich ein Bäuerchen zu entlocken. Vor sich hin summend und dem Säugling rhythmisch auf den Rücken klopfend, schritt sie im Zimmer auf und ab. Tante Marga war hinüber in den Salon gegangen, sie war allem Anschein nach dabei, irgendwelche Papiere zu suchen, hin und wieder hörte man sie leise vor sich hin schimpfen. Irene sah sich um, dann murmelte sie Erna ins Ohr: »Aber du darfst es keinem sagen. Versprichst du es?«

»Was tuschelt ihr zwei denn so?« Trudi kam neugierig näher. »Nichts. Nur ganz allgemein«, sagte Irene schnell, ihre Wangen röteten sich leicht, doch versuchte sie, so unauffällig wie möglich zu wirken.

»Irene, ich kenn dich, du tuschelst doch bestimmt wieder über mich. Kannst es mir ruhig ins Gesicht sagen, statt dich hinter meinem Rücken lustig zu machen.« Trudi reagierte wie immer eingeschnappt, wenn sie sich ausgeschlossen fühlte. Glaubte sie, nicht im Mittelpunkt zu stehen, war sie gereizt. »Es wäre vernünftiger, mir zu helfen, als den ganzen Tag wie ein Waschweib zu tratschen. Da, halt den Kleinen!« Sie drückte ihr Klein Heini an die Brust. »Und immer schön von unten nach oben klopfen, schau so, von unten nach oben, damit der Bub ein schönes Bäuerchen machen kann.« Dabei zeigte sie Irene, wie sie es machen sollte. »Heinilein, sei schön brav, geh schnell zur Irene, die Mama kommt gleich wieder.« Trudi flötete mit heller kindlicher Stimme, zu Irene sagte sie barsch: »Den Kopf immer schön auf deiner Schulter liegen lassen und klopfen, damit die Luft rausgeht. Sonst bekommt er wieder Blähungen, dann weint der Kleine die ganze Nacht, und der arme Rudi kann nicht schlafen.« Dann rauschte sie aus dem Zimmer.

»Als wüsste ich das nicht besser«, zischte Irene, »ich bin es, die sich die Nacht um die Ohren schlagen darf, denn die feine Frau Opernsängerin braucht ihren Schönheitsschlaf.«

»Lass sie, jetzt erzähl schon, was ist mit deinem Bekannten?«, sagte Erna und stupste Irene leicht mit dem Ellbogen an.

»Aber du darfst es wirklich keinem sagen. Versprichst du es?«

»Hoch und heilig.« Erna hob die rechte Hand zum Schwur und legte dabei kurz das Silberputztuch zur Seite.

»Kennengelernt habe ich ihn durch die Kirchengemeinde.«

»Sieh an … wann war denn das?«

»Ist schon eine Weile her. Er engagiert sich sehr in der katholischen Jugendarbeit.«

»Ich habe gar nicht gewusst, dass du da so mitmachst.«

»Hin und wieder, und seitdem schreiben wir uns«, sagte Irene, immer noch im Flüsterton aus Angst, Trudi könnte hinter der Tür stehen und lauschen.

»Wie lange schon?«, fragte Erna neugierig.

»Drei Monate und 17 Tage.«

Erna pfiff durch die Zähne, während sie ein Messer mit dem Tuch polierte. »Sogar die Tage weißt du. Alle Achtung! Hätte ich dir jetzt nicht zugetraut, dass du es so lange vor mir geheim hältst«, sagte sie mit gespielt beleidigtem Unterton. »Geht ja schon eine ganze Weile. Bist verliebt?«

Irene bekam einen hochroten Kopf. »Ich hätte jetzt ein Anliegen«, druckste sie herum. »Er kommt am Samstag nach München und will sich mit mir treffen … und …«

»Was und?«

»Ich wollte dich fragen, ob du nicht mitgehen könntest«, sagte Irene ganz schnell, und ehe Erna etwas erwidern konnte, fügte sie noch hinzu: »Er hat gesagt, er kommt mit einem Kameraden.«

»Dann ist er bei der Wehrmacht? Irene, die Soldatenbraut!«, lachte Erna. »Stille Wasser gründen tief.«

»Also, kommst du mit?«

Erna nickte, und genau in dem Augenblick kam Trudi mit

Tante Marga zurück ins Zimmer. »Und, mein Kleiner, hat sie es auch richtig gemacht? Komm her zur Mama!« Trudi lief mit weit geöffneten Armen in den Raum. Als sie Irene Klein Heini unsanft wegnahm, rülpste dieser laut und kräftig.

Am Samstag fanden Irene und Erna sich im Englischen Garten zur vereinbarten Zeit beim chinesischen Turm ein. Sie warteten dort eine geschlagene Stunde, doch Irenes Verehrer tauchte nicht auf.

»Wenn der nicht bald kommt, dann gehe ich. Ich habe keine Lust, den ganzen Nachmittag hier zu sitzen und zu warten. Bist du dir sicher, dass wir am richtigen Treffpunkt sitzen?«, maulte Erna. Irene, wie eine alte Jungfer die Handtasche vor sich auf dem Schoß, ignorierte die Frage. Nach einer weiteren Viertelstunde, als selbst ihr die Warterei zu viel zu werden schien, lief ein kleiner Junge in Hitlerjugenduniform auf sie zu. Der Pimpf blieb stehen, baute sich vor ihnen auf und schlug seine Hacken zusammen. Dann grüßte er »die beiden Damen« mit dem Hitlergruß und überreichte einen Brief an »das Fräulein Irene«. Schlug erneut die Fersen aneinander, drehte sich um und rannte davon. Zurück blieben zwei verdattert dreinschauende Frauen. Nach einem kurzen Blick auf den Umschlag drückte Irene den Brief wie einen Schatz an ihren Busen und sagte mit glasigem Blick zu Erna: »Siehst, er hat mich doch nicht versetzt.«

»Willst du den jetzt nicht aufmachen?«

»Doch, schon.« Irenes Stimme klang unsicher und zögerlich, dabei hielt sie den Umschlag immer noch fest an ihre Brust gedrückt.

»Ja, dann mach schon!« Erna wurde ungeduldig.

Irene öffnete das Kuvert vorsichtig und nahm das gefaltete Papier heraus.

»Und?«

»Er kann nicht kommen, ihm ist was dazwischengekommen.«

»Das hatten wir in der Zwischenzeit ja auch schon gemerkt.«

»Er entschuldigt sich, und er hat mir ein Bild von sich in den Umschlag gelegt.«

»Lass sehen.« Erna wollte Irene den Umschlag wegnehmen, aber diese zog ihn noch rechtzeitig weg.

»Komm schon!«, bettelte Erna.

Irene holte die Fotografie vorsichtig heraus und betrachtete sie lächelnd. Erna griff danach und zog sie ihr zwischen den Fingern weg. Sie drehte sich zur Seite und besah sich das Foto. Ein Mann in Wehrmachtsuniform, dunkelblond, mit Brille, blickte ihr ernst entgegen. Kein Lächeln. Nichts. Dann sah sie das kleine Kreuz, und ohne es zu wollen, platzte es aus ihr heraus: »Bist du blöd! Bist du von allen guten Geistern verlassen, Irene?«

»Warum?«, stammelte die beleidigt, dann griff sie nach dem Bild. »Gib es mir wieder, es gehört mir.«

»Irene, was willst mit dem? Das ist ein Feldgeistlicher!«

»Na und?«

»Was willst du mit einem Pfarrer, Irene! Noch dazu einem katholischen?«

»Wenn der Krieg aus ist, und das ist er bald, weil wir nämlich sehr bald gewonnen haben, dann bekommt er eine Pfarrei, und ich werde seine Köchin. Das haben wir schon so ausgemacht.«

»Das ist doch verrückt.«

»Nein, ist es nicht, und jetzt gib mir das Bild!« Irene wollte noch einmal danach greifen, doch Erna streckte den Arm, damit sie es nicht erreichen konnte, stand auf und lief weg; dabei stolperte sie in einen Soldaten, der mit dem Rücken zu ihnen stand. Die Fotografie fiel aus ihrer Hand und flatterte langsam zu Boden. »Hoppla, mein Fräulein!«

»Entschuldigung.«

Der Fremde bückte sich, hob das Bild auf und hielt es Erna hin. »Fräulein, Sie haben was verloren.« Er sah auf das Bild, dann erst sah er sie an. »Erna?«

»Alfred?« Vor Erna stand Alfred Pfaffl. Sie hätte ihn beinahe nicht wiedererkannt. »Schaust gut aus in der Uniform.«

»Du auch. Ich meine, nicht in Uniform, ich meine, du siehst auch gut aus.«

Irene eilte herbei, nahm das Foto, das Erna immer noch hielt, an sich und steckte es eilig zurück in den Umschlag. »Willst du mich nicht vorstellen?«, fragte sie schnippisch.

»Ja, schon.« Erna war immer noch verdattert »Das ist Alfred Pfaffl, ein Jugendfreund aus Regensburg. Und das hier ist Irene Gusche, eine Freundin. Was machst du hier in München?«

Pfaffl lachte: »Genau das wollte ich dich auch gerade fragen. Ich bin hier stationiert, und heute habe ich frei.«

»Genau wie wir«, grinste Irene.

»Wenn ihr zwei nichts vorhabt … ich kenn keinen in München.«

»Jetzt kennst ja uns«, sagte Erna schnippisch.

»Also. Worauf warten wir?« Er hielt beiden die Arme hin, sodass sie sich einhaken konnten. »Was wollt ihr machen?«

»Wenn ich was vorschlagen darf? Fahren wir Boot am Kleinhesselohersee.« Erna sah Irene erstaunt an. »Das hätte ich heute machen wollen«, sagte sie fast entschuldigend.

»Dann machen wir das doch«, stimmte ihr Alfred Pfaffl zu.

Es wurde ein sehr schöner Nachmittag, erst nach Einbruch der Dunkelheit begleitete Pfaffl die beiden nach Hause. Zuerst lieferten sie Irene ab, um dann zu zweit die paar Straßen weiter zum Haus in der Possartstraße zu gehen.

Im Hauseingang küsste er sie zum Abschied. »Was wollen wir jetzt noch machen? Ich muss erst in der Früh um sechs in der Kaserne sein.« Alfred hatte die Arme um Erna gelegt.

Sie kam ganz nahe mit dem Gesicht an ihn heran. »Vor der Haustür stehen ist auch blöd, wenn du willst, kannst mit rauf.«

Selbst im fahlen Licht des Mondes konnte Erna sehen, dass Alfred grinste. »Wie in alten Zeiten?«

»Wie in alten Zeiten«, sagte Erna.

Von da an trafen sie sich häufiger, bis Alfred Ende Mai mit seiner Kompanie nach Westen geschickt wurde.

7

Fremdarbeiter

Am 4. Juni 1940 wurde München zum ersten Mal bombardiert, noch ohne großen Schaden zu nehmen. Zwei Wochen später schlenderten die ersten deutschen Soldaten durch die Tuilerien in Paris. In ihrem Wohnzimmer, mit einem Kirsch in der Hand vor dem Volksempfänger sitzend, folgte Tante Marga der deutschen Wehrmacht von einem Sieg zum nächsten.

Etwa zur selben Zeit fand in Allach eine junge Angestellte des nationalsozialistischen Musterbetriebs Krauss-Maffai in ihrem Posteingangskorb, den sie jeden Tag nahe der Werkzeughalle abholen musste, eine am Wegesrand gepflückte Blume und ein für sie geschriebenes Gedicht. Verfasser der Verse war einer der im Betrieb arbeitenden Zwangsarbeiter. Sie revanchierte sich mit einem Apfel, den sie »versehentlich« in einer Fensternische liegen ließ, mit einem Stück Wurst und ab und an auch mit ein paar Zigaretten, aber immer mit einem Lächeln. Wenig später wurden kleine Liebesnachrichten ausgetauscht, geschrieben auf winzige Zettelchen, die im Vorübergehen, ohne von anderen bemerkt zu werden, fallen gelassen wurden. Manchmal, wenn die Gelegenheit günstig war, trafen sie sich in einer dunklen Ecke der Werkzeughalle, versteckt hinter Regalen und Schränken, auf eine zärtliche Berührung, einen leidenschaftlichen Kuss und mehr. Es dauerte nicht lange, und die junge Frau bemerkte, dass ihr Verhältnis nicht folgenlos geblieben war. Eine Freundin gab ihr die Adresse von Tante Marga, und so führte ihre Suche nach einer Möglichkeit zur Lösung dieses Problems sie schließlich in die Possartstraße.

Wie ein Häuflein Elend saß sie schluchzend und weinend auf dem Küchenstuhl. »Jetzt beruhigen Sie sich.« In Tante Margas Stimme schwang dieses Mal ein wenig Mitleid mit. Sie merkte, sie wurde alt, das Schicksal dieser jungen Mädchen ging nicht mehr ganz spurlos an ihr vorüber. »Ihre Schwangerschaft ist schon recht weit fortgeschritten. Da kann ich nicht einfach einen Abbruch machen. Es ist zu gefährlich für Sie und auch für mich, wenn es auffliegt.«

»Dann gehe ich ins Wasser oder spring vor den Zug. Meine Eltern bringen mich um.« Die junge Frau wollte aufstehen und gehen, doch Tante Marga drückte sie sanft auf den Stuhl zurück. »Warum haben Sie sich darauf überhaupt eingelassen? Sie wissen doch, dass so was verboten ist. Wenn es rauskommt, ist der Kindsvater gleich in Dachau. So schnell können Sie gar nicht schauen, und Sie … auch für Sie wird es ein Nachspiel haben.«

»Von meinen Eltern bin ich immer nur geschlagen worden, nie ein freundliches Wort. Mir hat es so gutgetan, dass sich einer um mich bemüht.«

»Aber müssen Sie sich denn gleich ein Kind anhängen lassen? … Da, nehmen S' das Taschentuch.« Tante Marga kramte in ihrer Tasche und hielt der jungen Frau das Tuch hin.

Die wischte sich die Tränen ab und schnäuzte sich laut. »Jetzt ist das Kind schon im Brunnen. Hören Sie mir gut zu,

Fräulein. Ich mache Ihnen einen Vorschlag. Sie tragen das Kind aus, entbinden es hier, und ich gebe es weiter an einen Platz, wo das Kind es gut haben wird.«

Die Frau blickte Tante Marga ungläubig an.

»Es gibt genügend Frauen, die keine Kinder bekommen können. Sie können einer dieser Frauen helfen, und Ihr Kind wird ein schönes Leben haben, ich verspreche es Ihnen.«

»Wie soll das gehen?«

Tante Marga erklärte es ihr in allen Einzelheiten. Zeigte ihr, wie sie ihren Leib schnüren musste, damit dem Kind kein Schaden zugefügt würde und die Schwangerschaft unentdeckt blieb. Nach einigem Zögern und Nachfragen willigte die werdende Mutter schließlich ein.

Kurz darauf konnte Trudi ihrem Rudi mitteilen, dass sie wieder »guter Hoffnung« war.

Und auch dieses Mal hielt der Führer seine schützende Hand über die werdende Mutter und sandte Rudolf Sauer Anfang 1941 in die Wüste Nordafrikas. Während er dort an der Seite Rommels ausharrte, kam am 1. März im fernen München sein zweiter Sohn zur Welt. Es war eine Hausgeburt, und sie habe ihn wie besprochen unter dem Namen Volker Rudolf wenige Tage später auf dem Standesamt eintragen lassen, unterrichtete die glückliche Mutter den im fernen Afrika weilenden Vater über das freudige Ereignis. Auch diesmal habe sie sich ganz auf Tante Margas helfende Hände verlassen können. Der Umstand, dass sie wie schon beim ersten Mal zur Stelle gewesen war, beruhigte den besorgten Vater ein wenig.

Trudi setzte sogleich den Reichsführer SS über die Niederkunft in Kenntnis, und der ließ über sein Büro sofort Blumen und Obst schicken, woraufhin sich die Wöchnerin umgehend und in überschwänglichem Ton bedankte. Sie vergaß auch nicht, den »gütigen Onkel Heini« daran zu erinnern, dass die Genehmigung zur Eheschließung immer noch in Bearbeitung war, und gab zu bedenken, wie schlimm es für die beiden Knaben später einmal sein würde zu erfahren, dass sie in Schande geboren wurden, da ihre Eltern nicht den Bund der Ehe hatten schließen können. Am Ende des Schreibens zog sie die Daumenschrauben noch ein wenig fester, indem sie den Reichsführer SS darauf aufmerksam machte, welch unschuldiges Band der innigen Freundschaft sie vor langen Jahren einmal verband, »in jenen Tagen, als die Bewegung ihre ersten zarten Knospen zeigte und wir miterleben mussten, wie edle Männer ihr reines Blut dafür vergossen«.

Der Brief zeigte Wirkung, und noch ehe das Jahr sich dem Ende neigte, war Trudi auch offiziell Frau Sauer. Ihr Mann widmete sich seinen Forschungsarbeiten im Kellerkabuff und bekam darüber hinaus eine eigene kleine Forschungsabteilung in Dachau.

Trudi, nun Frau Sauer, saß an Tante Margas Küchentisch, vor sich der allwöchentliche Brief an den »lieben Onkel Heini«, in dem sie diesen über das Wohl und Weh seines Patenkindes auf dem Laufenden hielt.

»Ich weiß nicht, Marga, was meinst du, kann man das so schreiben? Oder soll ich es noch ein wenig abändern? Ich bin mir jetzt gar nicht so richtig schlüssig.«

»Lies noch einmal vor«, sagte Tante Marga.

Klein Heini versuchte, sich am Küchenbüfett hochzuziehen, während Volker Rudolf friedlich in seinem Kinderwagen schlummerte und dabei im Schlaf hin und wieder an einer nur in seinen Träumen vorhandenen Brust nuckelte.

»Ich kann Ihnen gar nicht genügend für die große Freude, die Sie uns wieder bereitet haben, danken. So viele gute und gesunde Sachen! Ich werde sie sorgsam beiseitelegen, damit sie auch ja lange reichen und uns und den Kindern Freude machen.« Trudi blickte von dem Schreiben auf. »Was meinst, Marga? Soll ich noch mehr schreiben, oder reicht das aus?«

»Das von den Kindern hast du schon drin. Ich würde noch ein bisschen mehr über die Arbeit vom Rudolf reinschreiben. Wie sehr er sich über die Pralinen und den Cognac gefreut hat, na, du weißt schon.«

»Hast recht, dann schreibe ich noch ›Meinem lieben Mann habe ich auch ein schönes kleines Paket fürs KL gepackt‹.«

»Paket und packen, das hört sich nicht gut an«, warf Tante Marga ein.

»Wenn du meinst, dann halt ›hergerichtet‹. ›Er isst Schokolade für sein Leben gern. Die Versuchsreihe im Lager läuft sehr zu seiner Zufriedenheit, wie er mir immer wieder stolz berichtet. Er arbeitet, wie es seine Art ist, gewissenhaft und hart, auch wenn ihn das alles schon manchmal sehr fordert und in Anspruch nimmt. So bleibt ihm kaum noch Zeit zum Mittagessen, da kommen so kleine Leckereien für zwischendurch gerade recht. Ich halte ihn schon immer an, mehr auf seine Gesundheit zu achten, um so nur recht lange unserem Volk und Vaterland dienen zu können.‹ Ist das jetzt zu viel?« Trudi sah Marga fragend an.

»Jetzt hast den Cognac nicht drin«, bemerkte diese trocken.

»Ach, das lass ich jetzt, das hebe ich mir halt für das nächste Mal auf, so passt das schon. Jetzt schreibe ich noch ein paar herzliche Worte zum Schluss, und dann soll's gut sein.«

Klein Heini hangelte sich in der Zwischenzeit am Büfett entlang und versuchte, hinüber zum Tisch zu gelangen.

Trudi faltete den Bogen Papier zusammen und steckte ihn in den Umschlag. »Wo ist eigentlich die Erna? Die könnte den Brief nachher dann zur Post bringen.«

»Ich habe sie losgeschickt, sie soll schauen, ob sie noch irgendwo einen Eimer Farbe auftreiben kann. Das ist leider nicht mehr ganz so einfach, aber ich muss unbedingt ein paar Malerarbeiten machen lassen. Hier sieht es schon aus wie in einer Räucherkammer.« Tante Marga deutete auf die dunklen Ecken in der Küche. »Da schau hin, ganz schwarz.«

»Mach dir doch da keine Gedanken, Marga, ich sage das dem Rudi, gleich wenn er heute Abend heimkommt. Der sieht zu, dass er jemand aus dem Lager bekommt. Das ist überhaupt kein Problem. Die Häftlinge dort, die machen das, da gibt es immer ein paar, die man für so was einsetzen kann.«

»Meinst du?«, Tante Marga sah Trudi skeptisch an. »Ich will aber keinen Kriminellen oder Asozialen bei mir im Haus haben.«

»Der Rudi macht das schon. Der spricht mit dem Kapo, und dann passt das. Die Farbe sollen die auch gleich mitbringen. Weißt du, ein Skandal ist das schon, hier in der Stadt musst sehen, wo du das alles herbekommst, und in Dachau draußen wird es gehortet. Das kannst du dir nicht vorstellen, Farbe, Stoffe, Ersatzteile – alles. Ich versteh das nicht, es wäre doch sinnvoller, es ginge an anständige deutsche Menschen, die es wirklich brauchen können. Aber das wird alles da draußen in irgendwelchen Schuppen gebunkert, ich rede gleich heute am Abend mit dem Rudi. Der schickt dir, sobald es geht, jemanden vorbei. Du kannst übrigens auch Näharbeiten dort erledigen lassen. Der Rudi überlegt schon, ob er seine Anzüge jetzt immer maßanfertigen lassen soll.«

»Und wenn da einer draufkommt?«

»Wer soll da schon draufkommen? Das machen dort fast alle so. Sollen wir die Sachen verkommen lassen? Da ist viel zu viel draußen, die Häftlinge, die brauchen das nicht. Der Rudi hat mir erzählt, es gibt Wachleute draußen, die würden sogar Lebensmittel aus der Küche mitnehmen. Für sich und ihre Hunde. In der heutigen Zeit, da muss man sehen, wo man bleibt.«

Einige Tage später stand ein Wachmann aus Dachau mit einem Häftling vor der Wohnungstür. Trudi hatte Wort gehalten, und die Küche bekam einen neuen Anstrich.

8

Kriegswinter

Im dritten Winter des Krieges hatte sich die Situation trotz der regelmäßigen und generösen Zuwendungen durch den Reichsführer SS und der Selbstbedienung aus den Beständen von Dachau zugespitzt.

Trudi drängte auf eine dritte Schwangerschaft. Sie erhoffte sich eine weitere Beförderung ihres Ehemanns sowie eine größere Wohnung, und sollte es mit der größeren Wohnung nicht wie gewünscht funktionieren, doch zumindest eine Haushaltshilfe für die ständig wachsende Familie.

Tante Marga riet ihr davon ab.

Dem ersten relativ harmlosen Luftangriff waren im Laufe des Jahres weitere gefolgt, der letzte lag erst wenige Tage zurück. Erna sah die sonst stets zuversichtliche Tante Marga immer häufiger mit ernster Miene über ihren Karten brüten. Wenn eine Patience nicht aufging, verdüsterte sich ihr Gesicht zusätzlich. Schon lange hatte sich niemand mehr zu einer Seelenreise eingefunden, und auch die andere, in früheren Jahren so sprudelnde Einnahmequelle des »Instituts für Lebensfragen« schien langsam, aber sicher zu versiegen. Viele Männer waren im Feld, immer weniger Frauen suchten um Hilfe an, und selbst wenn die eine oder andere schwanger geworden war, so fanden sie dennoch immer seltener den Weg in die Possartstraße. Hätte Tante Marga nicht über eine Rente aus jener Ehe verfügt, über die sie kaum sprach, und hätte sich Erna nicht die Assistentenstelle, bezahlt aus den Mitteln des Ahnenerbes, mit Irene geteilt, wäre die Situation aussichtslos gewesen.

Alfred Pfaffl hielt Erna eine Zigarettenschachtel hin.

»Magst auch eine?« Sie richtete sich ein wenig im Bett auf, stopfte das Kissen in ihren Rücken und griff nach der Zigarette.

»Danke. Hast auch Feuer?« Sie lächelte ihn an. »Bist kein Gentleman, Alfred! Ein Gentleman wartet nicht, bis die Dame nach Feuer fragt, der gibt es ihr gleich.«

Alfred reichte ihr spöttisch grinsend das Feuerzeug. »Du bist auch keine Dame.«

Erna knuffte ihn in die Seite.

»Aua!«

»Das hast jetzt davon, weil du gesagt hast, ich bin keine Dame.« Dann zog sie lange an der Zigarette und inhalierte den Rauch. »Eine deutsche Frau raucht nicht, trägt keine Hosen und lackiert sich nicht die Fingernägel.«

»Sagt das deine Tante Marga?«

Erna nickte.

»Da redet die Richtige.«

»Die Marga ist schon in Ordnung.« Erna sagte eine ganze Weile gar nichts mehr, betrachtete nur den Rauch, wie er träge von der Glut zur Decke aufstieg.

»Ich habe mir gedacht, du freust dich ein wenig, wenn ich hier in München bin, und wir könnten ein bisschen Spaß haben. Ich hätte meinen Fronturlaub auch woanders verbringen können. Da gibt es viele Mädchen, die auf so einen wie mich warten.« Alfred lag schmollend auf dem Bett in der Pension Bavaria.

»Ich freue mich ja«, erwiderte Erna und zog die Bettdecke ein wenig höher.

»Freude klingt für mich anders.«

»Ich war heute wieder den ganzen Tag mit dem Sauer draußen in Dachau. Er nimmt mich ab und zu mit, wenn er bei seinen Versuchen jemanden braucht, der die Testpersonen beruhigt.« Erna biss sich auf die Unterlippe. »Wenn ich nicht dabei bin, sagt er, dann sabotieren die Häftlinge die Versuche, schreien und ängstigen die anderen. Die Ergebnisse kann er dann wegwerfen. So was kann er nicht brauchen, nicht jetzt, wo er sich den entscheidenden Durchbruch erhofft.«

»Wofür sollen die Versuche gut sein?«

Erna zuckte mit den Schultern und zog an der Zigarette. »Keine Ahnung, da tut er immer ganz geheimnisvoll. Ich geh mit, halt ihnen die Hände und spreche ihnen gut zu. Er macht momentan eine Versuchsreihe, bei der die Häftlinge im Eiswasser liegen.«

»Warum das?«

»Er nimmt ihnen Blut ab – davor, während und nachher. Er sagt, er muss wissen, was sie fühlen, was in ihnen vorgeht, bis sie das Bewusstsein verlieren. Einer Frau würden sie das eher sagen. Er sagt, die Unterkühlungsversuche sind kriegswichtig, und er würde damit Erkenntnisse gewinnen, die vielen Soldaten in ein paar Jahren das Leben retten könnten.«

»In ein paar Jahren«, sagte Alfred Pfaffl bitter. »Sei mir nicht böse, aber ich glaube, dein Doktor Sauer hat keine Ahnung. Wie die meisten keinen Schimmer haben, die noch nicht an der Front waren. Leben retten kannst nur, wenn der Krieg bald aus ist.«

Alfred drückte die Kippe im Aschenbecher aus und griff nach den Weingläsern, die auf dem Nachttisch standen.

»Da, trink.« Er hielt Erna das Glas hin.

»Was redest denn du da?« Erna setzte sich ein klein wenig aufrechter und griff nach dem Glas.

»Was ich rede? Glaub mir, den Krieg gewinnen wir eh nicht. Prost!« Er leerte das Glas in einem Zug und stellte es wieder auf den Nachttisch, dann nahm er ihr die Zigarette aus der Hand und legte sie in den Ascher.

»Pscht!« Sie hielt sich den Zeigefinger an den Mund. »Wenn dich einer hört!«

»Mich hört keiner, ich sage es nur zu dir.« Alfred beugte sich zu ihr hinüber und versuchte, sie zu küssen. Sie drückte ihn sanft weg. Alfred liebkoste Ernas Hals. »Was da draußen los ist, das willst du nicht wissen. Da ist keiner dabei, der sich nicht die Finger schmutzig macht, so was nennt man verbrannte Erde. Die hausen wie die Berserker«, sagte er leise und ohne aufzuhören, ihre Schulter und den Hals mit Küssen zu bedecken.

»Das kann ich mir nicht vorstellen.« Erna rückte ein Stück von ihm weg. »In der Wochenschau, da reden sie doch immer ganz anders, da sagen sie immer, wir gewinnen.«

Alfred schnaufte, setzte sich wieder im Bett auf und griff erneut nach dem Glas. Während er sich einschenkte, sagte er: »In der Wochenschau? Das ist Propaganda. An der Front fehlt es hinten und vorn. Die verheizen uns, aber nicht mit mir. Ich ducke mich, wo ich nur kann. Ich will leben. Ich will überleben. Ich rate dir, halt du dich auch so gut raus, wie es nur geht. Wäre schade um dich.« Er leerte auch dieses Glas in einem Zug, grinste sie an und küsste sie grob.

»Aua!«

»Ich hab dir gesagt, ich bin kein Gentleman.«

Tante Marga hatte, wie alle Deutschen, bisher immer nur Siegesmeldungen aus dem Radio vernommen. Auch wenn sie den Meldungen ob der zunehmenden Bombardierungen und der düsteren Prognosen, die sie den Karten zu entnehmen glaubte, immer weniger vertraute. Zu oft war ihr in letzter Zeit die Kreuzdame oder der Kreuzkönig über den kleinen Weg mit der Kreuzsieben oder der Kreuzneun erschienen. Die Karten sprachen, so wie sie im Blatt lagen, von Kummer oder Verlust, in Verbindung mit einer Frau oder einem Mann. Es war also wenig Gutes zu erwarten.

Am Mittwoch, den 3. Februar, wurde um die Mittagszeit das Programm des *Großdeutschen Rundfunks* für eine Sondermeldung unterbrochen. Marga hatte gerade wieder die Kreuzneun, die Pikneun und den Kreuzkönig gezogen, als ein Sprecher des Oberkommandos der Deutschen Wehrmacht verkündete: »Die 6. Armee, die unter der vorbildlichen Führung durch Generalfeldmarschall Paulus bis zum letzten Atemzug gekämpft hat, ist einer Übermacht und den ungünstigen Verhältnissen in Stalingrad erlegen.«

Als Zeichen des nationalen Gedenkens wurden drei Tage der Trauer angeordnet. Das Programm wurde mit ernster Musik fortgesetzt, Tante Marga sammelte die Karten des Decks ein, ging hinüber in die Küche, öffnete die kleine Tür des Dauerbrandherdes und warf die Karten in die Flammen.

9

Fasching

Mitte März kam Trudi überraschend mit ihrem dritten Sohn nieder. Alle Bedenken Tante Margas in den Wind schlagend, hatte sich Trudi durchgesetzt und sich die einmalige Gelegenheit, die sich ihr geboten hatte, nicht entgehen lassen.

Ausgerechnet die verhuschte und stets unglückliche Irene war es, die Trudi zur überraschenden Geburt verhalf. Rudolf war auf Dienstreise im Osten, um die Möglichkeiten zur Durchführung weiterer medizinischer Testreihen vor Ort zu prüfen. In seinen Briefen nach Hause schwärmte er »von den fantastischen Gegebenheiten in Auschwitz oder Lublin«.

Erna hatte einige Geduld und Zureden aufbringen müssen, bis Irene bereit gewesen war, mit ihr am Faschingsdienstag in den Löwenbräukeller zu gehen. Die war in schlechter Stimmung, denn von ihrem Feldgeistlichen war schon seit längerer Zeit kein Brief mehr gekommen. Als sie im Löwenbräukeller ankamen, war der Saal zum Bersten voll. Die Luft war stickig, die Musik laut. Erna hatte sich als Zigeunerin verkleidet, zwei weite Unterröcke übereinander angezogen, bunte Tücher, dazu große Kreolen, allerlei Klimperschmuck ergänzte das Kostüm. Auch eine rote Papierblume im Haar durfte nicht fehlen. Irene, die sich zuerst gar nicht verkleiden wollte, wurde schließlich von Tante Marga mit leichtem Druck dazu überredet, sich als Torero zu verkleiden. Sie war es auch, die eine alte Anzughose auftrieb und eine Seidenschärpe mit Fransen als Kummerbund. Dazu ein weißes Hemd und Bolerojäckchen.

»Jetzt noch ein Hut, und du wärst perfekt«, sagte Marga stolz. Den Hut lehnte Irene jedoch vehement ab, ebenso wie das mit Augenbrauenstift gezeichnete Menjoubärtchen.

Trotz spürbaren Männermangels war die Stimmung ausgelassen und gut. Irene hatte anfangs missmutig in einer Ecke gesessen und dem Treiben zugesehen. Erna ließ sich davon nicht beirren. Sie tanzte, sang laut mit und war ausgelassen wie schon lange nicht mehr. Im Laufe des Abends gesellte sich ein Pierrot zu ihnen, Erna hatte ihn, nachdem er sie mehrfach zum Tanzen aufgefordert hatte, mit an den Tisch genommen. Nach ein paar Gläsern Bowle taute auch Irene langsam auf. Während Erna wieder auf die Tanzfläche zurückkehrte, bestellte der Pierrot eine Runde nach der anderen. Als der Fliegeralarm kam, war Irene bereits in angeheiterter Stimmung.

Mit dem ersten Sirenensignal musste der Saal geräumt werden. Der Pierrot nahm Irene am Arm, und gemeinsam mit Erna und anderen Maskierten fanden sie gerade noch rechtzeitig in einem Keller Unterschlupf.

Dort saßen sie dicht gedrängt beieinander. Eine bunt zusammengewürfelte Truppe angetrunkener Maskierter: Indianerinnen schmiegten sich an Kaminkehrer, Kannibalen an Haremsdamen, falsche Spanierinnen und Zirkusprinzessinnen, Cowboys, Piraten, übergroße Babys, und alle johlten sie: »Küss mich, bitte, bitte küss mich!« Der neben Irene sitzende Clown zog unter seinem weiten Kaftan eine Flasche Schnaps hervor, und während draußen die Bomben fielen, kreiste im Keller die Schnapsflasche von einem zum anderen. Das Baby holte eine Mundharmonika aus dem Strampelanzug. Sie schunkelten, grölten und schmetterten. Als das Licht im Luftschutzkeller ausging, küsste Irene den Pierrot wild und leidenschaftlich. Irgendjemand holte eine Taschenlampe hervor, blendete unter Johlen und Gelächter das ertappte, verdatterte Paar. Die Menschen im Keller sangen im Schein der Funzel von der Liebe, die vergeht, und dem Liebsten, der fern von zu Hause ist. Sie alle harrten aus, bis die Donnerschläge der Detonationen weniger wurden und endlich das Signal zur Entwarnung gegeben wurde. Kurz danach öffnete sich die Tür, und nach einer knappen Stunde im Keller zerstreuten sie sich in alle Winde, ohne Lebewohl zu sagen.

Erna lief in ihrem derangierten Zigeunerinnenkostüm und mit dem angetrunkenen Torero Irene im Schlepptau durch ein nach Brand und Ruß stinkendes München nach Hause.

Auf der anderen Seite der Isar, Erna konnte sich später nicht mehr an die genaue Stelle erinnern, blieben sie für einen Moment stehen. Irene jammerte, sie könne nicht mehr und müsse verschnaufen, ihr wäre übel und überdies hätte sie sich auch noch die Ferse wund gelaufen. Und dann hockte sie sich noch zu allem Überfluss mitten in der Maximiliansanlage auf den Boden und zog umständlich den Schuh aus.

»Irene, steh auf, es ist kalt. Kannst du mir sagen, was das jetzt soll? Wir müssen weiter.«

»Mir tun aber die Füße weh.«

»Herrgott! In der Innenstadt brennen die Häuser, und dir tun die Füße weh. Das kannst jetzt schon noch aushalten, ist ja nimmer weit.«

»Nein, kann ich nicht mehr. Leucht einmal mit der Taschenlampe her«, gab Irene trotzig zur Antwort und rieb sich die Füße.

»Ich will heim. Machst du dir keine Gedanken, ob alles in Ordnung ist? Zieh die Schuhe wieder an und komm endlich!«, drängte Erna. »Du kannst von mir aus auch allein hier hocken bleiben.« Sie wandte sich zum Gehen.

»Pscht! Hörst das nicht?« Irene hielt sich den Finger vor den Mund.

»Was soll ich hören?«

»Sei leise! Da wimmert was.«

»Ach geh, das bildest du dir nur ein. Komm schon!«

»Ich bilde mir nichts ein. Hörst du das nicht?« Irene stand auf und stapfte in der Dunkelheit mit nur einem Schuh in die Richtung, aus der das Geräusch kam. Erna blieb nichts anderes übrig, als den Schuh aufzuheben und hinterherzulaufen.

Sie folgten dem Weinen zu einem halb umgeknickten Baum. Vor ihnen ein zum Teil von kleineren Ästen begrabener, umgestürzter Kinderwagen. Neben dem Wagen lag eine Handtasche, die Schließe war aufgesprungen und ein Teil des Inhalts verstreut.

Irene humpelte hin. »Komm, leucht her!« Während Erna die Taschenlampe auf sie richtete, zog Irene unter dem Kinderwagen ein Baby hervor.

»Schau, ein Baby. Jetzt habe ich auch ein Kind! Nicht nur die Trudi.« Irene drückte das Kind an sich und fing an, es in ihren Armen zu wiegen.

»Was redest jetzt für einen Schmarrn? Reiß dich zusammen! Lass uns lieber nachsehen, wo die Mutter ist. Das Kind kommt doch nicht allein mit Wagen hierher.«

Erna zerrte den Kinderwagen so gut es ging beiseite, bückte sich, leuchtete von allen Seiten mit dem funzeligen Strahl ihrer Taschenlampe unter den am Boden liegenden Ästen der Baumkrone hindurch. Bis sie die Frau endlich sah, der Kopf zertrümmert von den heruntergefallenen Ästen. Ein kurzer Blick genügte, um zu sehen, dass jede Hilfe vergeblich war.

Sie richtete sich auf und ging hinüber zu Irene, die das Kind immer noch fest umklammert in ihren Armen wiegte. Erna bückte sich und begann, die aus der Handtasche gefallenen Gegenstände einzusammeln.

»Was machst jetzt da?«

»Was werde ich schon machen? Ich sammle die Sachen ein. Wir müssen doch sehen, ob wir einen Namen oder eine Anschrift finden.«

»Aber ich gebe das Butzerl nicht mehr her!«, sagte Irene entrüstet. »Gell, mein Engelchen, ich gebe dich nicht mehr her«, sagte sie zu dem Kind und drückte ihm einen Kuss auf die Stirn.

»Bist jetzt ganz von allen guten Geistern verlassen? Das Kind hat womöglich Angehörige, du kannst es doch nicht einfach behalten. Das ist keine Katze, die dir zugelaufen ist!«

»Die Trudi kann das, also kann ich das auch.«

»Die Trudi ist verheiratet, aber du hast keinen Mann, nicht einmal einen Freund, wo willst dann plötzlich das Kind herhaben?«

»Ich habe den Franz«, sagte Irene bockig.

»Das ist ein Feldgeistlicher, wann kapierst du das endlich? Von so einem bekommt man kein Kind! Herrschaftszeiten noch einmal, und wer weiß, wo der jetzt ist und ob er noch lebt.«

»Sag so was nicht«, fing Irene zu greinen an. Erna wollte ihr das Kind wegnehmen, doch Irene drehte sich zur Seite.

»Mir wird schon was einfallen. Der Trudi ist auch was eingefallen«, schnaubte Irene beleidigt.

Erna blieb nichts anderes übrig, als ihr das Kind erst einmal zu lassen. Sie stopfte alles in die Handtasche und zog dann noch eine Decke unter dem Kinderwagen hervor. »Da, wickle das Butzerl wenigstens in die Decke ein, sonst erfriert es uns noch.«

Drei Wochen später erreichte den in Lublin weilenden Rudolf Sauer ein Brief seiner geliebten Trudi. Darin übermittelte sie ihm die freudige Nachricht ihrer überraschenden Niederkunft mit seinem dritten Sohn Lothar Bernd. Sie erklärte ihm, dass die Magenschmerzen, unter denen sie in letzter Zeit häufiger gelitten hatte, und ebenso die unregelmäßigen Blutungen nichts mit einem eventuellen vorzeitigen Wechsel zu tun hätten, sondern einzig, »welch unglaublich großes Glück«, auf die unentdeckte Schwangerschaft zurückzuführen waren. Sie »hegte schon länger den Verdacht«, wieder ein Kind unter ihrem Herzen zu tragen, wagte es aber nicht, ihm diese Vermutung mitzuteilen.

»Mein Liebster, ich wollte dich nicht in einer falschen Sicherheit wiegen, um dich später, im Falle eines Fehlalarms, nur bitter zu enttäuschen. Ich weiß nur zu gut, wie sehr du dir weitere Söhne wünschst. Mein Alles, mein Herz, ich hätte es nicht über mich gebracht, dich leiden zu sehen, und so hielt ich es für richtig, das Geheimnis in meinem Busen zu begraben, bis ich mir absolut sicher sein konnte.« Doch nun habe »das Kindlein sich selbst entschlossen, das Mirakel zu lösen« und hätte sich viel zu früh in die Welt gedrängt. »Mein innig geliebter Rudi, ich bitte dich, verzeih mir diese kleine Lüge – geboren nur aus Not und Sorge um dich –, und sei mir nicht weiter Gram.«

»Und die Kröte hat er geschluckt?«, fragte Tante Marga zweifelnd.

»Natürlich hat er mir geglaubt! Was denkst du denn?«, blaffte Trudi entrüstet zurück.

»Und dem Reichsführer hast auch schon geschrieben?«

»Und ein Foto habe ich machen lassen«, berichtete Trudi stolz. »Im Atelier Hoffmann. Ich habe dafür eine Flasche Cognac und die große Schokobonboniere extra noch hinlegen müssen. Aber es hat sich gelohnt. Der Reichsführer war so begeistert! Ganz überschwänglich hat er sich bedankt«, lächelte Trudi.

»Glaubst du nicht, dass es auffällt, dass das Kind kein Frühchen ist?«

»Marga, wenn ich dich jetzt nicht schon so lange kennen würde! Du sitzt da, ganz düster, siehst alles nur schwarz in schwarz, freu dich doch! Zumindest könntest so tun, als ob du dich mit mir freuen würdest, und nicht rumhocken mit einer Miene, als ob uns das Jüngste Gericht bevorstehen würde.« Und zu Jens Heinrich, der ein paar Schritte von ihr entfernt am Boden saß und mit einem Holzauto spielte, sagte sie: »Gell, mein Bubi, du hast dein Brüderlein, den kleinen Lothar, auch ganz lieb? Komm her zur Mama.«

Jens Heinrich stand auf und lief mit erhobenen Armen auf sie zu. »Mama! Hoch!« Trudi hob ihn hoch und warf ihn ein kleines bisschen in die Luft. »Engel, Engel, du bist schwer, vor lauter Gold und Silber. Hoch im Himmel 'nauf, hoch im Himmel 'nauf, wenn du runterfällst, kommst nicht mehr rauf.«

Klein Heini gluckste vor Vergnügen.

Marga sah dem Spiel mit steinerner Miene zu. »Und was hat Irene dazu gesagt?«

»Wozu?«, fragte Trudi beiläufig, während sie das Kind auf dem Schoß hielt und es kitzelte.

»Dass du den Säugling behalten hast.«

»Was soll sie schon sagen? Am Anfang hat sie die Beleidigte gespielt und sich in ihr Zimmer eingesperrt. Nach ein paar Tagen hatte sie sich dann schon wieder gefangen. Ist halt eine alte verdrießliche Jungfer, die Tante Irene, gell, mein Spatzi!« Trudi lächelte Jens Heinrich an. »Soll die Mama dir ein Zwickerbussi geben? Ach ja, das hätte ich fast vergessen, der Tante Marga zu erzählen!«, plapperte Trudi weiter, ohne Marga anzusehen. »Wir bekommen ein Kindermädchen, denn wer weiß, vielleicht mache ich das halbe Dutzend doch noch voll. Was meinst, mein Herzblatt, soll die Mama noch ein paar Geschwisterchen bekommen? Der gute Onkel Heini schickt uns darum ein Mädel, das mit einem polnischen Fremdarbeiter ... na, du weißt schon ... sich eingelassen hatte.«

»Du meinst, die sich von einem Polen hat zusammenpacken lassen«, sagte Marga bitter.

»Marga! Der Bub, der hört das doch!«

»Trudi, bist du eigentlich wahnsinnig? Wenn dein Rudi das Ganze schon nicht kapiert, aber das Mädel kann nicht so blöd sein, dass sie nichts mitkriegt. Dann bist nicht nur du dran, dann sind wir alle dran!«

»Papperlapapp! Die Tante Marga ist heute gar nicht gut gelaunt. Ich glaube, wir gehen jetzt heim, Jens Heinrich.« Trudi stand auf und begann, ihre Sachen zusammenzupacken. »Ich will auch die Irene gar nicht so lange allein mit den zwei Kleinen lassen.«

»Heimgehen«, plapperte Klein Heini, während Trudi ihm die Jacke überstreifte.

»Ja, ich glaube auch, das ist das Beste«, sagte Tante Marga und hielt Trudi und dem Kind die Tür auf.

10

Würmsee

Der ersten Bombennacht am Faschingsdienstag folgten noch weitere. München veränderte mit jedem Luftangriff sein Gesicht, und nicht nur das, es änderte sich auch das Leben in der Stadt. In Scharen zogen die Menschen hinaus aufs Land, packten ein, was nur irgendwie von Wert war, auch um es gegen dringend benötigte Lebensmittel einzutauschen.

Auch Trudi war gezwungen, auf Hamsterfahrten zu gehen, und das trotz der regelmäßigen Zuwendungen, die sie in langen Bettelbriefen dem Reichsführer SS abringen konnte, und der Extrarationen, die Rudolf aus dem Lager mitbrachte. Um die Kinder kümmerte sich in der Zeit ihrer Abwesenheit das neue Kindermädchen. »Ein tumbes Bauernkind, einfältig und langsam im Handeln und Denken«, wie sie sich immer wieder bei Rudolf beschwerte.

Tante Margas Geschäfte waren nun ganz zum Erliegen gekommen. Der vierte Winter des Krieges stand bevor. Ein jeder war mit dem täglichen Überleben beschäftigt, und das ließ keinen Raum mehr, sich mit Fragen der Seelenwanderung auseinanderzusetzen oder auf der Suche nach Antworten ins Jenseits zu horchen. Auch kam niemand mehr, um eine ungewollte Schwangerschaft zu beenden, das damit verbundene Risiko der Bestrafung im Falle einer Entdeckung war für alle Beteiligten einfach zu hoch geworden. Ein jeder misstraute jedem, und Tante Marga hatte Angst davor, in die Brienner Straße ins Wittelsbacher Palais geladen zu werden, nur weil eines der jungen Dinger nicht vorsichtig genug war. Man musste kein Gegner der Partei sein, um in die Fänge der Gestapo zu geraten.

So verbrachte Tante Marga die Abende hinter sorgsam abgedunkelten Scheiben vor dem Radiogerät sitzend, um Socken und Pulswärmer für die Soldaten an der Front zu stricken. Im Herbst hatten sie dank Trudis guter Verbindungen eine ganze Ladung Weißkraut bekommen. Tagelang waren Tante Marga und Erna beschäftigt, das Kraut zu hobeln und einzustampfen als Sauerkraut für den nahenden Winter. Marga verwaltete die Lebensmittelmarken. Sie hatte sie im Küchenbüfett eingesperrt und wachte mit Argusaugen darüber, dass nichts, auch nicht das kleinste bisschen, verschwendet wurde. Der einzige Luxus, den sie sich nach wie vor hin und wieder leistete, war ein Gläschen Kirsch. Erna wunderte sich, wo der offenbar nie zur Neige gehende Vorrat wohl versteckt war. Trotz Suchens gelang es ihr nicht, hinter dieses Geheimnis zu kommen.

Währenddessen arbeitete sie weiter im Lager. Alles ging seinen gewohnten Gang, nur Irene benahm sich immer seltsamer. Trudi beklagte sich, dass sie zu nichts nutze sei. »Den ganzen Tag sperrt sie sich im Zimmer ein, und wenn ich sie bitte, mir mit den Kindern zur Hand zu gehen, wirft sie wie neulich von innen einen Schuh gegen die Tür, beschimpft mich aufs widerlichste und sagt, ich soll abhauen! Marga, sag, muss ich mir das bieten lassen?«

Tante Marga blickte kurz von ihrem Strickzeug auf, und

Trudi plapperte weiter. »Wenn sie doch einmal herauskommt, sperrt sie das Zimmer hinter sich ab und nimmt den Schlüssel mit.«

»Hast du sie darauf angesprochen?«

»Was denkst du? Natürlich!«, sagte Trudi entrüstet. »Erst gestern hat sie sich vor mir in der Küche aufgebaut, als ich sie zur Rede stellen wollte. Mit verschränkten Armen ist sie dagestanden, die Augen zu so kleinen Schlitzen zusammengedrückt.« Trudi zeigte mit Zeigefinger und Daumen, wie klein Irenes Augen gewesen waren, und verzog dabei selbst das Gesicht zu einer Grimasse. Klein Heini, der am Boden spielte, sah sie und fing laut zu weinen an. »Ach, mein armer Kleiner, du brauchst doch keine Angst vor deiner Mama zu haben.« Sie ging hinüber und hob das Kind auf. »Siehst du! Sie macht uns alle fertig mit ihren Launen. Gell, mein Liebling.« Sie drückte dem Kind einen Kuss auf die Stirn. »Und ihr Äußeres, die Haare schmutzig, die Kleidung zerknittert und dreckig. Ich glaube, sie wäscht sich nicht mehr. Ich habe auch schon mit Erna gesprochen, und du weißt, Marga, sie ist immer gut mit Irene ausgekommen, aber selbst zu ihr ist sie seltsam. Wenn dass kein schlimmes Ende nimmt.« Trudi schüttelte übertrieben den Kopf. »Ich glaube, sie hatte da ein Gspusi.« Sie sprach leise und verschwörerisch. »Hin und wieder ist ein Feldpostbrief eingetroffen. Nicht oft, aber den hat sie dann immer ganz schnell verschwinden lassen. Jetzt ist schon lange nichts mehr gekommen.«

»Vielleicht ist sie unglücklich verliebt?«

»Pff …«, zischte Trudi verächtlich, und Tante Marga wandte sich wieder ihrer Strickarbeit zu. »Sie wird sich schon wieder beruhigen. Lass sie. Es wird schon wieder werden.« Aber dieses Mal irrte sie.

Anfang Dezember 1943 verschwand Irene plötzlich. Trudi hatte, nachdem sie ein paar Tage nichts von ihr gesehen und gehört hatte, an ihre Zimmertür geklopft. Drinnen war es seltsam ruhig, kein Geschimpfe und auch keine Gegenstände, die gegen die Tür geworfen wurden, sagte sie wenig später zu Erna. Da hatte sie bereits das Kindermädchen zu ihr geschickt und ihm aufgetragen, es solle Erna bitten zu kommen. In der Wohnung angekommen, klopfte Erna an die Tür und drückte schließlich die Türklinke nach unten. Die Tür war unverschlossen und das Zimmer leer. Irene musste sich irgendwann aus der Wohnung fortgeschlichen haben. Eine von Erna auf der Polizeistation aufgegebene Vermisstenmeldung führte zu keinem Ergebnis. »Zu viele Menschen verschwinden tagtäglich, mein Fräulein. Was glauben Sie? Da kommt es auf einen mehr oder weniger nicht mehr an. Wenn es Sie beruhigt, dann nehme ich die Meldung auf.« Aber mit einem Erfolg rechne er nicht, und das Fräulein Irene werde sich bestimmt wieder einstellen.

Mit diesem wenig zufriedenstellenden Ergebnis ging Erna nach Hause.

Ungefähr zur gleichen Zeit sah ein Mann eine Frau, die am Ufer des Würmsees entlangging. Er beachtete sie nicht weiter. Es fiel ihm nur wieder ein, als wenige Tage später eine weibliche Leiche aus dem See geholt wurde. Sie trieb im flachen Uferbereich unweit der Stelle, an der Ludwig II. von Bayern und sein Arzt Bernhard von Gudden gefunden wurden. Keiner kannte die Tote, und keiner schien sie zu vermissen.

Das Leben ging weiter, und während die Welt um sie herum jeden Tag dem Abgrund ein klein wenig mehr entgegentaumelte, schien Trudi immer weiter aufzublühen.

Nachdem Tante Marga sich geweigert hatte, sich auf die Suche nach einem weiteren Säugling zu begeben, nahm sie die Dinge selbst in die Hand. Sie hatte sich unter falschem Namen an mehrere Säuglingsheime gewandt, in denen ledige junge Mütter mit ihren Kindern Zuflucht fanden. Um auf Nummer sicher zu gehen, führte sie dort gleichzeitig Verhandlungen mit mehreren Kindsmüttern. Dabei hielt sie sich nicht lange mit Kriterien wie »Deutschblütigkeit« auf, je bedrängter die Lage der werdenden Mutter war, desto besser. Wenn schon das eigene Leben in Gefahr ist, war man eher bereit, ein Kind abzugeben, um wenigstens diesem eine Zukunft zu schenken.

11

Frau Brachvogel

Am Freitag, den 17. Dezember 1943, berichteten die *Münchner Neuesten Nachrichten* von einem schamlosen und so bisher noch nie da gewesenen Fall von Kindesentführung:

»Am Montag, den 13. Dezember, gegen 16 Uhr wurde im Münchner Hauptbahnhof ein drei Wochen alter Säugling männlichen Geschlechts durch eine unbekannte Frau entführt. Diese Frau hatte sich erst ein paar Tage zuvor im Caritas-Säuglingsheim der Erzdiözese München-Freising unter dem Namen Brachvogel eingeführt und dort mit mehreren Müttern zwecks Überlassung eines neugeborenen Kindes Verhandlungen aufgenommen. Sie gab an, in Aufhausen bei Regensburg zu wohnen und in Grainau bei Garmisch-Partenkirchen ein Haus zu besitzen. Sie sei sehr vermögend und verwitwet und habe die Absicht, mehrere Säuglinge in Betreuung nehmen zu wollen. Die angebliche Frau Brachvogel kam mit einer der Mütter überein, deren Kind vorerst für die Dauer von acht Wochen in Pflege zu nehmen. Am Montag, den 13. Dezember, rief sie um die Mittagszeit im Säuglingsheim an. Sie bat, das Kind bis 16 Uhr an den Hauptbahnhof zu verbringen. Sie wollte den Säugling wegen der bestehenden Fliegergefahr sofort von

München fortbringen. Sie plane, zunächst in Wolfratshausen bei einer Frau Fischer Station zu machen, um am nächsten Tag nach Grainau weiterzufahren. Bei Übergabe des Kindes an die angebliche Frau Brachvogel in der NSV-Betreuungsstelle im Hauptbahnhof fiel der Kindsmutter auf, dass die angeblich wohlhabende Dame nicht wie behauptet mit einem Kraftwagen abgeholt wurde, sondern ihr das Kind vielmehr fast aus den Armen riss und eiligst damit verschwand.

Die daraufhin eingeleiteten polizeilichen Ermittlungen ergaben, dass die Angaben der Frau über ihre Wohnung und das Heim in Grainau unwahr sind. Ebenso ist zu befürchten, dass auch alle übrigen Angaben nicht der Wahrheit entsprechen. Beschreibung der angeblichen Frau Brachvogel: 45–50 Jahre alt, 160 cm groß, untersetzte Gestalt, längliches Gesicht, hellblond gefärbte Haare. Sie sprach hochdeutsch und trug bei der ersten Begegnung im Caritas-Säuglingsheim einen im Tigermuster gefärbten Pelzmantel mit auffälligem weißem Kragen, am Tag der Entführung einen braunen Pelzmantel. Ferner einen braunen Hut mit Trauerschleier, Lederfäustlinge mit auffälligen, rotgestrickten Stulpen, eine braune Lederhandtasche und zeitweise eine Hornbrille. Wer kennt die Täterin? Wer kennt eine Frau, die seit Montag, den 13. Dezember 1943, in Besitz eines Kleinkindes ist? Wo ist seit dem 13. Dezember ein drei Wochen alter Säugling in Pflege genommen worden?«

»Herrgottsakrament! Ich habe es gewusst!« Tante Marga schlug mit der flachen Hand auf den Küchentisch. Erna, vom Schlag aufgeschreckt, stürzte in die Küche.

»Was ist los, Tante Marga?«

Marga zeigte auf die aufgeschlagene Zeitung. »Da, lies selbst! Ich habe es gewusst, die hört nicht auf, die hört einfach nicht auf. Die Trudi hat ein Kind gestohlen.«

»Bist du sicher, dass es die Trudi war?« Erna überflog den Zeitungsartikel.

»Natürlich, ihr Mantel, ihr Hut – alles stimmt. Die Stulpen habe ich ihr sogar noch selbst gestrickt. Und außerdem, wer außer Trudi kann schon so blöd sein, sich auf so was einzulassen? Ich habe sie gewarnt, habe ihr gesagt, sie soll es sein lassen, aber ... der Krug geht so lange zum Brunnen, bis er bricht.« Tante Marga schimpfte und zeterte so laut ihren Ärger heraus, dass sie beinahe das Läuten an der Tür überhört hätten.

»Erna, mach die Tür auf! Ich wette mit dir, das ist sie jetzt. Wenn sie nicht mehr weiterweiß, kommt sie immer angeschlichen, und ich kann den Karren wieder aus dem Dreck holen!«, rief sie Erna nach.

Und tatsächlich – vor der Tür stand eine in Tränen aufgelöste Trudi, die den Säugling unter ihrem Mantel versteckt hatte. »Ist die Marga da? Ich weiß nicht, wo ich hin soll.« Erna nickte, trat einen Schritt zur Seite und rief der an ihr vorbeieilenden Trudi hinterher: »Sie ist in der Küche!«

Trudi berichtete unter Tränen, was passiert war, während Tante Marga immer noch bebend vor Zorn in der Küche auf und ab lief.

»Das Kind muss weg, Trudi! Verstehst du mich, ist dir das klar?«

Trudi saß in Mantel und Hut am Küchentisch, mit dem in der Hand zusammengeknüllten Taschentuch wischte sie sich immer wieder die Tränen ab oder schnäuzte sich lautstark.

»Ja, Marga, ich weiß ja. Aber was soll ich jetzt nur tun? Ich kann es doch nicht rückgängig machen.«

»Daran hättest du eher denken sollen! Habe ich es dir nicht gesagt? Hundertmal, ach was, tausendmal habe ich es dir gesagt. Aber nein, du hörst ja nicht!«

»Du hast ja recht, Marga! Bitte hilf mir! Ich flehe dich an!«

»Trudi, du stehst in der Zeitung! Wer weiß von dem Kind?«

Trudi biss sich auf die Lippen.

»Ich sage es jetzt noch einmal: Wer weiß von dem Kind? Du willst mir doch nicht erzählen, dass du es keinem gesagt hast!«

»Ich habe dem Heini einen Brief geschrieben«, sagte Trudi kleinlaut. »Und das Kindermädel, aber die sagt nichts, die will in nichts reinkommen, die hat Angst vorm Konzentrationslager.«

»Und wer noch?« Marga baute sich drohend vor Trudi auf.

»Die Frau vom Professor Schilling. Der bin ich über den Weg gelaufen, wie ich mit dem Kind spazieren war. Und … und da habe ich es ihr gezeigt. Was hätte ich auch machen sollen?«

»Der Schilling, der alten Ratschen, da weiß es jetzt ganz München! Und warum hast du deinen Tigermantel anziehen müssen und die Handschuhe mit den roten Stulpen? Bind dir doch gleich ein Schild um, wo dein Name draufsteht, und noch was, lass dir am besten noch ›Ich bin ein Idiot‹ auf die Stirn schreiben!«

»Ich weiß, aber es kann doch vielleicht auch jemand anders sein … der mir ähnlich sieht …«, schluchzte Trudi.

»Und der zufälligerweise den gleichen Mantel und die gleichen Handschuhe hat? Ach, und das hätte ich ja beinahe noch vergessen … der auch noch den Mädchennamen deiner Mutter und den Wohnort deiner Mutter hat. Ich hoffe, du hast ihnen wenigstens nicht die Anschrift in Wolfratshausen genannt. Denn so blöd ist die Polizei nicht, dass sie nicht zwei und zwei zusammenzählen kann. Hast du?«

Trudi sagte nichts.

Tante Marga sagte zur stumm neben der Tür stehenden Erna: »Sie hat es! Sie hat die Anschrift ihrer Mutter genannt, sie ist so blöd, sie kann nicht einmal was erfinden!«

»Die hätten doch gemerkt, wenn die Straße nicht stimmt«, sagte Trudi kleinlaut.

»Wach auf!« Tante Marga ging zu Trudi hinüber und schüttelte sie, dann zog sie einen Stuhl heran und setzte sich. »Was ich nicht verstehen kann, Trudi: Warum in Gottes Namen hast du das gemacht? Warum? Du hast doch schon drei Kinder! Warum setzt du jetzt alles aufs Spiel?«

»Ich wollt … ich wollt doch nur das Mutterkreuz … mit vier Kindern hätte ich es bekommen.«

»Das ist ja wohl der dämlichste Grund überhaupt.« Tante Marga schlug sich mit der Hand an die Stirn. »Das Mutterkreuz!«

»Der Rudi hat den Ehrenring bekommen, und vielleicht wird er auch noch für das Eiserne Kreuz vorgeschlagen. Ich wollte auch etwas, und mir hätte nur noch ein Kind gefehlt«, stammelte Trudi. »Männer bekommen Auszeichnungen im Krieg, und der Führer hat gesagt, das Schlachtfeld der Frau ist die Mutterschaft. Ich habe mich tapfer in dieser Schlacht geschlagen, ich wollte nur, was mir zusteht.«

Tante Marga packte Trudis Hände und ging ganz nah an sie heran. »Du hast kein einziges Kind selbst geboren«, sagte sie und zwang sich, dabei ruhig und leise zu sein.

»Keiner wollte sie haben, es sind meine Kinder. Meine Kinder! Ich habe sie alle unter Tränen geboren. Ich habe sie mir so sehr gewünscht! So sehr!« Trudi fiel nun völlig in sich zusammen, und außer ihrem Schluchzen war nichts mehr zu hören.

»Trudi! Du hast kein einziges Kind auf die Welt gebracht, das ist alles nur ein großer Betrug.« Tante Marga strich ihr mit der Hand über den Kopf und die Schulter. Dann stand sie auf und hielt die schluchzende Trudi wie ein kleines Kind in ihren Armen.

»Aber ich bin eine Mutter, ich bin eine gute Mutter. Was soll ich dem Rudi nur sagen? O Gott, wie soll ich das nur erklären?«

Marga wiegte Trudi in ihren Armen und sagte: »Wenn der die Zeitung liest, weiß er eh alles. Das Kind muss weg. Erna, zieh dich an und bring das Kind fort.«

»Wo soll ich das Kind hinbringen?«

»Gib es im Krankenhaus ab, sag, du hast es gefunden. Ja, sag es ist … ist in einem Korb im Hausflur gestanden … dir wird schon was einfallen. Oder leg es in einer Kirche ab, egal was, nur fort muss es.«

Erna warf sich ihren Mantel über und wickelte das Kind in eine Decke. Auf dem Weg zur Haustür rief ihr Tante Marga noch nach: »Aber geh zu einem Ort, der nicht gleich um die Ecke ist. Je weiter weg, desto besser!«

Und zu Trudi sagte sie: »Und wie hast du das mit der Entbindung gemacht? Du hast doch schlecht sagen können: ›Schau, Rudi, hier ist unser Kind‹, so naiv ist selbst dein Rudi nicht.«

»Der war doch die letzten zwei Tage auf Dienstreise, deshalb habe ich es nur jetzt machen können. Darum habe ich im Caritasheim so gedrängt. Und wie ich das Kind von der Mutter haben wollte, da hat die auf einmal so lange gebraucht. Immer wieder wollte sie es zum Abschied noch einmal drücken, und mir ist doch die Zeit davongelaufen. Es hätte mich einer sehen können. Da habe ich es an mich genommen und bin davongelaufen. Wegen der Entbindung habe ich einen halben Liter Blut vom Schlachter geholt, damit alles echt aussieht, wenn der Rudi fragen sollte.«

»Hast du das Blut schon weggeschüttet, oder hast du es noch?«

»Ich habe es noch. Ich habe es erst gestern bekommen und auf den Balkon gestellt.« Trudi wischte sich das Gesicht erneut mit dem Taschentuch ab.

»Das ist gut.« Tante Marga dachte nach.

Nach einer Weile sagte sie: »Das könnte funktionieren … komm, pack dich jetzt zusammen, wir inszenieren einen Abgang. Kannst du das Kindermädel mit den Kindern außer Haus schicken?«

»Ja, das müsste schon gehen«, antwortete Trudi verdattert. »Aber wie willst du das machen?«

»Das lass nur meine Sorge sein. Ich weiß schon, was ich tu.«

Erna stellte den Säugling in der Ridlerstraße in der Kirche zu Mariä Heimsuchung ab. Die Kirche war leer. Sie kniete sich ins Seitenschiff, stellte den Korb neben sich auf den Boden und schob ihn ganz langsam von sich fort. Dann stand sie auf, zündete eine Kerze an und wartete. Das Kind lag die ganze Zeit ruhig. Wenn sie sich ein wenig nach vorne beugte, konnte sie den Korb von ihrem Platz aus sehen. Gläubige kamen in die Kirche und verteilten sich in den Sitzreihen. Erna stand langsam auf und ging ohne Eile Richtung Ausgang.

Dort tippte sie mit dem Finger in den kleinen Weihwasserkessel neben der Tür. Machte ein Kreuzzeichen und ging. Ehe die Tür ins Schloss fiel, hörte sie, wie der Säugling im Korb zu weinen anfing.

Rudi hatte die Geschichte mit der Fehlgeburt ohne den leichtesten Anflug von Misstrauen geglaubt, wie Tante Marga nicht ohne Stolz verkündete. Sie fand, ihr wäre dieser Coup so gut wie schon lange nicht mehr geglückt, und um diesen Tag gebührend zu feiern, gönnte sie sich ausnahmsweise einen ihres sonst so stark rationierten Kirsch. Rudi, berichtete sie Erna an diesem Abend, war genau zum richtigen Zeitpunkt nach Hause gekommen. »Nicht einen Augenblick zu früh.« Als er ins Schlafzimmer kam, waren Bett und Laken blutverschmiert. »Nicht zu viel, gerade genug, um noch glaubhaft zu sein, aber doch so viel, um die Tragik des Augenblicks darzustellen.«

Er eilte sofort zu seiner unglücklichen, in Tränen aufgelösten Trudi und versuchte, ihr in ihrer Not so gut es ging beizustehen. Als ihm Tante Marga anbot, einen Blick auf das zu früh und leider totgeborene Kindlein zu werfen, lehnte er mit einem kurzen Blick in Richtung des mit blutigen Tüchern drapierten Korbs ab.

»Stell dir vor, er hat gesagt, er könne kein Leid sehen.« Tante Marga grinste. »Das von einem Menschen zu hören, der fast jeden Tag in Dachau ein und aus geht. Eine verlogene Welt ist es, in der wir leben, das wird selbst mir zu viel. Prost, mein Kind!«, sagte sie und kippte den Rest des Likörs in einem Zug hinunter.

Wenige Tage später, am Montag vor Weihnachten, kam Erna gerade aus der Innenstadt zurück, wo sie versucht hatte, mit den über Wochen angesammelten und aufgesparten Lebensmittelmarken noch etwas von den Lebensmittel-Weihnachtssonderzuteilungen zu bekommen. Stundenlang war sie dafür in der Schlange gestanden. Sie hatte sich über ein paar Mutterkreuzträgerinnen geärgert, die versucht hatten, sich vorzudrängen. Darüber wäre es mit den anderen Wartenden beinahe zu einer handfesten Auseinandersetzung gekommen. Das böse Wort vom »Kaninchenorden« machte die Runde, und die Situation beruhigte sich erst, als ein Schutzmann einschritt und für Ordnung sorgte. Als die Reihe endlich an Erna war, konnte sie gerade noch ein letztes Stück Butter und ein Zipfelchen Wurst ergattern. Ein paar wenige Kerzen für den Weihnachtsbaum hatten sie aus alten, über das Jahr gesammelten Wachsresten in den letzten Wochen selbst gezogen.

Vor dem Eingang zur Possartstraße stand ein dunkler Wagen. Erna ging ein klein wenig langsamer, aber gerade noch schnell genug, dass es nicht auffiel. Sie sah, wie Tante Marga von zwei Männern aus dem Haus geführt wurde. Ein dritter hielt den Wagenschlag offen, und Marga wurde auf der Rückbank zwischen beiden platziert. Für den Bruchteil einer Sekunde konnte sie in Tante Margas Augen blicken, als sie am Wagen vorüberging. Ganz aufrecht und ohne den Kopf auch nur einmal nach rechts oder links zu wenden, ging Erna die Straße entlang. Nicht zu schnell und nicht zu langsam. Sie ging einfach immer weiter.

Von der Possartstraße in die Scheinerstraße, und als auch die endete, bog sie ab, bis sich ihr Weg irgendwann verlor.

Larchmont

(2010)

Das Telefon klingelt. Carl ist draußen in der Garage und sortiert aus einem Korb Recyclingmüll feinsäuberlich in Plastik, Glas und Altpapier. »Warum kann Emmi sich nicht merken, die Plastikdeckel von den Flaschen abzuschrauben?« Carl spricht halblaut mit sich selbst. Er erklärt es ihr, und sie vergisst es. Überhört es, wie das Läuten des Telefons. »Ja, ja, ich komme. Eins nach dem anderen.« Carl schraubt die Plastikdeckel der letzten beiden Poland-Spring-Flaschen ab und wirft sie in den Sammelbehälter. »Es wird Zeit, zum Recyclinghof zu fahren.« Er meidet diese Fahrten, zögert sie hinaus, so lange er kann. »Der Höhepunkt eines Rentnerdaseins, die Fahrt zum Recyclinghof.« Carl zieht die Garagentür hinter sich zu. Das Klingeln hat aufgehört.

Langsam steigt er die Stufen hinauf zum Deck, hält sich dabei am Handlauf fest, um durch die rückwärtige Tür der Küche ins Haus zu gehen.

Das Telefon klingelt wieder.

»Herrgott noch mal, ich komme ja schon.« Carl stellt den Korb in die Ecke und schlurft von der Küche hinaus in den Flur. Er hebt den Hörer ab.

»Schwarz.«

»Mein Name ist Jason Hollander. Spreche ich mit Mr. Schwarz, Carl Schwarz?«

»Ja, das tun Sie.« Hören diese Menschen heute nicht mehr zu, wenn man sich am Telefon meldet?

»Mr. Schwarz, ich arbeite für das U.S. Justice Department, und wir würden gerne mit Ihnen sprechen, wenn das möglich wäre. Haben Sie ein paar Minuten Zeit?«

Zeit? Nicht für sinnlose Gespräche. Carl merkt, er hat schon jetzt keine Lust mehr auf dieses Telefonat: »Was will das U.S. Justice Department von mir? Wie war Ihr Name? Mister …?« Die Katze kommt aus dem Wohnzimmer, streift langsam am Türrahmen entlang.

»Hollander, Jason Hollander. Es ist wirklich nur eine Routinebefragung, und eventuell können Sie uns auch gar nicht helfen, dann hat sich die Angelegenheit sofort erledigt. Ehe ich weiterspreche, möchte ich von Ihnen nur wissen, spreche ich mit Carl Schwarz, geboren am 25. Mai 1926 in Regensburg?« Die Stimme am anderen Ende klingt jung und geschäftig.

»Ja. Und was wollen Sie von mir, Mr. Hollander?« Die Katze streckt sich, reibt den Kopf am Türstock.

»Mr. Schwarz, dies ist nur eine … Umfrage. Darf ich es Ihnen kurz erläutern?« Ohne Carls Antwort abzuwarten, plappert die Stimme in der Leitung weiter. »Ich gehöre zu einer Unterabteilung, die in sehr enger Verbindung mit dem U.S. Holocaust Museum in Washington, D.C., steht. Durch die Wiedervereinigung in Deutschland und die ganzen Umwälzungen in Europa sind neue beziehungsweise zum Teil verloren geglaubte Unterlagen aufgetaucht.«

Carl hört nur halb zu, die Katze schlendert über den Flur, streift um seine Beine.

»Und was hat das mit mir zu tun?« Carl nimmt den Hörer ans andere Ohr und stößt leicht mit der Handfläche gegen die Küchentür.

»Aufgabe unserer Arbeitsgruppe ist es nun, die Unterlagen Schritt für Schritt durchzugehen, die Daten abzugleichen und sie in einer online zugängigen Datenbank zu archivieren, soweit dies bei der Vielzahl der Informationen möglich ist. In manchen Fällen, wenn ein Sachverhalt nicht klar ist, sind wir auf die Mithilfe von Zeitzeugen angewiesen. Wissen Sie, Mister Schwarz, es geht uns darum, Zusammenhänge besser herstellen oder rekonstruieren zu können.«

Die Tür schwingt auf, und die Katze läuft in die Küche.

»Das ist der Grund, warum ich anrufe.« Die Stimme am anderen Ende hat aufgehört zu sprechen.

»Es tut mir leid, aber ich verstehe sie immer noch nicht.« Carl wartet kurz, am anderen Ende der Leitung bleibt es ruhig. »Wie kommen Sie auf mich? Was hat das mit mir zu tun? Ich war ein Kind, als ich Deutschland verließ. Ich habe keine Verwandten dort und auch sonst keinerlei Verbindungen. Ich denke, unser Gespräch hat sich somit erledigt.« Carl will auflegen, er hat keine Lust mehr, das Gespräch fortzusetzen.

»Ihr Vater war Dr. Erwin Schwarz?« Die Stimme verhaspelt sich fast. »Geboren in Regensburg am 10. August 1891? Der Mädchenname Ihrer Mutter war Grete Haubner, und Sie sind verheiratet mit Emmi Schwarz, geborene Nestler?«

Carl wird unsicher und hält für einen Augenblick inne. »Ja, aber was soll das? Ich verstehe nicht … ich kann Ihnen nicht helfen.«

Die Stimme nutzt Carls Zögern.

»Es wäre sehr schön, wenn Sie sich doch Zeit nehmen würden, um mit uns zu sprechen.«

Die Katze kratzt an der Tür zum Kühlschrank. »Mr. Hollander, ich habe Deutschland kurz vor meinem zwölften Geburtstag in Richtung Shanghai verlassen. Meinen Vater habe ich das letzte Mal bei unserer Abfahrt im Hafen von Genua gesehen. Ich habe niemanden mehr in Deutschland. Meine Schwester hätte ihnen da vielleicht helfen können, sie lebte nach dem Krieg ein paar Jahre dort. Leider ist sie vor fünf Jahren an Krebs verstorben.« Carl macht eine kleine Pause, ehe er fortfährt. »Ich kann Ihnen nicht helfen und weiß auch nicht, wie ich dem Holocaust Museum in D.C. helfen soll. Ich bin nicht jüdisch. Auch nicht katholisch oder sonst was, ich bin Atheist. Ich lege jetzt auf.«

»Mr. Schwarz, bitte nicht! Es dauert wirklich nur ein paar Minuten. Ich halte sie nicht lange auf.«

»Ich sehe keine Veranlassung dazu. Guten Tag.«

»Mr. Schwarz …« Carl kann die Stimme seinen Namen rufen hören, ehe er den Hörer auflegt.

Er geht hinüber zum Kühlschrank. Was wollen die plötzlich alle von ihm? Erst Faith mit ihrer dummen Idee, ein »Memoir« schreiben zu wollen. Carl kannte Sam, der wäre damit nicht einverstanden gewesen, der wollte, wie er selbst, nur seine Ruhe. Baseball sehen und, solange es warm genug dafür war, am Abend ein Bier auf der Veranda trinken. Er konnte sich nicht vorstellen, dass Sam auch nur das geringste Interesse an einem Buch über sein Leben gehabt hätte. Und die Unterlagen, die Faith ihm gegeben hatte? Sam hatte die bestimmt nur aus Nachlässigkeit aufgehoben, aber nicht aus Sentimentalität oder gar aus historischen Gründen für die Nachwelt. Lächerlich!

Und nun dieser Mister Hollander … die Welt schien verrückt geworden zu sein, als hätten die Menschen nichts

Besseres zu tun. Eine Verschwendung von Steuergeldern, nichts weiter.

»Ich bin nicht jüdisch.« Carl wiederholte diesen Satz leise, nur weil sein Vater Jude war, war er es noch lange nicht. Er hatte nie einen Bezug zu Religionen herstellen können, auch nicht zum Judentum. »Opium für das Volk!« In diesem einen Punkt war er Marxist. Karl Marx, wieder so ein Deutscher! Auch damit, deutsche Wurzeln zu haben, hatte er sich nie auseinandersetzen wollen. Begriffen diese Leute, Faith und dieser Mister, wie war sein Name noch einmal ... Hollander, nicht, das es ihn nicht im Geringsten interessierte? Es war ihm egal, ganz im Gegensatz zu vielen seiner Bekannten, die sich gerne auf ihre Herkunft beriefen. Die erzählten dann stolz, ein Viertel italienisch, ein Achtel polnisch und der Rest französisch, irisch oder sonst was zu sein. Er verstand diese ganze Aufgeregtheit über die Wurzeln und das Wühlen in der Vergangenheit nicht. Vielleicht wäre es anders gewesen, wäre sein Vater damals mit ihnen mitgekommen? Wer weiß, mag sein, sein Vater hätte vielleicht in Shanghai zurück zu seinen Wurzeln gefunden, und Carl wäre jüdisch erzogen worden, aber so ... Wenn, wenn, wenn. Er, Carl, ist zwischen den Welten und den Religionen aufgewachsen. Seine Mutter blieb zeitlebens katholisch, auch wenn er sie nie in eine Kirche hat gehen sehen. Seine Schwester fand zum Judentum, sie lebten in Shanghai ja auch eingebettet in eine jüdische Gemeinschaft, und Ida tickte schon immer anders als er, war spiritueller.

Carl blickt in den geöffneten Kühlschrank. Die Katze reibt ihren Kopf an seinen Beinen, schnurrt ganz laut. »Hast Hunger? Was haben wir denn Schönes für dich, meine Kleine? Was hältst du von ein bisschen Leber und Ei, ist gut für dein Fell, glaub mir.« Carl stellt die gehackte Kalbsleber und den Eierkarton auf die Arbeitsfläche, schließt den Kühlschrank. Während die Katze ihm zusieht, rührt er in einem Schüsselchen ein rohes Ei unter die Leber. Dann hebt er die Katze hoch auf die Anrichte.

»Hier, iss.« Er schiebt ihr die kleine Schüssel hin. »Hoffentlich erwischt uns Emmi nicht, sonst gibt es Ärger.« Er sieht zu, wie die Katze frisst.

Wie würde ein Gott der Katzen wohl aussehen? Vielleicht einer der großen Unterschiede zwischen Mensch und Tier, die glauben nicht an diesen Religionsnonsens. »Glaubst du an Gott?« Eine dämliche Idee, diese Frage einer Katze zu stellen. Aber warum eigentlich nicht? Solange er denken kann, konnte er nicht an die Existenz eines Gottes glauben. Wie sollte dieser Gott aussehen? Mit weißem Rauschebart auf Wolken sitzend, Blitz und Donner wie Speere in der Hand haltend? Da wäre ihm der Gedanke an Götter, die zwischen den Menschen umherstreifen, fehlbar sind und hin und wieder Gelage im Olymp feiern, schon lieber. Wie konnte ein gütiges Gotteswesen all das Unglück, Krankheiten, Hunger, kurz die Ungerechtigkeit der Welt dulden? Müsste Gott nicht eingreifen, anstatt zuzusehen, wie sie hier sein Werk langsam, aber sicher zerstörten? Und warum ein Gott? Warum sollte es nur einen wahren Gott geben, die Existenz eines einzigen Gottes war genauso wenig bewiesen wie die Existenz vieler. War es nicht Arroganz und wahnsinnige Überheblichkeit zu glauben, nur monotheistische Religionen lägen richtig und Polytheisten falsch? Für Japaner und Chinesen, denen er in Shanghai begegnet war, war die Vielzahl ihrer Götter real. Er schätzte an diesen Menschen, dass sie nicht missionieren wollten wie die Christen. Er erinnerte sich an die Vielzahl der kleinen Altäre, auf denen Opfergaben aus Papier verbrannt wurden. Ihn hatte damals immer die für ihn fast unüberschaubare Zahl von Göttern und Halbgöttern, an die seine asiatischen Freunde glaubten, fasziniert. Er kann sich noch an das Entsetzen in den Gesichtern der Japaner erinnern, als sie zum ersten Mal die Stimme des göttlichen Kaisers im Radio hörten. Bis heute war er sich nicht sicher, was für diese Menschen unfassbarer war, die Nachricht der Kapitulation oder die Stimme des Tenno zu hören und festzustellen, dass sie sich nicht von der eines Normalsterblichen unterschied.

Viele von ihnen zitterten am ganzen Körper, brachen zusammen und fingen zu weinen an. Alles, woran sie glaubten, was sie waren, brach in diesem Augenblick wie ein Kartenhaus in sich zusammen.

Irgendwann um diese Zeit herum, kurz nach Ende des Krieges, hatte er sich mit Ida gestritten. Sie debattierten zu dieser Zeit häufig, manchmal wegen Geringfügigkeiten. An diesem Tag ging es für Ida um etwas sehr Wesentliches, auch wenn er es damals noch nicht verstand. Ida forderte ein, sie sollten den »jüdischen Glauben und die Tradition mehr leben«. Nach allem, was in Deutschland vorgefallen war, wäre dies der einzig richtige Weg. Er fand es lächerlich, da Grete katholisch war und sie beide nicht religiös erzogen worden waren. »Unsere Vorfahren waren Juden. Wir leben in einer jüdischen Gemeinschaft. Da ist es nur logisch und konsequent.« Wie immer eskalierte der Streit, bis ihm Ida entgegenschleuderte: »Du bist ein Gottesleugner, und damit verleugnest du einen wesentlichen Teil von uns, unsere ganze Herkunft und unsere Identität.«

»Nein, das bin ich nicht. Ich leugne Gott nicht, ich kann

nur nicht sagen, ob es diesen einen Schöpfergott gibt, und darum halte ich es nicht für sinnvoll, an ihn zu glauben. Du kannst mich einen Ungläubigen nennen, wenn du willst, aber dann bist du auch ungläubig, denn so wenig ich beweisen kann, dass es Gott gibt, so wenig kannst du beweisen, dass es außer einem einzigen Gott nicht noch viele andere Götter gibt.«

»Das ist doch Haarspalterei«, hatte sie damals zu ihm gesagt, aber da war er erst so richtig in Fahrt gekommen, er wollte sie provozieren, verletzen, zur Weißglut bringen.

»Warum soll ich glauben, dass Gott zu Mose sprach? Wenn ich im gleichen Augenblick irgendeinem armen Teufel nicht glaube, der behauptet, Gott habe ihm befohlen, seine Frau zu erstechen.«

»Das ist doch totaler Unsinn!«, hatte sie geschrien. Er sieht sich nach so vielen Jahren immer noch mit überheblichem Lächeln auf den Lippen dasitzen und hört sich sagen: »Glaube ich dem einen, muss ich auch dem anderen glauben. Ich habe mich dafür entschieden, solange der Beweis nicht erbracht werden kann, beiden nicht zu glauben.«

Sie stand so abrupt auf, dass der Stuhl, auf dem sie gesessen hatte, umfiel, und sah ihn böse an. »Du bist ein Ignorant und ein Tor, Carl.« Dann drehte sie sich um und ging. Er war damals stolz darauf gewesen, sie mit Worten geschlagen zu haben. Er hatte sie verletzt und suhlte sich in seiner Überheblichkeit. Heute schmerzt es ihn, es war lächerlich und kindisch gewesen. »Ja, kindisch«, sagt er laut zu sich selbst.

Dann streicht er der Katze über den Rücken und hebt sie sanft von der Anrichte herunter. Sie bleibt am Boden sitzen und beginnt, sich ausführlich zu putzen. Das Schüsselchen legt Carl in die Spüle.

Carl findet Faiths Bündel mit Briefen und Notizen auf dem Treppenansatz. Emmi hat es hierher gelegt. Es ist eine Angewohnheit von ihr, Dinge, die sie aus dem Weg haben will, dort zwischenzulagern. Carl will alles lieber am richtigen Ort haben, er schüttelt den Kopf, er wird sich nie an diese Macke gewöhnen. Er hebt den Packen auf, unschlüssig hält er ihn in der Hand. Heute ist er milder gestimmt, er hat lange nicht mehr an Ida gedacht, und auch wenn er und seine Schwester oft unterschiedlicher Meinung waren, gehörten sie doch zusammen, und er vermisste sie. »Blut ist dicker als Wasser«, hatte Grete immer gesagt, und er hat es lange nicht verstanden. Faith und ihre Briefe haben etwas in ihm ausgelöst. Er wird Faith den kleinen Gefallen tun, und es ist vielleicht an der Zeit, dass auch er sich erinnern sollte. Carl lächelt. Wenn es ein Leben nach dem Tod gibt, vielleicht hat Ida ihm dann diese Briefe geschickt? »Nur nicht sentimental werden, Carl.« Flüchtig blättert er durch den Stapel und entscheidet sich für einen Brief. Die Adresse oben am Briefkopf hat sein Interesse geweckt: 51 Hamilton Place, New York 31, USA. Als er nach New York kam, wohnte er nur ein paar Blocks weiter in der Convent Avenue. An die Hausnummer kann er sich nicht mehr erinnern, nur daran, dass es drei Blocks oberhalb des City College lag. Mitten in Harlem, ein kleines dunkles Zimmer im Souterrain zur Untermiete. Die Wohnung gehörte einem alten weißen Ehepaar. Beide schlimme Alkoholiker. Waren sie nüchtern, stritten sie sich den lieben langen Tag. Hatten sie getrunken, gab es eine ebenso lautstarke Versöhnung. Er wusste nicht, welche Art von Lärm besser war. Seine Vermieter waren im damals überwiegend schwarzen Harlem eine Seltenheit. Menschliche Versatzstücke, übrig geblieben aus einer Epoche, als

Harlem noch wohlhabend und weiß war. Die beiden waren zwar weiß, aber Geld hatten sie schon lange nicht mehr. Die Wohlfahrt und die paar Dollar Miete hielten sie über Wasser. Ihre schwarzen Nachbarn, meist anständige und ordentliche Familien, die regelmäßig in die Kirche gingen, schämten sich für sie. Carl wohnte gerne in der Straße, nur nicht in diesem Loch.

Harlem war noch nicht so heruntergekommen wie später. Aber auch das ist Geschichte, heute zieht es die weiße Mittelschicht wieder in diese Gegend. Erst am Wochenende hatte er in der *New York Times* einen Artikel darüber gelesen. »Harlem wird hipp«, stand da. »Hipp« – noch so ein neumodisches Wort. Sei's drum.

Er blieb nicht lange in der Convent Avenue. Das Zimmer war feucht, die vergilbten Tapeten lösten sich von den Wänden, Teppich und Möbel verrotteten vor sich hin. Er fand eine bessere Wohnung auf der anderen Seite des East River, und er fand Emmi.

Von unten hört er leise Musik. Erst nur verschwommene Fetzen. Dann deutlicher. Er geht die Treppe hinunter, durch die offene Tür zum Esszimmer kann er in das Wohnzimmer sehen. Emmi steht auf einem kleinen Hocker, staubt ab, streckt sich und wischt über das große über dem Kamin hängende Bild. Totaler Kitsch, eine Alpenlandschaft. Wer will schon in New York ein Bild mit schneebedeckten Gipfeln, Kühen, einer Sennhütte und einem Pfeife rauchenden alten Senner? Emmi will es. Widerstand war zwecklos. Sie steigt vom Hocker und verrückt Bilderrahmen und Nippes auf dem Kaminsims. Im Hintergrund läuft das Radio, und sie singt mit. Die Stimme ist etwas dünn und schief, aber sie singt, als gäbe es auf der ganzen Welt nur sie und das Radio.

»I see your lips, the summer kisses. The sun-burned hands I used to hold.«

Er geht langsam durch das Esszimmer und bleibt an der Tür zum Wohnzimmer stehen. Er will sie nicht stören, er möchte ihr einfach nur zusehen. Sie hört ihn nicht, ist ganz vertieft in ihr Aufräumen. Sie hat sich nicht verändert, sie ist älter geworden, grau, die Figur nicht mehr die der jungen Frau, die sie war, als er sie zum ersten Mal gesehen hat, damals in Queens. Aber für ihn ist sie immer noch die gleiche.

Er hatte eine Stelle als Cooper gefunden, bei der Firma Rosenwach in Williamsburg. Nicht dass er auch nur die geringste Ahnung vom Beruf eines Fassmachers hatte, aber die Stelle war frei, er war jung, und er brauchte Geld zum Leben. Rosenwach bauten große Wasserbehälter aus Zedernholz. Bis heute. Die Tanks sorgen für einen ausreichenden Wasserdruck und genügend Löschwasser auf den Hochhausdächern New Yorks. Es war harte Arbeit, ein richtiger Knochenjob. Die großen Tanks aus Zedernholz wurden in der Werkshalle in Williamsburg gebaut. Der Vorarbeiter Matt war gelernter Schiffsbauer und erinnerte Carl an einen der Matrosen auf der *Conte Biancamano*, an den »dicken Hans«. Eine Haut wie gegerbtes Leder, immer ein Stück Kautabak in den Backen. »Sun rises. Earth turn. I chew Red Man«, wiederholte Matt grinsend den Werbeslogan der Firma Red Man und zog ein Päckchen »Loose-leaf« aus der Hosentasche. »Es ist, als würdest du ein Boot bauen«, sagte er und schob sich die nächste Portion Tabak in den Mund. »Dieselbe Technik, die gleiche Arbeit. Nur halten unsere Boote das Wasser. Kleine Archen auf den Dächern der Hochhäuser.«

Sie bauten die Tanks in der großen Werkshalle zusammen. Dann zerlegten sie sie Stück für Stück wieder. Auf dem Dach wurde zuerst der alte Tank ab- und am gleichen Tag der neue aufgebaut. Alles musste an einem Tag erledigt werden. Sie waren ständig unter Zeitdruck, schien die Sonne, verbrannte sie ihre Gesichter, und der Schweiß rann ihnen in Strömen herab. Regnete es, fühlten sie sich, als wären sie auf hoher See und müssten gegen die Winde kämpfen. Matt spuckte in regelmäßigen Abständen den Tabaksaft in eine leere Dose und füllte sich die Backen mit neuen Blättern. Jedem Neuling hielt er eine Predigt, schwor sie ein, als würden sie wirklich auf weite Fahrt gehen. »Hier ist es wie auf einem Schiff. Wir sind eine Mannschaft. Jeder muss sich auf jeden blind verlassen können.« Er war schon so lange in der Firma, er kannte noch den alten Harris Rosenwach. Diesem war sein Sohn Julius gefolgt, dem wiederum sein Sohn folgte.

Carl kann sich noch an Julius erinnern und ganz schwach auch an dessen Sohn, einen jungen Kerl. Wallace, ja, Wallace hieß der. Lange war es her, der Junge musste mittlerweile auch schon ein alter Mann sein.

Nach Feierabend und an den Wochenenden spielten seine Kollegen in den Straßen Stickball. Anfangs stand Carl am Straßenrand und sah nur zu, dann fing auch er zu spielen an. Stickball war schneller, härter, fordernder als Baseball. Ein Besenstiel als Bat, ein einfacher Gummiball und die Straße genügten dafür. Die Bases wurden vorher festgelegt, »first base« der Wasserhydrant, »second« der »manhole« genannte Gullideckel am Ende der Straße, »third« der Kellereingang zu »Shady Vinny's« Lager, der dem Hydranten gegenüberlag. Die Position des Pitchers gab es nicht, der Batter warf den Ball, ließ ihn einmal auf dem Asphalt aufschlagen und schlug ihn mit dem Besenstiel.

Kaum hatte ein Spiel begonnen, war Shady Vinny mit seiner schmuddeligen Schürze auch schon aus dem Laden aufgetaucht. Er hatte einfach eine gute Nase für das Geschäft. Er zockte die Zuschauer ab, er nahm Wetten auf alles an, auf einzelne Spieler, auf Teams, auf das Spielergebnis. Shady Vinny brüllte mit hochrotem Kopf herum, die Zuschauer und die Spieler ebenfalls, es war ein einziges Geschrei und Gezeter, ob der Ball gut war oder als »slow ball« nicht gezählt werden durfte. Die Regeln waren so vielfältig wie die Teams bunt gemischt. Stickball war New York, »blue collar working class«-New York.

Irgendwann Ende des Sommers stand Emmi plötzlich am Straßenrand. Groß, schlank, rotblondes Haar. Sie wartete auf jemanden, trug ein kariertes Kleid, rauchte und sah dem Spiel eine Weile zu. Weder ihre Größe noch ihre Haarfarbe waren zu dieser Zeit gefragt. Aber ihm gefiel das schlaksige Mädchen vom ersten Moment an. »Love at first sight.« Ehe er zu ihr hinübergehen konnte, um zu fragen, wie sie hieß, war sie verschwunden. Keiner der anderen schien sie zu kennen, aber ihm ging sie nicht aus dem Sinn.

Ein paar Wochen später sah er sie wieder. Er war mit einem Kollegen zu einer von der Kirche organisierten Tanzveranstaltung in Queens gegangen. An den Namen des Mannes kann er sich nicht mehr erinnern, Al oder Fred, keine Ahnung. Carl hatte eigentlich nicht ausgehen wollen. Es war noch einmal richtig Sommer geworden, und sie hatten den ganzen Tag bei brütender Hitze gearbeitet. Er war ausgelaugt, müde, der andere drängte, ließ nicht locker. Schließlich raffte Carl sich doch auf. »Aber nur auf ein Bier«, hört er sich selbst noch sagen.

Sie gingen ein ganzes Stück zu Fuß. Der Saal war voll. Die

Luft stickig. Er hatte nicht einmal mehr Lust auf das eine Bier, er drehte sich um, wollte sofort wieder nach Hause, und da war sie. Er erkannte sie sofort. Diesmal trug sie ein grünes Kleid aus glänzender Kunstseide. Das Haar halblang an den Seiten nach hinten gesteckt, wie es damals in Mode war. Er ging zu ihr hinüber und fragte, ob sie tanzen wollte. Sie blickte ihn kurz an und lehnte ab. »Wenn Sie nicht tanzen möchten, darf ich Ihnen dann wenigstens einen Drink holen?«

»Wenn Sie unbedingt ihr Geld loswerden wollen.«

Emmi war wirklich eine harte Nuss. Ihre Widerborstigkeit reizte ihn, er wollte nicht aufgeben, nicht bis sie ihn zumindest einmal kurz angelächelt hatte. Carl lies nicht locker, scherzte, redete sich den halben Abend den Mund fusselig. Und schließlich schaffte er es doch, ihr ein kleines, klitzekleines Lächeln zu entlocken.

Wäre ihm an diesem Abend nicht noch der Zufall zu Hilfe gekommen, er hätte sie wohl nie wiedergesehen, und dieses Lächeln wäre Anfang und zugleich Ende ihrer Beziehung gewesen.

Emmi trug ein Armband aus Bernstein. Die kleinen Steine waren in einer silbernen Fassung umrahmt von kleinen Fischen und Seesternen. Das Armband war ihm schon aufgefallen, als er sie das erste Mal gesehen hatte.

Emmi hatte sich verabschiedet und ihn deprimiert vor den Resten seines bereits schal gewordenen Bieres sitzen lassen, als er das silberne Armband neben dem Stuhl auf dem Boden liegen sah. Der Verschluss hatte sich geöffnet, und ohne dass sie es bemerkt hatte, war das Armband zu Boden gefallen. Er hob es auf und lief ihr nach. Draußen zeigten ein paar Typen in eine Richtung, als er sie danach fragte, ob sie eine Rothaarige mit grünem Kleid gesehen hätten. Er lief ein paar Schritte die Straße entlang, kehrte dann um. Er wusste nicht, warum, aber es schien nicht der richtige Weg zu sein. Ein paar Straßen weiter glaubte er, sie in der Ferne zu sehen, und nach weiteren zwei Blocks hatte er sie eingeholt. Sie hatte nicht bemerkt, dass sie das Armband verloren hatte. Er bot an, sie nach Hause zu begleiten, und sie nahm an.

Nun ließ er nicht mehr locker, ein weiteres Mal würde ihm der Zufall bestimmt nicht zu Hilfe kommen. Carl kann nicht mehr sagen, wie oft er sie zum Tanzen ausführte, und jedes Mal begleitete er sie im Anschluss nach Hause. Sie liefen immer nebeneinanderher und unterhielten sich. Auch wenn sie sich beim Tanzen in den Armen gehalten hatten, gingen sie nun nicht Arm in Arm. Zwischen ihnen war immer ein Abstand. Schließlich setzte er alles auf eine Karte, nahm seinen Mut zusammen und küsste sie. Nicht dass er nicht schon andere Mädchen vor ihr geküsst hätte, aber mit Emmi war das anders. »But I miss you most of all, my darling, when autumn leaves start to fall.«

Carl geht hinüber zu Emmi und legt ihr die Hand auf die Schulter. Sie hört auf zu singen und dreht sich erschrocken um. Er lächelt sie an, hält den Zeigefinger vor den Mund, und dann fangen sie an zu tanzen. Zwei alte Menschen in Hausschuhen tanzen langsam durch den Raum.

»Genau zu diesem Lied hast du mich zum ersten Mal geküsst.« Emmi sieht Carl an, mit dem Alter sind ihre Augen wässrig blau geworden. Sie lächelt. »Vielleicht war es auch ein anderes Lied.«

»Es ist ganz gleich, Emmi. Ich würde dich immer wieder küssen und dich bitten, meine Frau zu werden.«

Carl hatte sich ins Arbeitszimmer gesetzt und angefangen zu lesen. Bereits bei den ersten Zeilen blieb er stecken. Dachau? Er legt den Brief beiseite.

Hat er je mit Sam über Deutschland, geschweige denn Dachau gesprochen? Er kann sich nicht daran erinnern. Ihre Gespräche waren typische Männergespräche, sie sprachen über den Rasen, der neu angelegt werden musste, oder das Dach, das repariert werden sollte. Das Thema Politik mieden sie beide geflissentlich, seit sie sich vor einer Ewigkeit eine hitzige Debatte über den Rücktritt Spiro Agnews, Richard Nixons ersten Vizepräsidenten, verstrickt hatten. Carl hatte damals etwas drastisch gesagt, dass er »seinen Arsch darauf verwetten würde, dass auch Nixon Dreck am Stecken habe und womöglich sogar noch weit mehr« und dass es »am vernünftigsten wäre, sie beide in die Wüste zu schicken«. Er hatte es gesagt, um zu provozieren. Er wusste, Sam war überzeugter Republikaner. Zu diesem Zeitpunkt gab es zwar bereits Spekulationen, aber keiner hatte einen blassen Schimmer davon, dass dieser paranoide Präsident wirklich der größte Scharlatan war, der je hinter dem Schreibtisch im Oval Office Platz genommen hatte. Für Sam war die Position wie das Amt des ersten Mannes im Staat unantastbar. Emmi fand Carls Auftreten peinlich und dumm. Sie redete einen ganzen Tag nicht mit ihm. Er hätte sich mit seiner Rechthaberei bei der Party total danebenbenommen. Carl lernte daraus; auch nach dem Rücktritt Richard Nixons beließen sie es dabei. Politik wurde ausgespart.

Dafür redeten sie über Baseball. Wer die besten Transfers der Saison gemacht hatte, sie besprachen Spiele, auch wenn sie schon lange Jahre zurücklagen. Baseball ist meist unverfänglich. Man nennt einen Spielernamen oder ein Spiel, der andere nickt wissend, und man kann sich wunderbar die nächste Stunde unterhalten. Kleinere Dispute entzündeten sich meist daran, ob die Mets oder die Yankees gewonnen hatten. Aber das waren alles Meinungsverschiedenheiten, die sich im Rahmen hielten. Mit einem Sieg der Mets konnte Carl leben, nicht aber mit einem der Yankees. Die Dodgers spielten ihre letzte Saison 1957 in Brooklyn und zogen nach Los Angeles, ab da war er Fan der Boston Red Sox, mit den Yankees hatte er nichts am Hut. Man konnte nicht einfach zu einem New Yorker Team wechseln, wenn man vorher für Brooklyn war, es hätte sich wie Verrat angefühlt. Und außer den Yankees gab es zu der Zeit hier kein Team, die Mets kamen erst ein paar Jahre später.

Sam war Yankee-Fan, aber Sam war auch aus Manhattan. Er hatte ganz im Norden in Washington Heights gewohnt oder, wie er immer sagte, in »Frankfurt on the Hudson«, ehe er mit seiner ersten Frau Barb in den Speckgürtel der Stadt gezogen war. Es war somit völlig klar, dass Sam, nachdem die Giants weg waren, denen eh niemand – ganz im Gegensatz zu den Dodgers – eine Träne nachweinte, für die Yankees war. Nach jedem Heimsieg seines Teams kam er mit einem breiten Grinsen, seinem New York Yankee Cap und zwei Flaschen Bier in der Hand zu Carl. Nur um dann eine halbe Stunde lang vor dem Haus über das seiner Meinung nach fantastische Spiel zu reden. Während Carl schweigsam sein Bier trank, um keinen Ärger mit Emmi zu bekommen, weil er wieder Streit angefangen hatte.

Wenn die Boston Red Sox ein Heimspiel in Fenway Park gewannen, revanchierte er sich. Er öffnete die Fenster und drehte ganz laut The Standells mit *Dirty Water* auf. Seit den späten neunziger Jahren wurde das Lied nach jedem Sieg im Stadion gespielt. »I'm gonna tell you a story. I'm gonna tell you about my town.« So fing der Song an, und die Bässe dröhnten aus den Lautsprechern. Und dann wiederholte sich der Refrain »Boston, you're my home« immer wieder. Carl wollte, dass Sam die Musik bis in sein Haus hinüber hören konnte. Er wusste, Sam würde sich ärgern, und das machte den Sieg der Red Sox um vieles besser. Es war ein Ritual. »Kindische kleine Sticheleien alter Männer«, nannte Emmi das.

Aber sah man vom falschen Team ab, war Sam ein guter Kerl. Er war schwer in Ordnung, sie kamen gut aus. Sam wohnte schräg gegenüber in einem kleinen Haus im Tudor Style. Ein bisschen Fachwerkverzierung an der Fassade, kein richtiges Fachwerk, nur angedeutet.

»So wie sich die Amerikaner eben Fachwerk vorstellen«, sagt Emmi immer. »Alles ein bisschen Disney World«, fügt sie meist lachend hinzu. Carl weiß, was sie damit meint, und nickt ebenfalls.

Aber Dachau hat Sam nie erwähnt. Carl nimmt die Brille ab, er sieht aus dem Fenster hinaus in den Garten. Aber eigentlich blickt er nirgends hin, er versinkt vielmehr in seinen Gedanken.

Sein Vater war nach Dachau gekommen, da waren sie schon weg, seine Mutter, Ida und er. Erwin war noch dort, als die Amerikaner Ende April 1945 das Lager befreiten. Danach ging er wieder nach Regensburg.

Auch seine Mutter wollte zurück nach Deutschland, und Ida ging mit ihr. Er konnte das nicht verstehen. Grete versuchte, die Fäden wieder aufzunehmen und ihr altes Leben fortzuführen. Ida hatte ihm vorgeworfen, er würde genauso handeln wie sein Vater. »Du willst nichts von ihm wissen, und dabei bist du doch wie er.« Wie Erwin Schwarz würde er Grete alleine lassen und nicht mitgehen. Carl war wütend, er wusste nicht, was ihn mehr ärgerte, ihr Entschluss zu gehen oder Idas Vergleich mit seinem Vater. Er ging mit Otto und Eleonore nach Amerika. Und auch als er längst von der Westküste an die Ostküste gegangen war, beschränkte sich sein Kontakt zu Grete über Jahre hinweg auf wenige Telefonate und hin und wieder einen Brief oder eine Postkarte. Seine Mutter schrieb ihm regelmäßig. In langen ausführlichen Briefen versuchte sie, Carl an ihrem Leben teilhaben zu lassen. Manche der Briefe legte er ungeöffnet zur Seite, andere las er widerwillig.

Der Krieg war bereits seit drei Jahren zu Ende, als Grete und Ida mit einem kleinen Köfferchen in Regensburg aus dem Zug stiegen. Es war der gleiche Bahnsteig, auf dem sie vor zehn Jahren auf den Zug gewartet hatten, der sie nach Italien bringen sollte. Nichts schien sich verändert zu haben, nur die Hakenkreuzfahnen des alten Regimes waren verschwunden. Grete hatte Erwin und ihren Eltern ein Telegramm mit ihrer Ankunftszeit geschickt und wartete darauf, abgeholt zu werden. Ein dünner älterer Herr kam auf sie zu, er ging leicht gebückt. Er war Grete schon aufgefallen, da er die ganze Zeit auf dem Bahnsteig gestanden und unsicher zu ihr und Ida herübergesehen hatte. Als niemand mehr auf dem Bahnsteig stand, kam er zu ihr herüber und fragte schüchtern: »Grete, bist du es?«

Sie erkannte seine Stimme. Erwin war um Jahre gealtert. »Aber auch ich bin nicht mehr die Jüngste«, schrieb sie damals in dem Brief und legte ein Bild bei. Darauf ein vorzeitig gealterter, vom Leben gezeichneter Mann. Korrekt gekleidet mit Anzug und Krawatte. Der Blick müde. Der Mann hatte nichts mehr mit dem Vater seiner Kindheit gemein. Hätte seine Mutter auf die Rückseite des Bildes nicht »Papa, Ida und ich. Oktober '48« geschrieben, er hätte ihn nicht erkannt. Erwin hatte den Arm um Grete gelegt. Sie stand neben ihm, war etwas runder geworden, das Haar von grauen Strähnen durchzogen. Grete schien zufrieden und glücklich zu sein, denn sie lächelte in die Kamera. Von Ida konnte er nur einen Teil des Gesichts sehen, sie lugte hinter der Schulter des Mannes, der sein Vater war, hervor.

Grete schrieb in ihren Briefen von den Großeltern. »Opa ist sehr gebrechlich geworden, aber an Oma scheint die Zeit spurlos vorübergegangen zu sein.«

Er erfuhr, dass sie gemeinsam eine Wohnung hatten und froh waren, diese nicht mehr mit einer der vielen Flüchtlingsfamilien teilen zu müssen. Sie schrieb, sein Vater hätte wieder eine Stelle gefunden, auch wenn seine Gesundheit stark angeschlagen war.

Es waren Briefe, die vom Alltag erzählten, von den Schwierigkeiten, die das Leben nach dem Krieg mit sich brachte. Er erfuhr, dass sich Ida in der jüdischen Gemeinde engagierte und mit dem Gedanken spielte, nach Israel auszuwandern. Sein Großvater starb, die Mutter legte ein Sterbebild in den Umschlag. An Weihnachten schickte sie ihm gestrickte Fäustlinge und einen Pullover mit Norwegermuster. Egal worüber sie schrieb, der Grundton ihrer Briefe war immer optimistisch. Sie klagte nie.

Ida ging Anfang der fünfziger Jahre nach Israel und heiratete dort. Sein Vater starb etwa um die gleiche Zeit.

Später, viel später, besuchte ihn Grete in Amerika. Emmi und er waren bereits seit Jahren verheiratet.

Da erfuhr Carl, dass alles nicht so einfach war, wie es die Briefe hatten vermuten lassen. Sein Vater hatte nie über die Zeit im Lager gesprochen. Doch gegen Ende seines Lebens schrie er nächtelang im Schlaf und schlug um sich. Seine Albträume waren unerträglich geworden. Er hatte Angst vor der Dunkelheit, hatte Angst vor dem Schlaf.

Das fällt ihm erst jetzt wieder ein, er hat nicht mehr daran gedacht. Es waren Jahre, in denen er viel zu beschäftigt war, sein eigenes Leben zu organisieren.

Die Arbeit für Rosenwach war ganz in Ordnung gewesen, aber körperlich anstrengend. Er hatte nach einem besseren Job gesucht und ihn auch gefunden. Emmi und er arbeiteten beide, sie wollten etwas erreichen. Sie wollten den sozialen Aufstieg. Sie wollten Amerikaner werden.

Als er sie kennenlernte, arbeitete sie in Queens in einer Strickerei. Akkord. In Queens gab es damals viele Strickereien, alle in deutscher Hand. Fast wie die Reinigungen, die in chinesischer Hand waren. Carl muss lächeln bei dem Gedanken. Die Chinesen reinigen, die Deutschen stricken.

Für den Anfang ging es so. Als er den Job im Hotel fand und einigermaßen verdiente, drückte Emmi die Schulbank. Als Emigrant fast ohne Sprachkenntnisse hatte sie es geschafft, ihr Examen als Krankenschwester zu machen.

In diesem Jahr besuchte sie Grete. Sie hatte jeden Pfennig beiseitegelegt, um sich einen Flug leisten zu können. Sie blieb den ganzen Sommer. Nach der Arbeit, wenn Carl müde auf der Veranda saß und ein Bier trank, hörte er der kleinen alten Frau kaum zu.

Sie nannte Namen und erzählte Geschichten von Menschen, die in ihrem Leben wichtig waren, aber er kannte sie nicht. Das Land jenseits des Atlantiks war weit weg.

An einem dieser Abende sprach sie auch von seinem Vater. Wie schwierig es nach dem Krieg für ihn war, sich wieder zurechtzufinden. Er war geplagt von Schuldgefühlen, dass er viel zu lange blind gewesen war. Dass er sich schuldig fühlte, überlebt zu haben, und dass er sich immer noch deutsch fühlte, auch wenn er sich manchmal selbst dafür hasste. »Er war anders geworden, fremd«, sagte Grete. »Dein Vater hat nicht über die Zeit im Lager geredet. Und ich habe ihn nicht gedrängt, ich habe ihn auch so verstanden. Was mir Sorgen gemacht hat, war, dass er trank. Das hat er vorher nie getan.« Sie sprach von seinen Stimmungsschwankungen, mal heiter ohne Grund, dann wieder tieftraurig. Es gab Tage, an denen er sich außer Stande fühlte, das Bett zu verlassen. »Da konnte ich ihm zureden, soviel ich wollte.«

Und sie erzählte vom Tod seines Vaters. »Ich habe es nicht übers Herz gebracht, dir die Wahrheit zu schreiben. Ich hoffe, du verzeihst mir.« Sie hatte es ihm sagen wollen, bevor sie selbst starb, und es war ihr wichtig, es von Angesicht zu Angesicht zu tun. Dann erzählte sie ihm mit ruhiger Stimme, wie sie ihn gefunden hatte, eines Morgens. Er musste in der Nacht unbemerkt aufgestanden sein und hatte sich angezogen wie für eine besondere Verabredung. Dann ging er hinunter in den Garten. Ganz hinten, neben dem alten Pfirsichbaum, an den Carl sich vielleicht noch erinnerte, erhängte er sich. Sie fand ihn, als sie viel zu spät an diesem Tag aufwachte. Sie suchte ihn, weil er ihr immer eine Nachricht hinterließ, wenn er fortging. »Nur dieses eine Mal nicht.« Er war auf einen Schemel gestiegen, den er vor langer Zeit für die Kinder gezimmert hatte, und befestigte das Seil in den Ästen des Kirschbaumes. Legte sich die Schlinge um den Hals und stieß den Hocker mit den Füßen fort. »Ich hab mir die Schuld gegeben, ich hatte ihn nicht gehört. Ich hatte so fest geschlafen. Bis ich verstanden habe, dass er mir eine Schlaftablette in den Tee getan hat. Er hatte alles lange und umsichtig geplant. Ich hätte ihn nicht retten können.« Ihre Augen füllten sich mit Tränen, und in diesem Augenblick wusste Carl, dass seine Mutter den Vater immer noch liebte. Carl wollte aufstehen und sie in den Arm nehmen. Doch er blieb in seinem Stuhl sitzen, trank sein Bier, und sie schwiegen.

Mehr noch als das Geständnis selbst bestürzte ihn, dass er keinen Schmerz über den Verlust seines Vaters verspürte. Für ihn und sein Leben war er bedeutungslos geworden.

»Ach hier sitzt du.« Emmi kommt ins Zimmer. »Ich habe dich schon im ganzen Haus gesucht.«

Sie geht zu Carl hinüber und gibt ihm einen Kuss auf den Kopf, dann berührt sie leicht seine Schulter, »Willst du mit runterkommen? Essen ist gleich fertig.«

Mit einem Blick auf die Unterlagen sagt sie: »Du liest es dir doch durch? Ich habe alles auf die Stufen gelegt. Du hast recht, es ist Blödsinn, ich bringe es Faith zurück.«

»Nein, ist schon in Ordnung. Ist vielleicht ganz gut, wenn ich wieder einmal deutsch lese.«

»Du musst aber nicht, Carl. Mir fällt schon eine Ausrede ein.« Emmi lächelt ihn an. »Ich weiß nicht, was sie sich davon erhofft.«

»Ist langweiliges Zeug, soweit ich sehe, ich brauche nicht lange.«

»Was ist es denn?« Emmi beugt sich etwas nach vorn.

Carl sieht zu ihr hoch. »Behördenschreiben, Bittgesuche.«

»Was will sie nur mit dem Kram?« Emmi schüttelt den

Kopf. »Ich glaube wirklich, du solltest das Ganze bleiben lassen. Wir warten anstandshalber ein paar Tage, und dann geben wir ihr alles zurück.«

Nach dem Abendessen und nachdem er den Esstisch abgeräumt hat, setzt sich Carl noch ein wenig auf die Veranda. Durch das geöffnete Fenster hört er Emmi. Sie öffnet die Tür zum Keller, sie geht hinunter. Gleich darauf ist sie wieder in der Küche, öffnet die Tür zum Kühlschrank und schließt sie wieder. Er hört Geschirr klappern und Emmis Stimme. Sie spricht mit der Katze.

Carl blickt hinauf zum Himmel. Die Nacht ist klar, aber dennoch angenehm warm. Altweibersommer oder *Indian Summer*, wie sie hier sagen. Von irgendwoher Geräusche, Gesprächsfetzen. Eine Autotür wird zugeschlagen. Er hört den Motor und das sich entfernende Fahrzeug.

Die ganze Zeit sieht er nach oben. Ob der Himmel über Deutschland oder Shanghai ein anderer ist? Er hat sich nie wirklich dafür interessiert. Wenn er jetzt hinaufblickt, fühlt sich alles so unendlich an. Jahre, Jahrzehnte, die vergehen, sind im Vergleich zu dem sich scheinbar nie verändernden Firmament weniger als ein Wimpernschlag.

Er erinnert sich an einen Nachmittag im Central Park. Emmi und er waren beide noch jung und lagen im Schatten der Bäume auf dem Great Lawn. Emmi trug ihr hellblaues Sommerkleid mit dem weit schwingenden Rock. Sie lagen auf einer Decke. Es ist seltsam, woran man sich erinnert. Das ganze Leben besteht auf einmal nur noch aus Erinnerungsschnipseln, aus kleinen Inseln in einem Meer des Vergessens. Er hat sie mit einem Grashalm geärgert. Immer wieder kitzelte er sie mit dem Halm am Ohr. Sie versuchte, ihm den Halm wegzunehmen. Drehte sich zur Seite und sah ihn an.

»Du hast mich nie gefragt, was ich in Deutschland gemacht habe.«

»Hätte ich das tun sollen?«

»Ich meine nur …« In ihrer Stimme lag eine leichte Unsicherheit.

»Ich weiß alles, was ich über dich wissen muss. Es gibt kein Gestern, nur ein Heute.«

In seiner Erinnerung drehte er sich auf den Rücken. Mit dem Grashalm im Mund sah er hinauf in den Himmel. Sah eine kleine weiße Wolke, die sich langsam in dem Blau auflöste.

»Carl, soll ich noch was mit nach draußen bringen?« Emmi sieht durch das Küchenfenster. Carl hat den Schaukelstuhl nach vorne geschoben und blickt immer noch hinauf in den Nachthimmel. Er scheint sie nicht gehört zu haben.

»Carl!« Emmi ruft noch einmal etwas lauter.

»Was?« Er antwortet, als hätte ihn ihre Stimme aus seinen Gedanken gerissen und als wüsste er im Moment nicht, wo er ist.

»Ob ich noch was mit rausbringen soll. Möchtest du noch was trinken?«

Sie wiederholt die Frage lauter.

»Nein. Ich hab noch. Danke.« Er schaut sich suchend um, greift nach der Flasche auf dem kleinen Tischchen neben ihm.

Emmi zieht die Schürze aus und wirft sie über die Lehne des Küchenstuhls, sie geht hinüber zum Kühlschrank und holt sich eine Dose Seltzer. Stellt die Dose zu dem Glas und der Schale Nüsschen auf das Tablett und geht hinaus zu Carl. Kaum hat sie sich auf den freien Stuhl neben ihn gesetzt, springt die Katze auf ihren Schoß und fängt zu schnurren an.

Emmi krault ihr das Fell hinter den Ohren.

»Ja, meine Süße, ist ja schon gut.«

Dann wendet sie sich Carl zu. »Wir müssen dran denken, dass der Gärtner die Bäume ein wenig stutzen soll. Wir können das alleine nicht mehr. Und der Schuppen, was sollen wir mit dem Schuppen machen?«

Sie sieht ihn von der Seite an, er schaukelt ganz leicht mit dem Stuhl hin und her. Er nippt gedankenverloren an seiner Flasche. Wo waren all die Briefe seiner Mutter geblieben? Jahrelang hat er sie in einer kleinen Holzkiste im Wohnzimmerschrank hinter den Dias aufbewahrt. Auch wenn er viele nicht geöffnet hat, hat er sie doch nie weggeworfen. Irgendwann hat Emmi alles ausgeräumt und den Kram, wie sie es nannte, in Kisten verpackt. Er musste die Kisten dann auf den Speicher tragen. Dort müssten sie eigentlich noch stehen.

»Carl, hörst du mir zu?«

Er fragt sie, ohne sie dabei anzusehen: »Was hast du während des Krieges in Deutschland gemacht?«

Emmi hört für einen kurzen Augenblick auf, die Katze zu streicheln. Sie sieht Carl verwundert und irritiert an. »Wie kommst du jetzt darauf?«

»Nur so.«

»Du fragst doch nicht einfach nur so. Wie kommst du jetzt darauf?«

»Nichts Besonderes, es kam mir nur gerade in den Sinn.«

»Nichts, es war Krieg, es war eine schlechte Zeit«, sagt sie ausweichend.

»Ja, aber was hast du gemacht?«

»Was habe ich gemacht … Carl, du weißt es doch«, antwortet sie mit einem leicht gereizten Unterton. »Was soll ich schon gemacht haben? Ich habe getan, was alle anderen auch getan haben, ich habe versucht zu überleben. Es gab nichts mehr. Wir waren froh, wenn wir genügend zu essen hatten. Wir waren alle froh, als die Zeit vorüber war. Ich hatte niemanden mehr und bin weg. Da gibt es nichts zu erzählen.«

Carl hat aufgehört, mit dem Schaukelstuhl hin und her zu wippen. Er beugt sich zu ihr herüber und sieht sie an. »Mir fällt nur auf, dass du mir nie darüber erzählt hast.«

»Weil es nichts zu erzählen gibt. Es war eine schlechte Zeit.« Ihre Stimme klingt ärgerlich. »Ich habe vieles vergessen und bin froh darüber. Ich will nicht mehr daran denken. Es ist lange vorbei, Gott sei Dank!«

»Ja, das ist es.« Carl sieht zu den Sternen hinauf und schaukelt langsam mit dem Stuhl hin und her.

Nach einer Pause sagt Emmi in die Stille hinein. »Ich weiß nicht, was das soll. Es war keine gute Idee von Faith, dir die Unterlagen zu bringen. Jetzt streiten wir uns wegen so einem Blödsinn.« Sie setzt die Katze auf den Boden. »Anstand hin oder her. Ich bringe ihr gleich morgen die Sachen zurück. Ich sage ihr, du hast keine Zeit.«

Carl nimmt seine Bierflasche und lächelt Emmi an. »Nein, ist schon in Ordnung. Es war eine dumme Frage.« Seine Stimme hat etwas Versöhnliches. »Lassen wir uns den schönen Abend nicht verderben. In unserem Alter weiß man nie, wie viele uns noch bleiben.«

Shanghai

(Juni 1938 bis Juli 1947)

1

French Concession

Vom Schiff aus wurden sie auf Lastwagen verladen. Die Fahrt ging kreuz und quer durch die Stadt. Der Fahrer überholte in waghalsigen Manövern und stoppte ab und zu unvermittelt, wenn sich ihm eine Rikscha oder ein anderes Fahrzeug in den Weg stellte. Danach beschleunigte er wieder, zog vorbei an roten Doppeldeckerbussen, Taxis, Automobilen und Fahrrädern, auf deren Gepäckträgern sich turmhoch alle möglichen Güter stapelten. Grete und die anderen Passagiere auf der Ladefläche taten sich schwer, den nötigen Halt zu finden und nicht in jeder Kurve auf dem Schoß des Sitznachbarn zu landen.

Alle hatten sich für die Ankunft herausgeputzt. Eleonore hatte ihr bestes Kostüm angezogen, dazu passend trug sie ein Handtäschchen, Handschuhe und einen schicken kleinen Hut auf dem Kopf. Nun saß sie auf einem Brett, das provisorisch entlang der Ladefläche montiert worden war. Zu ihren Füßen rutschte das Gepäck ständig hin und her. Mit einer Hand krallte sie sich an Otto fest, mit der anderen hielt sie Tasche und Hut. Alle zwei Minuten entschuldigte sie sich bei ihrem Banknachbarn dafür, dass sie ihm mit dem Ellbogen gegen die Schulter oder ins Gesicht stieß. Die

Einzige, die Gefallen an der Fahrt zu haben schien, war Ida. Bei jedem Schlagloch, das sie vom Sitz katapultierte, quietschte und lachte sie vor Vergnügen. Dann wieder wollte sie aufstehen, um den Fahrtwind besser im Gesicht zu spüren. Grete hatte Angst, Ida könnte den Halt verlieren und kopfüber von der Ladefläche fallen. Darum zog sie sie immer wieder mit sanftem Druck auf ihren Platz zurück.

Die nächste Enttäuschung erwartete sie in ihrer Unterkunft, ein von dem Hilfskomitee in aller Eile hergerichtetes Gebäude. Ihr neues Heim entpuppte sich als ein Lagerhaus, das lange leer gestanden hatte und in Eile notdürftig hergerichtet worden war. Die großen Hallen waren mit über Stricke geworfenen Decken in kleine Bereiche abgetrennt, um ein klein wenig Privatsphäre zu schaffen. Gekocht wurde auf winzigen gusseisernen Öfen in Gemeinschaftsküchen. Die Öfen gerade groß genug, um einen Topf daraufzustellen. Die Luft war stickig.

Bei Nacht krabbelten Wanzen und anderes Ungeziefer die Wände hoch oder ließen sich auf den Schlafenden nieder. Die sanitären Bedingungen waren katastrophal. Ein Loch im Boden diente als Abort. Kleine Töpfe und Eimer standen als Ersatz für fehlende Toiletten bereit.

Grete, Eleonore und Otto ließen nichts unversucht, eine andere, bessere Unterkunft zu finden. Bei allen nur möglichen Hilfsorganisationen wurden sie vorstellig. Als das zu nichts führte, liefen sie trotz der drückenden Hitze straßauf und straßab, klingelten und klopften an zahllosen Türen, sprachen in schlechtem Englisch bei wildfremden Menschen vor, von denen sie gehört hatten, sie würden ein Zimmer oder gar eine Wohnung vermieten, bis sie schließlich eine winzige Wohnung in der French Concession, dem französischen

Viertel Shanghais, fanden. Egon Riegler hatte nur ein paar Straßen weiter ein Zimmer zur Untermiete gefunden und durch Zufall von der Wohnung erfahren. In der vagen Hoffnung, als Erste mit dem Vermieter sprechen zu können, hatten sie abwechselnd die ganze Nacht vor dem Haus ausgeharrt. Während sie anstanden, wuchs die Schlange der Wartenden bis zur nächsten Straßenecke an. Mindestens dreißig weitere Bewerber hatten sich mit ihnen eingefunden.

Gegen elf Uhr morgens endlich tauchte der Vermieter, ein Franzose mit russischen Wurzeln, in einer Rikscha vor dem Haus auf. Als er die vielen Menschen sah, verkündete er, er hätte keine Lust, jedem die Wohnung zu zeigen. Bei so vielen Bewerbern würde das den ganzen Tag dauern. Mit spitzem Finger deutete er auf Otto Knoll. »Sie da! Ist das Ihre Familie?« Dabei zeigte er auf Eleonore und Grete. Otto nickte geistesgegenwärtig und sagte in eingerostetem Französisch etwas von seiner Frau und Tochter.

Als Grete den Mund öffnen wollte, brachte Otto sie mit einem leichten Kopfschütteln zum Schweigen.

»Woher kommen Sie?«, fragte der Vermieter streng.

»Aus Berlin«, erwiderte Otto.

»Was sind Sie von Beruf?«

»Ich war Rechtsanwalt.«

»Da werden Sie sich hier etwas anderes suchen müssen. Gehören noch mehr zur Familie?«

»Die beiden Enkel. Ein Mädchen und ein Junge.«

»Gut. Sie sehen ordentlich aus. Sie bekommen die Wohnung. Aber ich sage Ihnen, einmal die Miete nicht bezahlt, und Sie sind draußen.«

Später, als alle Formalitäten geklärt waren, fielen sich die drei vor Freude in die Arme. »Das muss gefeiert werden. Ich lade euch von unseren eisernen Reserven auf eine Tasse Tee ein«, sagte ein über das ganze Gesicht strahlender Otto.

»Können wir uns das leisten?«

»Eleonore, die paar Groschen mehr bringen uns jetzt auch nicht mehr um, es geht schon noch. Man muss die Feste feiern, wie sie fallen. Heute ist unser Glückstag!« Und er gab ihr, wie es seine Art war, einen Schmatz auf die Stirn. »Jetzt kommen Sie, meine Damen. Darf ich bitten!«, und beide hakten sich lachend ein.

Als Grete Otto auf den Schwindel ansprach, ob er nicht Angst hätte, sie könnten auffliegen und dann vom Vermieter womöglich mit Schimpf und Schande aus der Wohnung gejagt werden, meinte Otto: »Liebe Grete, machen Sie sich nicht zu viele Gedanken, manchmal muss man sich die Wahrheit zurechtbiegen. Außerdem war es nicht gelogen, wir sind eine Familie. Uns verbindet zwar keine Blutsverwandtschaft, dafür aber das gleiche Schicksal. Das zählt manchmal genauso viel, wenn nicht mehr.«

Im französischen Viertel konnte man fast vergessen, in Shanghai zu sein. Zu beiden Seiten der Straße standen Bäume und spendeten ein wenig Schatten, und die Häuser waren durchweg im europäischen Stil erbaut. Sie hätten ebenso gut in einem Viertel in Paris oder einer anderen französischen Stadt stehen können. Die Wohnung lag im ersten Stock, es waren zwei kleine Kammern mit einer Küche, in denen noch die Möbel des Vormieters standen, die dieser zurückgelassen hatte, weil sie ihm zu alt oder wertlos erschienen. Otto und Grete versuchten so gut es ging, sie zu reparieren. Alle anderen Dinge, die für den Haushalt gebraucht wurden, kauften sie auf einem der vielen Schwarzmärkte in den Straßen Shanghais oder tauschten sie ein gegen Sachen, die sie selbst entbehren konnten. So bekamen sie für Gretes Fuchsstola drei Töpfe und eine Pfanne. Eleonores Handschuhe, die sie noch am Tag ihrer Ankunft so stolz getragen hatte, gingen für ein paar Gläser und zwei Porzellangedecke weg. Grete hatte versteckt im Bauch der Puppe Berta etwas Geld und Schmuck mit nach Shanghai schmuggeln können, Otto und Eleonore hatten ihre eiserne Reserve in die Säume und Abnäher der Kleider eingenäht. Jeder Groschen wurde mindestens fünfmal umgedreht, ehe er ausgegeben wurde.

»Und nur für sinnvolle Dinge! Hörst du?«, ermahnte Eleonore Otto fast täglich.

Grete war den ganzen Tag umhergelaufen. Ihre Beine schmerzten. Für Ida hatte sie einen Platz in der französischen katholischen Mädchenschule bekommen, nur ein paar Straßen entfernt. Als Gegenleistung hatte sie den Nonnen versprochen, die Klassenräume zu putzen. Die Oberin hatte sich beklagt, dass die chinesischen Helfer dies nicht zu ihrer Zufriedenheit erledigen würden. Grete war müde und erschöpft, aber sie war auch glücklich mit dem, was sie erreicht hatte. Die Wohnung war fast vollständig eingerichtet, und Ida konnte ab morgen wieder zur Schule gehen. Und sollte sie für Carl keinen Platz an einer Schule im Viertel bekommen, müsste er notfalls auf die internationale Schule des Hilfskomitees in der Altstadt gehen. Zum ersten Mal seit Langem verspürte sie ein wenig Zuversicht. Vor dem Abendessen hatte sie sich hingesetzt und einen Brief an Erwin und ihre Eltern geschrieben, um sie zu beruhigen: Sie brauchten sich keine Sorgen machen, alles würde sich fügen.

Von anderen Flüchtlingen hatte sie gehört, dass sich die Situation zu Hause nicht verbessert hatte. Sie hoffte immer noch darauf, Erwin würde zur Vernunft kommen und nachkommen.

Das Küchenfenster stand weit offen. Anfang September fingen auch in Shanghai die Nächte an, kühler zu werden. Manchmal glaubte sie, die Abendluft schmeckte bereits ganz leicht nach Herbst, und sie hatten den Tisch ganz nahe ans Fenster gerückt. Eleonore war mit den Kindern in der Kammer und erzählte ihnen eine Gutenachtgeschichte. Im Zimmer war es dunkel geworden, doch keiner schaltete das Licht ein, um die Mücken und Falter nicht anzulocken. Otto saßen still da, hin und wieder glimmte in der Dunkelheit seine Zigarre auf. Plötzlich sagte er in die Stille hinein: »Ich habe für Eleonore ein Klavier gekauft. Ich weiß, es ist verrückt. Zu Hause hat sie an Abenden wie diesem immer gespielt. Ich vermisse es. Sie müssen wissen, Grete, Eleonore hat am Konservatorium in Budapest und zuvor in Wien Klavier studiert. Hätte sie mich nicht geheiratet, wäre sie heute womöglich eine weltberühmte Pianistin. Aber sie nahm mich, und wo habe ich sie hingeführt? In diese kleine schäbige Wohnung am anderen Ende der Welt.«

»Nicht Sie haben sie hierher geführt, Otto, es sind die Umstände.«

»Mag sein, aber sie hätte Besseres verdient. Wissen Sie, als ich sie damals habe spielen hören, habe ich mich sofort in sie verliebt. Sie war wunderschön. Als kleiner Assessor, schüchtern und mit wenig Geld in den Taschen, bin ich vor ihr gestanden, in der Hand einen Strauß weißer Rosen. Ich habe mich nicht getraut, rote zu kaufen, sie hätte Nein sagen können, und dann wäre ich dagestanden wie ein dummer

Tor. Mit roten Rosen gesteht man sofort seine Liebe, die weißen waren etwas unverbindlicher, und ich hätte mich nicht bis auf die Knochen blamiert. Als verliebter junger Kerl macht man sich schon die seltsamsten Gedanken ... sie nahm meinen Antrag an. Für mich war es ein Wunder, ein Geschenk.«

»Otto, ich glaube, Eleonore liebt Sie von ganzem Herzen und würde mit niemandem tauschen wollen.«

»Ich weiß, als ich heute das Klavier gesehen habe, habe ich es eingetauscht gegen meine goldene Taschenuhr. Was soll ich mit der Uhr? Ist es nicht viel wichtiger, Eleonore eine kleine Freude zu machen? Und nun brauche ich Ihre Hilfe.«

»Und wie kann ich Ihnen helfen?«

»Sie lenken sie morgen ab, denn am Nachmittag soll es geliefert werden, und ich möchte sie überraschen.«

Grete lotste Eleonore am nächsten Tag unter einem Vorwand aus dem Haus. Sie wolle auf dem Schwarzmarkt noch nach ein wenig Geschirr für den Hausrat suchen, und es wäre gut, wenn Eleonore sie begleiten würde. Otto hatte für wenig Geld ein paar chinesische Helfer angeheuert, und gemeinsam schafften sie es, das Instrument durch das enge Treppenhaus hinauf in den ersten Stock zu hieven. Als Grete und Eleonore wieder zurückkamen, stand Otto mit hochrotem Kopf und verschmitzt lächelnd wie ein kleiner Junge in der Küche vor der Tür zu ihrem Schlafzimmer. Mit den Worten: »Für dich, mein Ein und Alles«, öffnete er die Tür und präsentierte das Klavier.

»Otto! Du bist total verrückt!«, tadelte die ihren Mann, um ihm in der nächsten Sekunde wie ein Backfisch um den

Hals zu fallen und ihm einen Kuss auf den Mund zu drücken. Am Abend, nachdem Eleonore ihr erstes kleines Konzert in der neuen Wohnung gegeben hatte, erzählte Otto die Geschichte, die er zuvor nur Grete erzählt hatte, auch den Kindern.

»Du hast mir nie gesagt, dass du dich nicht getraut hast, mir rote Rosen zu kaufen. Du hättest es ruhig tun können, ich hätte niemals Nein gesagt. Ich glaube auch nicht, dass aus mir eine große Pianistin geworden wäre, aber ich denke, aus mir könnte eine ganz gute Klavierlehrerin werden. Gleich morgen werde ich mir meine ersten Schüler suchen.«

Am nächsten Tag inserierte Eleonore im *Jewish Chronicle* und zwei weiteren Zeitungen. Keine zwei Wochen später hatte sie eine Handvoll Schüler unterschiedlichster Nationalitäten, die auf dem zwischen Bett und Waschtisch eingeklemmten Klavier fleißig Beethovens »Für Elise« und Schumanns »Frühlingsgesang« übten.

2

Dr. Takeshi Riku

Als Eleonore ein paar Wochen später ihren letzten Schüler des Tages zur Tür brachte, stand sie ganz unvermittelt einem sehr elegant und teuer gekleideten Japaner gegenüber. Er lächelte die überraschte Eleonore an und sagte auf Deutsch: »Habe ich die Ehre, mit Frau Knoll, der Musiklehrerin, zu sprechen?«

»Ja, Herr ...?« Sie reichte dem Fremden zögernd die Hand.

»Entschuldigen Sie, wie unhöflich von mir, ich habe mich nicht vorgestellt: Dr. Takeshi Riku.«

Und ehe Eleonore etwas erwidern konnte, fuhr der Mann fort: »Ich wollte Sie bitten, meine Tochter zu unterrichten.«

Erst da sah Eleonore das kleine Mädchen, das hinter dem Vater versteckt im Flur stand.

»Kommen Sie doch herein, Dr. ...«

»Takeshi. In Japan wird der Familienname vor dem Vornamen genannt.«

Dr. Takeshi verbeugte sich leicht und betrat mit seiner Tochter an der Hand die kleine Wohnung.

Mit ihrer schwarzen Topffrisur sah das Mädchen aus, als wäre sie direkt aus Idas Max-und-Moritz-Buch entsprungen.

Auch sonst wirkte alles an ihr püppchenhaft, das Mäntelchen mit Pelzbesatz und dazu zierliche kleine schwarze Schnürstiefelchen. Ida, die in der Küche über ihren Hausaufgaben saß, musterte das fremde Mädchen von Kopf bis Fuß.

Eleonore bat Dr. Takeshi, sich zu setzen und mit ihnen eine Tasse Tee zu trinken.

»Wenn ich fragen darf, wo haben Sie so gut Deutsch gelernt, Dr. Takeshi?« Eleonore setzte sich zu ihm an den Tisch.

»Sie dürfen. Ich habe über zwei Jahre in Deutschland studiert, und da ich Ihre Sprache und die Musik so liebe, möchte ich gerne, dass Sie meine Tochter Misaki unterrichten.«

Misaki saß stumm neben ihrem Vater und lächelte ihn bewundernd an.

Dann erzählte Dr. Takeshi davon, wie er als junger Mann nach Deutschland gegangen war, um dort zu studieren. Vor einigen Jahren, noch vor dem zweiten japanisch-chinesischen Krieg, war er mit seiner Familie nach Shanghai gekommen. Er habe zunächst für eine der großen japanischen Handelsniederlassungen gearbeitet, ehe er später seine eigene Kanzlei gegründet habe.

»Zu Beginn noch in Klein-Tokio, doch seit Neuestem in einem der eleganten Bürogebäude am Bund. Ich muss sagen, die Geschäfte für uns Japaner laufen seit der Besetzung gut. Wenn ich aus dem Fenster meines Büros blicke, liegt der Hafen und somit Shanghai zu meinen Füßen«, sagte er nicht ohne ein stolzes Lächeln. »Aber ich habe auch gelernt, dass Geld nicht alles ist im Leben. Die Literatur und die Musik sind es, die uns tragen und uns helfen in dunklen Tagen.«

Eleonore nickte. »Da haben Sie recht.«

Von jenem Tag an kam Misaki zum Unterricht in die kleine Wohnung in der French Concession.

Meist wurde sie von einem Chauffeur zu den Stunden gefahren. Wenn Ida zu Hause war, wartete sie schon am Fenster, um zu beobachten, wie der livrierte Chauffeur Misaki den Türschlag öffnete und sie dann nach oben begleitete. Misaki hatte von ihrem Vater ein wenig Deutsch gelernt, doch sie sprach fast nie; den Blick gesenkt, wartete sie darauf, von Eleonore aufgefordert zu werden, am Klavier Platz zu nehmen. In dem Augenblick, in dem das Mädchen zu spielen begann, verlor sich seine ganze Schüchternheit. Selbst Ida musste zugeben, dass Misakis Spiel wunderbar war, voller Energie, kraftvoll und zugleich zart.

»Wenn Misaki spielt, geht einem das Herz auf«, sagte Eleonore, und keiner, der sie je gehört hatte, widersprach. Nur hinter vorgehaltener Hand und wenn es Eleonore wirklich nicht hören konnte, zischte Ida in Carls Ohr: »Die miese kleine Streberin will sich nur einschmeicheln.«

Während der Stunden nahm der Chauffeur auf einem kleinen Schemel neben der Tür Platz. Seine Mütze vor sich auf den Knien, die Hände ineinandergefaltet, wartete er bewegungslos wie eine Statue.

Hin und wieder wurde Misaki von ihrem Vater und noch seltener von ihrer Mutter begleitet. An diesen Tagen blieb der Chauffeur, nachdem er die Wagentür geöffnet hatte, im Automobil vor dem Haus sitzen.

Misakis Mutter war eine zierliche Person. Das blauschwarze Haar trug sie zu einem modischen Dutt im Nacken zusammengesteckt, und ihre Haut war weiß und fast durchscheinend. Es schien, als könnten ihr selbst die schwülheißen Nachmittage Shanghais nichts anhaben. Sie trug immer eine Stola oder ein Jäckchen aus Pelz, Handschuhe und einen zur Kleidung passenden eleganten Hut. Auch sie sprach kaum, und ihre ganze Erscheinung, die Art, wie sie sich bewegte und zur Begrüßung und zum Abschied ganz leicht lächelnd nickte, hatte etwas Ätherisches an sich. Sie schwebte dahin, als wäre sie ein Wesen aus einer anderen Welt.

Dr. Takeshi war um vieles lebhafter. Er lachte gern und liebte die Musik der deutschen Romantik. Jedes Mal, wenn es an ihm war, Misaki zum Unterricht zu begleiten, sprach er im Anschluss daran mit Eleonore und Otto über seine wunderbaren Studienjahre in Deutschland. Er erzählte, er habe Jena und Heidelberg besucht.

»In Berlin war ich drei Monate, dann zog es mich hinaus in die Natur. Ich bin zurück nach Heidelberg gegangen und bin den Neckar entlanggewandert.«

Dr. Takeshi schwärmte vom Rhein und den Wäldern zu beiden Seiten des Ufers. »Der deutsche Wald hat etwas Mystisches, finden Sie nicht auch?«, sagte er in seinem fast akzentfreien Deutsch. Er rezitierte Eichendorff und Heinrich Heine. Manchmal bat er Eleonore, ihn zu begleiten, und mit klarer Stimme sang er dann Lieder von Brahms.

In diesen Momenten stand Misaki in ihrem Blümchenkleid mit den schwarzen Lackschühchen stumm daneben, lauschte und lächelte ihren Vater bewundernd an.

Nach wenigen Wochen bat Dr. Takeshi Eleonore um ein vertrauliches Gespräch.

»Bitte sehen Sie es nicht als ein Zeichen der Unhöflichkeit oder gar Missachtung, wenn ich mir erlaube, Sie etwas zu fragen, Madame Eleonore.«

Dem immer zuvorkommenden Dr. Takeshi schien die Situation mehr als unangenehm zu sein.

Eleonore lächelte ihn an und versicherte ihm, nichts, was er sagen könnte, würde sie als brüskierend empfinden. »Nun ja, Madame Eleonore. Ich habe lange darüber nachgedacht, und ich möchte Ihrem Mann eine Stelle in meiner Kanzlei anbieten. Ich weiß nicht, wie ich es ihm sagen kann, denn ich möchte nicht, dass er sich als Bittsteller sieht oder gar dass er glaubt, ich würde dies aus Mitleid tun.«

Dr. Takeshi lächelte Eleonore an. »Es kommen immer mehr Emigranten nach Shanghai, und mit ihnen kommen Menschen, die juristischen Rat brauchen. Ich dachte mir, wenn ihr Mann zuerst nur ein paar Stunden für mich tätig wäre, wäre allen Seiten geholfen. Ihrem Mann, der in seinem Beruf arbeiten könnte. Zwar etwas eingeschränkt, aber immerhin. Den Menschen, die wie Sie aus Deutschland kommen und die sich von einem Landsmann als Anwalt womöglich besser vertreten fühlen. Und zuletzt auch mir selbst, da ich, wenn Ihr Mann die Betreuung dieser Fälle übernimmt, entlastet würde.«

Eleonore wusste nicht, was sie darauf antworten sollte.

»Madame Eleonore, war ich nun doch zu aufdringlich, Sie so freiheraus darauf anzusprechen? Sollte dies der Fall gewesen sein, bitte ich Sie, mein Verhalten zu entschuldigen.«

»Nein, Dr. Takeshi, nein. Ich bin nur sprachlos. Ich … ich weiß gar nicht, was ich … wie ich Ihnen danken soll.« Und während Eleonore versuchte, Dr. Takeshi zu erklären, wie unendlich gerührt und dankbar sie ihm für dieses Angebot war, füllten sich ihre Augen mit Tränen, und sie merkte, wie der Kloß in ihrem Hals ihr immer mehr die Stimme nahm.

Noch in derselben Woche fing Otto in der Kanzlei an. Zuerst wie vereinbart nur wenige Stunden, aber später, als nach der Reichspogromnacht mehr und mehr Emigranten nach Shanghai kamen, teilte er sich mit einem anderen Anwalt aus Wien ein winziges Büro.

3

Café Mozart

Nur wenige Emigranten hatten wie Otto Knoll das Glück, in ihrem erlernten Beruf Arbeit zu finden. Die meisten hielten sich mit Gelegenheitsjobs notdürftig über Wasser. Grete putzte in der Schule, half den Klosterschwestern bei Näharbeiten, und an den Abenden arbeitete sie stundenweise als Garderobenfrau in einem der feineren Klubs von Shanghai.

Die Gäste des Klubs waren bunt gemischt. Europäer, Japaner, Chinesen. Viele in Begleitung junger russischer Tänzerinnen oder elegant gekleideter chinesischer Sing-Song-Girls. Zu Gretes Überraschung tauchte auch der »schöne Egon« an der Garderobe auf. Er lächelte ihr zu, als er seinen Mantel abgab, doch ehe er etwas zu Grete sagen konnte, zog eine seiner Begleiterinnen, eine hochgewachsene Chinesin, ihn schon fort. Als er Stunden später den Mantel wieder auslöste, schob er Grete eine größere Dollarnote als Trinkgeld zu. Von da an sahen sie sich häufiger, und Egon – immer in Begleitung wohlhabender Chinesen – lächelte Grete, ohne ein Wort zu sagen, an. Am Abend, wenn er das Lokal verließ, schob er ihr stumm eine Geldnote zu und folgte den anderen nach draußen.

Otto hatte durch Emigranten, die er juristisch betreute,

erfahren, dass Egon und ein weiterer ehemaliger Passagier der *Conte Biancamano* mit Namen Theo Ritter ihr Geld mit Pokerrunden in den Hinterzimmern zweifelhafter Lokale verdienen würden. Auch Grete kam es so vor, als hätte er nicht die beste Gesellschaft gefunden.

Der erste Winter in Shanghai neigte sich seinem Ende zu, und hin und wieder lag ein wenig Frühling in der Luft. Grete arbeitete schon seit mehr als einem halben Jahr als Garderobiere. An diesem Nachmittag hatte sie in der Schule geputzt, danach noch ein wenig eingekauft, und nun war sie auf dem Heimweg. Am Abend hatte sie frei, musste also nicht nach dem Abendessen aufbrechen, um rechtzeitig vor Öffnung des Lokals an der Garderobe zu stehen. Langsam schlenderte sie die Straße entlang, die ersten Knospen an den Bäumen waren schon sichtbar, auch wenn sie noch fest geschlossen waren. Sie blieb stehen, für ein paar Sekunden träumte sie sich zurück nach Hause. Sie vermisste den Frühling in Europa, und sie vermisste Erwin. Dann ging sie weiter.

Wenig später sah sie schon von Weitem den »schönen Egon« vor dem Haus in der French Concession auf und ab gehen. Als sie näher kam, sprach er sie erfreut an.

»Hallo, Grete, ich habe auf Sie gewartet.« Und ohne ihren Gruß abzuwarten, fuhr er fort: »Ich möchte Sie bitten, für mich zu arbeiten.«

Grete sah ihn misstrauisch an. »Welche Art von Arbeit würden Sie mir anbieten? Ich komme ganz gut über die Runden.«

Egon lachte. »Hören Sie es sich einmal an, und dann sehen wir weiter.« Er blickte sich um. »Könnten wir hinaufgehen? Da haben wir mehr Ruhe.«

Oben in der Wohnung bat ihn Grete, am Tisch in der Küche Platz zu nehmen, während sie die Einkäufe wegräumte. Aus dem Nebenzimmer hörten sie, wie einer von Eleonores weniger begabten Schülern sich auf dem Klavier abquälte.

»Ich habe ein paar Räume in der Tongshan Road angemietet.«

»Und wie kann ich Ihnen da helfen?«

»Ich möchte dort ein Wiener Kaffeehaus eröffnen. Leider habe ich von Kochen und Backen keine Ahnung. Ich brauche jemanden, der es den Chinesen in der Küche beibringt.«

»Woher wollen Sie wissen, dass ich die Richtige dafür bin?«

»Ich weiß es nicht, aber ich weiß, dass Sie nicht an die Garderobe in einem dieser Klubs gehören. Nehmen Sie es mir nicht übel, aber früher oder später wird sie der Besitzer gegen eine andere Garderobiere austauschen. Die chinesischen Kunden sind gelangweilt, wenn Sie zu oft ein und dieselben Gesichter sehen. Glauben Sie mir.«

Egon holte eine Schachtel Zigaretten aus der Jackentasche. »Darf ich?«

Grete nickte und stellte einen kleinen Aschenbecher auf den Tisch. Egon zündete sich eine Zigarette an. »Ich habe in den letzten Monaten genügend Geld auf die Seite getan. Die Chinesen spielen ganz gut Mah-Jongg, aber vom Pokern und anderen Kartenspielen haben sie keine Ahnung. Ich bin nicht dumm, Grete, und ich weiß, wann es Zeit ist aufzuhören. So wie die Leute hier der Gesichter im Club überdrüssig werden, haben sie auch andere Dinge leicht satt. Chinesen sind wie kleine Kinder, es zählt immer nur das Neue.«

Egon beugte sich nach vorn. »Wir sind gemeinsam hierhergekommen, und ich finde, das verbindet. Ich traue Ihnen, und darum habe ich sofort an Sie gedacht. Wären Sie dabei?«

Grete wartete einen Augenblick, ehe sie sagte: »Was müsste ich tun?«

»Wie gesagt, Sie bringen den Chinesen kochen und backen bei und helfen mir mit den Gästen und der ganzen Organisation. Ich kann Ihnen kein festes Gehalt anbieten, zumindest am Anfang, aber wenn Sie wollen, kann ich Sie am Umsatz beteiligen. Und wir werden guten Umsatz machen, da bin ich mir absolut sicher.« Egon hielt ihr die Hand hin. »Grete, schlagen Sie ein. Besser als putzen und sich die Nächte an einer Garderobe um die Ohren schlagen ist es allemal. Die Leute hier sind misstrauisch. Sie haben im Gegensatz zu mir einen guten Leumund. Hier halten mich alle für einen Windhund, eine halbseidene Figur. Ich will seriös werden, und dazu brauche ich Sie als Geschäftspartner.«

Er hielt ihr die Hand entgegen. »Woher wissen Sie, dass ich putze?«

Grete glaubte zu sehen, wie Egon ein wenig rot wurde. »Spionieren Sie mir nach?«

»Shanghai ist wie ein großes Dorf«, sagte Egon ein wenig verlegen und hielt ihr die Hand weiter entgegen.

Grete zögerte, doch dann schlug sie ein. »Gut. Auf das Café … wie soll es überhaupt heißen?«

»Ich komme aus Salzburg. Café Mozart, wie sonst?«

4

Sun Shu

Kaum zwei Wochen später wurde das Café Mozart eröffnet. Grete stand nun jeden Tag kurz vor Sonnenaufgang auf. Keine Stunde später wartete Egon bereits unten auf der Straße auf sie. Zusammen gingen sie quer durch die Altstadt hinüber nach Hongkew in die Tongshan Road. Die Backwaren für den Tag mussten fertig gemacht und das Café für die ersten Besucher hergerichtet werden. Anfangs überwachte Grete jeden Handgriff der chinesischen Helfer, während sich Egon um die Organisation und die Buchhaltung kümmerte. Schon nach kurzer Zeit waren beide ein eingespieltes Team.

Wenn die Kinder kurz nach sieben aufstanden, um sich für die Schule fertig zu machen, war Grete schon lange fort, und auch Otto machte sich bereits zum Gehen fertig. Es war an Oma Knöllchen, die schlaftrunkenen Kinder anzutreiben, sich anzuziehen. Sie machte das Frühstück, überprüfte, ob die Zähne ausreichend lange geputzt wurden, das Pausenbrot und die Hefte »anständig und ordentlich« in der Schultasche verpackt waren. Fragte immer wieder nach, ob auch wirklich alle Hausaufgaben erledigt wären, bis Carl begann, hinter ihrem Rücken die Augen zu verdrehen und

Ida wegen der Grimasse, die er dabei machte, zu lachen anfing.

»Ich weiß, was du machst, Carl! Ich habe auch am Hinterkopf Augen«, sagte Eleonore mit gespieltem Tadel, ehe sie sich mit strenger Miene zu den Kindern an den Tisch setzte. Auch wenn sie die Kinder den Rest des Tages oft zu sehr verwöhnte, während des Frühstücks saß sie wie ein General am Kopfende des Tisches und beobachtete alles ganz genau. Nichts entging ihr. Oma Knöllchen bestand auf einwandfreie Tischsitten und strenge Essenszeiten. Frühstück war Pflicht. Mochte sich Carl auch noch so sehr dagegen wehren: »Keiner von euch beiden steht auf, ehe das Brot gegessen und die Tasse Tee getrunken wurde. Habt ihr mich verstanden?«, verkündete sie entschieden. »Frühstücke wie ein Kaiser, iss mittags wie ein König und abends wie ein Bettler.«

Ein »Ich habe noch keinen Hunger« gab es nicht, und so zwang sich Carl, das Brot hinunterzuwürgen.

Ida plapperte während des Frühstücks unentwegt über ihre neuen Freundinnen und die Schule. Carl hatte schon lange aufgegeben, ihr zuzuhören. Er wusste, die kurze Strecke ihres gemeinsamen Schulweges würde sie ohne Punkt und Komma weiterreden. Erst wenn sich ihre Wege trennten, hatte er Ruhe.

Carl besuchte durch Vermittlung des jüdischen Hilfskomitees die internationale Schule in der Altstadt, während Ida weiter in die katholische Schule im französischen Viertel ging. Die Klassen beider Schulen waren bunt zusammengemischt. Idas Mitschülerinnen kamen aus neun verschiedenen Ländern, wie sie immer wieder stolz betonte, und dann fing sie an aufzuzählen, woher sie kamen: »Frankreich,

Russland, Portugal, Holland, Persien, Italien, Deutschland und Österreich!« – »Österreich zählt nicht mehr«, warf Carl ein.

»Doch, tut es schon! Oder, Oma Knöllchen?«

Und Eleonore nickte und sagte: »Komm, Ida, iss! Nur noch den letzten Bissen und einen Schluck Tee.«

Der Unterricht an den Schulen fand auf Englisch statt. Carl verstand in den ersten drei Monaten kein einziges Wort. Er konnte sich nicht vorstellen, dass es Ida besser ergangen war. Doch während sie sich mühte, Anschluss zu finden, träumte er sich aus dem babylonischen Sprachgewirr des Klassenzimmers hinaus. In seinen Tagträumen wanderte er durch die Straßen der Stadt. Häufig kam er zu spät, und manchmal schwänzte er die Schule und ließ sich durch Shanghai treiben.

Wie jeden Tag machten sie sich auch heute gemeinsam auf den Weg. Ida redete und redete. Carl verstand nicht, wie sie bereits am Morgen so munter sein konnte. Als er sie nach ein paar Straßen endlich losgeworden war, ließ er sich für die restliche Strecke Zeit.

Kaum hatte er die Stille des französischen Viertels hinter sich gelassen, tauchte er ein in den lärmenden Rhythmus der Stadt. Um ihn herum war ein einziges Rufen, Klopfen und Hämmern. An ihm vorbei balancierten Lastenträger auf Rädern und Karren alles, was von einem Ort zum anderen geschafft werden musste. Die immerzu eilenden Kulis verschwanden fast vollständig unter den Bergen von aufgetürmten Gütern, die sie hinter sich herzogen. Automobile zwängten sich von allen Seiten vorbei an Rikschas und Fahrrädern. Dazwischen Lastwagen und zweistöckige rote Omnibusse, alles war in Bewegung. Es schien keinerlei Regeln zu geben, Fußgänger schlängelten sich zwischen den Fahrzeugen hindurch auf die andere Straßenseite, begleitet von einem ohrenbetäubenden Konzert aus Hupen, Klingeln und Rufen.

In den ersten Tagen war Carl immer wieder mit offenem Mund staunend mitten auf der Straße stehen geblieben, um dem Treiben zuzusehen, bis er von schimpfenden Passanten zur Seite gestoßen wurde. Langsam hatte er sich an das Treiben gewöhnt, und wenn er jetzt durch die Straßen schlenderte, hatte er fast das Gefühl, niemals zuvor an einem anderen Ort gelebt zu haben.

Er lief durch die Gassen der Altstadt vorbei an chinesischen Zahnärzten, die einer neben dem anderen dicht gedrängt ihre Dienste anboten. Um Kundschaft anzulocken, hingen gezogene Zähne an langen Schnüren aufgefädelt in den Schaufenstern, und jeder Passant konnte sich so von ihrer Kunstfertigkeit überzeugen. Carl hatte es nicht besonders eilig, er blieb mit anderen Schaulustigen vor einem der winzigen Läden stehen, sah zu, wie ohne Betäubung ein Zahn aus dem Kiefer herausgehebelt wurde. Der Patient wand sich vor Angst und Schmerz auf seinem Stuhl, doch der Bader verstand sein Handwerk. Mit dem Knie und einem Arm drückte er den Mann auf den Hocker nieder, um mit der anderen mit einer Zange bewaffneten Hand den Zahn herauszuziehen. Je mehr der Patient jammerte und klagte, umso größer war die Belustigung und der Jubel der Zuschauer. Sie lachten, schäkerten und klopften sich vor Schadenfreude auf die Schenkel.

Nachdem der Zahnarzt den Zahn triumphierend in die Höhe hielt, löste sich die Menge auf, und auch Carl setzte seinen Weg fort. Vorbei an den Köchinnen der Garküchen, die überall in den Straßen mit ihren kleinen Öfchen hockten, brutzelten und brieten. Daneben – eingehüllt vom Rauch der Öfen – boten Händler laut rufend ihre Waren an. Er zwängte sich vorbei an großen Bottichen, die ihm bis zur Brust reichten und vor dem Laden eines Händlers standen. Neugierig streckte er sich und sah hinein. Hunderte von lebenden Kröten glotzten ihn an und warteten geduldig auf ihre Käufer, um wenig später in einem Kochtopf ihr Leben auszuhauchen.

Carl drängte es heute noch weniger ins Klassenzimmer als an anderen Tagen. Er hatte wieder einmal versäumt, sich auf eine Klassenarbeit vorzubereiten, und je länger er sich Zeit ließ, umso größer wurden seine Chancen, nicht mitschreiben zu müssen. Er lief weiter die Straße entlang. An der nächsten Ecke bog er nach rechts ab, in die Straße der Geflügelhändler. Eingepfercht in kleine Käfige aus Bambus, drängten sich Vögel und allerlei nie zuvor gesehenes Federvieh. Er ging ganz nah an ihnen vorbei und betrachtete sie ausgiebig. Er hatte ja unendlich viel Zeit. In einem der Verschläge saßen ganz weiße Hühner, deren Federkleid wie Seide glänzte, mit seltsam buschig-flaumigen Köpfen. Nur zu gern hätte er eines von ihnen aus dem Käfig herausgeholt und es im Arm gehalten.

Carl schlenderte weiter über den Markt. An einem Stand, an dem Eier angeboten wurden, blieb er erneut stehen. Der Stand war ihm zuvor noch nie aufgefallen. Zwei der Körbe erschienen ihm besonders interessant. Einer war gefüllt mit gekochten Eiern, deren gelblich schimmernde Schalen angeschlagen und zerbrochen waren. Im Korb daneben lagen Eier in einer Größe, wie er sie noch nie zuvor gesehen hatte. Allesamt ummantelt von einem Brei aus Lehm und Spreu.

Die Marktfrau pries ihre Ware unentwegt an, dabei mischte sie Chinesisch mit einem seltsamen englischen Kauderwelsch.

»Missi, gotta buy Tong zi dan. Good vergin boy eggs! Gotta buy! Gotta buy Pidan! Good. Good. Stop, buy!«

Misstrauisch ließ sie Carl keinen Augenblick aus den Augen. Er war nur da, um zu schauen, er würde nichts kaufen, nur anderen Kunden den Blick auf die Ware verstellen. Sie zischte ihn böse an und fuchtelte mit den Armen herum, als versuchte sie, ihn wie eine lästige Fliege zu verscheuchen. Zunächst tat Carl so, als würde er sie nicht sehen. Die meisten Händler mochten es nicht, wenn er stehen blieb, ohne zu kaufen. Die Alte wurde immer aggressiver. Sie schimpfte in seine Richtung, schließlich wollte sie ihn sogar packen. Carl wich aus, ging einen Schritt rückwärts und stieß dabei gegen einen anderen Passanten. Der schubste ihn kopfschüttelnd von sich fort. Carl stolperte, ruderte mit den Armen in der Luft herum und versuchte, das Gleichgewicht zu halten. Da bekam er von irgendwoher einen zweiten Stoß und fiel schließlich über einen der auf dem Boden stehenden Behälter, der sich, angefüllt mit Aalen, auf die Straße ergoss. Der Fischhändler kam schimpfend und wildgestikulierend hinter seinem Stand hervor. Während er versuchte, die sich windenden und schlängelnden Fische wieder einzusammeln, stand Carl benommen da und starrte hinunter auf die Aale, deren Haut schleimig blaugrün glänzte. Sofort war er von Neugierigen umzingelt, die lachten und mit den Fingern auf den zeternden Händler zeigten. Dem glitten die glitschigen Fische zur Belustigung der einheimischen Marktbesucher immer wieder durch die Finger.

Carl spürte, wie jemand ihn am Arm packte und fortriss. Zuerst glaubte er schon, einer der Händler hätte ihn fest im Griff und würde ihn nun zum nächsten Polizisten schleppen. Doch der, der ihn gepackt hatte, rannte mit ihm in Schlangenlinien durch die Stände hindurch, stieß verdutzte Passanten beiseite oder zwängte sich an ihnen vorbei. Alles ging sehr schnell. Carl rannte und rannte, versuchte Schritt zu halten und nicht über seine eigenen Beine zu stolpern. Der Kerl ließ ihn nicht los, hielt ihn unbarmherzig fest. Begleitet von wüsten Beschimpfungen, liefen sie die Gassen entlang. Erst zwei Straßen weiter und nachdem sie um einige Ecken gebogen waren, ließ der andere los.

Carl war völlig aus der Puste, stützte sich nach Luft ringend mit den Händen auf den Oberschenkeln ab.

»U wanna try? Chow-chow?« Vor ihm stand ein in etwa gleichaltriger lachender Chinesenjunge, auf dessen Hand eines der Lehmeier lag.

»More betta.« Dabei strich er sich mit der anderen Hand über den Bauch. »Hab got. Try.« Er strahlte über das ganze Gesicht.

Carl schaute verdutzt auf das Ei, dann nickte er. Der Junge hockte sich neben dem Rinnstein auf die Straße und gab ihm zu verstehen, dass auch er sich setzen sollte. Carl nahm seinen Schulranzen ab und kauerte sich auf das dreckige Trottoir. Der Chinesenjunge schlug den Lehmmantel auf und teilte das Ei in zwei Teile. Dann hielt er Carl eine Hälfte unter die Nase. »Take.«

Das Eiweiß hatte sich bernsteinfarben verfärbt und war von einer geleeartigen Beschaffenheit. Der Dotter war seltsam grünlich. Auf Carl machte das Ganze einen völlig ungenießbaren Eindruck.

»Eat!« Lachend machte der Junge mit der rechten Hand eine Geste, als würde er etwas in den Mund stecken. »Chow-chow.«

Vorsichtig nahm Carl einen ganz kleinen Bissen. Grete und Eleonore sagten immer, man sollte zu anderen nie unhöflich sein. Es wäre sicher mehr als ungehobelt, die Gabe nicht anzunehmen.

»Eat. More betta«, wiederholte der andere und sah ihn dabei aufmunternd an. Carl hatte einen ranzig-verdorbenen Geschmack erwartet, das Ei schmeckte jedoch angenehm mild und hatte überhaupt nichts Fauliges an sich. Der Dotter war weich und seine Beschaffenheit erinnerte an Quark.

Mit Händen, Füßen und seinem eigenartigen Englisch erklärte ihm der Junge, dass es sich um Enteneier handelte, die Pidan hießen und eine teure Delikatesse waren.

Die angeschlagenen Eier im Korb hießen Tong zi dan und seien ebenfalls »good, good«, wie er gestenreich versicherte. Tong zi dan gebe es nicht das ganze Jahr, nur jetzt, und sie seien etwas ganz Besonderes. »Virgin Boy Eggs«, sagte der Junge, weil man sie »in pee of little virgin boy« kochen musste. Allein die Vorstellung von im Urin gekochten Eiern genügte Carl, und er fühlte sich unwohl und erleichtert zugleich, nur Pidan und nicht Tong zi dan gekostet zu haben.

»You? Name?«, fragte der Junge und deutete auf Carl, und zugleich stellte er sich als Sun Shu vor.

Sun nahm Carls Schultasche, »School?«, und schaute neugierig hinein. Carl fand, es wäre an der Zeit, auch etwas zu teilen, und gab dem Jungen darum die Hälfte seines Pausenbrotes ab. Essend und redend saßen sie am Straßenrand.

Carl vergaß die Zeit, die Schule war weit weg. Sun Shu erklärte, er besuche keine Schule, seinen Eltern fehle das Geld dazu, und er glaube, es sei auch nicht nötig. Carl stimmte ihm nickend zu.

Er, Sun Shu, wolle auch so ein wichtiger großer Mann werden wie »Mister Du«. Der könne weder schreiben noch lesen und sei doch furchtbar reich. Mister Du habe vier Frauen. Eine »much beautiful« als die andere. Und er tue viel Gutes für die Armen.

Carl wollte wissen, was dieser sagenhafte Mister Du denn mache, um so viel Geld zu verdienen. Er sei der Boss der grünen Bande und habe bis vor wenigen Jahren die Unterwelt von Shanghai regiert. Auf Carls Einwand, dass Mister Du dann ja ein Gangster wäre, schüttelte Sun den Kopf.

»Mister Du good man.« Die Japaner haben ihn vertrieben, jetzt sei er in Hongkong. Sun Shu spuckte verächtlich auf den Boden.

Er erzählte Carl weiter, sein Vater wie auch seine größeren Brüder arbeiteten als Kuli. Sie belieferten ihre meist chinesischen Kunden dreimal am Tag mit Essen, dabei balancierten sie über der Schulter eine lange Bambusstange, an deren Enden jeweils ein Tablett mit Speisen hing. Selbst wenn sie schnell laufen mussten, verschütteten oder verloren sie nie etwas. Sun Shu führte es Carl vor, rasch und geschmeidig wie eine Katze lief er den Bordstein entlang und balancierte dabei Carls Schultasche auf dem Kopf. Aber er wollte nicht als Kuli arbeiten, »no dollar, no good«, sagte er, als er Carl den Ranzen zurückgab und sich wieder neben ihn setzte.

Auf die Frage, was er denn mache, wenn er nicht in die Schule gehen und kein Kuli werden wollte, erklärte Sun stolz, er sei Taschendieb. Er arbeite für eine der zahlreichen Banden in Shanghai. Carl schaute ihn ungläubig an.

»Wanna look?« Sun grinste wieder über sein ganzes Gesicht. »Wait!« Wie ein Schwimmer im Fluss ließ sich der Junge ein Stück mit dem Strom der Menschen treiben. Am anderen Ende der Straße kehrte er um, schlängelte sich traumwandlerisch zwischen den Passanten hindurch, ohne auch nur einen davon zu berühren oder von den Vorübergehenden wahrgenommen zu werden. Schließlich setzte er sich wieder neben Carl. In seiner Kleidung versteckt hatte er zwei Brieftaschen und eine Armbanduhr. Keiner der Bestohlenen hatte auch nur das Geringste bemerkt. Seine Spezialität jedoch war es, mit einem kleinen Haken und einer dünnen Schnur Hüte aus den offenen Fenstern der vorüberfahrenden Busse zu angeln. Direkt von den Köpfen der Besitzer. Ehe die reagieren konnten, war er bereits weg. Hüte wie Geldbörsen gab er an einen Zwischenhändler weiter und kassierte für jedes »geangelte« Stück eine kleine Provision.

Sun fand überhaupt nichts Schlimmes an seiner Beschäftigung. Er war der Ansicht, dass es ein Beruf wie jeder andere wäre und durchaus ehrenhaft. Er sehe sich die Leute gut an und bestehle nur die Reichen. Außerdem fand er, dass er alt genug sei, für seinen Unterhalt selbst zu sorgen.

Dann erzählte er, dass eine seiner vielen Schwestern als »Flower Girl« arbeite. Mit einem Teil des Geldes würde sie die Familie unterstützen, und den Rest legte sie zur Seite, um sich irgendwann später einmal, wenn sie genügend beisammenhatte, einen Stand auf dem Markt kaufen zu können. Auch er, versicherte Sun Shu, würde Geld beiseitelegen, denn so ein Stand sei eine tolle Sache. Da würde man viel Geld verdienen.

Auf Carls Frage, wie sie das denn jetzt mache mit den Blumen, so ohne Stand, nickte Sun Shu eifrig. »Street. Yes, yes with mother.«

»Verkauft deine Mutter auch Blumen?«

»No!« Sun schüttelte den Kopf. »No. Sister flower girl.«

Es war zwar lustig, sich mit dem kleinen Chinesen zu unterhalten, aber auch verwirrend und anstrengend.

»Girl alone no good.« Dabei verzog Sun verächtlich das Gesicht. Er erklärte Carl, dass junge Chinesinnen immer in Begleitung einer »mother« ausgehen. »Alone no good. Mother more betta.«

Als er noch sagte, dass die »mother« Geld bekam, verstand Carl gar nichts mehr. Ihm schwirrte der Kopf. Warum sollte sie Geld bekommen? Grete bekam auch kein Geld von Ida, nur weil sie deren Mutter war, und Ida würde sich schön bedanken, wenn sie ohne Grete nicht einmal zum Spielen das Haus verlassen dürfte. Carl versuchte, seinem neuen Freund zu erklären, dass er das nicht verstehen konnte, das mit dem Geld und der »mother«.

Sun schüttelte sich vor Lachen. Langsam und jedes Wort betonend, sagte er: »No ma. Mother! No ma.«

Dann erklärte er Carl, dass ein »flower girl« ein Mädchen war, das seinen Körper für Geld verkaufte. »Sing-song girl!«, sagte er, als würde Carl es nun besser verstehen. Die »mother« passte nur auf das Mädchen auf, dafür bekam sie einen Teil der Einnahmen.

Sun Shu deutete auf die andere Straßenseite. »Look!« Dort ging eine junge Chinesin im bestickten Seidenkleid mit einer älteren Frau im einfachen dunkelblauen Baumwollkittel entlang, wie Carl sie schon oft in den Straßen Shanghais gesehen hatte.

»Look, flower girl.«

Endlich begriff er. Bisher hatte Carl immer angenommen, es würde sich bei diesen Frauen um reiche junge Chinesinnen handeln, die mit einer Dienerin durch die Straßen der Altstadt gingen. Er hatte sie hingenommen, ohne darüber nachzudenken, sie gehörten zum Stadtbild Shanghais wie die fliegenden Händler und die Garküchen.

Von diesem Tag an tauchte Sun Shu immer häufiger in Carls Leben auf. Carl wusste nie, wann er ihn das nächste Mal sehen würde, er war einfach da, aus dem Nichts, und verschwand auch genauso schnell wieder.

Wie viele Geschwister zu Suns Familie gehörten, fand Carl nie heraus, aber alle hausten sie in einer Unterkunft im chinesischen Viertel, die mehr einem Verschlag als einem richtigen Haus glich. Die paar Mal, die Carl Sun nach Hause begleitete, wurde er immer herzlich aufgenommen. Suns Mutter war eine ausgemergelte, vorzeitig gealterte Frau. Sie war immer freundlich, lachte über das ganze Gesicht und drängte Carl mitzuessen. Wenn er zu Gast war, teilten sie das Wenige, das sie hatten. Meist war es nur Reis, der mit heißem Wasser übergossen wurde.

Irgendwann beschloss Sun, Carl wäre alt genug, um seiner Familie nicht mehr zur Last zu fallen. Carl versuchte zu erklären, dass seine Mutter und Eleonore dies sicher anders sehen würden. Aber er fand bald heraus, dass Sun das nicht verstand, und hielt es für aussichtslos, es ihm weiter zu erklären. Außerdem war es für Carl ein netter Zeitvertreib, wenn sein Freund ihm beizubringen versuchte, wie er es anstellen musste, Börsen aus Taschen zu ziehen und Hüte von Köpfen zu schnappen. Carl war ein schlechter Schüler, und jeder seiner Versuche endete damit, dass sich Sun vor

Lachen bog. Als Taschendieb war Carl völlig untalentiert, darum kam Sun auf die Idee mit den Zigaretten.

Rauchen tötete den nagenden Hunger, den in Shanghai sowohl viele Chinesen als auch Emigranten verspürten. Carl und Sun sammelten alle Kippen und rollten aus den Tabakresten neue Zigaretten. Diese verkauften sie dann weit billiger als die hochwertige Neuware.

Carl wusste, weder Grete noch Oma Knöllchen wären von seinem Nebenerwerb begeistert. Auch von Sun und dessen Gewerbe wussten sie natürlich nichts. Er hielt es für besser, ihnen weder das eine noch das andere auf die Nase zu binden.

Sein so »verdientes« Geld gab er deshalb im Kino aus.

In der Stadt war an jeder Ecke ein Lichtspielhaus. Das Publikum in Shanghai hatte eine Vorliebe für Liebesfilme, auf der Leinwand wurde viel geküsst und geweint. Alles musste melodramatisch sein, mit viel schmalziger Geigenmusik untermalt und einem Helden, der sich am Ende für die Liebe oder den Tod entscheiden musste. Internationale Produktionen wurden im englischen Original mit chinesischen Untertiteln gezeigt. Alles, was Carl nicht verstand, reimte er sich zusammen und lernte so in kürzester Zeit besser Englisch, als er das in der Schule je getan hätte.

5

Pearl Harbor

Hin und wieder kam Post aus Deutschland. Grete, die versuchte, sich ihre Sorgen und Nöte so wenig wie möglich anmerken zu lassen, wurde dann immer ganz aufgeregt. Sie wollte für sich sein, allein mit dem Brief, schloss sich in das kleine Zimmer ein, legte den Umschlag vor sich auf das Bett und wartete, bis ihre Hände nicht mehr zitterten und sie bereit war, ihn zu öffnen. Meist war sie zu aufgewühlt, um die Sätze beim ersten Mal zu verstehen. Zu lange hatte sie auf eine Nachricht aus der alten Heimat gewartet. Ihre Briefe brauchten Wochen, um nach Deutschland zu gelangen, und es dauerte nicht selten zwei Monate oder länger, bevor eine Antwort kam. Grete schloss die Augen, atmete tief durch und las noch einmal.

Es beruhigte sie, dass ihre Eltern in Regensburg ihr versicherten, es ginge ihnen gut. Erwin hätte die schreckliche Nacht des Pogroms, die die Nazis so zynisch Reichskristallnacht getauft hatten, gut überstanden. »Liebes Kind, Du musst dich nicht sorgen, wir kümmern uns um ihn.« Wohl aus Angst vor Zensur war alles immer sehr vorsichtig formuliert. Ihre Eltern berichteten auch von vielen nebensächlichen Dingen, und Grete versuchte mehr oder weniger erfolglos, zwischen den Zeilen zu lesen, was wirklich vor sich ging und wie es um die Zurückgebliebenen stand. Erst nachdem sie sich gefasst hatte und den Brief nahezu auswendig kannte, fühlte sie sich sicher und stark genug, ihn Carl und Ida, ohne zu stocken, vorlesen zu können. Manche Passagen ließ sie dabei aus oder veränderte sie während des Lesens leicht, damit ihnen das Herz nicht schwer wurde.

Die Nachricht, dass die deutsche Wehrmacht in Polen einmarschiert war, verbreitete sich jedoch selbst in Shanghai in Windeseile. Zwei Wochen später erreichte sie ein Brief aus Deutschland. Die Zeilen waren noch vor dem Einmarsch der Deutschen abgeschickt worden. Gretes Eltern schrieben, dass Erwin in Schutzhaft genommen worden war. Beamte der Gestapo hätten vor der Haustür auf ihn gewartet.

»Liebe Grete, Vater ist noch in derselben Stunde zur Polizeistation am Minoritenweg gelaufen. Er hat mit Georg Schlattner gesprochen, doch mehr als ihm zu sagen, dass Erwin bereits auf dem Weg nach Dachau ist, hat auch er nicht für uns tun können.«

An diesem Abend weinte sich Grete seit Langem zum ersten Mal wieder in den Schlaf. Nach dem Einmarsch der Deutschen in Polen versiegten die Nachrichten fast ganz. Erwin Schwarz war es erlaubt, eine Postkarte mit fünfundzwanzig Wörtern aus dem Lager an seine Familie zu schreiben. Gerade genug, um Grete und die Kinder wissen zu lassen, dass er sie liebte, es ihm gut ging und sie alle auf sich aufpassen sollten.

Nun war Europa im Krieg. Die Vereinigten Staaten erklärten sich für neutral. Eleonore und Otto hofften noch immer, zu ihrem Sohn nach Amerika reisen zu können, auch wenn dieser Hoffnungsschimmer in immer weitere Ferne rückte. Ihr Sohn schickte regelmäßig Geld, beschwor sie durchzuhalten und versprach, alles zu tun, um sich nach einem Bürgen für Grete und die Kinder umzusehen.

Auch Carls Leben veränderte sich. Durch einen dummen Zufall lief er dem schönen Egon in die Hände, als der gerade auf einer Lieferfahrt in die Stadt war. Carl hatte wie so oft den Unterricht geschwänzt und war stattdessen in die Vormittagsvorstellung von »Love Is In The Air« gegangen. Wäre es nach ihm gegangen, hätte er sich viel lieber den Kriminalfilm »Night Must Fall« ansehen wollen, schließlich warb der Verleih damit, dass der Hauptdarsteller Robert Montgomery für den Academy Award nominiert worden war, doch der Film wurde erst am Nachmittag gezeigt. Enttäuscht kaufte er sich eine Karte, Kino war im Zweifel immer besser als Unterricht. »Love Is In The Air« war wie erwartet ein zuckersüßer Liebesfilm, und Carl beschloss nach der Hälfte des Films, sich das Ende zu ersparen. Als er aus dem Seiteneingang nach draußen huschte, stand ausgerechnet Egon mit seinem Fahrrad vor dem Schaukasten des Kinos.

»Na, so ein Zufall. Ist das nicht der Herr Carl?«, sagte er spöttisch grinsend.

Für einen kurzen Augenblick überlegte Carl, ob er nicht einfach kehrtmachen und davonlaufen sollte, aber er verwarf den Gedanken umgehend. Egon hatte ihn gesehen und würde es Grete erzählen. Eine Flucht machte es nur noch schlimmer.

»Müsstest du nicht jetzt in der Schule sein? Ich glaube, du kommst am besten mit mir mit.«

Carl trottete missmutig und schweigend neben Egon her. Der versuchte zu Beginn noch herauszufinden, was Carl um diese Zeit in der Stadt ziemlich weit von seiner Schule entfernt machte, doch Carl war einsilbig, und so ließ er es schließlich bleiben. Im Café Mozart angekommen, fiel Grete aus allen Wolken. Carl musste eine gewaltige Standpauke seiner Mutter über sich ergehen lassen, und dann ging alles Schlag auf Schlag. Sie bestand darauf, ihn zur Schule zu begleiten, sosehr er sich auch bemühte, ihr das auszureden. Dort angekommen, folgte die nächste unangenehme Überraschung. Der Schulleiter zeigte sich sehr erstaunt, Grete bei guter Gesundheit zu sehen. Schließlich hatte Carl erst vor ein paar Tagen glaubhaft versichert, seine Mutter befinde sich mit einer akuten Blinddarmentzündung im Krankenhaus und ihr Zustand sei kritisch. Aus diesem Grund sei ihm auch von der Schule trotz seiner vielen Fehltage eine Befreiung gewährt worden. Carl wurde der Schule verwiesen, und von seiner Mutter bekam er Hausarrest und eine schallende Ohrfeige. »Das ist fürs Lügen, mein Sohn!«

Er rieb sich die Wange und verzog sich beleidigt in seine Kammer. Doch anstatt die Schuld bei sich selbst zu suchen, war er Ronald Reagan, der in »Love Is In The Air« die männliche Hauptrolle spielte, auf immer und ewig gram. Wäre der Film nicht so eine Schnulze gewesen, hätte er bis zum Schluss ausgehalten und wäre womöglich Egon nicht in die Arme gelaufen. Dies war natürlich Unsinn, und Carl wusste es auch, aber wenn er die Schuld schon nicht auf Ida abwälzen konnte, so konnte er wenigstens jemand anderes dafür verantwortlich machen. Carls schulische Laufbahn war mit diesem Tag zu Ende, ein Umstand, der ihn nicht im Geringsten traurig stimmte.

Den Hausarrest verbrachte er meist lesend oder half Eleonore im Haushalt. Schließlich fand er durch Dr. Takeshis Vermittlung eine Stelle als Liftboy im Park Hotel. Das Hotel, eines der besten der Stadt, lag dem eleganten Race Course gegenüber.

Vom Hörensagen wusste Carl, dass an den Renntagen die einflussreichen und alteingesessenen Familien der Stadt auf dem Course ihre wertvollen Pferde laufen ließen. Er selbst war noch nie da gewesen. Anders Egon. Mit seinen chinesischen Freunden hatte er ein paar Mal gewettet und, wie er sagte, stets verloren.

»Das könnt ihr euch nicht vorstellen, die ganze feine Gesellschaft Shanghais flaniert dort auf und ab. Die Damen sind herausgeputzt, sie tragen elegante Hüte und Kleider, ganz so als wären sie hier nicht in Asien, sondern in Royal Ascot.«

Egon war wie in letzter Zeit häufiger, nachdem er und Grete das Café Mozart am Abend zugesperrt hatten, mit nach oben in die kleine Wohnung gekommen. Dort saßen sie nun alle gemeinsam nach dem Abendessen um den Tisch und unterhielten sich.

»Alle, die Geld haben, sind dort: Franzosen, Portugiesen, Russen, Perser, Japaner sowieso, selbst Reichsdeutsche mit ihren diskret am Revers versteckten Hakenkreuzabzeichen. Die Brut ist nicht zu übersehen«, sagte Egon sarkastisch. »Die sind wie Unkraut, die schießen überall aus dem Boden.«

»Und die Sassoon und die Kadoorie? Kommen die auch hin?«, wollte Ida wissen.

Die Familien der Sassoon und Kadoorie waren die ungekrönten Könige Shanghais. Ihre Vorfahren waren zur Zeit des ersten Opiumkrieges aus Persien über Indien in die Stadt gekommen und hatten dort ihr Glück gemacht. Trotz alledem waren sie strenggläubige Juden geblieben und unterstützten die Flüchtlinge finanziell, so gut es nur ging.

»Natürlich hat er die dort gesehen, was denkst du? Auf die Pferderennbahn gehen alle: ehrbare Geschäftsleute genauso wie durch Drogenhandel und Prostitution zu Reichtum gelangte Unter- und Halbweltgrößen. Ist doch klar!«, mischte sich Carl ein und steckte Ida die Zunge heraus.

»Carl! Langsam bist zu alt dafür, deine Schwester zu ärgern«, ermahnte ihn Grete.

»Aus dem Alter kommt er nie raus, stimmt's, Carl?«, sagte Eleonore mit gespielter Strenge und gab Carl einen Stups.

»Im Hotel haben sie erzählt, Mister Du wäre, ehe er vor den Japanern ins Exil nach Hongkong habe fliehen müssen, mit seinen vier Frauen zu den Renntagen gekommen.«

»Wer soll das denn sein, Mister Du?«, fragte Ida ihren Bruder. »Und auch noch mit vier Frauen! Du glaubst auch jeden Blödsinn.«

»Ja, das würde mich jetzt auch interessieren«, hakte Otto nach.

»Stimmt aber, er hat vier Frauen, das sagt auch unser Wagenmeister, und die chinesischen Küchenjungen erzählen ständig von ihm. Mister Du hier, Mister Du da. Für sie ist er so etwas wie ein Held. Er hat den Reichen das Geld abgenommen und den Armen gegeben, sagen sie.«

»Das hört sich für mich nach Robin Hood an«, brummte Otto.

»Ganz so war es auch nicht«, warf Egon ein. »Nach allem, was ich gehört habe, war er einer der größten Verbrecher, die selbst Shanghai je gesehen hat. Lange Jahre soll er mit seiner Bande den Opiumhandel in der Stadt kontrolliert haben.

Angeblich wurden jedem, der sich ihm in den Weg stellte, zur Strafe und als Mahnung für alle anderen die Sehnen an Armen und Beinen durchtrennt.«

»O mein Gott! Das ist ja entsetzlich.« Eleonore hielt sich vor Schreck die Hand vor den Mund. »Und die Polizei hat ihn nie eingesperrt?«

»Er hat niemals selbst Hand angelegt, dafür hatte er seine Leute. Und selbst jetzt, da er nicht mehr in der Stadt ist, soll er Shanghai noch kontrollieren. Er besitzt immer noch Anteile an mehreren großen Firmen und Zeitungen. Mich würde es nicht wundern, wenn er plötzlich aus seinem Exil wieder auftauchen würde.«

»Die Küchenjungen sagen, wenn Mister Du zurückkommt, jagt er die Japaner mit Schimpf und Spott aus der Stadt.«

»Tja, einen, der die Nazibrut aus dem Land jagen würde, könnten wir in Deutschland auch brauchen«, sinnierte Otto vor sich hin. »Aber ich fürchte, ein Mister Du allein würde uns da auch nicht viel nützen.«

Jeden Tag stand Carl nun mit seiner frisch gebügelten Uniform im Lift, fuhr die Gäste des Hotels von einem Stockwerk zum nächsten, erklärte, wo sich die Frühstücks- oder die Tagungsräume befanden, oder begleitete Neuankömmlinge durch endlose Korridore zu ihren Zimmern und Suiten. Wenn der Portier nach ihm rief, eilte er herbei, klemmte sich Taschen unter beide Arme, nahm dazu noch in jede Hand einen Koffer und schaffte das Gepäck der Gäste hinauf in deren Zimmer oder trug es bei der Abreise wieder hinunter zum Wagen. Er hielt lächelnd Türen auf, erledigte Besorgungen oder Botengänge für den Wagenmeister, und bei allen Verrichtungen war eine seiner wichtigsten Aufgaben, für die Gäste möglichst unsichtbar zu sein. In den Pausen saß er mit den anderen Pagen und Hoteldienern zusammen, sah den chinesischen Bediensteten des Hotels beim Mah-Jongg-Spiel zu oder lernte von den einheimischen Küchenjungen Chinesisch, was sich nach anfänglichen Schwierigkeiten als weniger kompliziert herausstellte als erwartet.

Nach der Arbeit schlenderte er wie immer durch die Straßen der Stadt. Hatte er Geld übrig, kaufte er sich etwas zu essen bei einer der Garküchen. Die Luft war angefüllt und schwer von den Gerüchen der unterschiedlichen Gerichte, und an jeder Ecke lockte Neues. Anfangs fiel es ihm schwer, mit Stäbchen zu essen, und es dauerte einige Zeit, bis er es schaffte, die Bissen zum Mund zu führen, ohne die Hälfte zu verlieren. Doch schon bald kam ihm das Essen mit Besteck, wie er es von zu Hause her kannte, unzivilisiert vor. Sun Shu sah er in diesen Wochen und Monaten fast nie.

Ende November 1941 wurden alle Flüchtlinge, die Deutschland nach 1937 verlassen hatten, von der deutschen Regierung für staatenlos erklärt. Nicht nur jüdische Flüchtlinge fielen darunter, auch Nichtjuden, die mit Juden verheiratet waren, und deren Kinder.

»Dieser kleine, dahergelaufene Postkartenmaler aus Österreich und seine halbseidene Mischpoke aus abgehalfterten Kriegshelden und Versagern wollen uns nun endgültig draußen haben. Für immer und ewig. Wenn es nicht so tragisch wäre, wäre es zum Lachen«, schimpfte Otto Knoll und legte die Zeitung auf den Tisch.

»Otto, sei doch nicht so laut«, ermahnte ihn Eleonore, die gerade das Abendbrot herrichtete.

»Eleonore! Es ist ganz genau so, wie ich es sage, wir sind niemand mehr. Mit einem Federstrich kommen wir aus dem Nichts. Wir gehören nirgendwohin, wir sind staatenlos. Wenn mich jetzt auf der Straße einer erschießt wie einen räudigen Hund, schert sich keiner auch nur einen Deut darum. Wir sind Freiwild, und das haben wir diesem Gesocks zu verdanken.«

Er faltete die Zeitung zusammen. »Sogar hier am Ende der Welt lassen sie uns nicht in Frieden. Ich hoffe nur, die Amerikaner lassen uns früher oder später rein. Wenn nicht, wo sollen wir noch hin? Auf den Mond?«

Am 7. Dezember 1941, einem Sonntag, wurde Carl am frühen Morgen durch ein Donnern aus dem Schlaf gerissen. Es klang, als würde von fern ein Gewitter heraufziehen. Im Halbschlaf wartete er auf das Geräusch der auf die Straße prasselnden Regentropfen. Er sehnte sich danach und stellte sich vor, wie die Luft nach dem Regen für kurze Zeit sauber und klar schmecken würde. Doch das Grollen kam nicht näher, und es setzte kein Regen ein. Carl öffnete träge die Augen.

»Hörst du das auch?« Ida saß aufrecht im Bett. Er konnte ihre Umrisse schemenhaft erkennen, doch ihr Gesicht verschwamm im Dunkel des Raumes.

»Das ist kein Gewitter. Was ist das für ein Geräusch?«, fragte sie.

»Ich weiß es nicht. Wo ist Mama?«

»Ich glaube, sie ist in der Küche. Als ich aufgewacht bin, war das Bett neben mir leer«, sagte Ida mit unsicherer Stimme.

»Lass uns auch rübergehen.« Er schob seine Bettdecke beiseite, stand auf und reichte ihr die Hand.

»Carl, ich habe Angst.«

»Komm. Es ist bestimmt nichts.«

Zögernd stand sie auf.

Grete und die anderen saßen um den Radioempfänger in der Küche. Otto versuchte, einen englischsprachigen Sender einzustellen. Keiner sagte ein Wort. Schließlich gelang es ihnen, zwischen Krachen und Pfeifen einzelne Satzfetzen herauszuhören. Soweit sie verstehen konnten, versuchten die Japaner, die im Hafen von Shanghai liegenden Militärschiffe der amerikanischen und britischen Flotte in ihre Gewalt zu bringen. Die Menschen in Shanghai wurden aufgefordert, möglichst in den Häusern zu bleiben. Immer wieder überlagerte ein Rauschen die Stimme des Sprechers.

Draußen hielt das donnernde Grollen der Geschütze den ganzen Tag an. Ab und zu fuhren schwer bewaffnete japanische Militärfahrzeuge am Haus vorbei. Immer wenn Carl auf die menschenleere Straße hinuntersehen wollte, ermahnte ihn seine Mutter, vorsichtig zu sein und nicht so nah ans Fenster zu gehen. Egon hatte die Aufforderung, im Haus zu bleiben, ignoriert und war zu ihnen herübergekommen. Und er brachte Neuigkeiten mit. Die Japaner hatten vor Tagesanbruch gewaltsam ein Schiff der US-Marine unter ihre Kontrolle gebracht. Als sie weitere britische Schiffe beschlagnahmen wollten, hatten die sich zur Wehr gesetzt. Daraufhin eröffneten die Japaner das Feuer auf alle im Hafen von Shanghai liegenden Militärschiffe. Während des Gefechts wurde ein Schiff der Briten getroffen und versenkt.

Gegen Abend vermeldeten die Nachrichten, Japan hätte die US-Pazifikflotte angegriffen. In zwei Angriffswellen hätten sie einen Großteil der Schiffe beschädigt oder versenkt.

Damit war aus einem europäischen Krieg ein Weltkrieg geworden. Für einen Wimpernschlag schien die Welt auch hier in Shanghai stillzustehen, doch bereits nach ein paar Stunden ging das Leben weiter. Die Straßen füllten sich wieder mit Menschen, und als am nächsten Tag die Zeitungen groß vom Angriff auf Pearl Harbor und dem bevorstehenden Kriegseintritt der Amerikaner berichteten, hatte die Stadt zumindest bei oberflächlicher Betrachtung wieder zum normalen Alltag zurückgefunden.

Doch das Leben in Shanghai wurde zu einem Dasein unter einer gläsernen Kuppel. Die Flüchtlinge waren von der Außenwelt abgeschnitten. Die Postkarten aus Deutschland blieben aus, ebenso die Geldsendungen aus Amerika. Hatten Eleonore und Otto sich bis zu diesem Tag an die Hoffnung geklammert, Shanghai würde nur ein Zwischenstopp auf dem Weg nach Amerika sein, mussten sie nun einsehen, dass sie auf unbestimmte Zeit hier festsaßen.

Das Klima in der Stadt veränderte sich. Die japanische Polizei hatte es vor allem auf Ausländer mit Pässen der Alliierten abgesehen. Sie verhafteten und internierten jeden, der ihnen verdächtig vorkam. Die meisten der seit Langem in Shanghai ansässigen reichen jüdischen Geschäftsleute verließen daraufhin die Stadt und gingen ins Exil nach Hongkong. Die Hilfskomitees versuchten so gut es ging, ihre Arbeit trotz der nun fehlenden Spenden fortzusetzen.

Von einem Tag zum nächsten tauchten Hakenkreuzfahnen in den Schaufenstern auf. Hatten sich die Reichsdeutschen bisher zurückgehalten, flanierten sie nun mit Parteiabzeichen und ihren Frauen am Arm vor den exklusiven Geschäften in der Nanking Road auf und ab.

Als er am Abend aus der Kanzlei nach Hause kam, sagte Otto zu Eleonore: »Jetzt hocken wir wie die Mäuse in der Falle, meine Liebe. Und wie es aussieht, haben sie die

Mäusefänger auch schon hereingelassen, aber ich wehre mich bis zum letzten Atemzug.«

Die Regierung des Tenno verbot den verbündeten Deutschen, in der Öffentlichkeit Uniform zu tragen. Nur Angehörige der japanischen Streitkräfte waren dazu berechtigt. Bei genauem Hinsehen konnte man jedoch unter dem Mantel versteckt Uniformen hervorblitzen sehen. Im Hotel zeigten sie sich trotz Verbot ungeniert. Die Reichsdeutschen in Zivil waren für Carl kaum zu unterscheiden, Gäste wie alle anderen. Deutsch sprachen sie nur untereinander, im Hotel war nach wie vor Englisch die übliche Umgangssprache. Die Uniformierten dagegen waren ihm unerträglich. Sie prahlten und protzten, wenn sie zu Carl in den Lift stiegen und sich unter ihresgleichen wähnten. Einen Liftboy nahmen die wenigsten überhaupt wahr, und wenn doch, genierten sie sich dennoch nicht, über ihre Verbündeten herzuziehen oder über die schlitzäugigen, gelbgesichtigen chinesischen Untermenschen. Carl drückte sich dann meist ganz nahe an die Wand des Aufzugs und versuchte, noch unsichtbarer zu sein als ohnehin schon. Er dachte daran, wie sie damals in der Nacht an der Grenze zu Italien aus dem Zug gestiegen waren. Die Furcht seiner Mutter war für ihn greifbar gewesen. Zum ersten Mal war sie schwach gewesen und er zu jung, um ihr beizustehen. Wenn er sich auch sonst an fast nichts erinnerte, hatte sich ihm doch ein Bild eingeprägt: das der uniformierten Deutschen mit ihren Hunden. Wie sie am Ende des Bahnsteiges standen und mit arrogantem Lächeln wortlos die Angst in den Augen der Reisenden auskosteten.

6

Hongkew

Am Mittwoch, den 3. Februar 1943, sollte das Jahr des Scha-fes beginnen. Für Carl war es seit seiner Ankunft in Shang-hai schon das fünfte Neujahrsfest. Er freute sich auf die mit Lichtern und Laternen geschmückten Häuser, auf Feuer-werk, Musik und Tanz, kurz: auf all die Ausgelassenheit, die dieses Fest mit sich brachte. Umso erstaunter war Carl, als er feststellte, dass diesmal alles anders zu sein schien. Schon lange vor dem Fest fingen die chinesischen Hoteldiener an, einander dunkle Prognosen für das bevorstehende Jahr zuzuraunen. Die chinesischen Küchenjungen zogen Carl beiseite und warnten ihn, er möge vorsichtig sein. Auf seine Nachfragen blieben sie seltsam stumm. Der Wagenmeister, ein baumlanger Kerl aus Indien, der schon seit einer Ewig-keit in Shanghai lebte, tat die Schwarzseherei der Chinesen als Aberglaube ab. »Vergiss es, Junge! Die Leute hier sind so, sie sehen überall Geister und Gespenster. Ich lebe schon so lange hier, ich werde mich nie daran gewöhnen. Das Beste ist, du lässt sie reden und vergisst es sofort wieder. In das eine Ohr hinein und aus dem anderen heraus.«

Auch Carl beschloss, dem ganzen Hokuspokus keinen Glauben zu schenken, bis kurz vor Jahreswechsel Sun wie aus dem Nichts auftauchte. Carl hatte ihn lang nicht mehr gesehen und beinahe nicht erkannt. Europäisch gekleidet, ganz nach dem Vorbild eines amerikanischen Leinwandgangsters, wartete er auf Carl vor dem Personaleingang in der kleinen Seitengasse zum Hotel. Wie es aussah, hatte er es geschafft, vom kleinen quirligen Taschendieb zum Zwischenhändler aufzusteigen. Nun war Sun es, dem die Kinderdiebe die erbeuteten Börsen ablieferten, und er gab den Erlös an die in der Hierarchie über ihm Stehenden weiter.

Mit ernster Miene erklärte er Carl, dass vom Jahr des Schafes, das bald anbrechen würde, nichts Gutes zu erwarten war. Als Carl einwandte, es sei doch nur Aberglaube, erklärte ihm Sun, nur einem von zehn in diesem Jahr geborenen Kindern würde Glück auf seinem Lebensweg beschieden sein.

Das Jahr im Zeichen des Yang würde den Krieg mit seinen Bomben hierherbringen. Daran gäbe es nicht den geringsten Zweifel. Naturkatastrophen und Krankheiten stünden bevor. Er beschwor Carl, er und seine Familie sollten sich darauf vorbereiten. Alles, was Unglück brachte, müsse vermieden werden. Carl müsse vielmehr alles tun, was Glück verhieße. Darum solle er nicht vergessen, das Licht die ganze Nacht brennen zu lassen. Die Fenster müssten offen bleiben, da nur so das Glück auch wirklich zu ihm finden konnte. Am nächsten Tag dürfe unter keinen Umständen das Haus gefegt werden, schärfte Sun ihm ein, denn sonst würde das Glück mit hinausgekehrt werden. Noch zweimal wiederholte Sun, was zu tun war, damit Carl es auch ja nicht vergaß, und ermahnte seinen Freund, diese Ratschläge nicht auf die leichte Schulter zu nehmen. »Year of yang is bad luck! Bad luck!« Sun schüttelte immer wieder traurig den Kopf.

Das neue Jahr begrüßten die Chinesen wie immer mit Böllern und Feuerwerk. Drachentänzer liefen durch die Straßen, begleitet von Musikanten. Die Menschen lachten und sprangen hinter den Tänzern her. All die Schwarzseherei und Furcht der letzten Wochen schien mit einem Mal wie fortgeblasen. Drei Tage dauerten die Festlichkeiten an, und Carl kam es vor, als wären sie noch viel lauter und bunter als in den vorangegangenen Jahren. Überall hingen rote Lampions, die Glück, Freude und Wohlstand bringen und gemeinsam mit den lärmenden Tänzern das Unheil vertreiben sollten.

Die Nacht auf den 4. Februar war eisig kalt gewesen, und obwohl Carl, ehe er zum Dienst ging, Grete und den anderen extra ans Herz gelegt hatte, das Fenster bis zum Morgen offen zu lassen, stand seine Mutter mitten in der Nacht auf und schloss es. Als Carl von der Arbeit nach Hause kam, war Eleonore gerade dabei, die Küche zu kehren. Kopfschüttelnd nahm Carl ihr den Besen aus der Hand. »Meine chinesischen Freunde würden sagen, du hast gerade das Glück hinausgekehrt.«

»Ich hoffe doch sehr, es besteht nicht nur aus all dem Staub und den Flusen, die sich hier jeden Tag ansammeln. Sonst müssten wir einen ganzen Haufen davon haben und die glücklichsten Menschen auf Erden sein.«

»Sind wir das nicht, Oma Knöllchen?«

»Ach, du Kindskopf. Komm, gib mir den Besen wieder, ich möchte fertig werden.«

Anfang Mai wurden in Shanghai alle nach 1937 eingewanderten Flüchtlinge aufgefordert, in ein für sie ausgewiesenes Gebiet in Hongkew zu ziehen. In der Bekanntmachung wurde das Wort Ghetto vermieden und durch den Begriff »Designated Area« schöngeredet.

Und wieder hatten sie Glück im Unglück, denn sie fanden eine winzige Wohnung im Hochparterre am Ende einer engen Gasse. Von der Haustür zur Straße hinunter gingen ein paar Stufen. Über die Gasse selbst waren Leinen gespannt, an denen die Wäsche zum Trocknen aufgehängt werden konnte. Lebten sie im französischen Viertel noch überwiegend mit Europäern zusammen, wohnten hier deutsche und österreichische Flüchtlinge Tür an Tür mit Chinesen.

Die Tage in Hongkew begannen früher als in ihrem alten Viertel, noch vor Sonnenaufgang. Der langgezogene Ruf: »Honey pots! Honeey poots!«, begleitet vom scheppernden Geräusch der über das Pflaster holpernden Karren, weckte Carl wie auch die meisten anderen Schläfer. »Honeey poots!«

Entlang der Straßen und Gassen zogen Kulis mit ihren notdürftig zusammengezimmerten Wägelchen, den »Honey Carts«, von Haus zu Haus. Eine Tür nach der anderen öffnete sich, und von überall her wurden die »Honigtöpfe« an die Rufer weitergereicht. Wenige Häuser waren an die Kanalisation angeschlossen. Der Inhalt der Töpfe wurde einfach auf den Mistkarren geschüttet, sodass der Gestank sich schnell ausbreitete und die Rufer und ihre Karren durch die Gassen der Stadt begleitete.

Hier erinnerte nichts mehr an Europa, alles war anders. Den Honey Carts folgten die Heißwasserhändler. Sie transportierten auf langen Stangen über den Schultern schwere tönerne Töpfe mit heißem Wasser. Während des Laufens schlugen sie unaufhörlich mit kleinen Holzhämmerchen gegen die Gefäße.

Machte Carl sich wenig später auf den Weg zur Frühschicht ins Hotel, standen entlang der Gassen und Straßen
Frauen, die die leeren Honigtöpfe schrubbten, um sie anschließend mit heißem Wasser zu spülen. Das Schmutz-
wasser schütteten sie einfach in die Gasse, und Passanten
mussten höllisch aufpassen, um nicht vom auf die Straße
platschenden Strahl getroffen zu werden.

Die neue Wohnung war noch kleiner und dunkler. Quer
durch die Küche spannten sie ein Seil und warfen eine Decke
darüber. So trennten sie den Raum in einen Wohn- und einen
Schlafbereich für Grete und Ida. Tagsüber konnte die Decke
wie ein Vorhang zur Seite geschoben werden. Eleonore und
Otto bekamen wegen des Klaviers das eigentliche Schlafzimmer, und Carl schlief in einer winzigen Abstellkammer,
die gerade genug Platz bot, ein kleines Bett hineinzustellen,
aber sie hatte ein Fenster, durch das er sogar den Sternenhimmel sehen konnte.

Im Sommer verbrachten sie die Abende, wann immer es
ging, draußen vor dem Haus in der Gasse. Dort saßen sie mit
ihren Nachbarn zusammen, redeten über alltägliche Probleme oder erzählten sich Geschichten von früher. Zur Zeit
des Pflaumenblütenregens, wie die Chinesen die Monate
Juni bis August wegen des häufig auftretenden leichten Nie-
selregens nannten, saß man unter einer Plane als provisori-
schem Baldachin.

An manchen Sommerabenden, wenn die Luft weniger
drückend war, öffnete Eleonore das Fenster ganz weit, setzte
sich ans Klavier und spielte. Wer konnte, nahm sich die Zeit
und saß mit Otto vor dem Haus, um Eleonores Spiel zuzuhören. Oft spielte sie Schubert, und wenn sie schließlich das

Lied vom Lindenbaum aus dem Zyklus der *Winterreise* anstimmte, fing einer nach dem anderen zu singen an. Selbst Egon und Carl, die sich immer ganz unsentimental gaben, wurde wehmütig ums Herz. Otto wischte sich mit dem Taschentuch verstohlen die Tränen aus den Augen, und mehr als einmal sagte er in die Stille hinein, die nach dem Lied immer entstand: »Was bin ich nur für ein alter Tor. Ich sitze hier und weine, wenn ich dieses Lied höre. Wie verrückt muss ich sein, ich müsste dieses Lied, wie all die anderen deutschen Lieder, von ganzem Herzen hassen, aber ich komme nicht davon los. Es rührt mein Herz, und ich weine um all das, was ich verloren habe.«

Die meisten ihrer Schüler hielten Eleonore auch in der kleinen Behausung in Hongkew die Treue.

Nach ihrem Umzug kam ein erwachsener Schüler hinzu, ein kleiner flinker Japaner namens Goya. Wie die meisten seiner Landsleute hatte es auch ihn durch den japanisch-chinesischen Krieg hierher verschlagen. Er war ein seltsamer Kauz, und aus irgendeiner Laune heraus hatte er sich in den Kopf gesetzt, ausgerechnet bei Eleonore Geigenunterricht zu nehmen. Da er auf Empfehlung durch Dr. Takeshi zu ihr gekommen war und sie sich ihm gegenüber nicht undankbar zeigen wollte, blieb ihr nichts anderes übrig, als Goya zu unterrichten. Außerdem brauchten sie das Geld. Ihren Hinweis, sie könne nur Klavierstunden geben und er wäre viel besser bei einem Geigenlehrer aufgehoben, schlug Goya in den Wind. Genauso wie ihr Angebot, sie würde sich gern für ihn erkundigen und alle Hebel in Bewegung setzen, um einen wirklich guten Lehrer für ihn zu finden. In regelmäßigen Abständen fand er sich bei Eleonore ein, um gemeinsam mit ihr zu musizieren. Dabei entlockte er seinem Instrument nicht viel mehr als ein jämmerliches Gekreische. Goya hatte absolut kein Gespür für Musik und noch weniger Talent. Während der Stunden bei Eleonore marterte er seine Violine genauso wie die Ohren derjenigen, die gezwungen waren, ihm zuzuhören. Mit unendlicher Geduld übte Eleonore wieder und wieder die gleichen Stücke mit ihm ein, ohne auch nur den geringsten Fortschritt zu sehen. Nach jeder Stunde bedankte er sich überschwänglich, verbeugte sich tief und küsste Eleonores Hand. Dann stolzierte er wie ein kleiner Gockel mit großen Schritten von dannen.

Sah man von seiner absoluten musikalischen Unfähigkeit ab, konnte sich Eleonore nicht über ihren Schüler beklagen. Zu ihr war er immer charmant und liebenswürdig. Begegnete man ihm in seinem beruflichen Umfeld, war er das absolute Gegenteil. Derselbe Mann, der Eleonore beim Abschied die Hand küsste und liebenswürdig anlächelte, verwandelte sich wenig später in einen wütenden Tyrannen.

Goya war für die »Designated Area« zuständig. In seinem Büro wurden die Passierscheine zum Verlassen des Ghettos ausgestellt. Jeder, der aus Hongkew hinauswollte, weil er in der Stadt arbeitete oder Besorgungen zu erledigen hatte, musste bei ihm vorstellig werden, und ohne seine Zustimmung konnte keiner der europäischen Flüchtlinge die Wachen auf der Garden Bridge passieren. Allein er stellte die erforderlichen Ausweise aus und nannte sich selbst deshalb gern den »König der Juden«. Seine Launen waren berüchtigt, und von einer Sekunde zur nächsten verwandelte sich die Liebenswürdigkeit in Person, die ihr Gegenüber charmant umgarnt, zu einem Tyrannen, der jeden quälte und drangsalierte, der ihm über den Weg lief.

Viele Flüchtlinge hatten wie Carl und Otto eine Stelle außerhalb Hongkews gefunden und waren auf die Passierscheine angewiesen. Goya wusste das und nutzte seine Macht weidlich aus. Unter den Emigranten kursierten wildeste Geschichten wie die, Goya hätte sich im Winter einen Spaß daraus gemacht, bei eisigen Temperaturen die Wartenden ohne Vorwarnung mit kaltem Wasser zu übergießen. Ein anderes Mal hätte er einen Mann aus der Reihe herausgezogen und mit einem Stock verprügelt. Carl selbst hatte immer Glück und war auch nie Zeuge eines solchen Vorfalls geworden. Er glaubte, es lag daran, dass Goya Eleonore für seine Großmutter hielt, denn hin und wieder waren sie sich vor oder nach den Musikstunden begegnet.

Das Café Mozart lag zwar in Hongkew, doch um bestellte Backwaren auszuliefern oder Mehl und andere Zutaten einzukaufen, mussten auch Grete und Egon das Viertel regelmäßig für Besorgungen verlassen. Einmal im Monat standen also auch sie wie alle anderen zur Verlängerung des Passierscheins an. Grete hatte heute die Frühschicht übernommen, und darum reihte Egon sich in die Schlange der Wartenden ein. Gegen Mittag hatte er eine Lieferung an Jegor Solowjow zu erledigen, einen russischen Emigranten, der im Winter nach der Oktoberrevolution nach China gekommen war. Seine Gattin hielt jeden Dienstag Hof in ihrer Wohnung im französischen Viertel, und zu jeder dieser Teeeinladungen bestellte sie Kuchen bei Grete und Egon.

Ausgerechnet an diesem Tag schien alles noch mehr Zeit als sonst in Anspruch zu nehmen. Goya war über eine halbe Stunde zu spät in seinem Büro erschienen, danach ging es zunächst relativ zügig und reibungslos weiter. Einer nach dem anderen bekam den gewünschten Stempel. Egon rückte

Stück für Stück nach. Der hinter ihm tippte ihm auf die Schulter und sagte: »Das kann nicht gut gehen, es geht zu schnell.« – »Warum soll es nicht gut gehen? Vielleicht haben wir Glück und Goya heute einen guten Tag.«

»Der holt sich immer einen aus der Reihe. Mir ist es lieber, er hat seinen Anfall schon hinter sich, ehe ich an die Reihe komme.«

Ein weiterer raunte: »Mich macht es auch immer ganz kirre. Bei dem Japaner weiß man nie, was kommt. Letztes Mal hat er meinen alten Nachbarn mit dem Lineal geschlagen. Ein alter Herr von 87 Jahren, der nur seine Frau im Hospital besuchen wollte. Da hatte sie einmal Glück und kommt in einem guten Krankenhaus in der Stadt unter, und dann rückt der da drin den Passierschein nicht raus.«

»Pscht, nicht so laut.«

»Das kann nicht gut gehen, der holt sich immer einen, sage ich Ihnen.«

Zehn Minuten später war Egon an der Reihe. Er hielt Goya seinen Pass hin. Der nahm den Ausweis, prüfte ihn und sah ihn von allen Seiten an. Goya lehnte sich langsam in seinen Stuhl zurück und blickte Egon misstrauisch an. Im Zimmer war es still geworden. Dann fragte er: »Are you Mr. Mozart?«

Egon verneinte höflich.

»Where is Mr. Mozart. I want to see Mr. Mozart.«

Egon versuchte zu erklären, dass sein Café Mozart hieß, aber er nicht Mister Mozart war und es auch keinen Herrn Mozart gab.

»Why?«

Egon nahm an, die Frage beziehe sich auf Mozart, und er versuchte zu erklären, dass Mozart bereits verstorben war und er sein Café nur so genannt habe, doch Goya schnitt ihm das Wort ab.

»Dead?! Why dead? You try to cheat me!«

Egon war für einen Moment zu verblüfft, um etwas zu erwidern.

»You are not Mozart!« Goya schlug mit einem Lineal auf die Tischkante.

»Nein.«

»You are a liar, you are a bloody liar.« Goya sprang auf den Schreibtisch.

»You are a bastard.« Er tanzte mit hochrotem Kopf und weit aufgerissenen Augen wie von der Tarantel gestochen darauf herum. Immer wieder schrie er, er wolle Herrn Mozart sehen. Auf der Stelle! Er lasse sich hier nicht für dumm verkaufen. Herr Mozart soll sofort hierherkommen. Anfangs versuchte Egon noch zu erklären, dass das nicht ginge. Goya sprang aber immer wilder auf dem Schreibtisch herum, kickte mit dem Fuß Ordner vom Tisch, dass sie laut klatschend auf den Boden fielen, aufsprangen und ihr Inhalt sich überall verteilte.

»I want to see Mozart!«, schrie Goya und spuckte bei jedem Wort kleine Speichelfetzchen. »I want so see!« Egon, der zuerst erschrocken vor dem Schreibtisch stand, konnte ob des auf und ab hüpfenden Rumpelstilzchens nicht mehr an sich halten und verzog ganz leicht die Mundwinkel zu einem spöttischen Lächeln. Darauf hatte der andere nur gewartet. Goya sprang vom Tisch direkt vor Egons Füße und trat ganz nah an ihn heran. Obwohl er sich streckte, reichte er Egon kaum bis zur Brust. Blitzschnell schlug er Egon mit der flachen Hand links und rechts ins Gesicht. »You dirty liar!«

Alle fünf Finger der Hand waren auf beiden Wangen zu sehen. Dann warf Goya ihn ohne Passierschein aus dem Büro. Als Egon beschämt und mit gesenktem Kopf an der Schlange der Wartenden vorbeischlich, flüsterte einer: »Er holt sich jeden Tag mindestens einen. Nehmen Sie es nicht schwer.«

Bleich und vor Wut zitternd, berichtete Egon zu Hause von dem Vorfall.

»Weißt du, was am schlimmsten für mich ist? Nicht dass er mich geschlagen hat, dass ich mich nicht wehren kann. Am liebsten würde ich hingehen und dem kleinen Japaner eine scheuern, aber ich brauche den Schein! Wenn ich nicht mehr raus kann, dann können wir das Café schließen. Wir brauchen die Bestellungen aus den anderen Vierteln. Wir verlieren sonst einen wichtigen Teil unserer Kundschaft.«

Grete lächelte Egon aufmunternd an. »Beruhige dich, Egon. Mein Schein ist noch gültig. Ich mache die Lieferung heute und auch die anderen Besorgungen. Du bleibst hier im Café, bis du den Schein wieder hast. Das geht schon.«

»Aber das ist viel zu schwer für dich! Ausgerechnet heute habe ich so viel bestellt. Das kannst du allein gar nicht tragen.«

»Dann nehme ich mir für die Rückfahrt eine Rikscha. Mach dir keine Sorgen, wir schaffen das schon.« Grete legte den Arm um Egons Schulter und versuchte, ihn so gut es ging zu trösten.

»Grete, ohne dich wäre ich hier aufgeschmissen. Du weißt gar nicht, was du mir bedeutest.«

Grete merkte, wie sie ganz leicht rot anlief, und sagte schnell: »Ich rede mit Eleonore. Sie kann bestimmt ein gutes Wort bei Goya einlegen.«

Nach der nächsten Musikstunde sprach Eleonore Goya auf den Passierschein an. Der stutzte einen kurzen Augenblick, dann presste er die Augen zu kleinen Schlitzen zusammen. Eleonore befürchtete schon, er würde nun auch bei ihr einen seiner berüchtigten Wutausbrüche bekommen. Aber er lächelte sie freundlich an und sagte: »Sure, Madam Eleonore.«

Dann verbeugte er sich noch ein wenig tiefer als sonst, küsste wie immer ihre Hand zum Abschied und stolzierte mit seiner Geige davon.

Am gleichen Tag bekam Egon seinen Pass, und er musste ihn nicht einmal selbst abholen. Goya schickte einen seiner Mitarbeiter im Café vorbei.

Als sich Egon am Abend bei Eleonore bedankte, sagte Otto stolz: »Da sieht man mal, meine Eleonore zähmt jeden Mann, nicht nur mich«, und gab ihr einen Kuss auf die Wange.

7

Nagoni

Sun sollte mit seinen düsteren Prophezeiungen recht behalten: Das Jahr des Schafes war kein gutes Jahr. Die Chinesen hofften auf einen Sieg der Kuomintang und den Abzug der Japaner. In der Stadt verschlechterte sich die Lage jeden Tag mehr. Chinesische Mönche überschütteten sich aus Protest gegen die Besatzer mit Benzin und verbrannten sich öffentlich, Sabotage oder Sprengstoffanschläge gegen Einrichtungen der japanischen Streitkräfte waren an der Tagesordnung. Von diesen vereinzelten Aktionen abgesehen, blieb die Stadt aber noch vom Krieg verschont. Kämpfe und Bombardierungen, wie Sun sie vorhergesagt hatte, blieben aus, doch fast jede Nacht raubte das Dröhnen der über die Stadt hinwegfliegenden amerikanischen Bomber ihren Bewohnern den Schlaf.

Die Flüchtlinge waren gänzlich von der Außenwelt abgeschnitten, Nachrichten über den Kriegsverlauf und die Situation in der alten Heimat drangen kaum zu ihnen durch. Europa war weit weg und der Krieg im Pazifik im vollen Gange.

Ida musste von der Schule abgehen, weil Grete das Schulgeld nicht mehr aufbringen und auch Otto und Eleonore, die bisher immer geholfen hatten, dass »das Mädchen eine gute Schulbildung bekommt«, nichts mehr beisteuern konnten. Nach langem Suchen fand Ida schließlich eine Anstellung im SRH, dem Shanghai Refugee Hospital, das im größten der Heime in der Ward Road untergebracht war.

Die Wohnung, in der sie zu fünft leben mussten, war winzig, im Vergleich zu den Zuständen im Ward-Road-Heim aber fast schon paradiesisch. Dort drängten sich bis zu sechzig Personen in einem Raum, ohne Ventilation im schwülheißen Sommer und ohne ausreichende Heizung im Winter, wenn die Temperaturen selbst in Shanghai unter null Grad fielen. Die medizinische Versorgung im Hospital war mehr als unzureichend, denn selbst über den Schwarzmarkt waren Medikamente kaum noch zu erhalten, aber Ärzte und Schwestern versuchten ihr Möglichstes.

Dem Jahr des Schafes folgte das Jahr des Affen, und auch wenn dies eigentlich ein glücklicheres Jahr sein sollte, änderte sich an der Situation wenig. Das Leben ging irgendwie weiter, der Krieg ging voran und mit ihm die Ungewissheit.

Egon hatte als Erster im Ghetto das Gerücht aufgeschnappt, die Japaner würden auf zunehmenden Druck der deutschen Regierung planen, die Flüchtlinge zu internieren. Zuerst hielten das alle für Unsinn. »Papperlapapp, das kann ich mir nicht vorstellen«, winkte Otto ab. »Die Japaner behandeln zwar die Chinesen wie Dreck, aber uns Flüchtlingen gegenüber sind sie, bis auf seltene Ausnahmen, meist freundlich und korrekt.« Doch die Gerüchte hielten sich hartnäckig und verstummten nicht.

Selbst Ida wurde im Krankenhaus darauf hingewiesen, wie sie sich im Fall einer Masseninternierung zu verhalten hätten.

Und dann hieß es plötzlich, es lägen bereits konkrete Pläne vor, alle in Shanghai ansässigen Flüchtlinge auf Boote im Hafen zu verfrachten. Die Boote sollten so weit als möglich von der Stadt weggezogen, angezündet und versenkt werden. Egon fühlte sich in seiner Annahme bestätigt. »Was habe ich euch gesagt? Aber Otto weiß ja immer alles besser.«

»Ich kann es mir nicht vorstellen, dass die Japaner uns das antun würden«, sagte Grete und legte das Geschirrtuch beiseite, um die gespülten Gläser und Tassen für den nächsten Tag in das Regal einzuräumen. Der letzte Gast war bereits gegangen, und sie standen allein im Café Mozart.

»Und ich kann mir nicht vorstellen, dass jemand so ein Gerücht in die Welt setzt, wenn nicht auch ein Funken Wahrheit daran ist.«

»Und was können wir tun?«

»Ich gehe auf jeden Fall nicht auf das Boot und lasse mich in die Luft jagen. Ich werde schon eine Lösung finden.«

»Egon, ich habe Angst. Zum ersten Mal seit ich mit den Kindern von zu Hause fort bin, sehe ich nicht, wie es weitergehen soll.« Grete war bleich, und ihre Augen füllten sich mit Tränen.

Egon nahm all seinen Mut zusammen und ging zu ihr hinüber. Er nahm sie zärtlich in den Arm und sagte: »Du brauchst dich nicht zu fürchten; solange ich bei dir bin, werde ich auf dich und die Kinder aufpassen. Ich verspreche es dir.«

Ein paar Tage später wurde Carl gleich nach Dienstbeginn vom Wagenmeister zur Seite genommen. Der sah ihn streng an und sagte: »Ich möchte, dass du kurz vor Ende deiner Schicht zu mir kommst. Und zu keinem ein Wort. Verstanden?«

Eine Viertelstunde vor Feierabend meldete sich Carl wie vereinbart.

»Komm.« Wortlos gingen die beiden hinunter in den Keller. Carl hatte bisher immer geglaubt, er würde das Hotel wie seine Westentasche kennen, doch nun folgte er dem Wagenmeister von einem ihm unbekannten Flur in den anderen. Das ganze Hotel schien auf einem unterirdischen Labyrinth gebaut zu sein. Treppauf, treppab lief er hinter dem hochgewachsenen Inder her, bis dieser plötzlich vor einem Regal stehen blieb.

»Hör mir gut zu, mein Junge: Wenn die Japaner alle Flüchtlinge versammeln, kommst du hierher.« Er zog einen Schlüssel aus der Tasche seiner Uniformjacke. »Da, den nimmst du und versteckst ihn gut, er öffnet dir die Tür zum Keller. Du darfst ihn nicht verlieren! Wenn du hier angekommen bist und dieses Regal verschiebst, kannst du dich in der Kammer zum alten Heizungsraum verstecken. Keiner kommt hier herunter, die meisten im Haus kennen sich im Keller auch gar nicht aus. Ich möchte, dass du in den nächsten Tagen ein paar Mal herkommst, denn im Ernstfall musst du den Weg blind finden. Hast du mich verstanden?«

Carl nickte.

»Politik ist mir völlig gleich, das Einzige, was zählt, ist das Hotel. Du bist ein guter Kerl, Carl, und ein guter Page. Wäre schade, wenn einer wie du es nicht zum Wagenmeister oder Portier bringen würde.« Dann klopfte er Carl auf die Schulter. »So, jetzt gehen wir wieder nach oben, und du verlierst den Schlüssel nicht.«

Otto hielt von dem Gerede nicht viel. »Das ist doch alles Schmonzes, dummes Gelaber«, sagte er und schüttelte den Kopf. Er habe mit Dr. Takeshi in der Kanzlei darüber gesprochen, und auch der sagte, dass, selbst wenn es Speichellecker in der japanischen Regierung gäbe, die sich darauf einlassen würden, der Tenno Heika dem nie zustimmen würde.

Als Ende des Jahres plötzlich an alle Flüchtlinge Formulare ausgegeben wurden, in denen jeder, ganz gleichgültig ob jung oder alt, detailliert Auskunft über den jeweiligen Gesundheitszustand und die Arbeitsfähigkeit geben sollte, schossen Gerüchte und Vermutungen ins Kraut wie nie zuvor.

Carl hielt es für das Beste, sein Versteck ein bisschen besser vorzubereiten, er legte Vorräte, Kerzen und Decken bereit. Und dann wartete er.

Im Jahr 1945 wurde das chinesische Neujahrsfest von einer ganze Reihe größerer und kleinerer Anschläge begleitet. Selbstmordattentäter sprengten sich mit japanischen Soldaten in die Luft oder stachen im Gewirr der Gässchen Angehörige der Besatzungsarmee nieder, wenn die allein unterwegs waren. Japanische Soldaten verschwanden darum fast gänzlich aus der Altstadt, und wenn man sie dort doch antraf, dann nur in Gruppen.

Derweil bereiteten sich die gläubigen Juden in Hongkew auf Purim, das Losfest, vor. Am Festtag selbst sah man in den Straßen viele Menschen verkleidet in bunten Kostümen. Es wurde viel getanzt und gesungen, als müsste die Angst, die das Viertel in den letzten Monaten fest im Griff hatte, endgültig vertrieben werden.

Zwei Tage nach Purim kam Jegor Solowjow ins Café Mozart. Seit damals, als Grete die Auslieferung des Kuchens übernommen hatte, weil Egon der Passierschein von Goya entzogen worden war, wollte Solowjow nur noch von ihr bedient werden. Bestellungen gab er nie telefonisch auf. Er misstraute diesem seltsamen Apparat. Viel lieber ließ er sich von einer Rikscha quer durch die Stadt fahren. Egon sagte immer, Solowjow throne in dem Gefährt wie ein russischer Großfürst. Vor dem Café stieg er majestätisch aus, was bei seiner breiten Statur mit einigen Schwierigkeiten verbunden war, die er jedoch glänzend meisterte. Meist wies er den Rikschafahrer an, auf ihn zu warten. Mit Gehstock, Hut und leicht federndem Gang betrat er das Café. Seine Frau habe wieder zu einer ihrer literarischen Teestunden geladen, und darum sei er hier, um rechtzeitig Kuchen zu bestellen. Eine Napoleontorte sollte es sein, nach der sehne sich seine Frau so sehr, und keiner könne sie so zubereiten wie zu Hause in Russland. Nur hier im Café Mozart sei sie ein klein wenig so wie in ihrer Heimat. Er formulierte seine Sätze umständlich, und wenn er sprach, strich er bedächtig über seinen graumelierten Bart. Grete möge doch so nett sein und ihm die Torte morgen pünktlich um Viertel vor vier Uhr am Nachmittag liefern.

Doch am nächsten Tag ging alles schief. Der chinesische Küchenhelfer war nicht erschienen, und Grete und Egon kamen mit der Arbeit nicht nach. Grete wurde immer hektischer, um nur ja rechtzeitig alles fertig zu bekommen. Sie stolperte in der Backstube, rutschte aus und verknackste sich den Knöchel dabei so unglücklich, dass der innerhalb von Minuten anschwoll und blau anlief. Notdürftig bandagierte sie ihren schmerzenden Fuß.

»Die Auslieferung kannst so nicht machen.«

»Das geht schon irgendwie. Ich kann doch eine Rikscha nehmen.« Grete hatte den geschwollenen Fuß auf einen Küchenschemel gelegt.

»Lass das, die Lieferung mache ich mit dem Rad. Du kannst kaum humpeln. Ich bin gleich wieder zurück«, entschied Egon, und ehe sie widersprechen konnte, machte er sich auf den Weg.

Als Grete zweieinhalb Stunden später das Café absperrte und nach Hause humpelte, war Egon, der sonst immer pünktlich war und selbst nach späten Lieferungen noch einmal im Café vorbeischaute, noch nicht zurück.

»Mach dir keine Gedanken, Grete, er wird es nicht mehr geschafft haben«, meinte Eleonore beim Abendbrot.

»Aber es ist nicht seine Art, und ich mache mir Sorgen«, erwiderte Grete.

Als Otto an diesem Abend viel später als sonst nach Hause kam, berichtete er von einem erneuten Anschlag, den chinesische Widerständische auf japanische Soldaten verübt hätten.

Die Garden Bridge war deshalb gesperrt worden, und der Wachposten hätte keinen mehr durchgelassen. »Jedem, der vorbei wollte, hat er mit seinem Gewehr mit aufgepflanztem Bajonett den Durchgang versperrt. Zwei Stunden habe ich in der Schlange gestanden und gewartet. Und als der Posten endlich wieder geöffnet worden ist, haben sie jeden Einzelnen von uns peinlichst genau überprüft. Hätte ich nicht das Glück gehabt, als einer der Ersten in der Reihe zu stehen, bin ich mir sicher, stünde ich jetzt noch an.«

»Siehst du, Grete, du musst dich nicht sorgen. Egon wird sich verspätet haben wie Otto«, beruhigte Eleonore.

Als Egon auch am nächsten Tag bis Mittag nicht erschien, hielt es Grete nicht mehr aus. Sie schloss das Café und ging in seine Unterkunft in der East Seward Road. Egon hatte dort ein kleines Zimmer im ersten Stock, das er sich mit

Theo Ritter teilte, einem Flüchtling, den er noch von der *Conte Biancamano* kannte. Aber auch dort war er nicht. Ritter meinte, wenn sie nicht vorbeigekommen wäre, hätte er sich am Nachmittag im Café erkundigt.

»Ich verstehe das nicht, Egon ist sonst so zuverlässig.« Er schüttelte den Kopf.

Beunruhigt ging Grete zurück ins Café Mozart. Kaum dort angekommen, erschien ein verärgerter Jegor Solowjow und beschwerte sich über die nicht erhaltene Lieferung. Er und seine Frau hätten Stunden vergeblich gewartet. Die ganze Nachmittagseinladung wäre verdorben gewesen, denn außer Tee und ein paar alten, halb vertrockneten Watrushki hätten er und seine Frau den Gästen nichts, aber rein gar nichts anbieten können.

»Ich will gar nicht daran denken. Welche Schande! Noch nie in meinem Leben habe ich eine ähnliche Blamage erlebt.« Wild gestikulierend fuchtelte er mit den Armen in der Luft herum. Warum Grete denn nicht wie vereinbart geliefert hätte? Seine Frau Darja, »mein süßes Täubchen Daschjenka«, hätte sich abends vor Scham in den Schlaf geweint.

Grete entschuldigte sich tausendmal, es müsse etwas vorgefallen sein, sonst könnte sie sich nicht erklären, warum Egon nicht wie ausgemacht den Kuchen ausgeliefert hatte. Als Jegor Solowjow Gretes besorgtes Gesicht und ihren bandagierten Knöchel sah, beruhigte er sich ein wenig. Nach ein paar weiteren Sätzen über das schlimme Schicksal seiner allerliebsten Frau verließ er mit großer Geste das Mozart. Grete sperrte an diesem Tag zum zweiten Mal das Café zu, ging zur Polizei und erstattete Vermisstenanzeige.

Als Egon auch am nächsten Tag verschwunden blieb, sprang Eleonore ein und half ein wenig aus. Keiner konnte sich erklären, wo Egon geblieben war. »Ich versteh es nicht. Ihm muss etwas zugestoßen sein. Es ist nicht seine Art, Eleonore, es ist einfach nicht seine Art.« Selbst Sun, der über viele Kontakte in der Stadt verfügte, fand zunächst nichts heraus. Egon blieb wie vom Erdboden verschluckt.

Tage später trieb eine Leiche den Huang Poo hinab Richtung Jangtsekiang, bis sie sich schließlich in einem der Fischernetze verhedderte. Einer der Fischer hatte es von seinem Sampan aus ins Wasser geworfen, und als er es wieder einholen wollte, fand er den im Netz verfangenen Körper. Zu schwer, ihn ins Boot zu hieven, schob er den Toten mit den langen Stechrudern in Richtung Ufer.

Hätte Sun nicht durch einen seiner kleinen Diebe von dem Fund gehört, wäre Egons Schicksal wohl für immer im Dunkeln geblieben, und Grete und die anderen hätten nie erfahren, was mit ihm geschehen war.

Kaum ging die Nachricht vom Fund des Toten durch Hongkew, meldete sich ein Zeuge nach dem anderen, der glaubte, Egon an diesem verhängnisvollen Nachmittag noch gesehen zu haben. Nach und nach reimte sich Grete die Geschichte zusammen.

Egon hatte, kurz nachdem er mit dem Rad vom Café weggefahren war, die Wache auf der Garden Bridge passiert. Unweit der Brücke musste er von einem Lastwagen der japanischen Armee leicht touchiert worden sein, zumindest berichteten mehrere Augenzeugen davon: Ein Mann, der Egon gewesen sein könnte, sei von einem vorüberfahrenden Wagen, vollbesetzt mit Soldaten, von der Straße abgedrängt worden. Der Fahrer hätte kurz gestoppt, sei aber dann weitergefahren, ohne sich um den Radfahrer zu kümmern. Dem war nichts geschehen, dennoch beschwerte er sich lautstark schimpfend. Als das Militärfahrzeug erneut anhielt, schenkten die meisten der Umstehenden dem Vorfall keine Beachtung mehr und gingen weiter.

Dann ging aber offenbar alles sehr schnell. Von der Ladefläche sprangen zwei Soldaten, packten den schimpfenden und um sich schlagenden Radfahrer an Armen und Beinen, zerrten ihn und sein Fahrrad auf den Wagen und fuhren davon.

Sun ließ den Toten nach Hause bringen, damit er nach den Riten seines Glaubens bestattet werden konnte. Er selbst verabschiedete sich auf seine eigene Weise von ihm. Vor der Beisetzung kam er in Egons kleines Zimmer, zündete dort ein Räucherstäbchen an und verneigte sich dreimal in jede Richtung. Zu Ehren des Verstorbenen streute er als Zeichen der Trauer weiße Blütenblätter. Dann ging er hinunter in den Hof, verbrannte Papiergeld und kleine aus Papier gefertigte Gegenstände, von denen er glaubte, Egon würde sie auf seiner Reise ins Jenseits brauchen.

Wenige Stunden später wurde Egon auf dem kleinen jüdischen Friedhof in Shanghai beigesetzt. Grete, Ida und Eleonore begleiteten den Sarg, den Otto, Carl und Theo Ritter gemeinsam mit anderen Männern trugen. Und da Egon keinen Sohn und auch sonst niemanden in Shanghai hatte, der das hätte tun können, trat Otto hervor und sprach das Kaddisch für ihn. So nahmen sie unter bitteren Tränen Abschied.

8

General W. H. Gordon

Nach Egons Tod versuchte Grete, das Café allein weiterzuführen. Einer von Suns zahllosen Cousins wurde als zusätzliche Küchenhilfe eingestellt, und obwohl Eleonore und Otto die drückende Hitze des Shanghaier Sommers immer mehr zu schaffen machte, gingen sie Grete so gut sie konnten zur Hand.

Ottos 75. Geburtstag am 17. Juli 1945 fiel auf einen Dienstag, und zur Feier des Tages wollte Grete ihm eine Geburtstagstorte backen. »Grete, du hast so viel um die Ohren, es muss wirklich nicht sein. Otto freut sich auch über eine Schnitte mit Butter«, wandte Eleonore ein, doch Grete wollte davon nichts hören. »Egon wäre ganz schön traurig, wenn ich Otto keine Torte backen würde.« Sie beschlossen, das Café zur Feier des Tages ein wenig eher zu schließen, damit sie am Abend alle gemeinsam vor dem Haus sitzen und mit Nachbarn und Freunden auf Otto anstoßen konnten.

Carl hatte Frühschicht gehabt und war dann schnell nach Hause gegangen, um den Rest des Tages mit nacktem Oberkörper schwitzend auf dem Bett unter dem rotierenden Deckenventilator zu verbringen. Der leichte Luftzug brachte kaum Kühlung, und bei der geringsten Bewegung war Carl schweißnass. Er war ganz allein in der Wohnung, Ida war im Krankenhaus, Grete mit Eleonore im Café und Otto in der Kanzlei.

Die bleierne Schwüle des Nachmittags wurde vom Aufheulen einer Sirene zerrissen. Carl blieb regungslos liegen, trotz des Fliegeralarms rührte er sich nicht. In den letzten Tagen hatte es immer wieder Alarm gegeben, aber jedes Mal waren die amerikanischen Bomber über sie hinweggeflogen, hatten sich ihr Ziel anderswo gesucht. Wenig später fielen die ersten Bomben. Unter der Wucht der Detonationen bebte die Erde. Glas klirrte. Bilder fielen von den Wänden, Töpfe aus den Regalen. Carl wusste nicht, was er tun sollte. Er sprang vom Bett auf, warf sich flach auf den Boden und robbte zur Tür. Dort angelangt, stand er auf und lief schnell die Treppen hinunter, hinaus auf die Straße. So überraschend der Angriff gekommen war, so schnell hatten die Flugzeuge wieder abgedreht. Um ihn herum war Chaos und Verwüstung. Schreiende und weinende Menschen liefen durcheinander. Am anderen Ende der Straße stiegen schwarze Rauchsäulen zum Himmel auf. Die Häuser in unmittelbarer Nachbarschaft waren heil geblieben, doch dort brannten Häuser, und Flammen loderten aus den Dachstühlen. Vor den Gebäuden hatten sich lange Schlangen gebildet, und Eimer mit Löschwasser wurden von einem zum anderen weitergegeben. Die Straßen waren übersät mit Trümmern, Schutt und Asche.

Wie Carl waren viele in den Häusern überrascht worden, hatten wie er geglaubt, auch dieses Mal verschont zu bleiben. Nun suchten die Menschen verzweifelt mit bloßen Händen nach Verletzten und Toten unter den Trümmern.

Carl hetzte die Straßen entlang hinüber zum Café Mozart. Bei jedem Schritt trat er auf zerborstenes Glas. Rikschas mit

Verletzten fuhren an ihm vorbei. Im Rinnstein der Straße saß eine Frau, der die Kleider nur noch in Fetzen am Körper hingen. Ungläubig starrte sie auf ihre blutüberströmten Hände.

Das Café sah von Weitem aus wie eine offene Wunde, Fenster und Türen waren aus den Angeln gerissen und klafften weit auf, und überall lagen Glasscherben. Von der Einrichtung war wenig mehr als Trümmer übrig geblieben, und inmitten der Zerstörung saß Eleonore auf dem einzigen heil gebliebenen Stuhl, auf dem Schoß das derangierte Paket mit Ottos Kuchen. Neben ihr suchte Grete in Schmutz und Chaos nach Dingen, die den Angriff heil überstanden hatten.

Carl fiel ein Stein vom Herzen. Rufend und winkend rannte er die letzten Meter, schloss beide in die Arme und drückte sie so fest, als wollte er sie nie wieder loslassen. Grete blutete an den Armen und im Gesicht, und auch Eleonore hatte ein paar Kratzer durch herumfliegende Glassplitter abbekommen, aber sonst waren sie unversehrt.

Schnell verbreitete sich die Nachricht, das eigentliche Ziel, die japanische Radiostation, sei völlig zerstört worden. Nachdem die aus Okinawa kommenden amerikanischen Flugzeuge den Sender getroffen hatten, hatten sie sofort abgedreht, um ihre Ladung über anderen japanischen Zielen abzuwerfen. Darum war der Angriff so schnell vorüber.

Auch Otto, der sich früher als sonst auf den Heimweg gemacht hatte, wurde leicht verletzt. Von überall her wurden Verwundete auf Tragen und in Wägelchen ins Flüchtlingskrankenhaus gebracht. Bis weit in die Morgenstunden hinein halfen Otto und Carl bei den Aufräumarbeiten. Grete lief hinüber zum Krankenhaus, um zu sehen, ob auch mit Ida alles in Ordnung war. Das Hospital war zum Glück nicht getroffen worden, doch der Andrang der Hilfesuchenden konnte kaum bewältigt werden. Im Hof wurde eine provisorische Ambulanz eingerichtet, in der operiert und Wunden verbunden wurden. Als Ida am Nachmittag des nächsten Tages aus dem Krankenhaus kam, ließ sie sich, so wie sie war, aufs Bett fallen und schlief sofort ein.

Das Paket mit dem Kuchen blieb unbeachtet auf dem Küchentisch stehen. Ihnen allen war in der Aufregung des Tages der Appetit vergangen.

Vier Wochen später wurden sie nachts von Feuerwerkskörpern und Salutschüssen geweckt. Durch das geöffnete Fenster hörten sie Menschen in der Straße rufen.

»Der Krieg ist aus!«

Dazwischen knallten und krachten Böller. Grete stand auf und lief zum Fenster. Zu den Feiernden in der Gasse rief sie hinunter, woher sie das wüssten und ob sie auch sicher wären.

»Über den amerikanischen Sender. Schaltet das Radio ein, wenn ihr eines habt.«

Otto und Carl versuchten, den Sender einzustellen. Allen kam es vor wie eine Ewigkeit, und dann hörten sie es selbst: »The war is over!«

Die japanische Regierung würde die Kapitulation noch am selben Tag im Radio verkünden. Inmitten der kleinen Küche fielen sie einander in die Arme und weinten und lachten zugleich.

»Lasst uns hinuntergehen.« Otto fasste Eleonore und Grete an der Hand. »Lasst uns feiern!«

Auf der Straße war der Jubel unbeschreiblich. Otto und Eleonore küssten und umarmten sich und tanzten in Nachthemd und Pyjama mit den anderen. Immer mehr Menschen kamen dazu.

Inmitten des Tumults sah Ida ihre Mutter abseits auf den Treppen zum Haus sitzen, Tränen liefen über ihr Gesicht.

»Mama, der Krieg ist zu Ende. Alle freuen sich, warum bist du traurig?«

»Ich weiß es nicht, Kind.«

Ida setzte sich zu Grete und legte den Arm um sie. Ihre Mutter, die in all den Jahren immer so stark gewesen war, fühlte sich plötzlich klein und zerbrechlich an. Ida wischte ihr die Tränen fort, küsste sie und wiegte sie wie ein Kind in den Armen.

»Ich habe mir so oft gewünscht, dass der Krieg zu Ende geht. So oft, und nun fehlt mir die Kraft, glücklich zu sein. Wie dumm ich doch bin.«

»Du bist nicht dumm. All die Jahre hast du für uns stark sein müssen.« Als wäre sie die Mutter und Grete das Kind, strich sie ihr über das Haar.

»Ich muss an Egon denken, wie sehr der sich gefreut hätte, das Ende des Krieges zu erleben. Ist nun überall Frieden?« Grete sah ihre Tochter an. »Wie wird es in Deutschland sein? Wie mag es eurem Vater gehen? Wie den Großeltern? Ich wünschte, sie alle wären hier.«

Am nächsten Tag war der Platz vor Goyas Büro leer. Die Gerüchte über seinen Verbleib überschlugen sich. Er sei untergetaucht, hieß es. Andere behaupteten, er sei verhaftet worden. Auch von den Wachen auf der Garden Bridge war nichts zu sehen. Einer der Gäste im Café Mozart erzählte, er hätte gesehen, wie der »König der Juden« verprügelt worden wäre, und hätte sich Goyas Frau nicht flehend dazwischengeworfen, wäre es noch viel schlimmer für ihn gekommen.

In der Stadt herrschte Chaos. Alle waren froh, dass Frieden war, aber keiner wusste so recht, wie es nun weitergehen sollte. Busse fuhren nur unregelmäßig, Taxis und Rikschas waren schwer zu bekommen. Otto erschien darum erst viel später als sonst im Büro.

Die Kanzlei war menschenleer, von den Sekretärinnen fehlte jede Spur, und die Schränke standen offen, ebenso die Tür zu Dr. Takeshis Büro. Als Otto über den Flur in seine kleine Kammer wollte, hörte er Dr. Takeshis Stimme.

»Mein Freund, kommen Sie nur herein.«

Otto erschrak, als er den Raum betrat und Dr. Takeshi hinter seinem Schreibtisch sitzen sah. Er war bleich und um Jahre gealtert, sein Haar, das gestern noch schwarz mit ein paar weißen Strähnen gewesen war, war über Nacht weiß geworden.

»Bitte nehmen Sie Platz.« Seine Stimme klang freundlich wie immer, doch alle Bestimmtheit war aus ihr gewichen.

Otto trat ein und setzte sich auf einen der Besuchersessel.

»Wo sind die anderen?«

»Ich habe sie nach Hause geschickt.«

Otto stellte seine Aktentasche neben sich auf den Boden. Er hielt es für unangebracht und unhöflich, das Wort an Dr. Takeshi zu richten, darum wartete er, bis dieser weitersprach. Eine ganze Weile saßen beide still da.

»Ich bin Ihnen dankbar, dass Sie heute gekommen sind.« Dr. Takeshi sprach leise. »Ich weiß, was für eine große Erleichterung das Ende des Krieges für Sie sein muss. Sie und Ihre Frau werden nun bestimmt bald nach Amerika weiterreisen können. Auch Misaki und ich werden gehen, doch wir tun es nicht freiwillig. Die Chinesen werden uns nicht mehr in ihrem Land dulden.«

»Was ist mit Ihrer Frau, Dr. Takeshi, geht sie nicht mit Ihnen?«

»Meine schöne stolze Frau.« Dr. Takeshis Stimme zitterte ganz leicht, als müsste er mit aller Kraft die Tränen unterdrücken.

»Sie hat uns bereits verlassen. Sie hat sich heute das Leben genommen.«

Ehe Otto etwas sagen konnte, fuhr Dr. Takeshi fort.

»Für sie war die Niederlage ein Gesichtsverlust, sie hätte mit dieser Schande nicht leben können. Ich weiß, für einen Europäer ist das schwer zu verstehen. Sie müssen wissen, sie wurde so erzogen. Wir leben in einer anderen Welt, mit anderen Traditionen. Eine Niederlage, somit das Gesicht und die Ehre zu verlieren oder von den Siegern dieses Krieges interniert zu werden, war das Schlimmste, was ihr passieren konnte.«

Auf dem Schreibtisch vor Dr. Takeshi lag ein Schwert. »Das ist ein Wakizashi, es gehörte meinem Großvater. Zu seiner Zeit war ein Seppuku, also die Selbsttötung zur Wahrung des Gesichts, gang und gäbe. Sehen Sie mich nicht so entsetzt an, mein Freund, Sie brauchen sich nicht um mich zu sorgen, ich werde mich nicht töten.« Ein trauriges Lächeln huschte über sein Gesicht. »Die Chinesen werden uns hier nicht mehr dulden, ebenso wenig die Amerikaner. Ich habe gern in Shanghai gelebt, und es wird mir schwerfallen, wieder nach Japan zurückzukehren. Ich liebe diese Stadt, und ich fürchte um sie. Die Kuomintang und die Kommunisten werden sich nicht lange verstehen. Wenn dieses Pack um Mao Zedong und Zhou Enlai an die Macht kommt, glauben Sie mir, wird die große Zeit Shanghais vorüber sein. Es wird nicht heute und auch nicht morgen geschehen, aber in den nächsten Jahren. Doch da werde ich schon lange nicht mehr hier sein.«

Seit dem Ausbruch des Krieges im Pazifik waren die Flüchtlinge in Shanghai von allen Nachrichten abgeschnitten gewesen. Nur sehr selten und in ganz schlechter Qualität konnten sie einen englischsprachigen Sender empfangen. Sie hatten zwar im Mai von der Kapitulation der Deutschen gehört, aber Europa war für sie so weit weg wie der Mond. Nun hörten sie jeden Tag Neues. Die Nanking Road entlang hingen Aushänge mit langen Namenslisten von Menschen, die die Hölle von Auschwitz, Majdanek oder Lublin überlebt hatten. Die Zeitungen, die während des Krieges wenn überhaupt nur von der Lage in Shanghai berichtet hatten, überschlugen sich nun mit Nachrichten über die Zustände in Europa. Langsam begriffen Grete, Otto und die anderen, welches Grauen sich dort abgespielt hatte, seit sie im Frühjahr 1938 an Bord der *Conte Biancamano* gegangen waren. Zum ersten Mal sahen sie Bilder der zerstörten Städte. Hörten von den Menschen, die zu Hunderttausenden entwurzelt und auf der Flucht waren, erfuhren von ihrem Hunger, ihrem Elend. Fassungslos standen sie vor den Fotografien und den Berichten über die Konzentrationslager. Viele der Flüchtlinge, die mit ihnen in Shanghai gestrandet waren, schworen, nie wieder einen Fuß auf deutschen Boden zu setzen. Selbst das Ghetto in Hongkew mit seiner Enge, seinem Elend, seinem Hunger und seinem Schmutz war ein erträglicherer Ort als jenes Inferno, in dem millionenfach gemordet und ein Kontinent zerstört worden war.

Die letzte Nachricht, die Grete von Erwin erhalten hatte, war eine Postkarte, abgestempelt im Konzentrationslager Dachau. Sie ließ nichts unversucht, über verschiedene Hilfsorganisationen und das Internationale Rote Kreuz herauszufinden, was mit ihm und ihren Eltern geschehen war, wie es ihnen ging, ob sie noch lebten und gesund waren.

Wie alle Japaner musste Dr. Takeshi schon bald Shanghai verlassen. Zum Abschied schenkte Eleonore ihm ihre Noten der *Winterreise* als kleinen Dank für seine Hilfe.

»Ich weiß nicht, was ohne Sie aus uns geworden wäre.«

Dr. Takeshi verneigte sich leicht, küsste Eleonores Hand und verabschiedete sich mit Tränen in den Augen.

»Es war mir immer eine Freude, Madame Eleonore. Ich werde Sie und Ihren Mann vermissen.«

Die Kanzlei wurde von einem chinesischen Anwalt übernommen. Für Otto blieb alles beim Alten. Während die einen gingen, kamen andere aus dem Exil zurück. Im Hotel verbreitete sich wie ein Lauffeuer, dass Mister Du sich mit seiner Entourage angemeldet hatte. Unter den chinesischen Angestellten war die Aufregung noch größer, als hätte sich der Kaiser von China höchstpersönlich zu einem Besuch angemeldet. »Wenn es nach mir ginge, könnte er in Hongkong bleiben«, raunte der Wagenmeister Carl zu und schüttelte dabei missmutig den Kopf.

Der konnte es kaum erwarten, einen Blick auf den sagenhaften Mister Du werfen zu können. Dementsprechend groß war seine Enttäuschung, als er den kleinen dürren Mann sah, der mit krummem Rücken durch das Hotel schlurfte. Carl hatte sich den Paten der Unterwelt Shanghais, dessen Name immer mit Angst und Ehrfurcht ausgesprochen worden war, ganz anders vorgestellt.

Es wurde Oktober, bis Grete endlich Nachricht aus Deutschland bekam. Erwin hatte den Krieg überlebt. Bis zur Befreiung des Lagers war er in Dachau gewesen. Danach kehrte er zu seinen Schwiegereltern nach Regensburg zurück. Gemeinsam versuchten sie so gut es ging, sich zurechtzufinden.

Er berichtete von den vielen Flüchtlingen, die tagtäglich kamen. Seit Kurzem müssten sie sich die Wohnung mit einer Familie aus Schlesien teilen. Aber sonst ginge es ihnen »den Umständen entsprechend« gut.

Auch das Leben in Shanghai ging weiter. Die Menschen in Hongkew begannen, wieder Pläne für die Zukunft zu machen. Nachdem sie das ganze Ausmaß der Verwüstung und des Mordens in der alten Heimat langsam begriffen, wollten die wenigsten zurück. Was sollten sie auch dort? Die Städte waren zerstört und ihre Angehörigen in Lagern umgekommen oder in alle Winde verstreut. Otto und Eleonore zog es mehr denn je zu ihrem Sohn nach Amerika. Diejenigen, denen es gelungen war, sich in Shanghai eine Existenz aufzubauen, wollten in der Stadt bleiben. Theo Ritter tönte, keine hundert Pferde würden ihn mehr von hier fortbringen. Er hielt sich die Hand vor den Mund und flüsterte Carl zu: »Solange es die schönen Flower Girls in der Stadt gibt, werde auch ich bleiben.« Grete gehörte zu den wenigen, die zurückwollten, auch wenn sie mit dem Café Mozart ein gutes Auskommen hatte. Doch eine Rückkehr nach Europa war nicht so einfach. Es gab kaum Schiffe, und die wenigen einsatzfähigen waren den Truppen der Streitkräfte vorbehalten, eine Fahrt mit dem Zug quer durch die Sowjetunion war unmöglich. Stalin hielt das Land fest im Griff und schottete sich gegen die einstigen Verbündeten ab. Solange Grete nicht wusste, wie sie nach Europa gelangen sollte und was sie dort zu erwarten hatte, wartete sie erst einmal ab.

Carl kannte kein anderes Leben, und wenn er schon woanders hingehen musste, dann lieber nach Amerika.

»Warum? Mutter, was willst du in Deutschland?«

»Es ist meine Heimat, und mein Mann ist da. Ich habe ihn schon einmal zurückgelassen.«

»Ich verstehe dich nicht. Wie kannst du ein Land Heimat nennen, in dessen Namen Millionen von Menschen vergast, erschlagen und zu Tode geschunden wurden?«

»Es ist das Land, in dem ich geboren worden bin und dessen Sprache ich spreche. Und dein Vater lebt dort. Er hat überlebt und braucht mich.«

»Er hatte die Wahl. Er hatte im Gegensatz zu Millionen anderen die Wahl. Und er hat sich dagegen entschieden, Mutter.« Carl sah Grete an und konnte sie nicht verstehen. Wie konnte sie auch nur in Erwägung ziehen, dorthin zurückzukehren? Hatte sie an den Wandzeitungen die langen Namenslisten der Ermordeten nicht gelesen? Hatte sie die Bilder nicht gesehen? Die Berichte nicht gelesen?

»Auch ich habe mich damals gegen ihn entschieden.«

Carl wollte davon nichts wissen. »Du hast es für uns getan, für Ida und mich. Was hat er getan? Nichts. Er ist wieder umgekehrt. Er hat uns allein hierher fahren lassen. Wir hätten ihn gebraucht, und er war nicht hier.«

»Er ist dein Vater. Ganz egal, was geschehen ist, er ist mein Mann, und Deutschland ist meine Heimat.«

Carl schüttelte ungläubig den Kopf. »Ich weiß nicht, was Heimat ist, aber dieses Land, von dem du sprichst, ist es mit Sicherheit nicht.«

»Carl, ich bitte dich, komm mit uns zurück.«

Grete versuchte, ihren Sohn zu umarmen, aber der wehrte sich dagegen.

»Ich gehe nicht mit. Ich bleibe hier in Shanghai, oder ich gehe mit Eleonore und Otto.«

»Carl, bitte!«

»Ich bin alt genug, selbst zu entscheiden. Ich will nicht zurück.«

Und dann blieb ihnen plötzlich nicht mehr viel Zeit. Die Regierung unter Chiang Kai-shek verlor mehr und mehr an Boden. Dr. Takeshi hatte es vorhergesehen. Mit der Machtübernahme durch Mao Zedongs Kommunistische Partei waren auch die Tage der Emigranten in Shanghai gezählt. Und als die Flower Girls aus dem Stadtbild verschwanden, packte auch Theo Ritter seine Sachen.

Am 29. Juni 1947 stand Carl wieder an der Reling eines Schiffes und sah hinunter auf die im Hafen stehenden Menschen. Sun hatte es sich nicht nehmen lassen, ihn zum Schiff zu begleiten. Es war das erste Mal, dass Carl ihn weinen sah.

Ida und Grete waren bereits einen Monat zuvor mit einem der ersten Schiffe, die von den Alliierten bereitgestellt worden waren, in Richtung Deutschland aufgebrochen.

Die Schiffe, mit denen sie erneut aufbrachen, hatten nichts von dem Luxus der *Conte Biancamano*. Die *General W. H. Gordon* war ein zum Truppentransporter umgerüstetes Kriegsschiff der US-Marine, und die Reisenden schliefen beengt in den Mannschaftskabinen.

Am 15. Juli betraten Eleonore, Otto und Carl in San Francisco amerikanischen Boden.

Larchmont

(2010)

Carl ist der Erste beim Friseur. Er kann es nicht leiden, »wie ein Huhn auf der Stange« hinter dem Barbierstuhl zu sitzen und zu warten, bis die Reihe an ihm ist. Seit Mike den Laden vor zwölf Jahren aufgemacht hat, kommt er hierher. Jeden vierten Montag Punkt neun Uhr. Mike redet nicht viel. Er tut, was man ihm sagt, kürzt die Haare mit Schere und Maschine auf die richtige Länge. Zum Abschluss ein heißes Tuch auf das Gesicht, ein bisschen Frisiergel, und das war's. »Der Nächste bitte!« Dreizehn Dollar, zwei Dollar Trinkgeld.

Nach dem Friseur will Carl im Harbour House auf der anderen Straßenseite eine Tasse Kaffee trinken. Den Jungs mit dem Fedora, die gleich neben Mike ihre Café Bar betreiben, traut er nicht.

»Die sehen mit ihren Hüten aus wie Mafiosi in einem Fünfziger-Jahre-Film, dabei haben sie damals noch in die Hosen gemacht«, zischt er Mike zu, ehe er aus dem Laden geht. Der lacht und pickt seinen nächsten Kunden von der »Hühnerstange«.

Einer der beiden Tische vor dem Harbour House ist leer. Carl setzt sich, die *New York Times* noch in der blauen Plastikhülle neben sich. In der Luft liegt bereits die leichte Kühle des nahenden Herbstes, doch noch ist es warm genug, am Morgen draußen zu sitzen. Carl bestellt.

»Zucker? Süßstoff?«, fragt der Kellner, als er die Tasse vor Carl auf den Tisch stellt.

»Nur Milch.«

Carl blinzelt in die Sonne, trinkt seinen Kaffee und beobachtet das Treiben um ihn herum. Das Licht in New York ist einzigartig. Es ist klar und strahlend. Vor Jahren hatte ihm einmal ein Fotograf gesagt, es liege an dem Breitengrad und an dem besonderen Einfallswinkel, den die Sonnenstrahlen hier hätten. »Ein Licht wie in Süditalien. Läge die Stadt weiter nördlich, wäre in den Straßen viel mehr Schatten. So werden die Straßenschluchten wie mit einem großen Scheinwerfer von oben ausgeleuchtet.«

Carl lehnt sich im Stuhl zurück, schließt die Augen und genießt die Wärme.

Er denkt an Egon Riegler. Seit Jahrzehnten hat er nicht mehr an Egon gedacht. Er sieht ihn, wie er dasteht mit seinem Fahrrad, vorn ein großer Gepäckkorb mit einer Lieferung. Ein bisschen breitbeinig stand er immer, eine Hand am Lenker, die andere auf dem hellbraunen Ledersattel. Er wird Egon immer so sehen, wie der ihn damals vor dem Kino erwischt hat. Carl schmunzelt. Er war aus dem Kino direkt in Egons Arme gelaufen, und der hatte über das ganze Gesicht gegrinst. Damals hatte er es noch nicht kapiert, aber Egon und Grete waren ein Paar. Jeder wusste es, nur er nicht. Er wollte es auch gar nicht wissen. Dabei hatte er seine Mutter und Egon sogar einmal in der Backstube überrascht. Er könnte schwören, er hat gesehen, wie sie sich in eine Ecke gedrückt geküsst haben. Damals zählte er eins und eins nicht zusammen, da hätte man ihn schon direkt mit der Nase draufstoßen müssen, damit er es kapiert. Er bemerkte nichts, nicht die hektischen roten Flecken im Gesicht seiner Mutter, die sich fahrig durchs Haar strich und an ihrem Rock herumzupfte. Und auch nicht, dass Egon sich einsilbig in sein kleines Büro zurückzog. Erst später machte er sich seinen Reim darauf. Wenn er jetzt, als alter Mann, darüber nachdenkt, findet er sogar, dass seine Mutter womöglich besser zu Egon gepasst hat als zu seinem Vater.

Als Egon damals starb, gab sich Grete nach außen hin stark. Eleonore schickte Carl am Abend nach der Beisetzung hinüber ins Café Mozart. Sie war nervös, fast ein bisschen hysterisch, weil Grete nicht kam. Es war das einzige Mal, dass er sie so sah. Im Café war es dunkel. Carl klopfte, rief, niemand öffnete. Er bog in die kleine Seitengasse ein, die neben dem Café lag. Von dort aus konnte er auf der Rückseite, in dem kleinen Kämmerchen, das als Büro diente, Licht sehen. Irgendwie schaffte er es, über die Mauer des Nachbarhauses zum Fenster der Backstube zu gelangen. Er rüttelte daran, schob es schließlich auf und stieg ein. Grete musste ihn gehört haben, denn als er vom Fenstersims auf den Boden sprang, stand sie in der Tür zum Büro. Als er näher kam, sah er ein Messer in ihrer rechten Hand, und der linke Arm war auf Höhe des Handgelenks blutverschmiert. Sie weinte so heftig, dass sie kaum sprechen konnte, umarmte ihn und bat ihn um Verzeihung. Er verstand nicht, wofür, und später behauptete sie, sie wäre mit dem Messer abgerutscht und hätte sich dabei geschnitten. Carl fragte nicht weiter nach.

»Möchten Sie noch einen Kaffee?« Der Kellner steht mit der Kaffeekanne in der Hand vor Carl. Der blinzelt ihn an.

»Ja, noch einen kleinen Schluck und dann die Rechnung, bitte.«

Während er langsam seinen Kaffee trinkt, fragt er sich, wie die Geschichte mit den beiden weitergegangen wäre, hätte Egon das Ende des Krieges erlebt. Er ist sich sicher, nichts wäre passiert, Grete wäre schon aus Pflichtgefühl zu seinem Vater zurückgekehrt. Sie war nicht die Sorte Frau, die ihren Mann für einen anderen Hals über Kopf verließ. Er legt eine Fünfdollarnote auf den Tisch, nimmt die Zeitung und geht.

Seit er vom Friseur zurückgekommen ist, sucht Carl nach Faiths Bündel. Er hat das ganze Arbeitszimmer auf den Kopf gestellt, in jedem Regal nachgesehen, jede Schublade mindestens zweimal geöffnet. Nichts. Dabei kann er schwören, dass er gestern Abend, nachdem er noch im Wohnzimmer gelesen hat, alles wieder auf den Schreibtisch gelegt hat.

»Emmi, hast du die Unterlagen gesehen?«, ruft Carl laut. »Emmi!«

»Ich habe sie Faith heute Morgen zurückgebracht.«

Sie steht in der Tür zum Arbeitszimmer.

»Warum hast du das getan? Warum hast du mich nicht gefragt?« Carl sieht Emmi verwundert an.

»Carl, wir haben gestern darüber gesprochen. Ich dachte, du bist damit einverstanden.«

»Ich habe dir gesagt, dass ich mir die Unterlagen anschauen wollte!«

»Seit die Sachen hier im Haus liegen, streiten wir. Ich habe Faith gesagt, was du mir gesagt hast. Es sind wenige persönliche Briefe, alles ganz banal. Sie hatten nicht einmal was mit Sam zu tun. Und der Rest waren nichtssagende amtliche Schreiben.«

»Woher willst du das wissen, Emmi?«

Emmi holt kurz Luft. »Das hast du mir doch so gesagt!«

»Wie kann ich dir das gesagt haben? Ich hatte noch nicht einmal Zeit, mir alles richtig anzusehen.« Carls Stimme ist laut und verärgert.

»Zuerst bist du genervt, weil du die Briefe lesen sollst. Dann helfe ich dir, sie loszuwerden, und jetzt schreist du mich an. Dir kann man es nicht recht machen!« Emmi hat die Arme vor der Brust verschränkt und sieht Carl böse an. »Du weißt außerdem, wie sprunghaft Faith ist. Heute dies, morgen das. Ich bin mir sicher, sie hat schon längst wieder jedes Interesse daran verloren, und du führst dich auf wie ein Rumpelstilzchen wegen ... wegen ein paar vergammelter Briefe.«

Emmi dreht sich um und geht. Carl hört, wie sie die Tür zum Schlafzimmer hinter sich zuschlägt.

Carl recht die ersten Herbstblätter auf dem Rasen vor dem Haus zusammen. Nach dem Streit haben Emmi und er ein paar Tage nur noch das Nötigste miteinander gesprochen. Und wie immer war er es, der schließlich eingelenkt und nachgegeben hat. Er stützt sich auf den Rechen. Von Jahr zu Jahr strengt ihn diese Arbeit mehr an, er wird sich wohl auch einen dieser schrecklich lauten Laubbläser zulegen müssen, wie die Andersons drei Häuser weiter ihn sich schon vor zwei Jahren gekauft haben. Dabei ist Paul Anderson erst knapp über fünfzig und joggt jeden Morgen gleich nach Sonnenaufgang an ihrem Haus vorbei.

Er sieht einen Volvo in die Straße einbiegen und langsam von Haus zu Haus fahren. Seine Augen funktionieren in der

Weite noch ganz gut, nur mit dem Lesen hat er Probleme. Im Wagen kann er zwei Männer erkennen, und es sieht aus, als suchten sie nach einer Adresse. Vor seinem Haus halten sie schließlich an.

Die beiden Männer sprechen kurz miteinander und schauen abwechselnd zu Carl herüber. Dann steigen sie aus und gehen auf ihn zu. Beide tragen dunkle Joseph-A.-Banks-Anzüge, das Stück für 130 Dollar im Ausverkauf. Das Auto, die Anzüge, alles deutet auf Regierungsbeamte im mittleren Dienst hin. Wenn Carl in den langen Jahren im Hotel etwas gelernt hatte, ist es, einen billigen Anzug schon von Weitem von einem teuren zu unterscheiden.

»Mr. Schwarz?« Der mit der Aktentasche streckt ihm die Hand als Erster entgegen.

Carl streift seinen Gartenhandschuh ab. Der Händedruck ist fest und bestimmt.

»Mein Name ist Jason Hollander. Und das ist mein Kollege Mister Nolan, Steven Nolan.« Der andere geht einen Schritt auf Carl zu und reicht ihm ebenfalls die Hand.

»Freut mich, Sie kennenzulernen. Was wollen Sie von mir?« Carl sieht fragend von einem zum anderen.

Ehe er etwas sagen kann, ergänzt der Mann, der sich als Hollander vorgestellt hatte: »Wir haben telefoniert, wenn Sie sich noch erinnern? Vom U. S. Justice Department.«

»Ja, ich erinnere mich«, sagt Carl unsicher, »aber ich habe Ihnen schon am Telefon gesagt, ich kann Ihnen nicht helfen. Ich verstehe nicht, warum Sie hier sind.«

Jason Hollander lacht etwas verlegen. »Wir sind zufälligerweise in der Gegend und haben uns gedacht, wir kommen einfach vorbei. Vielleicht können Sie uns doch helfen. Manchmal ist es einfacher, sich persönlich gegenüberzustehen. Und es fällt einem dann im Gespräch doch etwas ein, das uns weiterbringt.«

»Mag schon sein. Haben Sie einen Ausweis bei sich?« Das ist das Einzige, was Carl einfällt.

»Selbstverständlich.« Umständlich balanciert Hollander die Aktentasche auf seinem Knie und sucht nach dem Ausweis. Er klappt ihn auf und hält ihn Carl hin. »Entschuldigen Sie bitte. Ich hatte das jetzt vergessen. Wir sind nicht so oft im Außendienst.«

Carl holt das Etui seiner Lesebrille aus der Gesäßtasche. »Darf ich?« Er nimmt den Ausweis und liest das Dokument genau.

Dann bittet er die Männer ins Haus.

Wenig später sitzen sie sich schweigend im Wohnzimmer gegenüber. Hollander sucht in der Aktentasche nach Unterlagen. Ein Teil der Papiere rutscht auf den Boden, er entschuldigt sich und hebt sie umständlich auf.

»Darf ich Ihnen etwas anbieten?«, fragt Carl und steht auf. »Wasser? Eine Tasse Kaffee?«

»Danke. Ein Glas Wasser wäre schön.« Es ist das erste Mal, dass Hollanders Kollege etwas sagt.

»Für Sie auch, Mr. Hollander?«, fragt Carl. Der, immer noch mit seinen Papieren beschäftigt, blickt zu Carl hoch und nickt. »Gern. Sehr freundlich.«

»Entschuldigen Sie mich einen Moment, ich bin gleich wieder da.« Carl schlurft hinüber in die Küche.

Die Katze liegt entspannt vor der Tür zur Veranda in der Sonne.

Carl holt eine große Flasche Poland Spring aus dem Kühlschrank, öffnet den Hängeschrank und nimmt drei

Gläser heraus. Dann geht er wieder ins Wohnzimmer hinüber.

Der Mann scheint gefunden zu haben, was er gesucht hat, denn vor ihm auf dem Couchtisch liegen Papiere, und die Aktentasche steht auf dem Boden.

Carl stellt die Gläser auf den Tisch und gießt Wasser ein, dann setzt er sich in seinen Sessel und wartet.

»Mr. Schwarz, schön, dass Sie sich Zeit nehmen, wir haben nur ein paar Fragen an Sie. Eine unserer Aufgaben ist es, Tausende von weltweit gesammelten Unterlagen zu sichten und sie mit den Einwanderungslisten zu vergleichen.«

»Da haben Sie ja viel zu tun.« Carl lehnt sich in seinem Sessel zurück.

Hollander überhört den Kommentar. »Lassen Sie mich das an einem Beispiel erklären. Das Museum verfügt über Personalunterlagen der Konzentrationslager im Dritten Reich. Wir gleichen nun die Daten mit unseren Unterlagen ab. Wir machen das natürlich nicht per Hand, sondern mit einem Computerprogramm. Am Ende bleiben, nur um Ihnen das zu verdeutlichen, mehr als tausend Namen in unseren Unterlagen übrig. Wir versuchen dann herauszufinden, ob eine der gesuchten Personen identisch ist mit einer, die sich hier im Land aufhält.«

Carl sieht ihn verwundert an. »Ich habe nicht in einem Konzentrationslager gearbeitet.«

»Um Himmels willen, Mr. Schwarz, das wollte ich damit auch gar nicht unterstellen! Ich habe dies nur als Beispiel angeführt.« Hollander ist die Situation sichtbar peinlich.

»Und um was geht es dann?« Carl sieht sein Gegenüber scharf an. »Ich habe mir einen Nazijäger immer etwas anders vorgestellt.«

»Mein Kollege Mr. Nolan und ich gehören zu einer erst seit kürzerer Zeit bestehenden Unterabteilung.« Mr. Hollander versucht zu lächeln. »Durch die Wiedervereinigung Deutschlands sind uns neue Unterlagen zugänglich gemacht worden. Wir haben Bildmaterial, Geburtsurkunden und Parteilisten erhalten. Unsere Aufgabe ist es, diese Daten aufzubereiten, damit sie später wissenschaftlich ausgewertet und verarbeitet werden können.«

»Ich verstehe Sie immer noch nicht, Mr. Hollander. Jagen Sie jetzt Nazis oder nicht? Und wenn Sie welche jagen, was wollen Sie dann von mir?«

»Mr. Schwarz, wir jagen keine Nazis. Wir vergleichen Namen, Geburtsdaten und Einwanderung, und manchmal ergeben sich Übereinstimmungen, denen wir dann nachgehen.«

»Soll das heißen, Sie überprüfen alle Daten von Personen, die aus Europa hierher eingewandert sind?«

»Nicht alle, nur die, die zwischen 1947 und 1967 einwanderten und vor 1930 geboren wurden.«

»Und warum ausgerechnet die?«

Hollander lächelt Carl an, bleibt die Antwort aber schuldig.

»Mr. Schwarz, über Sie haben wir ja bereits am Telefon gesprochen, ist Ihre Frau auch zu Hause?«

»Nein, meine Frau ist nicht hier, und es wird auch noch eine Weile dauern, bis sie wiederkommt.«

»Das ist sehr schade. Dürfen wir Ihnen dann ein paar Fragen zu Ihrer Frau stellen?«

»Soweit ich sie beantworten kann.«

»Es geht hier wirklich nur darum, bereits bekannte Daten zu bestätigen. Ihre Frau heißt Emmi und ist eine geborene Nestler, trifft das zu?«

»Ja.«

»Sie wurde laut der Angaben in ihren Einwanderungs-
unterlagen am 25.1.1922 in Rosshaupt im Sudetenland, dem
heutigen Rozvadov in Tschechien, geboren und gehörte damit zur Gruppe der Displaced Persons.«

Carl nickt. »Ja, natürlich, sie wurde ja aus dem Osten vertrieben. Man konnte dort nach dem Krieg nicht bleiben, die
Leute mussten weg.«

»Nach den Unterlagen, die wir jetzt zur Verfügung haben,
gab es eine Frau mit Namen Emmi Nestler, die in Rosshaupt
geboren wurde. Die kann jedoch nicht Ihre Frau sein.«

Carl spürt einen kurzen Stich im Magen. Er sieht Nolan
überrascht an. »Warum nicht?«

»Sie kam tragischerweise bei einem Bombenangriff ums
Leben.«

»Ihre Unterlagen können falsch oder lückenhaft sein, und
es können welche im Krieg verlorengegangen sein«, sagt
Carl. Er fühlt sich nicht gut.

»Da stimme ich Ihnen zu, Mr. Schwarz, und darum sind
wir hier, um das zu klären. Hat Ihre Frau noch Verwandte
oder vielleicht Unterlagen, die uns weiterhelfen könnten?«

Carl schüttelt den Kopf. »Nein, sie hat keine Familie
mehr, darum kam sie damals auch hierher. Sie wollte weg,
wie viele.«

»Viele, die fortwollten, haben ungenaue Angaben gemacht.«

Die Art und Weise, wie Hollander das sagt und mehr oder
weniger offen behauptet, Emmi lüge, macht Carl wütend. Er
kann das so nicht stehen lassen. »Junger Mann, Sie unterstellen meiner Frau hinter ihrem Rücken und ohne sie selbst
befragt zu haben, dass sie falsche Angaben gemacht hat? So

etwas kann es doch wohl nicht geben! Ich werde jetzt nichts mehr sagen, und ich glaube, es ist besser, Sie sprechen mit ihr selbst.«

»Wir behaupten ja nicht, Ihre Frau habe falsche Angaben gemacht. Wir sagen nur, es gab Fälle, bei denen falsche Angaben gemacht wurden.«

Carl spürt, wie ihm heiß wird. »Ich denke, Sie gehen jetzt besser.«

»Wir wollen damit nichts sagen. Mr. Schwarz, verstehen Sie, wir machen nur unseren Job, und meist lässt sich alles sehr leicht aufklären. Wir können die Angelegenheit auch telefonisch mit Ihrer Frau klären. Wir waren nur gerade in der Gegend …«, versucht Nolan zu beschwichtigen.

Carl steht von seinem Sessel auf. »Ja, dann machen Sie das. Ich gehe jetzt wieder an meine Gartenarbeit. Wenn Sie entschuldigen.«

Hollander packt seine Sachen zusammen.

»Wie gesagt, danke, dass Sie sich doch die Zeit genommen haben. Ich melde mich dann in der nächsten Woche telefonisch bei Ihrer Frau. Oder wenn sie nicht so lange warten will … hier ist meine Karte.« Hollander reicht Carl die Karte.

Carl nimmt das Kärtchen und steckt es, ohne es anzusehen, in die Tasche seiner Hose.

An der Tür sagt Nolan noch zu Carl: »Spricht Ihre Frau eigentlich Tschechisch?«

»Meine Frau spricht kein Tschechisch, warum?«

»Hätte ja sein können, wenn sie dort geboren wurde.«

»Nicht jeder im Sudetenland sprach Tschechisch, meine Herren.« Carl schließt die Tür hinter den beiden ab. Für einen kurzen Moment fühlt er sich schwindelig und benommen.

Die Katze läuft langsam aus der Küche den Flur entlang auf Carl zu. Sie streicht um seine Beine, er hebt sie hoch. Seine Hände zittern ein wenig. Durch das kleine Fenster in der Haustür hindurch sieht er den Volvo immer noch vor dem Haus stehen.

Er geht mit der Katze im Arm ins Wohnzimmer, schiebt ein wenig den Vorhang zur Seite und lugt hinaus. Die beiden Männer im Wagen unterhalten sich. Hollander kramt wieder in seiner Aktentasche und holt ein Stück Papier hervor. Es sieht aus, als würde er dem anderen daraus vorlesen. Carl sieht, wie er das Schriftstück wieder in die Tasche steckt. Dann fahren sie los.

Carl krault der Katze den Kopf. Die miaut, windet sich.

»Ja, Süße, ich lass dich schon runter. Eine Unverfrorenheit. Wird bei der Einstellung dieser Leute nicht darauf geachtet, dass sie zumindest über einen Funken Anstand und Takt verfügen?« Er setzt sie vorsichtig auf den Boden, dann geht er hinüber zum Couchtisch und nimmt die Wasserflasche und die drei benutzten Gläser mit in die Küche. Was wollten die beiden eigentlich von ihm? Emmi spricht kein Tschechisch. Carl schüttelt den Kopf.

Sie hatten sich nie etwas zuschulden kommen lassen, hatten den Staat nicht um einen Cent bei der Steuererklärung betrogen. Nicht ein Mal hatten sie etwas getan, das auch nur im leisesten Verdacht einer Ordnungswidrigkeit hätte stehen können. Wenn Carl auf der Interstate auch nur zwei Meilen zu schnell fuhr, bekam er Ärger mit ihr. Er kannte Emmi so gut, und dann tauchen diese beiden Clowns auf und unterstellen ihr, dass sie lügt. Seine korrekte Emmi, lächerlich.

Emmi hatte keine Verwandten in Deutschland, sie hatte alle verloren. Sie hatte ihm von der Flucht erzählt, nicht im

Detail, aber über die Jahre hin und wieder eine Bemerkung hier, ein Satz dort. Sie war vor den Russen geflohen, wie vierzehn Millionen andere auch.

Auch auf seiner Seite war niemand mehr da, sie hatten nur noch sich. Ida war tot. Mit ihrem Mann, seinem Schwager, hat er sich nie richtig verstanden. Seit zwei Jahren ist er jetzt in einem Altenheim in Frankfurt. Ida und er lebten zuerst in Israel, später dann, als die Kinder eingeschult wurden, wieder in Deutschland. Stur, wie seine Schwester immer war, hat sie sich eingebildet, sie müsste ihr Judentum ausgerechnet dort leben.

Auf Carls Frage, warum es wieder Deutschland sein müsse, sagte sie: »Wir sind eine Mahnung an alle, dass so etwas nie wieder geschehen darf. Nicht mit uns oder mit irgendeinem anderen Volk.« Sie sagte, hier seien ihre Wurzeln. »Unsere Familie kommt aus Deutschland, wir lebten immer hier. Wir waren immer deutsche Juden. Es ist nichts, das man frei wählt, es ist Teil unseres Wesens, Teil unseres Selbst. Auch du wirst es früher oder später erkennen.« Er hat sie reden lassen. Er war zur Bat Mizwa ihrer Tochter Sonja und zur Bar Mizwa ihres Sohnes Amit nach Deutschland gereist. Emmi wollte nicht. Er konnte sie verstehen.

Von seiner Nichte weiß er nicht einmal genau, wo sie im Augenblick lebt, der Kontakt ist völlig abgebrochen. Amit schickt hin und wieder eine Karte.

Noch ein paar Jahre, dann wäre es auch an ihnen zu gehen. Sie haben bereits vorgesorgt, sie würden beide verbrannt werden. Er wünscht sich immer, Emmi würde dann noch da sein und seine Asche im Ballpark in Boston verstreuen. Carl lächelt. Er kann sie sehen, seine Emmi, wie sie heimlich die Urne mit seiner Asche in das Stadion schmuggelt. Wie sie dann dasitzt, die Handtasche mit beiden Händen festhaltend und auf den richtigen Moment wartend, um die Asche auf das Spielfeld zu verstreuen. Er würde dann kein Heimspiel der Red Sox mehr verpassen. Sie haben das mal vor langer Zeit so besprochen, er weiß, sie wird sich daran halten. Der Gedanke daran muntert ihn wieder auf.

Carl sieht auf die Uhr, es ist schon fast vier, sie kommt spätestens in einer halben Stunde vom Buchclub zurück. Er muss noch das Laub fertig zusammenrechen.

Carl sitzt im Wohnzimmer mit dem Rücken zum Flur. Emmi müsste längst hier sein. Jetzt, wo er auf sie wartet, muss er wieder an diese Schnösel vom Justice Department denken. Ihr überhebliches Auftreten ärgert ihn immer noch, und um sich ein wenig abzulenken, schaltet er den Fernseher ein, auch wenn Emmi es nicht gern sieht, wenn er bereits nachmittags vor der Glotze sitzt. Im Fernseher wird ein Spiel der Mets gegen die Pittsburgh Pirates übertragen. Carl sieht nicht hin.

Er denkt an Emmi, als sie sich damals das Haus angesehen haben, es muss im Sommer 1958 gewesen sein. Sie wollte es unbedingt kaufen.

»Ich will dieses Haus und kein anderes. Und ich möchte es blau streichen. Ein klares Blau, wie der Sommerhimmel über New York. Mit weißen Fensterrahmen.«

Das Haus war viel zu teuer. Er rechnete ihr vor, dass sie eine Ewigkeit brauchen würden, bis es abbezahlt war. Sie sagte, sie könnten vieles selbst machen. Sie überlegten hin und her. Ihre Ersparnisse, ihrer beider Verdienst, die Hypothek. Carl wollte sich nicht zu sehr verschulden. Emmi sah ihn ganz ernst an, dann hielt sie ihm ihr Armband entgegen, das mit den bernsteinfarbenen Steinen und den Möwen, und meinte, sie würde alles hergeben, allen Schmuck, und würde sich zur Not einen zweiten Job suchen.

»Dein Schmuck und das Armband werden uns nicht weiterhelfen, mein Liebling.« Er nahm ihre Hände in die seinen, schloss sanft ihre Finger um das Armband und küsste sie. »Aber wenn dein Herz so daran hängt und du das Haus unbedingt willst … irgendwie werden wir es auch so schaffen.«

Mit seiner alten Jeans und einem alten Hemd, die Haare hochgebunden, stand sie wochenlang da. Schmirgelte zusammen mit dem einen Handwerker, den sie sich leisten konnten, die Holzfassade ab. Am Abend, wenn er nach Hause kam, war ihr Haar grau von Staub, und ihre Augen leuchteten vor Glück. An den Wochenenden werkelten sie gemeinsam. Sie hatten es geschafft, und er hatte es keinen Tag bereut.

Emmi sperrt die Haustür auf. Sie hängt den Mantel an die Garderobe, zieht die Schuhe aus. »Hallo, Carl. Warum sitzt du denn jetzt schon vor dem Fernseher?«

Sie kommt zu ihm ins Wohnzimmer und gibt ihm zur Begrüßung einen Kuss auf die Wange. Dann nimmt sie die Fernbedienung, setzt sich auf das Sofa und schaltet den Apparat ab.

»Das war ein anstrengender Nachmittag heute. Die Luft in der Bibliothek ist einfach stickig, und dann konnten wir uns nicht auf das nächste Buch einigen. Vorgeschlagen war Richard Yates, *Zeiten des Aufruhrs*, aber Faith stellt sich quer. Sie will irgendeinen Nazischinken lesen.« Emmi fährt sich mit den Händen über das Gesicht. »Was hast du gemacht?«

»Nichts Besonderes. Ich habe das Laub im Garten zusammengerecht. Ich finde, wir sollten über einen Laubbläser nachdenken. Wir werden nicht jünger, und jetzt liegt jeden Tag der ganze Rasen voll.«

Eigentlich müsste er ihr von Mr. Hollander und Mr. Nolan erzählen, aber die Sache erscheint ihm nun, da sie hier mit ihm im Wohnzimmer sitzt, noch lächerlicher als vor etwas mehr als zwei Stunden.

»Du bist so komisch, Carl. Stimmt etwas nicht?« Emmi sieht ihn prüfend an.

»Was soll nicht stimmen?«

»Ich meine nur, du sitzt hier im Wohnzimmer und siehst um diese Zeit fern. Es passt nicht zu dir.«

»Kannst du eigentlich Tschechisch?«

»Nein, wie kommst du auf so was? Natürlich kann ich kein Tschechisch, das weißt du doch.« Emmis Stimme ist verwundert und ärgerlich zugleich.

»Hast du noch deine Geburtsurkunde?«

»Carl, was ist los? Natürlich habe ich meine Geburtsurkunde. Sie wird im Arbeitszimmer in einem der Ordner liegen. Jetzt sag, was los ist.«

»Hier waren zwei Männer. Sie sagten, sie arbeiten an irgendeinem Projekt mit dem Holocaust Museum in D. C. zusammen. Sie vergleichen irgendwelche Listen, und da sind sie wohl auf unsere Namen gestoßen.«

»Welche Listen?« Emmi sieht ihn verwundert an.

»Einwanderungslisten.«

»Warum sollten sie das tun? Nach über sechzig Jahren.« Emmi schüttelte den Kopf.

»Ich denke, du solltest sie anrufen und das klären. Du hast ja deine Unterlagen. Sie haben selbst gesagt, es ist nur Routine.«

»Routine, warum Routine?«

»Sie haben was von Dokumenten gefaselt, die nach der Wiedervereinigung in Deutschland aufgetaucht sind, und sie wollten dich wegen deiner Geburtsurkunde was fragen. Mehr weiß ich auch nicht.«

»Was wollen sie mich fragen?«

»Ich weiß es nicht. Sie vergleichen alte Listen. Dabei hat ihr Computer deinen Namen ausgespuckt. Laut ihren Unterlagen stimmt da was nicht.«

»Was stimmt nicht?« Carl kann sehen, dass Emmi nervös ist. Sie kaut dann immer auf der Unterlippe herum.

»Es ist lächerlich. Sie sagen, sie können dich nicht finden.«

»Aber das ist doch Unsinn, Carl. Hast du es ihnen nicht gesagt?«

»Natürlich habe ich das gesagt. Du redest mit ihnen und schickst ihnen einfach deine Geburtsurkunde, dann hat sich der Fall.«

Emmi sitzt da, sie ist bleich, und ihre Hände zittern leicht.

»Emmi, hörst du mir zu?«

»Ja ... ja, Carl.«

»Ich habe ihnen gesagt, es ist Schwachsinn und Steuergeldverschwendung. Schicken die uns einfach zwei ... Typen ins Haus.«

»Ich fühle mich nicht gut.« Emmi steht vom Sofa auf.

Carl sieht zu ihr hinüber, sie ist schneeweiß und zittrig. »Was hast du? Du wirst dich doch jetzt nicht wegen dieser zwei Typen aufregen?«

»Nein, ich fühl mich schon den ganzen Tag nicht gut. Die Luft im Lesesaal. Es ist der Kreislauf.«

Carl steht vom Sessel auf und geht zu ihr hinüber.

»Ich denke, es ist besser, du setzt dich wieder hin.« Emmi

nimmt Carls Hand und setzt sich langsam und vorsichtig wieder auf das Sofa.

»Ich hole dir ein Glas Wasser, dann geht es dir gleich wieder besser.« Carl geht in die Küche, füllt ein Glas mit Wasser und kommt zu Emmi ins Wohnzimmer zurück.

»Liebes, ich kann auch bei diesen Leuten anrufen, wenn es dich zu sehr anstrengt.«

»Es strengt mich nicht an. Es war wirklich nur die Luft in der Bibliothek.« Sie greift nach seiner Hand und sieht ihn an. »Ich erledige das schon.«

Ein paar Tage später klingelt es an der Tür.

»Carl, kannst du bitte öffnen? Ich bin hier oben im Schlafzimmer.«

Carl geht zur Tür und öffnet.

Patty, die kleine Tochter der Andersons, steht vor ihm. »Guten Tag, Mr. Schwarz. Möchten Sie wieder unsere Girl Scout Cookies kaufen? Es gibt welche ohne und mit Schokoladenüberzug. Wenn Sie sehen möchten.«

Patty hält Carl die Liste entgegen. »Darf ich Sie auch eintragen? Die Kekse sind wirklich gut. Mrs. Kruger von gegenüber hat auch welche bestellt und Mr. Rose im Haus daneben auch.«

»Dann müssen sie ja gut sein.« Carl zwinkert Patty zu. »Was kostet eine Packung? Muss ich gleich bezahlen oder erst bei Lieferung?«

Er greift in seine Gesäßtasche, um den Geldbeutel herauszuziehen, doch sie ist leer.

»Drei Dollar und ganz wie Sie möchten. Manche zahlen gleich, die meisten aber erst, wenn ich die Kekse vorbeibringe.«

»Gut, ich nehme zwei Packungen. Kannst du einen Augenblick hier warten? Ich muss nur schnell Geld holen.« Patty nickt.

Carl lässt das Mädchen an der offenen Tür stehen und geht zurück ins Haus. »Emmi, ich brauche sechs Dollar, wo liegt dein Geldbeutel? Ich kann meinen gerade nicht finden.«

Emmi steht an der obersten Stufe und kommt ein paar Stufen hinunter auf ihn zu, dann bleibt sie stehen. »In der Küche, in der Schale auf dem Küchentisch.«

Carl holt das Geld. »Sechs Dollar, stimmt's?«

Patty nickt. »Danke, Mr. Schwarz. Und welche wollen Sie, die mit oder ohne Schokolade?« Sie hält ihm die Liste noch einmal hin.

»Eine von jeder Sorte.«

Während Patty alles gewissenhaft in die Liste einträgt, sieht Carl auf der anderen Straßenseite Faith. Sie zupft die verwelkten Blumen aus den Kästen auf der Veranda.

Seit Emmi die Unterlagen zurückgegeben hat, hat er nicht mehr mit ihr gesprochen. Er winkt ihr zu. Sie hebt leicht die Hand, hält inne, sieht ihn an und dreht sich weg.

»Danke, Mr. Schwarz. Ich komme dann vorbei, wenn ich die Cookies habe. Das kann aber schon sechs Wochen dauern.«

Carl blickt Patty gedankenverloren an. »Ja, ja. Ist schon in Ordnung.«

»Auf Wiedersehen, Mr. Schwarz.« Das Mädchen hüpft mit der Liste davon.

»Auf Wiedersehen«, murmelt Carl und schließt die Tür.

»Carl, könntest du bitte dran denken, dir den Abfallzerkleinerer in der Küche anzusehen? Irgendwie funktioniert der nicht mehr richtig.«

»Ja, mache ich.« Carl schlurft den Flur entlang in die Küche.

»Ich habe dir die Beschreibung hingelegt. Ich bin gleich wieder da, geh nur schnell einkaufen.« Emmi sieht sich in der Küche um. »Wo habe ich nur meine Einkaufstasche hingelegt? Carl, hast du sie gesehen? Ach, da ist sie ja.« Sie hebt die Tasche, die neben dem Küchenschrank am Boden steht, auf.

»Weißt du, was Faith schon wieder hat?«

»Warum? Was soll sie haben?«

»Sie grüßt mich nicht mehr. Es würde zu ihr passen, wenn sie wegen der Unterlagen immer noch beleidigt ist. Wegen so einer Kleinigkeit.«

»Du kennst sie doch. Sie ist manchmal zickig. Es renkt sich schon wieder ein.« Emmi küsst ihn auf die Wange. »Sie soll sich nicht so haben. Ein Teil der Unterlagen war nicht einmal von Sam, sie hat mir gestanden, er hätte zwei oder drei Briefe auf dem Trödel gekauft, sie wisse nur nicht, welche. Also was soll's, vergiss es. Ich liebe dich, mein Schatz. Und lass die Katze raus.«

»Ja, mache ich.«

Kurz darauf fällt die Haustür ins Schloss. Carl geht zur Terrassentür und öffnet sie. Die Katze läuft an ihm vorbei über die Stufen hinunter in den Garten.

Er lehnt die Tür an und geht hinüber zur Spüle. Die Beschreibung liegt auf der Abtropffläche. Er sucht nach seiner Lesebrille. Das Etui auf dem Küchentisch ist leer.

Carl überlegt, wann er die Brille zuletzt hatte. Gestern Abend hat er im Wohnzimmer gesessen und gelesen. Danach waren er und Emmi ins Bett gegangen. Die Brille muss entweder im Wohnzimmer auf dem kleinen Tischchen neben dem Sofa liegen, oder er hat sie oben auf das Nachtkästchen gelegt.

Die Brille liegt auf dem Buch im Wohnzimmer. Durch die Gardinen hindurch kann er sehen, wie Faith ihr Haus verlässt und geradewegs auf ihn zukommt. Sie hatte einen dieser weit schwingenden Zigeunerröcke an und die Arme über der Strickjacke verschränkt. Als müsse sie sich an etwas festhalten. Ohne ihr Klingeln abzuwarten, öffnet Carl die Tür.

»Du hast mich wohl schon kommen sehen.« Ihr Tonfall ist streitlustig. »Eigentlich wollte ich die Sache auf sich beruhen lassen, aber als ich gerade vorhin gesehen habe, wie du die Frechheit hattest, mir zuzuwinken, war mir das zu viel.«

»Ich weiß nicht, was du hast, Faith.« Carl hat keine Ahnung, was sie von ihm will und was sie so wütend macht.

»Wir sind seit so vielen Jahren befreundet, Carl Schwarz, du hättest mir ruhig selbst sagen können, dass du kein Interesse daran hast, die Unterlagen zu übersetzen.«

»Aber ...«

Faith schneidet ihm das Wort ab. »Ich bin doch nicht blöd, auch wenn du mich dafür hältst, oder glaubst du, ich habe all die Jahre nicht gemerkt, dass du mich für meschugge hältst? Aber du hast auch deine Macken, Carl Schwarz, du auch! Dass du so feige bist und Emmi vorschickst, nur weil du es nicht selbst sagen willst, das, finde ich, ist schon ein starkes Stück.«

»Ich habe Emmi nicht vorgeschickt, sie dachte, es wird mir zu viel. Wenn dir so viel daran liegt, kann ich die Sachen durchsehen.«

»Mach dir keine Umstände, Carl, ich kaufe mir ein Wörterbuch und übersetze es selbst. Ich brauche deine Hilfe nicht. Danke!«

Faith dreht sich auf dem Absatz um und geht. Carl steht in der Tür und sieht ihr sprachlos nach. In einem Punkt hat sie völlig recht, er hätte es ihr selbst sagen müssen. Sofort an dem Tag, an dem sie mit den Unterlagen aufgekreuzt war.

Er schließt die Tür. Ihm ist kalt, und er holt seine alte Strickjacke aus dem Arbeitszimmer.

Als er sie anzieht, fühlt er, dass in der Jackentasche etwas ist. Er greift hinein, es fühlt sich steif an wie ein zusammengelegter Papierbogen. Carl holt es heraus und hält einen Briefumschlag in der Hand. Es ist der aus Faiths Bündel. Er muss ihn versehentlich eingesteckt haben. Carl will zu Faith hinüber und ihr den Brief geben. Nach ein paar Schritten bleibt er stehen. »Das hat Zeit«, sagt er halblaut zu sich selbst. »Faith kann warten.«

Carl legt den Brief auf den Küchentisch. Er gießt sich aus der Thermoskanne eine Tasse Kaffee ein, putzt die Gläser seiner Brille und setzt sich. Dann beginnt er, die Beschreibung des Abfallzerkleinerers zu lesen. Auch nachdem er sich die Anleitung zweimal durchgelesen hat, versteht er sie noch nicht. »Diese Betriebsanleitungen werden immer komplizierter.« Carl legt sie beiseite. Vor ihm auf dem Tisch liegt der Brief. Mit dem Zeigefinger schiebt er ihn hin und her, dann sieht er kurzentschlossen hinein.

Er sieht sich das Bild mit dem kleinen Jungen, den Arm zum Hitlergruß gestreckt, genau an. Auf der Rückseite steht »Der kleine Jens Heinrich, schon ein wackerer Soldat für den Führer ʼ42«. Carl schüttelt den Kopf, wie Eltern ihre Kinder für so etwas einspannen konnten. Der kleine Junge ist jetzt ein Mann um die siebzig. Hat womöglich Kinder und Enkel.

Er nimmt den Briefbogen aus dem Umschlag. In steiler Schrift, die Buchstaben eng beieinander, schreibt offenbar die Mutter des Kleinen einen Bettelbrief an … Er kann es nicht entziffern. Mit den Jahren ist das Papier vergilbt und die Tinte zum Teil ausgeblichen. Carl steht auf und holt aus der Krimskramsschublade eine Lupe. Er stellt sich mit Lupe und Brief ans Fenster.

Soweit er entziffern kann, arbeitete der Vater als Arzt in Dachau. Sie schreibt darüber, wie es den Kindern geht, dass sie gut gedeihen und wie dankbar sie für die Pakete ist. Ihre Schrift ist auch mit Lupe schwer zu entziffern. Sie erinnert in ihrer Steilheit und mit all den Kanten und Schnörkeln ein wenig an Sütterlin. Die Handschrift seiner Mutter war ähnlich.

»Arzt in Dachau.« Schon wieder Dachau. Grete hatte ihm damals bei ihrem Besuch gesagt, sein Vater sei in der Lazarettbaracke eingesetzt worden. »Seine kleine Nische zum Überleben«, hatte sie es genannt, und dank seiner medizinischen Kenntnisse hatte er dort arbeiten dürfen. »Dürfen.« Carl schnaubt. Er sieht sich den Brief noch einmal genau an. Die Unterschrift »Heil Hitler!« kann er lesen, den Namen nicht, obgleich die Tinte hier am Ende des Briefes weit weniger ausgeblichen ist.

Im Flur klingelt das Telefon.

»Was ist denn jetzt schon wieder? Keine fünf Minuten Ruhe hat man hier.« Carl legt Brief und Lupe ärgerlich zur Seite und geht hinaus in den Flur.

»Schwarz.«

»Hallo, Mr. Schwarz. Hier ist noch einmal Jason Hollander.

Ich wollte mich noch einmal kurz bei Ihnen melden. Sie erinnern sich an mich ... vom Justice Department. Wir waren bei Ihnen.«

»Ja, Mr. Hollander, ich erinnere mich. Was gibt es?«

»Ich wollte nur sagen, es tut mir leid, wenn wir Ihnen einen Schreck eingejagt haben.«

Carl schweigt.

»Ihre Frau war ja so freundlich, uns anzurufen. Wie gesagt ... es tut mir leid, wenn ich Sie beunruhigt habe.« Jason Hollander räuspert sich. »Können Sie ihr ausrichten, der Brief mit den Unterlagen ist bei uns eingegangen. Ich schaue ihn mir an, und damit hat sich die Sache erst einmal erledigt. Ihre Frau klang besorgt und sagte, auch Sie machten sich Sorgen. Wir wollten Sie wirklich nicht unnötig ängstigen. Es ist mir ein bisschen peinlich.«

Jason Hollander wartet einen Augenblick. »Mr. Schwarz. Sind Sie noch am Telefon?«

»Ja. Ja ... Mr. Hollander, warten Sie ...« Carl kann nicht sagen, wie er jetzt darauf kommt, es ist eine Entscheidung aus dem Bauch heraus. »Könnten Sie mir vielleicht behilflich sein?«

»Ja, natürlich.« Jason Hollanders Stimme ist geschäftig und neugierig zugleich. Carl bereut, etwas gesagt zu haben, aber jetzt gibt es kein Zurück mehr, und vielleicht kann er Faith ein wenig besänftigen, wenn er ihr nicht nur den Brief übersetzt, sondern auch gleich eine ganze Geschichte dazu liefert.

»Ich habe eine Frage an Sie. Ihre Abteilung arbeitet doch mit dem Holocaust Museum zusammen, wenn ich mich recht erinnere?«

»Ja, das tun wir.«

»Könnten Sie mir da jemanden nennen, der mir Auskunft über bestimmte Personen geben könnte? Ich meine, nicht detailliert, nur allgemein.«

»Ja … es kommt darauf an, um welche Personen es sich handelt.«

»Ich suche nach dem Namen eines Arztes, der in Dachau gearbeitet hat.«

»Wenn Sie mir sagen können, in welchem Jahr, dann kann ich Ihnen ein paar Namen nennen. Ich kann in meinem Rechner nachsehen. Unsere Computer sind recht gut mit anderen Datenbanken vernetzt.«

»Es muss 1942 gewesen sein.«

»1942 … einen Augenblick … 1942 … 42. Breitenau. Buchenau. Dachau. Hier ist es!« Hollander scheint in seinem Element zu sein. »Wenn Sie mir noch sagen könnten, wie alt der Mann ungefähr war?«

»Ich denke, zwischen fünfunddreißig und vierzig. Mehr habe ich leider nicht. Er war verheiratet und hatte mindestens zwei Kinder. Noch ziemlich klein.«

»Dann müsste er um 1900 herum geboren sein. Ich sehe mir einmal die Geburtsdaten an … verheiratet … kleine Kinder … ah, das könnte er sein. Dr. Rudolf Sauer.«

»Können Sie mir jemanden nennen, der mir mehr über diesen Dr. Sauer sagen kann?«

»Ich schaue in meiner Datenbank nach, warten Sie bitte einen Augenblick.«

Während Carl am Telefon wartet, wird er von einem dieser gängigen Musikstücke berieselt, die irgendwie nach Klassik klingen sollen. Kaufhausmusik. Nach fünf Minuten in der Endlosschleife ist Jason Hollander zurück am Telefon.

»Mr. Schwarz, sind Sie noch am Telefon?«

»Ja.«

»Danke, dass Sie so lange gewartet haben. Hat etwas länger gedauert, aber es hat sich gelohnt. Sie haben sich einen äußerst interessanten Mann herausgesucht, wenn es der von Ihnen Gesuchte ist. Dr. Rudolf Sauer hat eine Reihe medizinischer Versuche in Dachau durchgeführt. Da war noch etwas mit ihm und seiner Frau. Es ging um Kindesentführung, sehr obskur. Genaueres kann ich Ihnen dazu leider nicht sagen, denn die Akten liegen noch unter Verschluss, Sie verstehen, Persönlichkeitsrechte, Datenschutz, da komme ich nicht ran. Dr. Sauer wurde, wie es aussieht, noch vor Kriegsende hingerichtet. Die Nazis hatten wohl Angst, er wüsste zu viel. Es gab einen großen Artikel im *Life Magazine* über ihn und seine Versuche. Sie können die Geschichte, wenn es Sie interessiert, dort nachlesen. War in einer Ausgabe 1947. Sie müssen nur in der New York Library nachfragen, die müssten dort alle Ausgaben haben. Im Onlineverzeichnis sollte es sofort zu finden sein. Wenn Sie Glück haben, ist sogar das ganze Heft online zugänglich.«

»Und wenn ich nicht so fit bin am Computer?«

»Auch kein Problem. Sie können sich auch eine Kopie des Artikels bestellen. Ist nicht teuer. Ich denke, es sind nur die Kopierkosten.«

»Danke, Mr. Hollander.«

»Keine Ursache. Mein Kollege und ich, wir haben Ihnen ja auch einen gewaltigen Schrecken eingejagt.«

Carl legt den Hörer auf. Er grinst, Faith wird Augen machen. Er geht zurück in die Küche, faltet den Briefbogen, steckt ihn zusammen mit dem Bild wieder in den Umschlag. Er schiebt ihn unter die Schale auf dem Tisch, dann geht er

hinaus in den Garten. Es ist noch viel zu tun, bis alles winter-
fest ist. Heute Abend wird er sich an den Computer setzen
und sehen, was er herausfinden kann. Und wenn er nichts
findet, geht er morgen in die Bibliothek und lässt sich dort
helfen. »Eine Geschichte im *Life Magazine*«, sagt er, während
er die Treppen in den Garten hinuntersteigt. »So, so.«

Carl hängt seine Jacke an die Garderobe im Flur. Er ist in
Hochstimmung.

Gestern Abend hat er eine gefühlte Ewigkeit vor dem
Computer zugebracht. Er war einfach nicht dahintergekom-
men, wie er in das Onlinesystem der Bücherei gelangen
konnte. Ständig verlangte das Programm von ihm alle möglichen Angaben. Er sollte ein Konto erstellen, und die von
ihm eingegebenen Suchparameter ergaben entweder zu viele
Vorschläge, und er hätte Wochen gebraucht, sich durch den
Wust durchzuarbeiten, oder kein einziges Ergebnis, wenn
er seine Eingaben reduzierte. Je länger er vor dem Rechner
saß, umso nervöser wurde er. Emmi kam mehrmals im Laufe
des Abends zu ihm ins Arbeitszimmer und wollte wissen,
was er so lange machte. Bis er sie schließlich anblaffte, er
müsste sich konzentrieren und brauchte seine Ruhe. Sie
schloss die Tür zum Arbeitszimmer etwas zu laut und ging,
ohne gute Nacht zu sagen, zu Bett. Er kam zu dem Schluss,
Computer waren etwas für junge Leute. Entsprechend groß
war seine Enttäuschung und Frustration, als auch er schließlich zu Bett ging.

Gleich nach dem Frühstück ist er heute in die örtliche
Bibliothek gegangen. Die Dame dort ist wirklich sehr aufmerksam und hilfsbereit. Gemeinsam haben sie es geschafft,
die Ausgabe zu finden: *Life Magazine,* 24. Februar 1947.

Und es war bei Weitem nicht so schwierig, wie es ihm gestern Abend noch erschienen war. Drei, vier Klicks, und das Cover des Magazins erschien auf dem Bildschirm, eine hübsche Blondine saß mit angezogenen Beinen barfuß auf einem Dachvorsprung. Selbst die Seitenzahlen des Artikels haben sie herausgefunden, und spätestens übermorgen, hat die freundliche Dame gesagt, würde eine Kopie des Artikels bei ihm im Briefkasten liegen. »Dann müssen Sie nicht noch einmal extra herkommen.«

Die Tür zum Wohnzimmer steht offen. Im Vorübergehen wirft er einen Blick hinein. Die Katze angelt mit der Pfote nach den auf den Boden hängenden, goldfarbenen Fransen des Sofas.

»Süße. Emmi sieht das nicht gern. Wenn du den Stoff und die Fransen mit deinen Krallen bearbeitest, wird ihr das nicht gefallen.« Carl geht hinüber und hebt sie hoch. Sie fängt auf der Stelle zu schnurren an. Gleich neben den Fransen liegt ein Fetzen Papier auf dem Teppichboden. Carl schiebt es zunächst vorsichtig mit dem Fuß zur Seite. Er bückt sich wieder. Die Katze springt aus seinem Arm. Das Papierstück sieht aus wie ein Teil einer alten Fotografie. Carl hebt es auf. Er sucht kurz in der Hosentasche nach seinem Brillenetui und setzt die Brille auf. Das Fitzelchen ist zu klein, um etwas zu erkennen. Er dreht es um. Auf der Rückseite sind ein paar Buchstaben. Die Schrift kommt ihm bekannt vor, steile, eng aneinandergesetzte Buchstaben »... er Sol ...«.

»Emmi.« Carl geht mit dem Fitzelchen in der Hand in die Küche, wo Emmi gerade den Geschirrspüler ausräumt.

»Emmi, hast du den Brief weggeworfen?«

Sie sieht ihn verwundert an. »Welchen Brief?«

»Den Brief, den ich gestern hier hingelegt habe.« Dabei klopft er mit dem Finger auf den Küchentisch. »Wo ist der Brief?«

»Den habe ich weggeworfen.«

»Herrgott, Emmi, kannst du die Sachen nicht einfach liegen lassen, wo sie liegen? Muss immer alles gleich weggeworfen werden?«

»Ich weiß nicht, warum du dich so aufregst, Carl, und schrei mich bitte nicht so an. Ich habe den Brief auf dem Tisch gefunden und ihn weggeworfen, weil ich dachte, er gehört zu Faiths Unterlagen. Er war sowieso völlig unleserlich.«

»Und warum hast du ihn nicht Faith zurückgebracht, wenn du dachtest, er gehört ihr?«

»Carl, ich wollte nicht noch mehr Öl ins Feuer gießen. Hast du dich nicht gestern erst beklagt, Faith grüße nicht mehr? Und dann streitest du dich vor unserer Haustür mit ihr.«

»Aber deshalb wirft man doch den Brief nicht weg! Und nicht nur das, ehe du ihn wegwirfst, reißt du ihn in kleine Stücke!«

»Ich habe dir schon gesagt, ich wollte nicht, dass diese kindische Auseinandersetzung zwischen dir und Faith weiter eskaliert. Ich will meine Ruhe haben. Ist das so schwer zu verstehen, Carl? Ich habe auch das Anrecht darauf, ein bisschen Frieden in meinem Alltag zu haben.« Emmi sieht Carl wütend an.

»Aber es will nicht in meinen Kopf, warum du ihn zerreißt. Jetzt habe ich nichts mehr, was ich Faith geben kann. Ich wollte ihn übersetzen und ihn ihr geben.«

»Du! Du! Du! Immer nur du! Ich habe es halt getan, und

damit basta.« Emmi nimmt einen der Teller aus dem Geschirrspüler und schmeißt ihn krachend zu Boden. »Und jetzt lass mich in Frieden!«

Sie zieht ihre Küchenschürze aus und wirft sie über den Stuhl. Dann geht sie wortlos an Carl vorüber, der immer noch verblüfft auf die über den ganzen Boden verteilten Porzellanscherben schaut, und knallt die Tür hinter sich zu.

Zwei Tage später sind die in der Bücherei bestellten Kopien im Briefkasten. Carl legt den Umschlag auf den Schreibtisch im Arbeitszimmer, der Artikel ist wertlos geworden, seit Emmi den Brief zerrissen hat. »Zwei Dollar fünfzig zum Fenster hinausgeworfen.« Er nimmt den Brieföffner in die Hand.

Nach dem fürchterlichen Streit mit Emmi ist er ihr den ganzen Tag aus dem Weg gegangen. Er war wütend auf sie, weil sie den Brief weggeworfen hatte. Wieder ohne ihn zu fragen, einfach so über seinen Kopf hinweg. Als wäre seine Meinung nicht mehr gefragt. Erst abends haben sie wieder miteinander gesprochen.

»Was soll's, ich habe für die Kopien bezahlt, also sehe ich sie mir auch an.« Carl öffnet den Umschlag.

Neben dem Text sind Bilder des Konzentrationslagers in Dachau abgebildet.

Er sieht einen Mann, Dr. Sauer, wie der sich über eine der Versuchspersonen beugt. Auf einem Doppelbild einen Mann in Häftlingsuniform, vor und nach einem der Versuche. Das Gesicht schmerzverzerrt.

Am Ende des Artikels ein weiteres Foto. Sauer hinter einer Liege stehend. Im Vordergrund eine ausgemergelte Gestalt in gestreifter Häftlingskleidung. Von dem Häftling ist nur der Kopf und ein Teil des Oberkörpers zu sehen. Neben Sauer steht eine Frau im weißen Laborkittel. Sie blickt von der Kamera weg, ihre Hand und ihr Arm verdecken halb das Gesicht des Mannes auf der Liege. Sie hält etwas, das aussieht wie eine Kanüle.

Carl merkt, wie ihm von einer Sekunde zur anderen die Brust eng wird. Das Bild ist keine gute Aufnahme, alles ist unscharf, und er hat nicht das Original, er hat nur die Kopie eines alten Zeitungsartikels.

Unter dem Bild steht »Dachau 1942. Dr. Sauer und Assistentin«.

Darunter noch etwas, aber das kann er nicht mehr lesen, die Kopie ist am Rand abgeschnitten worden.

Die Frau erinnert ihn an Emmi. Sie trägt das Haar so, wie Emmi es getragen hat, als er sie kennenlernte. Es hat nichts zu sagen, fast alle Frauen hatten damals die Haare halblang, mit Innenrolle, die Seitenpartien mit Kämmen zurückgesteckt. So war die Mode in den Vierzigern.

Er braucht mehr Licht. Er schaltet die Schreibtischlampe ein und zieht sie näher an sich heran. Ihm ist nicht gut, sein Herz schlägt schnell. Er spürt es bis zum Hals.

Er steht auf, geht in die Küche und holt die Lupe. Am Arm der Frau ist ein kleines Armband zu sehen. Ovale Steine in einer silbernen Fassung. Die Form der Steine und die Fassung sehen aus wie Emmis Armband. Er atmet schwer. Armbänder wie dieses sind Massenanfertigungen. Ein Zufall, der nichts zu sagen hat.

Emmis Armband müsste oben im Schlafzimmer liegen. Er wird hochgehen und es vergleichen.

Carl steht auf und geht hinaus auf den Flur. Ihm ist schwindelig. Er versucht, sich an der Kommode festzuhalten.

Er greift blind, ohne hinzusehen, und erwischt das Telefon. Es fällt zu Boden. Ihm wird schwarz vor Augen. Er spürt noch, dass er den Halt verliert und stürzt.

Schmal, fast durchsichtig, die Augen einen kleinen Spalt geöffnet, liegt Carl im Bett. Emmi kann nicht sagen, ob er wach ist oder schläft. Seit drei Tagen sitzt sie neben ihm auf diesem unbequemen Plastikstuhl. Die meiste Zeit hält sie seine Hand oder wischt ihm mit dem Tuch den Schweiß von der Stirn. In seinem Handrücken steckt der Dorn der Infusion. Immer wieder schaut sie hoch zur Tropfkammer. Sieht, wie die Infusionslösung langsam in den Schlauch tropft. Es ist wie ein Reflex, fast vierzig Jahre hat sie als Krankenschwester gearbeitet. Unzählige Patienten.

Man lernt den Tod zu spüren, und sie kann ihn jetzt erahnen. Sie fühlt, wie er die Hand nach Carl ausstreckt. Mit bleichen Fingern greift er nach ihm, und sie kann es nicht verhindern.

Sie hatte Carl im Flur neben dem Telefon liegend gefunden.

Sie war gerade vom Einkaufen zurückgekommen, die Tüten in beiden Händen, stand sie für einen kurzen Augenblick da, ohne zu begreifen, was sie da sah; dann ließ sie die Taschen fallen und lief zu Carl. Sie nahm das Telefon und wählte die Nummer des Notarztes. Während sie auf die Ambulanz wartete, versuchte sie, ihn hochzuheben, ihn unter den Achseln zu packen und aufzurichten. Sie wollte ihn nicht hier in der Mitte des Flurs auf dem Boden liegen lassen.

Die ganze Zeit, in der sie sich vergeblich bemühte, redete sie auf ihn ein. Sie fragte ihn, was geschehen war. Beklagte sich, dass er sich nicht so schwer machen solle und ihr helfen müsse. Sie zerrte und zog an ihm, aber Carl reagierte nicht, sah sie nur die ganze Zeit an mit einem Blick, als würde er nicht verstehen, was mit ihm geschah.

Als sie es nicht schaffte, ihn hochzuziehen, setzte sie sich auf den Hocker neben der Tür. Sie rang um Atem, immer waren seine Augen auf sie gerichtet.

Die Katze war aus dem Wohnzimmer gekommen, strich um ihre Beine. Sie stieß sie von sich weg. Sie konnte sie jetzt nicht ertragen, jetzt nicht.

Nachdem sie wieder zu Atem gekommen war, stand sie erneut auf und versuchte noch einmal, ihn hochzuziehen. Sie schlang ihre Arme um seinen Brustkorb und versuchte, ihn hochzustemmen. Er war größer und schwerer als sie. Schließlich gab sie auf, ließ ihn auf dem Boden neben dem Telefon, wie sie ihn gefunden hatte, liegen.

Als die Ambulanz endlich kam, saß sie neben ihm, sein Kopf in ihrem Schoß. Sie strich mit der Hand über sein Haar. Redete und redete, sie hatte Angst, wenn sie zu sprechen aufhörte, würde er das Bewusstsein verlieren. Die Sanitäter ließen sie im Krankenwagen mitfahren. Sie war dankbar dafür.

Ihre Beine tun ihr weh. Sie möchte aufstehen und im Krankenzimmer umhergehen, aber sie bleibt sitzen und hält weiter Carls Hand.

Der Arzt hat ihr gesagt, Carl habe einen Schlaganfall erlitten. Er verstehe, was sie sagt, auch wenn er nicht antwortet. Die linke Körperhälfte sei vorübergehend gelähmt. Nicht selten übernehmen nach einiger Zeit andere Bereiche des Gehirns die Funktion der ausgefallenen. Durch intensives Training sei das sogar in erstaunlich kurzer Zeit möglich.

Bei allem sei schnelles Handeln und die aktive Mithilfe des Patienten wichtig. Und es sei der Wille des Patienten, den er bei Carl vermisse. Aber in diesem frühen Stadium sei noch alles möglich.

Sie sieht nur, dass er von Tag zu Tag schwächer wird.

»Ihr Mann blockiert, er verweigert sich«, hat ihr der Arzt erklärt. Aber auch das sei in diesem frühen Stadium der Erkrankung nichts Ungewöhnliches. Sie müsse Geduld haben.

Der Arzt ist Pakistani oder Inder. Sie hört es an der Betonung, die erste Generation verrät sich immer durch die Sprache. Auch sie war ihren bellenden deutschen Akzent nie losgeworden.

»Wenn der Wille nicht kommt, sind wir machtlos.«

Einfach nur der Wille! Was erzählt ihr dieser Mann? Nur der Wille!

»Wer bist du?« Carl spricht leise. Emmi muss ihr Ohr ganz nah an seinen Mund halten. »Wer bist du?«, fragt er wieder.

Emmi sieht ihn ungläubig an. Sie versteht nicht, was er meint. »Ich bin Emmi, deine Frau.«

Er schließt die Augen, schüttelt leicht den Kopf.

»Nein … wer bist … du …?« Jedes einzelne Wort kostet ihn viel Kraft.

»Ich bin Emmi. Erkennst du mich nicht, Carl?«

Er schüttelt wieder den Kopf »Vor … her?« Er atmet schwer vor Anstrengung.

Ihre Augen füllen sich mit Tränen, und dann begreift sie.

»Es gibt nur ein Heute, Carl, vorher war ich niemand. Ohne dich war ich niemand.«

Carl schüttelt wieder den Kopf. Er holt tief Luft, spricht langsam und leise. »Es gibt immer ein Gestern.«

Sie hätte einen Berechtigungsschein gebraucht, um einen der wenigen Schnellzüge benutzen zu dürfen. Der Schein hätte es ihr auch ermöglicht, Lebensmittelmarken in Reisemarken umzutauschen, um an den Bahnhofskiosken einkaufen zu können. So war sie gezwungen, sich die wenigen Lebensmittel, die sie dabeihatte, genau einzuteilen.

Sie konnte nicht mehr sagen, wie oft sie umgestiegen war. Wie viele Stunden sie in zugigen Hallen, auf Bahnsteigen oder, wenn von dem Bahnhof nur noch eine ausgebrannte leere Hülle übrig geblieben war, irgendwo auf freier Strecke gewartet hatte. Manchmal hielt ein Güterzug an, nahm sie und all die anderen Wartenden mit. Dann hockten sie zusammengepfercht auf der Ladefläche leerer Kohlewagen oder Viehtransporter.

Um sie herum Frauen jeden Alters auf Hamsterfahrten, Mütter mit ihren Kindern, die wenigen Männer ausgemergelt und vorzeitig gealtert. Menschen auf der Suche nach Angehörigen, Essen, einem Platz zum Schlafen.

Die Fahrt ging durch ein Land voller Ruinen, ausgebombter Häuser mit leeren schwarzen Fensterhöhlen, und vorbei an Bergen aus Schutt, bis sie endlich Bremerhaven erreichte.

Die *Marine Perch,* ein heruntergekommener Seelenverkäufer auf seiner letzten Fahrt von Oslo nach New York, hatte am Columbus-Pier angelegt. Neben US-Soldaten, die zurück in ihre Heimat fuhren, nahm der Truppentransporter auch achthundert Passagiere mit. Vertriebene, heimatlos Gewordene auf dem Weg zu einem anderen Kontinent, der ihnen Vergessen und neue Hoffnung schenken sollte. Sie war eine von ihnen.

Wenig später stand sie an Deck. Sah zu, wie die Schlepper längsseits gingen, um das Schiff hinaus in die Nordsee zu ziehen. Unten am Pier lösten Männer die schweren Trossen, Seile dick wie Unterarme, die das Schiff an seinem Liegeplatz festhielten. Die *Marine Perch* entfernte sich langsam vom Kai, ließ das Land und mit ihm die Vergangenheit hinter sich.

Sie nahm alles aus einer seltsamen Distanz heraus wahr, so als würde sie es aus weiter Ferne beobachten. Als wäre sie sich selbst fremd geworden und ihr Körper eine leere Hülle.

Die elf Tage und Nächte auf See verbrachte sie meist auf einer Bank. Ihr Koffer und das Bündel dienten als Kopfkissen. Hin und wieder fand sie ein wenig Schlaf, doch die meisten Nächte lag sie wach und schaute hinauf zu den Sternen. Manchmal dachte sie dann an ihr altes Leben, an alles, was sie zurückgelassen hatte, an die Lebenden und an die Toten. Ihr kam es vor, als würden sie alle noch ein letztes Mal in ihren Gedanken auftauchen, um sich zu verabschieden und loszulassen.

Sie dachte daran, wie sie stundenlang durch die Stadt geirrt war, unschlüssig und voller Angst, was jetzt zu tun war. Bis sie endlich Mut gefasst hatte und in die Possartstraße zurückgekehrt war. Sie hatte die Schuhe ausgezogen, war strumpfsockig und eng an die Wand gedrückt hinaufgeschlichen. Hatte vorsichtig den Schlüssel im Schloss umgedreht und war in das Dunkel geschlüpft. Tastend lief sie den Flur entlang in ihr Zimmer. Das Mondlicht fiel durch die großen Fenster herein. Hüllte den Raum in milchiges Grau. Sie ging hinüber zur Kommode, zog die mittlere Schublade auf. An der Unterseite klebte der Umschlag mit den Papieren, die sie bei der Toten neben dem Kinderwagen in der Maximiliansanlage gefunden hatten. Irene, betrunken und in ihrem lächerlich derangierten Torerokostüm, den Lippenstiftmund über das ganze Gesicht verschmiert, hatte in jener Nacht noch gesagt: »Die sieht dir so ähnlich, das könnte deine Schwester sein, wenn ihr nicht der Ast auf den Schädel gekracht wäre.«

Betrunkene und Kinder, heißt es, sagen die Wahrheit. Sie stopfte schnell ein paar Habseligkeiten in den kleinen Koffer, schnürte alles, was nicht hineinpasste, zu einem Bündel zusammen. Sie verließ ihr altes Leben, würde nun eine andere werden. Es würde eine Weile dauern, sich daran zu gewöhnen. Sie stellte sich vor, es würde sich anfühlen, wie bereits von einem anderen getragene Stiefel anzuziehen. Zu Beginn hart und fremd, doch mit der Zeit würde sie sich dieses Leben zu eigen machen. Es würde ihres werden. Wieder im Treppenhaus, rannte sie die Stufen hinunter. Ihre Schuhe steckten in den Taschen des Mantels, erst unten vor der Haustür zog sie sie wieder an. Zügig, aber nicht zu schnell ging sie vom Haus fort. Die Schlüssel ließ sie ein paar Straßen weiter unauffällig in einen Gully fallen.

Sie hatte Glück, keiner fragte sie nach dem Woher und Wohin. Die Jahre bis zum Ende des Krieges verbrachte sie auf dem Land. Im ersten Sommer nach Kriegsende packte sie ihre Sachen zusammen und zog wieder los. Sie wollte endgültig weg aus Deutschland.

Sie hörte davon, dass in Bremerhaven das erste Schiff mit Flüchtlingen nach Amerika ablegen würde, und irgendwie schaffte sie es, eine Passage zu bekommen. Je weiter sie sich vom alten Kontinent entfernte, desto mehr verblasste ihr altes Leben. Manchmal verließ sie ihren Schlafplatz, ging auf dem Schiff umher, um sich die Beine zu vertreten. Dann stand sie an der Reling, schaute gen Westen und spürte den Fahrtwind im Gesicht. Sie drehte sich kein einziges Mal um, sie wollte nie wieder zurückblicken.

Der Tag ihrer Ankunft in New York war ein Freitag. Ein heller sonniger Tag. Sie stand mit den anderen Passagieren dicht gedrängt an Deck, als das Schiff langsam an der Freiheitsstatue vorbei in den Hafen einfuhr. Die Statue stand glänzend klar im hellen Licht. Die *Marine Perch* glitt daran vorüber und fuhr gemächlich weiter den Hudson hinauf, bis sie schließlich an einem der oberen Piers anlegte. Nachdem die Papiere kontrolliert worden waren, wurde sie mit all den anderen Menschen an Bord hinausgespien in das pulsierende Leben Manhattans. Für einen kurzen Moment stand sie mit Koffer und Bündel auf dem Gehweg. Um sie herum Menschen, die von Verwandten und Freunden in Empfang genommen wurden. Einen flüchtigen Augenblick lang fühlte sie das brennende Verlagen, ein bekanntes Gesicht sehen zu können, aber dann bückte sie sich, nahm ihre Habseligkeiten und ging los, die Straße entlang. Sie tauchte ein in das strahlende Licht der Nachmittagssonne, ging vorbei an Schaufenstern, randvoll gefüllt mit Luxus. Sie ließ sich treiben. Alles um sie herum war geschäftig, fröhlich, lebendig. Sie war überwältigt von der Vielfalt, die sich ihr bot, sog alle Eindrücke in sich auf. Die Vergangenheit war vergessen, es gab nur noch Zukunft.

Stundenlang ging sie durch die Stadt, und es war schon dunkel, als sie sich gegen Abend in einer kleinen billigen Pension in einer Seitenstraße einmietete. Die Adresse hatte sie auf dem Schiff von einem anderen Reisenden bekommen. An der Rezeption stand ein alter Mann, mit Hosenträgern und einem fleckigen Hemd. Sie fragte ihn in holprigem Englisch nach einem Zimmer. Er nahm einen Stift, blickte auf sein Gästebuch und murmelte etwas. Sie verstand ihn nicht. Der Mann sah sie an, lächelte und wiederholte den Satz. Sie verstand ihn immer noch nicht, glaubte aber, er würde sie nach ihrem Namen fragen. Unsicher und darauf bedacht, nichts falsch zu machen, sagte sie, laut und jedes einzelne Wort betonend, genauso wie sie es auf dem Schiff eingeübt hatte: »My name is Emmi. Emmi Nestler.«

Nachwort

Der Beginn der Reise

Es muss mehr als zehn Jahre her sein und ich bin mir nicht sicher, ob *Tannöd,* mein erstes Buch, zu diesem Zeitpunkt schon erschienen war. Vor einer gefühlten Ewigkeit, als ich, wie die meisten Leute damals, beim Frühstück tatsächlich noch Zeitung in Papierform las und die Nachrichten nicht über diverse Apps auf dem Tablett abgerufen habe, stolperte ich über einen kleinen Artikel. In wenigen Zeilen, unbedeutend an den unteren Rand der Seite gequetscht, ging es um eine Frau, die Amerika verlassen musste, da sie bei ihrer Einreise nach dem Krieg falsche Angaben über ihre Verbindung zum nationalsozialistischen Regime gemacht hatte. Sie hatte schlichtweg »vergessen« zu erwähnen, als Hundeführerin im KZ Ravensbrück tätig gewesen zu sein. Nach dem Krieg wanderte sie in die USA aus und lernte ihren Mann kennen, einen deutschen Juden, der 1939 nach Shanghai immigriert und nach dem Krieg ebenfalls an die Westküste der USA gelangt war.

Frau N., nennen wir sie so, denn ihr wirklicher Name ist für den Rest der Geschichte nicht von Bedeutung, behauptete in dem Artikel, sie habe von den Vorgängen im KZ nichts gewusst. Ihre Aussage, von NICHTS gewusst zu haben, obwohl sie doch Tag für Tag mit Häftlingen des Lagers zu tun hatte, war der Teil, der mich nicht losließ. Frau N. war genauso alt wie meine Mutter, und von ihr erfuhr ich, dass es dieses »nicht gewusst haben« nicht gibt. Selbst in einem totalitären Regime, oder besser: gerade in einem solchen Staat, bekommt der Einzelne ein sehr gutes Gefühl dafür, was vor sich geht. Diese Einsicht ist geradezu überlebenswichtig, denn jede falsche Äußerung und jede unbedachte Handlung zieht Konsequenzen nach sich, egal auf welcher Seite man steht. Es stimmte also einfach nicht; alle haben es gewusst oder zumindest geahnt. Und besonders aus der Generation, die es miterlebt hat, haben viele verdrängt. In mir rumorte es und ich begann im Internet zu recherchieren. Nach einigem Suchen stieß ich auf weitere Berichte zu dem Vorfall in der *Los Angeles Times.*

Der Tenor war mehr oder weniger immer derselbe: Wie konnte sie nichts gesehen haben? Wie konnte sie mit einem Mann verheiratet sein, der vor dem Regime geflüchtet war und dessen Angehörige womöglich in ebenjenem Lager, in dem sie Dienst tat, zu Tode gekommen waren? Da wusste ich, dass ich eine Geschichte wie diese erzählen wollte. Ein Paar, das sich liebt und, obwohl der eine die Schuld des anderen ahnt, dennoch Augen und Ohren verschließt, um die Wahrheit nicht zuzulassen. Davon wollte ich erzählen.

Dies war der Anfang der Geschichte von Carl und Emmi. Es sollte eine Liebesgeschichte sein. Ein Roman über ein Paar, das in der Fremde zueinander findet. Dessen einzige Verbindung zur Vergangenheit die Sprache ist, und das sein altes Leben bewusst hinter sich lassen und neu anfangen will. Ein Paar, das sich seiner Vergangenheit verweigert, weil es glaubt, ihr so entrinnen zu können. Von der ersten Sekunde an hatte ich das Bild im Kopf, wie Carl und Emmi als altes Ehepaar in Hausschuhen durch den Raum tanzen, sich nach einem langen gemeinsamen Leben immer noch lieben, und davon überzeugt sind, einander nahe zu sein. Doch das Stillschweigen über ihre Vergangenheit ist es letztlich, das sie voneinander trennt.

Aber wie konnte ich diese Geschichte erzählen, wenn ich nichts über sie wusste? Den Vorschlag einer Bekannten, die Historikerin für neue jüdische Geschichte ist, mit Frau N. Kontakt aufzunehmen, verwarf ich sofort wieder. Ich wollte nicht mit ihr sprechen, denn es sollte nicht ihre Geschichte werden. Es sollte die Geschichte des tanzenden alten Ehepaares sein. Ich hatte nicht den Schimmer einer Ahnung, wie ich anfangen sollte und wo. Und als ich auch nach mehreren Versuchen nicht zufrieden war, gab ich irgendwann auf. Doch die Geschichte ließ mich nicht los, ich musste einfach weiter machen. Ich fing an über Shanghai zu recherchieren, denn der Roman sollte die Leser auch dorthin führen. Ich besuchte Dachau, las über das Leben assimilierter Juden in Deutschland und über den Holocaust. Über acht Jahre lang war ich auf der Suche nach einem Anfang für meinen Roman, doch nichts fühlte sich echt genug an. Ich wollte Figuren, die real sein könnten. Aber auch wenn ich nicht vorwärts kam und meine Arbeit immer wieder beiseite legte, ließen Carl und Emmi mich nicht los. Ich musste mit einer Person reden, die diese Zeit selbst erlebt hatte. Jemand, der damals Deutschland verlassen hat und mir seine Geschichte erzählen konnte.

Please call me Tom

Durch Zufall erfuhr ich von einer Freundin, ihr Vater hätte an Hitlers 50sten Geburtstag Berlin in Richtung London verlassen, um dann in Southampton mit seiner Familie auf einem Schiff nach Amerika zu fliehen. Seine Erlebnisse hätte er in einer Art *oral history* auf Kassette gesprochen. Ihr Angebot, sie würde sich die Kassetten noch einmal anhören und mir dann Fragen dazu beantworten, war zwar nicht ganz das, was ich mir erhofft hatte, aber es war ein Anfang. Wir saßen zusammen, und während ich mit ihr sprach und mir Notizen machte, erkannte ich, dass ich die Kassetten selbst hören musste. Ich wollte wissen, wie die Stimme ihres Vaters klang, und hören, auf welche Weise er von seiner Vergangenheit erzählte, denn nur so konnte ich ein besseres Gespür für ihn bekommen. Vielleicht würden sich daraus Fragen entwickeln, von denen ich noch nichts ahnte. Meine Freundin sah mich an, lächelte und meinte: »Klar kein Problem, ich gebe dir die Kassetten. Aber warum willst du nicht lieber selbst mit meinem Vater sprechen?« Ich war wie vom Donner gerührt, aus irgendwelchen unerfindlichen Gründen hatte ich geglaubt, ihr Vater wäre längst verstorben. Noch ehe ich mich wieder gefasst hatte, sagte sie: »Ich gebe dir seine E-Mail-Adresse. Er würde sich sehr freuen, wenn du ihm auf Deutsch schreibst.« Noch am selben Abend verfasste ich die erste von vielen E-Mails an Tom Tugend. »Sehr geehrter Herr Tugend, ...« Er antwortete mir wenige Tage später: »... *When I saw the salutation »Sehr geehrter Herr Tugend,« I looked around to see whether my late father had somehow entered the room ... Californians are notoriously informal, so please call me Tom ...*« Und dann ging alles sehr schnell.

Tom wollte wissen, woran ich arbeitete und was genau ich suchte. Ich schrieb zurück: »Ich brauche Menschen, die zwischen 1937 und 1942 nach Shanghai flohen und dort lebten.« Während ich die E-Mail verfasste, erwartete ich bereits ein »Das kannst du vergessen«, aber es kam ein »Gut. Gib mir ein paar Tage Zeit. Wann wirst du kommen?« Und so flog ich im Frühling 2014 zum ersten Mal in meinem Leben nach Los Angeles, um eine Shanghai Exilantin zu treffen.

Ich war furchtbar nervös, als ich die Treppen zu Toms Haus hochstieg. Hatte sich die lange Anreise gelohnt, würde ich finden, was ich für meine Geschichte brauchte?

Ich zögerte ein wenig, bis ich mich traute zu klingeln. Tom öffnete die Tür und begrüßte mich herzlich. Er führte mich ins Wohnzimmer, es klingelte erneut und wenig später betrat eine Frau den Raum. Ich werde diesen Moment, als ich Trixi Wachsner begegnete, nie vergessen. Sie ging sehr aufrecht, war schlank und für ihr Alter immer noch sehr groß. Sie trug einen Trainingsanzug aus hellblauem Nicki, beige Straußenlederslipper und dazu die passende Handtasche. Beides von Chloè. Ihre Nägel waren in einem Rosenholzton lackiert und die rötlichblonden Haare hoch toupiert, wie es irgendwann in den 80-Jahren Mode war. Sie kam auf mich zu, streckte die Hand aus, lachte über das ganze Gesicht und sagte: »Ich bin Trixi.« Ich wusste von der ersten Sekunde an, dass ich Trixi wahnsinnig gerne mögen würde. Auch wenn ich nicht viel über sie wusste, war ich sofort eingenommen und fasziniert von ihrer ungeheuren Energie und Lebensfreude. Trixi erfüllte den ganzen Raum. Sie hatte die Fähigkeit mit ihren Berichten Bilder entstehen zu lassen und sie zum Leben zu bringen. Und sie erzählte und erzählte, und ich hing ihr die ganze Zeit über an den Lippen.

Sie sprach von ihrem Vater, der als Urologe in Graz überwiegend SS-Kundschaft betreute, davon, wie ihn diese Klientel nach dem Anschluss Österreichs dazu drängte, nach Shanghai zu gehen. Sie berichtete vom Zögern der Eltern, in das
große Ungewisse aufzubrechen. Von ihrem Unglauben, die
Lage könnte sich weiter zuspitzen und davon, wie sie sich
dann doch schweren Herzens dazu entschlossen, fortzugehen.
Sie erzählte von der Zugfahrt, die sie von Graz über Triest
nach Genua führte und von der Conte Biancamano, die dort
im Hafen vor Anker lag und auf sie wartete. Trixi berichtete
von der abenteuerlichen Schifffahrt, die sie um die halbe Welt
nach Shanghai führte. Und davon, wie es in Shanghai war.
Wie es war, als sie ankamen, und beim Frühstück noch an
einer weiß gedeckten Tafel mit silbernem Besteck und fei-
nem Porzellan saßen, um wenig später auf Lastwagen verladen und in notdürftigen Unterkünften untergebracht zu
werden. Und von der glücklichen Fügung, dann doch eine
Wohnung zu finden.

Sie erzählte von den Gegensätzen der Stadt, dem un-
glaublichen Reichtum auf der einen, und dem Elend auf der
anderen Seite. Sie sprach von den nachts geborenen und am
Morgen wie Abfall in den Strassengraben geworfenen Babys
der Chinesen. Von geschundenen Menschen, die nichts hatten, außer die Lumpen die sie am Leib trugen. Und davon,
wie fassungslos dieser Anblick die Flüchtlinge aus Europa
machte. Trixi schwärmte von den Tanzveranstaltungen in
den Clubs der Stadt, erzählte von Ganoven und Gangstern,
von wunderschönen chinesischen und russischen Prostitu-
ierten, die man mit ihren zwielichtigen und reichen Freunden beim Tanzen beobachten konnte. Und sie berichtete,
wie sie ihren späteren Mann kennenlernte. Sie erzählte von

der jungen Liebe und davon, wie sie von Australien oder Amerika träumten und aus der Enge des Ghettos in Hongkew, aus der es vor 1947 keinen Ausweg gab, fliehen wollten.

Ich wusste, sie hatte diese Geschichten schon oft in ihrem Leben erzählt, dennoch war es für mich so, als würde sie alles an diesem Nachmittag zum ersten Mal und nur für mich erzählen.

Als ich wenige Monate später erfuhr, dass sie plötzlich und unerwartet verstorben war, brach es mir fast das Herz, und obwohl ich sie nur kurz kannte, war es, als hätte ich eine Person verloren, die mir nahestand, und ich beschloss, Trixi meinen Roman zu widmen.

Abschied nehmen

Irgendwann Ende Juni 2015 bin ich fertig mit dem ersten Entwurf. Die letzten Wochen hatte ich nur im Haus verbracht, stand morgens sehr früh auf, trank die erste Tasse Tee im Schlafanzug, um mich nach dem Duschen den Rest des Tages an meinen Laptop zu setzten, zu arbeiten, bis der Kopf leer war und ich mich nicht einmal mehr auf den kleinsten Satz konzentrieren konnte.

Weit weg von meiner deutschen Heimat in Larchmont (USA), schreibe ich über Carls, Gretes, Ottos und Eleonores Flüchtlingsschicksal, während am anderen Ende der Welt, in Europa, über ein halbes Jahrhundert später wieder Menschen versuchen ihr Leben zu retten, indem sie sich auf eine gefährliche und nicht selten tödliche Flucht einlassen. Geschichte wiederholt sich leider immer wieder, und auch die Stimmen jener, die versuchen aus dem Elend der

Flüchtlinge und der Angst vor dem Fremden, Kapital für populistische Ideen zu schlagen, sind mit einem Mal wieder laut und deutlich zu hören.

Der Tag, an dem ich den letzten Satz schreibe, ist ein strahlender Sonnentag. Ich bin fertig und halte es in der kleinen Wohnung nicht mehr aus. Ich muss raus. Endlich. Ich schalte nicht einmal den Computer aus, so sehr zieht es mich ins Freie. Alles bleibt liegen, bleibt so, wie es ist. Ich will nur noch weg. Ich stehe auf, packe meinen Schlüssel, sonst nichts, und ziehe die Tür hinter mir ins Schloss. Ich gehe Richtung Manor Park, hinunter an den Long Island Sound. Warum ich diesen Weg und keinen anderen einschlage, kann ich nicht sagen, alles geschieht automatisiert. Ich will nur zum Meer, ich will nichts essen, nichts trinken, mit niemandem sprechen. Will auf das Wasser blicken und dabei zusehen, wie sich das Sonnenlicht auf der Wasseroberfläche bricht, will frische Luft einatmen. Und während ich gehe, bemerke ich zunächst nicht, wie mir die Tränen die Wangen herunterlaufen. Für die Menschen, denen ich begegne, muss es ein seltsamer Anblick sein. Doch ich kann meine Tränen nicht aufhalten, und es ist mir auch egal.

Ich denke an Carl und all die anderen Figuren aus meinem Roman. Ich weiß, ich werde sie vermissen. Dabei hat es sie nie gegeben. Sie existierten nur in meiner Fantasie und doch fühlt es sich an, als wären sie real. In meinem Kopf vermischen sich die Bilder, aus dem elfjährigen Carl wird Tom. Ich sehe ihn, wie er als zwölfjähriger mit seinen Freunden in Berlin Quartettkarten bekannter Fußballer tauscht, wie er sich, um nicht zu spät nach Hause zu kommen, in kurzen Hosen in die Pedale stemmt und heimradelt. Carl wird zu

Tom und Tom zu Carl. Beide lebten eine glückliche Kindheit, in einer Welt, die um sie herum langsam in Stücke zerfiel. Beschützt und behütet von Eltern, die alles versuchten, um ihnen ihre Kindheit so lange wie möglich zu bewahren. Ihre Eltern ließen sie die eigene ohnmächtige Furcht vor dem, was kommen würde, kaum spüren. In Toms Fall die verzweifelten Versuche des Vaters die Familie zu sich nach London zu holen, unzählige Bittgänge, um eine Ausreisegenehmigung für alle zu erhalten. Die Sorge der Mutter über das, was kommen würde. Selbst ihre furchtbare Panik in der Reichspogromnacht, von den Nazis so zynisch Kristallnacht getauft, kann sie vor ihm verbergen. Er übersteht diese Nacht gemeinsam mit der Schwester, vollständig bekleidet, eng an die Mutter gekuschelt im Ehebett der Eltern liegend. Ihre Liebe macht es möglich, ihn die Gefahr nicht spüren zu lassen. Und auch als sie endlich im April 1939 nach London gelangen, ist der erste Flug seines Lebens für ihn ein Abenteuer, genauso wie der Abschied aus Genua für Carl und Ida der Beginn eines Abenteuers ist.

Ich sehe Ida, Carls Schwester, klein, quirlig und frech, wie sie mir von der Reling zuwinkt und sich Luftschlangen und Konfetti in ihren Zöpfen verfangen, während sie lachend auf der Stelle auf und ab springt. Ich denke an Grete, der der Abschied fast das Herz bricht. Ich sehe sie weinend auf dem Bett in der Kabine sitzen, das Gesicht in den Händen verborgen. Spüre ihre Angst, die mir fast die Kehle zuschnürt, und ich glaube keine Luft mehr zu bekommen. Ich sehe Otto, Eleonore und Egon und möchte sie umarmen, möchte sie spüren, riechen, und zugleich weiß ich, dass sie nur in meinem Kopf existieren.

Besonders schwer fällt es mir von Tante Marga und Trudi Abschied zu nehmen. Liegen einem, wie meine Großmutter zu sagen pflegte, die Kinder, die vom rechten Weg abkommen und Sorgen bereiten, besonders am Herzen? Trudi. Die wahnsinnige, durchgedrehte, vollkommen unter Realitätsverlust leidende Trudi. Ich sehe sie ein letztes Mal mit hektischen roten Flecken im Gesicht und theatralischer Gestik am Küchentisch in Tante Margas Wohnung schwadronieren und weiß, ich werde sie vermissen. Es wird mir fehlen, als unsichtbarer Gast an Tante Margas Tisch Platz zu nehmen. Ihr zuliebe würde ich von einem Glas Kirsch nippen, auch wenn mir im wahren Leben niemals der Sinn danach stehen würde. Und während ich mit nassem Gesicht die Straße entlang laufe, proste ich ihr ihm Geiste zu. »Auf dein Wohl, Tante Marga!« Ich trauere um sie, als wäre sie ein Mensch aus Fleisch und Blut.

Es fällt mir schwer loszulassen, so schwer wie noch nie. Ich möchte, dass sie bleiben und doch weiß ich, sie müssen gehen. Mir geht es wie einer Mutter, deren Kinder flügge geworden sind. Endlich am Meer angekommen setze ich mich auf eine Bank ganz nah am Wasser. Ich sehe auf die vor Anker liegenden Segelboote und höre das leise klingelnde Geräusch der Takelage, wenn sich die Boote im Wasser sanft hin und her wiegen. Möwen ziehen kreischend ihre Bahnen. Irgendwo im Park hinter mir höre ich die Rufe eines Kindes. Ich blicke hinüber nach Long Island. In der Ferne kann ich die Silhouette der White Stone Brücke erkennen, etwas weiter rechts erahne ich die Skyline von Manhattan. Dort in der Upper New Yorker Bay passierte 1939 Tom mit seinen Eltern die Freiheitsstatue und lief mit dem Schiff in den Hafen ein.

Wie schon so viele Menschen vor und noch mehr nach ihm. Auch Emmi ist dort angekommen. Auf der Suche nach einem neuen Anfang. Ich sehe hinaus auf den Sound und weiß, es ist einer dieser Momente im Leben, in denen man glücklich und traurig zugleich ist. Irgendwann beruhige ich mich, höre auf, über all die wahren und fiktiven Personen zu sinnieren, sitze einfach nur da, genieße die Sonne, das Meer und die Ruhe um mich herum. Als es langsam dunkel wird, stehe ich auf und gehe zurück nach Hause.

Andrea Maria Schenkel
Regensburg und Larchmont, März 2017

Danksagung

Mein besonderer Dank gilt:

Allen voran Tom Tugend. Es war mir eine große Freude, ihn und seine Frau Rachel kennenlernen zu dürfen.

Seiner Tochter Alina Tugend, die den Kontakt zu ihrem Vater hergestellt hat.

Dr. Constanze Neumann, meiner Lektorin, die half, dieses Baby zur Welt zu bringen.

Meiner lieben Freundin Petra Penzel, die geduldig Seite um Seite gelesen hat, und das immer wieder.

Maja Klimt für ihre guten und kritischen Anmerkungen.

Hilde Bechert, die mich aus der Ferne wieder aufbaute und bei der ich klagen und jammern konnte, so viel ich wollte.

Friedhilde und Bob Milburn für all die Ausflüge und Spaziergänge, bei denen ich Kraft zum Weiterschreiben tanken konnte, und für einen unvergesslichen und wundervollen Blue Moon.

Anneliese Spitzhirn, die Kinder, Haus und Hunde während meiner Abwesenheit versorgte und versuchte, den Laden so gut es ging am Laufen zu halten.

Meinem Partner James Devitt, der mich in meinen Hochs und Tiefs, ohne zu murren, ertragen hat und nicht ein einziges Mal die Geduld verlor.

Und zu guter Letzt meinen Kindern Linda, Toni und Felix für ihre Unterstützung und Liebe.

Andrea Maria Schenkel
Dezember 2015

Inhalt

Regensburg – Shanghai
(März bis Mai 1938)

München
(November 1938 bis Dezember 1943)

Shanghai
(Juni 1938 bis Juli 1947)

»Ein Roman über die langen Schatten,
die Krieg wirft, wunderschön geschrieben
und voller Rom-Flair.« *The Observer*

Virginia Baily, *Im ersten Licht des Morgens*
ISBN 978-3-453-35913-0 · Auch als E-Book

Chiara Ravello arbeitet als Übersetzerin in Rom und führt nach
außen ein erfülltes Leben. Nur wenig erinnert an Daniele, den sie
aufzog und liebte wie ihren eigenen Sohn. Kaum jemand weiß von
dem Schmerz, den sein Verlust für sie bedeutet. Erst als eine junge
Frau aus Wales in Rom auftaucht und behauptet, Danieles Tochter
zu sein, beginnt Chiaras Fassade zu bröckeln. Marias Ankunft führt
Chiara weit zurück in ihre Vergangenheit, ins Kriegsjahr 1943, und
weckt in ihr eine lang vergrabene Sehnsucht nach Versöhnung.

Leseprobe unter diana-verlag.de
Besuchen Sie uns auch auf herzenszeilen.de